Gifspoor

Van Jet van Vuuren verscheen eveneens
bij Ambo|Anthos *uitgevers*

Vluchtweg
De verrassing
Obsessie

Jet van Vuuren

Gifspoor

Ambo|Anthos
Amsterdam

Eerste druk 2020
Zesde druk 2022

ISBN 978 90 263 6230 9

Omslagontwerp Studio Jan de Boer
Omslagillustratie © Marie Carr/Arcangel Images
Foto auteur © Ruud Pos

Verspreiding voor België:
Veen Bosch & Keuning uitgevers nv, Antwerpen

Dosis sola facit venenum – De dosis bepaalt of iets gif is

Paracelsus, zestiende eeuw (Zwitsers arts, theoloog, alchemist, astronoom)

Najaar 2019

1

Rechercheur Noor den Braber wreef over haar pijnlijke nek. De afgelopen nacht had haar hoofd niet op, maar naast het kussen gelegen. Ze had gedroomd van bladluizen zo groot als helikopters. Een voor een hadden de groene Apaches haar neus als een platform gebruikt om te landen. Daarna hadden ze alle levenssappen uit haar gezogen. Happend naar adem en met een gortdroge keel was ze wakker geworden. Het kwam door die kaalgevreten rozen; ze kreeg er nu zelfs al nachtmerries van. Stijfjes draaide ze zich om naar de deur waar een collega haar aandacht probeerde te krijgen.

'Noor, dit komt van het forensisch lab. Kun jij daar vandaag naar kijken?' De man hield een map omhoog en wierp hem nog net niet voor haar voeten op de grond.

Noor kermde even, rechtte toen haar stijve rug en schokschouderde vertwijfeld.

'Sorry, is er niemand anders die je kunt vragen?' vroeg ze toen de collega afwachtend in de deuropening bleef staan. Ze wees naar de papierberg op haar rommelige bureau. 'Toe, deze stapel wordt er anders niet veel kleiner op,' zei ze op smekende toon.

De man trok een zuur gezicht, keek de kamer rond en mompelde iets onverstaanbaars. Daarop vervolgde hij zijn weg door de gang. Noor slaakte een opgeluchte zucht; mooi, daar was ze vanaf. Met moeite – alsof haar vingers het na de afgelopen nacht ook lieten afweten – tikte ze het wachtwoord van haar computer in. Bij het zien van de lijst met werk kreunde ze opnieuw. Hoelang was ze in Middelburg rechercheur? Toch al zeker vijftien jaar. Doorgaans kostte het haar geen moeite een nieuwe zaak erbij te nemen, maar vandaag leek alle energie voorgoed uit haar te zijn weggeëbd. Vandaag had ze beter thuis kunnen blijven. Niet vanwege die stomme stijfheid – ze kon zich niet herinneren zich ooit te hebben ziek gemeld – maar vanwege die ene zaak die haar nu al maanden in zijn greep hield. De zaak van de dode, onbekende vrouw die door niemand gemist werd.

Drie maanden geleden was de vrouw door een voorbijganger gevonden in een rietkraag op de grens tussen Zeeland en België. Het naakte lichaam was in een blauw zeildoek gewikkeld. Na onderzoek bleek dat de vrouw door verstikking om het leven was gekomen. Ze was 1,67 meter, kleiner dan de gemiddelde lengte voor vrouwen, en had een slank postuur. Haar leeftijd werd geschat tussen de vijfentwintig en vijfendertig. Ze had donker haar, een strak en afgetraind lichaam en een gave huid. Dat in tegenstelling tot haar gezicht. Haar gebit was verbrijzeld en alsof iemand haar met een bijtend zuur had bewerkt, was haar gezicht verminkt door brandwonden. Hierdoor viel ze niet te identificeren.

In Zeeland spoelden wel vaker lijken aan. Lang niet altijd waren dat personen die zelf uit het leven waren gestapt. Toch was er altijd wel een aanknopingspunt voor de doodsoorzaak. Dit keer moest het team van vijftien rechercheurs na amper drie dagen al de hulp van het publiek inroepen. Aangezien het gezicht van het slachtoffer niet meer herkenbaar was, werd er geen foto maar een compositietekening verspreid. Zonder resultaat.

Noor liet zich terugvallen op haar stoel. Ze trok de bovenste knoopjes van haar blouse los en ademde puffend uit. Terwijl ze op haar beeldscherm naar de foto van de vrouw keek, vroeg ze zich opnieuw af hoe het in godsnaam mogelijk was dat niemand deze vrouw kende.

Het was niet de eerste keer in haar loopbaan dat ze met een onopgeloste moordzaak te maken had, maar nog nooit had het bij haar zoveel teweeggebracht als deze keer. Onverteerbaar voelde het toen de vrouw na twee maanden in een naamloos graf werd begraven. En wat Noor nog nooit eerder had gedaan bij een slachtoffer van een moord deed ze toen: ze ging naar de uitvaart.

Ze had bloemen meegenomen. Haar lievelingsbloemen, dahlia's uit haar eigen tuin. Het was een boeket van bonte kleuren: oranje, geel, rood, lila; kleuren die iets vrolijks uitstraalden en eerder bij een feestje pasten dan bij een uitvaart. Ze herinnerde zich nog het moment waarop de man van het uitvaartcentrum een paar woorden sprak tot het handjevol onbekende aanwezigen. 'Laten we ons vasthouden aan de gedachte dat deze vrouw een goed leven heeft geleid,' zei hij. Noor had de brok in haar keel weggeslikt, en terwijl de kist langzaam in het graf wegzakte, had ze de dahlia's op de kist gelegd en gehuild. Eenmaal thuis in haar kleine woning aan de kade probeerde ze te achterhalen waarom dit voorval haar zo had aangegrepen. Ze had een flink glas port ingeschonken en was op haar chaise longue voor het raam aan de tuinkant gaan liggen: de plek in huis die uitzicht bood op de verwilderde achtertuin en waar ze meestentijds politiezaken uitdacht. Waarom was er niemand die deze vrouw miste? Had de vrouw dan helemaal geen familie, vrienden of een partner die zich om haar bekommerde? Onwillekeurig besefte ze dat zij zelf ook niet veel contact met familie of vrienden had. Collega's noemde je geen vrienden. Haar ouders waren op leeftijd en hadden hun eigen leven. Soms belden ze elkaar. Ze had geen broers of zussen en kon niet spreken van warme familiebanden. Heel af en toe ontving ze weleens een kerstkaartje van een oude tante en oom uit het noorden van Groningen. Voor haar gevoel woonden die aan de andere kant van de wereld, net als haar neven en nichten. Ze zou hen moeten googelen om te weten waar ze uithingen. Het ontbreken van dit soort contacten had ze nooit als pijnlijk ervaren. Het werk slokte haar op, genoeg om niet stil te staan bij zoiets als eenzaamheid. Maar na die begrafenis en na haar vierde glas port bestookte nog maar één gedachte haar: stel dat zíj ergens in een rietkraag werd gevonden. Naakt, blind, verminkt en vermoord. Wie zou haar dan missen?

Voorjaar 2019

2

Lizzy wierp een gespannen blik naar boven. De lucht was zwart. Er was onweer voorspeld, ze moest zich haasten. Voelde ze daar al een spetter? Met ferme kracht drukte ze de pot waarin de salvia stond in de emmer met water. Terwijl ze afwachtend in de emmer staarde, moest ze denken aan vroeger toen ze nog een kind was en bij een vriendinnetje op de boerderij logeerde.

De poes had gejongd. Ze had de kleine, harige bolletjes van jong leven even mogen vasthouden en strelen. Meteen daarna had de vader van het vriendinnetje alle kittens in een jutezak geworpen en ondergedompeld in een emmer met water. Met grote ogen had Lizzy naar het spartelende en piepende kroost in de emmer gestaard. Een paar seconden, hooguit één minuut duurde dat vreselijke moment dat achteraf een eeuwigheid leek. Ze zou het daarna nooit meer vergeten: hoe makkelijk en snel het leven kon overgaan in de dood. Maar wat haar nog het meest bijbleef en waar ze later na haar miskramen vaak aan moest denken, was de reactie van de moederpoes toen die merkte dat haar nest leeg bleef. Krijsend veranderde het dier in een moordlustige furie die in blinde paniek om zich heen sloeg naar iedereen die haar benaderde…

Lizzy dwong zichzelf er niet meer aan te denken. Ze keek naar de bloempot onder haar handen die zich inmiddels had volgezogen met water. Een paar luttele luchtbelletjes borrelden nog naar boven.

Bedrijvig trok ze de doordrenkte kluit uit de pot en stopte hem in het daarvoor gegraven gat in de border. Ton sur ton. Van donkerpaarse verbena, oudroze echinacea en bijentrekkende agastache tot deze salvia 'Crystal Blue' moest alles binnen de kleurnuances van haar twaalf meter lange border passen.

'De tuinen van Giverny zijn er niets bij,' had ze laatst nog tegen een van haar tuinvriendinnen gezegd. En hoewel er toen smakelijk om werd gelachen, had ze het allesbehalve grappig bedoeld. Integendeel: komende zomer werd haar tuin opengesteld voor de plaatselijke tuinenroute. Na vier jaar noeste arbeid durfde ze met een gerust hart haar kleine paradijsje aan de wereld te tonen.

Tuinieren bood soelaas, het was een welkome afleiding tegen het piekeren. Ze wist niet of het nou voor of na Richards dood – die voor iedereen geheel onverwacht kwam – was begonnen. Maar alle energie die ze in zich had, had ze in de stadstuin van haar monumentale pand gestoken. Vier jaar, zo lang al? Ze keek opnieuw omhoog en daarna naar haar borst waarop haar horloge lag. Bij tuinwerkzaamheden droeg ze het altijd om haar hals. Het kwartier was om. Opschieten nu. In de afgelopen vijftien minuten had ze meesjes zien fladderen, mussen horen tjilpen, merels zien scharrelen en haar eigen versnelde ademhaling gehoord. Nog vier minuten en acht salvia's te gaan. Haalde ze dat? Nooit. Regendruppels vielen in haar nek. Haastig greep ze naar de volgende salvia en gaf het kniebankje voor de border met haar voet een zetje. Ze ademde heel diep in.

Nog twee minuten.

Salvia in de emmer, drukken, wachten, kijken.

Eén minuut.

Weer een spetter. Nog een. Geen luchtbelletjes? Kluit eruit en in het gat.

Grrrrom...

Lizzy's vingers boorden zich zo fel in de kluit dat de wortels ervan braken. Onwillekeurig kromp ze ineen bij dat grommende, borrelende geluid van het monster achter de heg dat dag in, dag uit elke twintig minuten zijn keel schraapte.

'Herpak je,' zei ze op strenge toon alsof ze een kind terechtwees. Ze liep naar het kniebankje en knielde neer. Behendig drukte ze de losse kluit in het gat in de aarde. Even werktuigelijk waste ze daarna haar handen in de emmer met water en boende de modderige aarde weg onder haar nagels. Gelaten verplaatste ze haar blik naar de hoek van de tuin waar de beuk in al zijn glorie stond te stralen en waar het donkergroene blad van de rododendron zo mooi diepte gaf aan de paars-blauwe border. Ze stond op. Het water drupte van haar handen langs haar broek. Haar doorgaans zachte gelaatstrekken verhardden. Ze hoorde hoe een panfluit het gorgelende monster begeleidde en zich daarna vermengde met de stem van de buurvrouw.

'Hihi, ja, héérlijk! O baby, het is hier zo zalig. Hoe laat ben je thuis? Hihi, jouw zeemeerminnetje wacht op je...'

Lizzy's buurvrouw plonsde als een uitgelaten zeehond in de jacuzzi. Het was een aardige vrouw, ze was jong en pasgetrouwd. Zij en haar man hadden het naastgelegen pand nog niet zo lang geleden betrokken. Er was veel verbouwd. Het resultaat was een strak, stralend wit juweeltje. Het timmerwerk had lang geduurd, maar ze hadden Lizzy van tevoren gewaarschuwd voor de geluidsoverlast. Het waren begripvolle mensen, en Lizzy wist zeker dat als zij iets over die jacuzzi zou zeggen, ze een oplossing zouden bedenken om het monster te stillen. Een lichtflits verlichtte de tuin, water stortte met kracht uit de lucht. Een angstkreet steeg op uit de belendende tuin, opgevolgd door een hysterische lach en geplons.

'Lekker buitje voor de tuin,' riep Lizzy naar de buurvrouw. De lach stierf weg. Lizzy zette zich schrap. Met grote stappen liep ze op de serre af. Vlug sloot ze de deuren om het regenwater buiten te houden. 'Vier jaar, verdomme!' Het regenwater stroomde langs de ramen. Lizzy schrok van haar kille weerspiegeling in de ruit. Ze veegde langs haar natte hals en plooide haar gezicht in die vriendelijke uitstraling die iedereen zo goed van haar kende en waar Richard haar tot aan zijn dood om prees.

3

'Olga, ik ben in Zeeland. Heb je het al met Lizzy besproken? Zorgt zij dat we een busje met chauffeur krijgen? Ik denk dat het een dag of tien wordt, misschien iets langer, hooguit twee weken... Luister...'

Olga klemde haar telefoontoestel tussen haar oor en schouder. Ze stond net op het punt om met haar kleinkind naar de huisarts te gaan toen Kate belde. Terwijl haar ogen de kamer afzochten naar een tas, voelde ze of de autosleutel in haar jaszak zat.

'Omaaaa! Buikpijn...'

'Ja, schat, ik weet het. Oma is bijna zover.'

Olga zette de telefoon op handsfree. Kates stem schalde door het huis. '... je weet dat geen van ons drieën goed is met links rijden, bovendien moeten we onderweg wel een drankje kunnen drinken. Het landgoed ligt ergens verscholen tussen oude dorpjes. Ik heb het nooit geweten. O kind, ik ben zo opgewonden, geloof je dat?'

'Omaaaa!'

'Jezus! Olga? Wat is dat voor gekrijs op de achtergrond?'

Olga reed de buggy met haar kleinzoon erin de gang door naar de hal. Ze legde haar hand op het verhitte voorhoofd van het kind. De koorts ging in een rap tempo omhoog. Niet dat ze zich daar meteen zorgen over maakte. Ze had vier kinderen opgevoed en had wel voor hetere vuren gestaan, maar haar dochter was een pietje-precies en daarom had ze een afspraak bij de huisarts gemaakt. Waar had ze die autosleutels toch gelaten? Die vergeetachtigheid waar ze zo van baalde en die de laatste tijd leek te verergeren, stak weer de kop op. Gisteren vond ze haar leesbril in de koelkast...

'Olga? Ben je er nog?'

'Kate, ik moet met Wolf naar de dokter, ik bel je later op de dag terug, oké?'

'Wolf? Heet jouw kleinzoon Wólf?' gilde Kate en ze begon te schateren. 'Het moet toch niet gekker worden, je noemt een kind toch niet naar een beest?'

Aha, daar lagen haar autosleutels, op de piano tussen de plantenboeken. Olga wist het weer: ze had ze gisteren nadat ze bij de kweker was geweest daar neergelegd. O jee, die arme rozen, ze moesten nog de grond in. Zie je, daar ging ze weer. Volstrekt vergeten. Als Jan gisteravond niet opeens had voorgesteld om nog even naar zee te gaan, was dat vast niet gebeurd en hadden de planten nu al wortel geschoten. Haar lieve, geduldige man Jan. Ze had het maar met hem getroffen. Een man die naast zijn drukke baan altijd bereid was geweest in te springen in het woelige gezinsleven. Vier kinderen hadden ze samen grootgebracht, twee dochters en twee zonen. En nu was daar ook nog eens een kindje van haar oudste dochter bij gekomen. Dat het jongetje via een zaaddonor was verwekt, maakte voor Olga geen enkel verschil. Hoewel Jan het heel lang had verdrongen – zijn mooie, vrouwelijke dochter kwam vast wel een keer een geschikte vent tegen – had Olga altijd aangevoeld dat Ellen meer op vrouwen viel. Toen Jan kennismaakte met Hansje, legde hij zich er al snel bij neer. Hansje was een oer-Zeeuwse. De twee waren meteen aan elkaar verknocht. Nu was daar ook nog eens Wolf bij gekomen. Hem te zien opgroeien met twee schatten van moeders... Nee, Jan miste die ontbrekende schoonzoon totaal niet.

'Olga? Olga, schat, ben je er nog?'

Kate was een volhouder. Waar had ze het zojuist nou over? Over een Engels landgoed waar ze met Lizzy en haar naartoe wilde? Olga opende de voordeur en terwijl ze de buggy naar de auto reed, schakelde ze de handsfreefunctie uit en legde het toestel weer tegen haar oor.

'Sorry, Kate, mijn kleinzoon gaat nu voor,' zei ze en ze fronste omdat ze merkte dat de inhoud van het gesprek haar even was ontglipt. Kate zei nog iets terug, maar Olga had de verbinding al verbroken. Het was gewoon wat stress. 'Als je met zoveel dingen tegelijk bezig bent, raak je vanzelf af en toe de draad kwijt,' zei Olga tegen zichzelf. Ze keek naar haar kleinzoon en terwijl ze hem over zijn rossige bolletje aaide hoopte ze dat ze gelijk had.

4

Kate staarde verbaasd naar haar telefoon. Die Olga, altijd bezig met familiezaken. Geërgerd blies ze een haarlok uit haar gezicht en legde het toestel naast zich op het nachtkastje. Ze strekte haar korte benen, trok de sprei over zich heen en liet zich achterovervallen in de kussens. Ze sloot haar ogen. Die koffers kwamen zo wel, eerst even landen. De reis had haar vermoeid. De vlucht had vertraging gehad en bij aankomst op Schiphol was er ook nog eens een stroomstoring. Meer dan drie uur had ze op haar bagage moeten wachten. Ze legde een hand op haar borst en ademde langzaam uit. Haar gedachten dwaalden opnieuw af naar Olga. Vier volwassen kinderen, een man, een schoondochter, een kleinzoon, pfff, Kate moest er niet aan denken. Zij had niets met familie. Haar ouders leefden niet meer en gelukkig had ze verder geen bloedverwanten. Haar tweede en laatste echtgenoot was van acht jaar geleden. Hun vechtscheiding, die voornamelijk over geld was gegaan en goddank niet over kinderen, lag nog vers in haar geheugen. Dankzij haar advocaat zat ze er nu warmpjes bij. Toch merkte ze dat het geld er de laatste tijd sneller doorheen ging, te snel voor haar gevoel. Ze werd ouder en het lichaam vroeg om meer verzorging. Hoewel ze nog niet aan plastische chirurgie deed, was ze wel vaker aan botox toe. Ze had een haarstukje moeten aanschaffen, de dagelijkse hoeveelheid vitaminen en voedingssupplementen verhoogd en een pe-

perdure personal trainer in dienst genomen. Inmiddels had ze die vervangen door een goedkoper en jonger ding waar ze ieder moment weer vanaf kon.

Het bericht over een onbekende oudtante uit Engeland die haar een huis met een – volgens de brief – verwilderd landgoed naliet, kwam als een aangename verrassing. Ze had meteen aan dat tuinreisje van vier jaar geleden moeten denken. Een van haar buren in Spanje had toen een tuinreis naar Engeland voor zichzelf geboekt, maar vlak voor de reis brak de vrouw een been. Ze had Kate gevraagd of zij niet in haar plaats wilde gaan. Hoewel planten en tuinen Kate niet per se konden boeien, had ze wel zin om de Spaanse zon even te verruilen voor een wat minder warme omgeving. Bovendien was het uitje al betaald. Achteraf gezien werd het een fantastische week. Het weer was goed, de reisleidster had een leuk verhaal en tot haar eigen verbazing klikte het tussen haar en twee vriendinnen: Lizzy en Olga, die net als zij uit Zeeland kwamen.

Van nature had Kate niets met vriendinnen. Voor je het wist moesten ze van alles van je en wilden ze samen gezellige dingen doen. Vooral dat 'gezellig' bezorgde haar kippenvel. Gezellig naar de film, gezellig naar een tuinevenement of nog erger, gezellig wandelen. Lizzy en Olga kenden elkaar van een eerdere tuintrip en hoewel ze elkaars tegenpolen waren – Olga was babbelziek en zorgzaam, Lizzy kon alleen maar spastisch glimlachen – deelden beiden hun passie voor planten op zo'n jaloersmakende manier dat Kate graag in hun gezelschap verkeerde. Niet om die planten, maar vanwege de chemie tussen de twee vrouwen. Een chemie die Kate in haar eigen leven nooit ervaren had en nu ze ouder werd en alleen was, begon te missen. Alleen, ja, ze was alleen. Nee, single, dat klonk beter. Single zonder kinderen, nog beter. Wanneer had ze haar laatste date gehad? Ze voelde een lichte steek rond haar middenrif. Ze verschoof haar hand naar de plek waar de pijn zat. Ze had er de laatste tijd vaker last van, van een beklemmend gevoel dat haar de adem benam zodra ze aan haar leeftijd van veertigplusser en aan dat andere werd herinnerd.

Niet doen, niet aan denken nu. Rustig ademhalen.

Ze opende haar ogen en keek om zich heen. De eenvoudige hotelkamer die ze dit keer geboekt had bespaarde haar behoorlijk wat geld. Geld dat ze liever aan een nieuwe tas of een horloge spendeerde. Ze had ook bij Olga kunnen logeren, hoewel ze zojuist aan de telefoon niet de indruk kreeg dat dat aanbod nog van kracht was. Olga was er niet meer over begonnen. Automatisch gleden Kates gedachten terug naar hun tuinreisje van vier jaar geleden. Olga en Lizzy hadden toen voorgesteld dat zij na afloop niet meteen hoefde door te vliegen naar Spanje, maar nog een paar dagen bij hen in Zeeland kon verblijven. Kate voelde zich gevleid en maakte van het aanbod gebruik. Bij thuiskomst hadden ze gedrieën bij Lizzy in de tuin gezeten. Napratend over de kasteeltuinen die ze bezichtigd hadden, werd het al snel laat. Kate genoot van de drankjes die Richard, de man van Lizzy, voor haar inschonk. Hoewel Kate wist welke uitwerking alcohol op haar had, werd ze toch loslippig. Achteraf gezien moest het door Olga zijn gekomen. Zij ook altijd met haar familieverhalen...Lizzy had Kate vergeven, had de schuld zelfs bij Richard gelegd, wat volkomen terecht was. Na Richards dood hadden ze nog eenmaal contact gehad. Olga belde graag, maar van Lizzy hoorde ze niets meer. Het paste bij Lizzy. 'Olga praat en ik luister,' zei Lizzy altijd.

Iemand klopte op haar deur. Verschrikt kwam ze overeind.

'Mevrouw Dieleman?' Een stem van een man.

'Ja?'

Kate wierp zich van het bed. Haar blouse hing los, net als haar leren rok. De stof van de blouse was tussen de rits gekropen en verhinderde het om hem dicht te trekken. Op kousenvoeten liep ze naar de deur. Ze was klein zonder pumps, maar ze had geen tijd om die nog aan te trekken. De man klopte opnieuw, dwingender. Kate trok aan de band van haar rok, hield hem bij elkaar en opende de deur.

Een gespierde jongeman met donker haar en diepbruine ogen

keek haar vanuit de gang belangstellend aan. Hij droeg een spijkerbroek met een lichtblauw T-shirt waarop het logo van het hotel stond. Over een van zijn onderarmen hing een badhanddoek, in zijn hand hield hij een fles met olie. Kate voelde hoe zijn blik naar haar decolleté werd getrokken. Ze voelde zich naakt. Vragend trok ze haar wenkbrauwen op.

'Ja?' zei ze.

'U had om een massage gevraagd?' antwoordde de jongen.

5

De regen was gestopt, een waterig zonnetje bescheen het zitje bij de serre. Lizzy had haar tuinkleding verruild voor een driekwartbroek met grote steekzakken, een katoenen slobbertruitje en platte sandalen. Het was kleding waar Richard van gruwde en die zij na zijn dood steevast droeg omdat het nou eenmaal haar lievelingsoutfit was en het paste bij een tuinvrouw als zij. Ze liep naar het gasfornuis, proefde van de vissoep, strooide er wat zout bij en maakte zich klaar voor het achtuurjournaal door alvast een schaaltje met brood en een soepkom op het dienblad te zetten.

Buiten was het stil. Het gorgelmonster hield even pauze. Lizzy richtte de afstandsbediening op de tv en terwijl het beeldscherm aanfloepte rinkelde haar telefoon.

'Dag Liz, met Felix. Ik las je appje.'

'Ha jongen, dat is snel,' antwoordde Lizzy. Haar hart maakte een sprongetje bij het horen van zijn stem. Felix gaf haar leven zin. Ze drukte op de pauzeknop van de tv en draaide het gas onder de soeppan uit. 'Wanneer schikt het?' vroeg ze.

'Wanneer jij wilt, het is vakantietijd. Ik heb niet veel te doen.'

'Morgen dan?' vroeg ze. 'Rond een uur of tien? En neem je daarna ook al het afval mee?'

Aan de andere kant van de lijn werd overlegd. Felix had sinds kort een vriendinnetje, had hij laatst verteld. Hij was een makkelijke prater en Lizzy was een goede luisteraar. Zo was ze langzaamaan bekend geraakt met Felix' wereld en hoe meer ze over hem aan de weet kwam, hoe meer dat haar prikkelde daar iets mee te doen.

'Is het alleen voor de blauweregen of wil je ook de perenboom snoeien? Dan neem ik wat zwaarder gereedschap mee,' zei Felix.

Lizzy keek naar de tuin. Hardop peinzend mompelde ze dat de perenboom altijd in augustus werd gesnoeid. En terwijl ze dat zei, voelde ze een lichte huivering langs haar lichaam trekken. Augustus, de maand waarin Richard stierf en zij op zoek ging naar Felix.

'We kennen elkaar van de zomer precies vier jaar,' zei ze. Haar stem klonk gemaakt opgewekt. Ze schrok ervan. In de stilte die viel, voelde Lizzy zich nog ongemakkelijker worden. Wanneer ging ze het Felix vertellen? Binnenkort, niet morgen. Nog niet, er moest een aanleiding zijn.

'Al zo lang? Bijna een lustrum, Liz, gaan we dat vieren?' Felix lachte en op de achtergrond hoorde Lizzy een meisje meelachen.

Namen ze haar nu in de mailing? Waarom deed ze ook zo krampachtig als het om Felix ging?

'Goed, morgen dan, tien uur,' zei ze. Haar stem had weer die ietwat afstandelijke toon gekregen, een toon die ze zichzelf in de laatste jaren van haar huwelijkse leven had aangeleerd. Om de pijn niet toe te laten. Felix zei iets terug, maar Lizzy hield haar duim al boven de telefoon om de verbinding te verbreken. Ze voelde hoe de lach van Felix en zijn vriendin nog natrilde in haar verstijfde lijf. Als ze zelf kinderen had gehad was het vast anders geweest. Dan had ze dit misschien niet als kwetsend ervaren, dan had ze misschien wel heel hard meegelachen en gezegd dat het een goed idee was om hun lustrum te vieren... Een van haar tuinvriendinnen had laatst geopperd dat ze psychologische hulp moest zoeken. Nadat de vriendin verteld had dat ze oma zou worden was Lizzy spontaan in huilen uitgebarsten en over zichzelf begonnen. Zij zou nooit kleinkinderen krijgen, had ze verwijtend gezegd. Achteraf gezien zo gênant. Als ze niet uitkeek raakte ze de controle kwijt. God, nee, niet nog eens. Daar had ze nu pillen voor. De pillen namen niet de pijn en de dwang van haar gedachten weg, maar streken ze glad, waardoor ze minder heftig waren. De telefoon trilde in haar hand. Lizzy schrok ervan.

'Met Lizzy Ferwerda,' zei ze zacht.

'Dag Lizzy, met Olga. Het is alweer een tijdje geleden, hè? Hoe is het nu met je?'

'Olga!' Lizzy reageerde verheugd. De onzekerheid over Felix die haar zojuist nog in beslag had genomen, verdween bij het horen van Olga's stem. 'Het gaat goed,' vervolgde ze. Ze wachtte even. Nadenkend over de laatste keer dat ze Olga sprak, keerde ze zich naar de serredeuren. Ze wierp een blik naar buiten, mompelde iets onverstaanbaars en voelde hoe ze nog meer opklaarde.

'Ik versta je niet, Lizzy, wat zeg je?' zei Olga.

'De tuin, Olga, de tuin. Hij staat er zo mooi bij. Wanneer kom je kijken?'

6

Olga liep de woonkamer in. Vertederd keek ze naar het speelgoed van kleinzoon Wolf dat over de grond verspreid lag. Terwijl ze het plastic spul opraapte, dacht ze terug aan haar gesprek met Lizzy, dat nogal vreemd was verlopen. Olga had verteld dat Kate momenteel in Zeeland was en dat ze met hen naar Engeland wilde. 'Liz, lijkt je dat niet opwindend? Een huis met een heel landgoed erven?' had Olga gezegd. Maar in plaats van dat Lizzy net als zij blij was voor Kate, begon ze heel zakelijk over de nieuwe aanplant van haar border. Ze had een bijzondere soort van digitalis aangeschaft, zei ze. Pas toen Olga over de moeizame grond van haar eigen tuin in Domburg begon en dat de zeewind veel kapotmaakte, leek Lizzy belangstelling te kunnen opbrengen voor een gezamenlijk tuintripje naar Engeland. Ze beloofde een busje te regelen, of in ieder geval een auto waarin genoeg planten en desnoods een klein fruitboompje pasten. Het was ondenkbaar dat ze zonder nieuw groen huiswaarts keerden. Olga herinnerde zich nog die keer dat Lizzy per se een heel bijzondere rododendronsoort moest meenemen die niet te tillen viel. De kluit was zo zwaar dat Olga er spit aan overhield. Dagenlang had ze nauwelijks kunnen zitten noch liggen. Ze had Lizzy nu op voorhand gewaarschuwd: ze mocht een busje huren, maar helpen met sjouwen deed ze niet meer. Ook hier was Lizzy niet op ingegaan. Integendeel, ze was over een aardige chauffeur begonnen. Een jongen die haar hielp met snoeiklussen. Hij heette Felix, vertelde ze, en toen ze eenmaal over hem begon uit te wijden, kon ze niet meer stoppen. Dat was het moment voor Olga om zich af te sluiten. Ze deed het de laatste tijd vaker, niet uit desinteresse maar uit zelfbescherming; ze wilde alleen nog dát onthouden wat er écht toe deed. De rest was ze toch zo weer kwijt.

Felix dus. Hij was nieuw voor Olga, ze had Lizzy nog niet eerder over hem gehoord. Hoewel Lizzy en zij slechts een paar kilometer van elkaar woonden en Lizzy vaak aangaf Olga te missen, liepen ze de deur niet bij elkaar plat. Soms voelde Olga zich daar schuldig over. Ze wist dat Lizzy zich na Richards dood beklaagde over eenzaamheid. Zo helemaal alleen in dat grote huis, nooit bezoek van kinderen of familie. Arme Lizzy, het was een pijnlijk onderwerp. Olga wist dat Lizzy ongewenst kinderloos was en om haar niet te kwetsen probeerde ze zo weinig mogelijk over haar eigen, bedrijvige gezinsleven te vertellen. Dat lukte lang niet altijd; als moeder was het nou eenmaal onmogelijk om niet over je kinderen te praten. Mooi dat er nu een Felix in Lizzy's leven was. Olga was benieuwd hoe Kate op hem zou reageren. Kate was een flirt pur sang; hoe jonger, hoe beter, leek het wel. Als ze Felix maar met rust liet, die was van Lizzy. Kate noemde Lizzy een autist, een plantennerd. Dat ging Olga te ver. Olga was dol op Lizzy. Misschien wel juist omdat ze anders was. Iemand als Kate zou dat nooit begrijpen.

Olga bukte zich en raapte het lievelingsspeeltje van haar kleinzoon op. Een afgekloven teddybeer zonder ogen. Ze drukte het speelgoedbeest even tegen haar borst en voelde een zoete warmte door haar lichaam stromen. Wat was ze rijk met een man als Jan en haar schatten van kinderen, dat mocht ze nooit vergeten. Die gedachte bracht haar terug in het heden. Jan kon zo thuiskomen, hij was naar Ellen om Wolf terug te brengen. Het arme schaap had waterpokken. Ze had hem in een dekentje gewikkeld en Ellen aan de telefoon gerustgesteld; het ging vanzelf weer over, had ze gezegd. Zij kon het weten, ze had ervaring. Vlug haalde ze het overige speelgoed van de vloer, deed het in een daarvoor bestemde plastic bak en schoof daarna de prentenboeken bij elkaar. Werktuigelijk maakte ze er een stapel van: de grootste onderop en de kleinste boekjes als laatste. Ze liep met de stapel naar de boekenkast, keek naar de plank waar ze thuishoorden en voelde ineens weer die vreemde paniek opkomen. Ze staarde naar de lege plek en aarzelde. Wolf was ziek, Jan kwam zo thuis en zij had een afspraak gemaakt met Kate. Toch? Of? Paniekerig legde ze de kinderboeken op de plank, pakte haar telefoon en zocht naar het laatst gebelde nummer. Nee, zie je wel, ze was niet gek. Ze wist het nog. Niet met Kate maar met Lizzy had ze gebeld! De helderheid van het beeldscherm werd langzaam minder. Zo ging het ook in haar hoofd, keer op keer, van helder naar troebel en soms naar zwart. Zoals nu. De hand waarin de telefoon lag beefde. Geconcentreerd keek Olga naar het zwarte apparaat. Lizzy en zij, wat hadden ze nou precies afgesproken?

7

Kate stapte onder de douche vandaan en wreef zichzelf droog met een van de handdoeken van het hotel. De massage, waar ze niet om gevraagd had maar die bij vergissing in haar schoot werd geworpen, had haar goedgedaan. Een deel van de spanning die ze na de reis gevoeld had in haar schouders, was weg. Die jongen had gouden handjes en was zijn prijs dubbel en dwars waard. Als ze meer geld had neergelegd was hij met liefde verder gegaan dan haar schouders en rug. 'Andere keer,' had ze gezegd toen zijn gladde vingers over haar heupen per ongeluk in haar slipje gleden. Ze was vandaag niet in de stemming voor seks. In zekere zin voelde dat verontrustend. Haar libido was nooit een probleem geweest. Ze legde de schuld bij de omgeving. De herinnering aan die dramatische logeerpartij van vier jaar geleden bij Lizzy had nu duidelijk een verlammende werking op haar.

Ze liet de handdoek van haar lichaam vallen, stapte eroverheen en wendde zich tot de lange spiegel naast de deur. Ze ging op haar tenen staan om langer te lijken en nam zichzelf keurend op. Haar blik gleed langs haar borsten en via haar buik naar haar gladgeschoren kutje. Alles zag er nog steeds strak en veelbelovend uit. Ze hoefde maar een bikinifoto in te sturen en ze zou zo kunnen meedoen aan *Temptation Island*. De massagejongen floot tussen zijn tanden toen ze haar leeftijd noemde. Ze had hem de naam gegeven waaronder hij haar op Instagram kon volgen: @kate.lace. Iedereen kende haar onder die naam. Haar eigen naam, Dieleman, was zo suf. Daar wilde ze niet mee geassocieerd worden. De jongen reageerde met een ingehouden lachje waaruit Kate kon opmaken dat hij niet geïnteresseerd was.

Ze boog zich wat verder naar de spiegel, inspecteerde haar hals en oogleden op verslapping en tuitte haar lippen in een duckface. Had ze nog tijd? Ze keek op de klok naast het bed. Voordat ze de stad in ging moest ze nog een paar selfies posten. Ze had al een halve dag niet op Instagram gekeken of zelfs maar een tweet geplaatst. Dat maakte haar nerveus. Ze opende een van haar koffers, wierp er een blik in en verkrampte. Fuck! Haar strapless jurkjes van Dior, de jumpsuit van Ted Baker en de bijpassende oorbellen van Gucci mochten dan momenteel tot haar favoriete basics behoren, ze waren absoluut niet geschikt voor een tuintrip met Olga en Lizzy. Ze haalde iets eenvoudigs uit de koffer en terwijl ze zich aankleedde bedacht ze dat ze zich de komende week een beetje moest aanpassen aan het buitenleven. Nogmaals keurde ze zichzelf voor de spiegel, ze pakte de telefoon en de selfiestick en schoot een paar kiekjes. Waar nodig corrigeerde ze het beeld met de filterapp, ze opende Instagram en plaatste bijna gedachteloos de foto's tegen de achtergrond van een zeegezicht met ondergaande zon. Ze was weer in Zeeland, ze was een mooie vrouw. Het was dom geweest van Richard om dat niet in te zien.

8

Lizzy opende haar ogen. Tussen haar wimpers door zag ze op de wekker dat het tegen tienen liep. Loom draaide ze zich van haar zij op haar rug en rekte zich uit. Buiten was iemand aan het zagen. Ze sloot haar ogen en bleef nog even nasoezen.

Het was gisteravond laat geworden. Als ze eenmaal op de computer zat vergat ze de tijd. Pas tegen vieren was ze naar bed gegaan. Eerst had ze voor hun reisje naar Engeland een busje geregeld en daarna was ze naar Instagram gegaan om de nieuwste foto's van haar border te plaatsen. Niet per se uit nieuwsgierigheid maar meer uit verveling, belandde ze daarna op de pagina van Kate. Ze deed het vaker. Uit een soort leedvermaak tuurde ze naar de selfies van Kate. In Lizzy's herinnering had Kate veel kleinere borsten, was ze dikker en had ze geen blauwe maar bruine ogen. Lizzy's ergernis over Kates schaamteloze manier om de werkelijkheid te verdoezelen, wond haar vannacht zo op dat ze bijna het gehuurde busje had gecanceld. Het zou wel heel stom geweest zijn om deze buitenkans aan zich voorbij te laten gaan. Nog net op tijd moest ze aan Olga denken, daarna aan Richard en daarna aan Felix...

Felix!

Met een schok zat Lizzy rechtop in bed. Dat gepruttel van die zaag buiten. Ze was het vergeten, dat moest Felix zijn. Vlug stond ze op en rende naar het slaapkamerraam. Ze trok aan de blinden, opende het raam en hing haar bovenlijf over de plantenbak met Franse geraniums. 'Joehoe, Felix,' riep ze. 'Ik kom eraan!'

Felix stond op een ladder onder de perenboom. Zijn strak gestylede haar glom van de gel, hij droeg oorbeschermers en een nietsverhullend T-shirt waarin de sterke spieren van zijn rug waren af te lezen. De mouwen van het shirt had hij opgerold tot ver boven zijn biceps. Keurend nam hij de boom in zich op. Met daadkracht zette hij de zaag op een van de takken. Onder het gebrul van de machine brak de tak en belandde genadeloos op het zachte gebladerte van de onderliggende hortensia's. Lizzy sloeg een hand voor haar mond. De arme bloemknoppen van de Annabelle sneuvelden stuk voor stuk. In haar pyjama stoof ze de trap af en rende de tuin in.

'Stoppen Felix! Niet de perenboom! Felix! Stoppen!'

Te laat. Een nog forsere tak dan daarnet knakte als een luciferhoutje doormidden. Dit keer moesten de tere akeleien het ontgelden. Nu pas merkte Felix haar op. Hij stak een duim omhoog. Als een sluipschutter die zijn mitrailleur in de aanslag hield, trok hij de zaag naar zich toe en wees ermee op een tak die volop in bloei stond. Deze ook? zei het gebaar. Lizzy schudde driftig haar hoofd en wenkte dat hij van de ladder moest komen. Met een onverschillige handbeweging drukte Felix de zaag uit. Kalm stapte hij van de ladder en schoof de oorbeschermers omhoog. Hij lachte zijn triomfantelijke lachje dat Lizzy zo goed van hem kende. Ze was erop gesteld geraakt. Net als op die jongensachtige blik in die diepliggende staalblauwe ogen waarmee hij haar hart had veroverd. Eigenlijk was alles mooi aan Felix. Zijn hoekige kaaklijn die uitkwam in een puntige kin, de smalle neus met het ringetje erdoor, het zorgvuldig getrimde baardje en die mooie mond...

'Sorry, ik dacht...' Felix kuchte.

'Niks "ik dacht",' zei Lizzy met woede in haar stem. Ze dacht aan Richard en aan de manier waarop hij vroeger tegen haar sprak als hij iets te verbergen had. Smerige praatjesmakers. 'We hadden afgesproken dat je alleen de blauweregen zou doen,' ging ze met stemverheffing verder. Ze zette haar handen in haar zij en maakte zich breed. Meteen kreeg ze spijt toen ze Felix zag verstijven. Zijn mond trok in een strakke streep en de zachte blik in zijn ogen verstarde.

'Het spijt me,' zei hij op koele toon. 'Zal ik dan maar een andere keer terugkomen?'

'Nee, onzin,' zei Lizzy snel. 'Misschien had ik duidelijker moeten zijn. Het is mijn schuld en als ik vannacht niet...' *Wat zei ze nu weer? Daar ging ze weer, ze moest haar hoofd erbij houden, anders...* Ze pakte Felix bij zijn arm en trok hem mee naar de serre. 'Kom, jongen, laten we eerst even koffiedrinken, heb je al ontbeten?'

Ze voelde hoe de spieren in Felix' arm zich aanspanden. Hij maakte zich los uit haar greep en zei dat hij liever doorging met de tuin. Vanmiddag had hij een afspraak met zijn vriendin om de stad in te gaan. Even stonden ze zwijgend en gespannen tegenover elkaar. Lizzy's brein werkte snel. Ze mocht Felix niet verliezen, niet nu alles op alles kwam te staan en hij haar grootste troef was. Ze beet op haar lip en terwijl ze een bloesemtak van de grond opraapte en met pijn in haar hart ronddraaide, besloot ze dat ze het niet langer voor zich mocht houden. 'Felix, luister, ik moet je iets vertellen,' zei ze. 'Iets heel belangrijks.'

9

Olga opende de deur voor Kate.

'Wat heerlijk om je weer te zien,' zei ze nadat ze drie luchtkussen hadden uitgewisseld. 'Je ziet er goed uit. Goh, is het alweer vier jaar geleden? Ongelooflijk!'

Kate lachte besmuikt. 'Dank je, jij bent ook niets veranderd, Olga,' zei ze.

Het klonk vals en zo voelde het ook. Olga's blonde haar was dof van het verven, de uitgroei was vaalgrijs en rond haar ogen liepen zulke diepe groeven dat de oogschaduw zich daar voorgoed leek te hebben genesteld. 'Ik heb net koffiegezet en er iets lekkers bij gehaald. Ik was gelukkig op tijd weer thuis, het is tegenwoordig zo druk in de stad. Rijen dik voor de kassa. Al die Duitse toeristen; het neemt met het jaar toe. De winkeliers spreken je zelfs aan in het Duits! Domburg is Duitsland, zei laatst een goeie kennis van ons. Hij woont in Middelburg. Hoe is je hotel daar, Kate? Je weet toch dat je ook bij ons had kunnen slapen, had ik dat niet aangeboden? Nu de jongste ook de deur uit is, hebben we genoeg kamers over. Jan opperde laatst nog dat we die met gemak kunnen verhuren. Hij had het al over een bed and breakfast. Typisch Jan, altijd bezig met plannetjes. Ik weet het niet hoor, dan ben je ineens ook je vrijheid kwijt. Maar kom verder, laten we niet hier in de gang blijven staan. Wat fijn dat je er bent, Kate. Kom, geef je jas maar, mooie stof en die kleur… Zoiets zie je niet bij ons. In Spanje zal het nu wel warm zijn, is het niet? Als Jan met pensioen is willen wij daar ook iets kopen, iets eenvoudigs hoor. We houden zo van de zee, hè? Misschien kun jij ons tegen die tijd adviseren en…'

'Jazeker Olga, het hotel is prima en ja, in Spanje is het al behoorlijk warm, daarom had ik geen jas meegenomen. Deze heb ik vanochtend bij H&M in Middelburg gekocht, net als de andere kleren. Ik was niet goed voorbereid op het weer hier en op jullie stijl van kleden,' zei Kate.

Olga knikte.

Er viel een stilte.

Olga draaide zich om en terwijl ze zich smal maakte, verontschuldigde ze zich voor de buggy die hun de doorgang ontnam. Kate wierp een blik in het wagentje waarin een vuil, afgelebberd doekje en een pluizig speelgoedbeest lagen.

'Wolf is driemaal per week hier. We hebben alles weer een beetje moeten inrichten op een kleintje, hè?' zei Olga terwijl ze doorliep.

Kate antwoordde niet. Toen ze zich langs de buggy worstelde raakte ze per ongeluk de wielen, waardoor het ding kantelde. Het speelgoedbeest viel eruit en belandde voor Kates voeten.

'Ik zei vanochtend nog tegen Jan dat we heel blij mogen zijn met Wolf. Dat zoiets allemaal kan tegenwoordig, hoe vind je dat nou, Kate? Weet je dat Wolf sprekend op Ellen lijkt? Behalve dan zijn haarkleur, haha. Alsof er nooit een vader aan te pas is gekomen. Haha, in Ellens geval is dat wel fijn en…'

Pieeeep…

Olga keek achterom.

'O jee,' zei Kate. 'Wat doe ik nu?' Ze was op het speelgoedbeest gaan staan. 'Maar vertel 'ns, Olga,' ging ze vlug verder. Ze wierp een blik op haar horloge. 'Hoe laat komt Lizzy, we hadden toch rond deze tijd bij jou afgesproken? Ze komt toch wel? En weet je of ze een busje heeft geregeld? Je hebt haar toch wel gebeld?'

Olga leek te verkrampen. Er verscheen een diepe rimpel tussen haar wenkbrauwen. Peinzend staarde ze naar Kate alsof de vraag haar overviel en ze niet meer wist wat ze met Lizzy had afgesproken.

'Olga?'

'Eh, ja, ja, Lizzy, ik heb haar gebeld. Maar...'

'Mooi, als zij er zo is, kunnen we plannen maken voor ons vertrek. Ik heb de overtocht voor de boot geregeld. Als we morgen om elf uur in Calais zijn, zijn we aan het eind van de middag op het landgoed.'

'Het landgoed,' herhaalde Olga. Haar gezicht bleef uitdrukkingloos. 'Wat leuk, Kate, praat me even bij, wat gaan we daar precies doen?'

10

Lizzy legde haar telefoon op tafel. Olga had gebeld en gevraagd waar ze bleef. Kate en zij zaten al een uur op haar komst te wachten. Ze zouden vandaag hun plannen doornemen voor het reisje. Lizzy was aan zichzelf gaan twijfelen en had tegen Olga gezegd dat Felix bijna klaar was met zijn tuinwerk. Over een halfuur konden ze haar verwachten. Maar Felix was allang naar huis, en Lizzy kon zich niet herinneren dat ze vandaag iets met Kate en Olga had afgesproken. Ze wist niet beter dan dat ze morgen naar Engeland zouden vertrekken. Ze pakte haar agenda en wierp er een blik in. Zie je wel, morgen. Olga had verstrooid geklonken.

Lizzy moest aan haar eigen geheugen denken. In sommige gevallen kon het weleens goed uitkomen als je zei dat je geheugen je in de steek liet, bijvoorbeeld als je ergens schuldig aan was. Haar gedachten gleden naar Richard, naar die bewuste avond in hun tuin, vier jaar geleden, toen hij schuld bekende. Lizzy zag hem weer voor zich, haar man met wie ze toen al ruim dertig jaar samen was. Haar knappe man op wie ze als jong meisje was gevallen. Die mooie jongen die uiteindelijk háár koos. Ze was toen zelf ook aantrekkelijk, dat mocht ze nooit vergeten. Begin twintig, was ze, struis, niet dik, eerder krachtig en kordaat. Tja, een sterke persoonlijkheid, had ook eens iemand opgemerkt. Ze was zo zelfverzekerd dat ze het Richard niet eens kwalijk nam dat hij af en toe vreemdging. Een sexy man in de bloei van zijn leven met een goeie baan als arts, immer omringd door jonge vrouwen... Het waren slippertjes, nietszeggende avonturen, wist ze. Ten slotte kwam hij altijd weer terug bij haar, misschien wel juist omdát ze hem vrijliet.

Ze huwden en niet lang daarna raakte ze zwanger. Richard kon zijn geluk niet op. Eerst een jongen en dan een meisje, of andersom? Misschien wel van alles twee, had hij liefdevol gezegd. Toen Lizzy na vier maanden het kind verloor was Richard ontroostbaar. Niet veel later raakte ze opnieuw zwanger. Weer eindigde die zwangerschap in een miskraam. Pas bij de vijfde keer leek alles goed te gaan. Lizzy was toen al vierendertig en zeven maanden in verwachting. Richard maakte in die tijd lange dagen in het ziekenhuis. Soms werd het zo laat dat hij daar overnachtte. Later bekende hij dat hij in die tijd seksueel naar haar verlangde maar bang was om haar pijn te doen. Alles draaide om het ongeboren kind; dit keer mocht er niets misgaan.

Het ging radicaal mis. Zo erg dat er een operatie volgde en Lizzy daarna nooit meer zwanger kon worden. Ze hadden toen beter uit elkaar kunnen gaan. De verwijdering die tussen hen ontstond was zo gruwelijk dat Lizzy indertijd liever dood had willen zijn. Ze had haar man zijn grootste wens ontnomen: de wens op een gelukkig gezin. Haar mondhoeken trokken naar beneden, haar ogen fonkelden. Als ze toen geweten had...

Buiten sloeg de jacuzzi aan. Het gebrom haalde haar uit haar gepeins. Snel stopte ze haar telefoon in haar tas, checkte de andere spullen die ze mee wilde nemen naar Olga en pakte haar autosleutels. Toen ze haar jas aantrok werd haar aandacht getrokken door iets wat aan de kapstok hing. Het was een linnen tasje waaruit een deel van een plant stak. Ach ja, die moest Felix vergeten zijn. Hij wilde een stek van haar digitalis voor in zijn eigen tuintje. Lizzy haalde het tasje van de kapstok en wierp er een blik in. De bladeren aan de plant hingen slap. Morgenochtend zag ze Felix. Als ze de stek niet in het water zette ging hij onherroepelijk dood. Weifelend stak ze haar hand in het tasje. Ze zag nu dat er een zonnebril, ballpoint en een opschrijfboekje in zaten. Hierin noteerde Felix de plantennamen van giftige soorten. Hij had een keer verteld dat juist de giftige planten altijd van die mooie, kleurrijke bloemen droegen, en dat hun gevaarlijke schoonheid hem fascineerde. Ineens schoot er iets door Lizzy's hoofd, een gedachte die gepaard ging met een licht gevoel van opwinding. Soms kwamen er dingen op je pad waar je geen moeite voor hoefde te doen. Zoals dat onverwachte reisje met Kate dat haar zomaar in haar schoot werd geworpen.

Haar hand trilde toen ze het tasje terughing aan de kapstok. De stek van de digitalis liet ze erin zitten. Triomfantelijk verliet ze haar huis.

Digitalis, ook wel vingerhoedskruid genoemd, is een tweejarige plant die fel uitzaait. Het is een snijbloem en honingplant die druk bezocht wordt door bijen en hommels. Alle delen, vooral de zaden en de bladeren, zijn zeer giftig voor mens en dier. Inname ervan kan hartritmestoornissen veroorzaken.

11

In Domburg was het druk. Lizzy zette haar auto op een van de parkeerplaatsen bij de duinen en vervolgde haar weg lopend naar Olga. Ze stak de drukke winkelstraat over en liep langs een molen. In de verte gloorde het rijtje huizen waar Olga woonde. De zon was doorgebroken en voorzag de gevel van het statige achttiende-eeuwse huis van een gouden gloed. Olga's huis mocht dan net iets minder fraai zijn dan dat van Lizzy, er woonde een gelukkige familie. Lizzy voelde een steek van jaloezie die ze niet kon onderdrukken. Kom op, ze moest zich niet aanstellen, Olga was een toegewijde vriendin. Haar hartelijkheid was onverwoestbaar. Dat werd bevestigd toen ze Olga opgewekt naar buiten zag komen. Ze wenkte naar Lizzy dat ze moest voortmaken.

'Liz, wat ben ik blij dat je er eindelijk bent,' zei Olga.

'Ja, het spijt me, ik dacht dat we morgen afgesproken hadden,' antwoordde Lizzy.

'Dat hebben we ook, maar Kate vond dat we elkaar eerst even moesten treffen. Ze zou mij gisteravond daarover gebeld hebben en ik zou beloofd hebben daarna jou in te lichten...' Olga ging recht voor Lizzy staan en keek haar indringend aan. 'Zeg 'ns Liz, heb ik dat gedaan? Jou gebeld? Ik kan het me gek genoeg niet herinneren. Ik heb het zo druk gehad met Wolf, hij heeft waterpokken, en Jan was laat thuis... maar als...'

'Jawel Olga, tuurlijk heb je mij gebeld! Het is mijn schuld dat ik er veel te laat achter kwam,' loog Lizzy. 'We waren aan het snoeien en met Felix erbij verlies ik me al snel in het tuinwerk,' vervolgde ze.

Olga ademde opgelucht uit. 'Zie je wel, ik ben niet gek. Misschien wat verstrooid, maar worden we dat allemaal niet als we de zestig gepasseerd zijn?'

'Je hebt gelijk,' zei Lizzy. 'Wie zegt dat je gek bent? Jij bent de oudste van ons twee, dan mag je best als eerste verstrooid raken.'

Olga kneep dankbaar in Lizzy's hand. Lizzy kreeg bijna medelijden met haar, zo verschrikt en angstig had Olga haar zojuist aangekeken. Vlug sneed ze een ander onderwerp aan door over hun reisje te beginnen en gebaarde daarbij met haar hoofd naar de deur. 'Hoe is het met Kate?' vroeg ze.

Olga schokschouderde en trok haar wenkbrauwen op. 'Ze is weggegaan,' antwoordde ze.

'Hè, hoe bedoel je, weggegaan? Waarheen dan?' riep Lizzy. Ze voelde het bloed uit haar gezicht wegtrekken. Werd haar deze kans nu al afgenomen?

'Tja, toen jij maar niet kwam opdagen werd ze het zat. Ik kreeg de indruk dat ze mij ook zat werd, misschien praatte ik te veel over Wolf. Het ligt blijkbaar gevoelig bij Kate om over kinderen te praten.' Olga wachtte even. 'En kijk, dat vind ik nou zo fijn aan jou, Liz. Ondanks al jouw miskramen gun je anderen wel hun familiegeluk. Maar Kate daarentegen...'

'Olga, wat heb je met haar afgesproken?' onderbrak Lizzy haar vriendin. 'Waar is ze naartoe? De reis naar Engeland gaat toch wel door, hoop ik?'

'O, ja, ja, niet boos worden, Liz. Goh, je hebt je er echt op verheugd, hè? Ik druk me weer zo onhandig uit.' Olga schudde lachend haar hoofd. 'Kate is naar het strand. Ze wilde even uitwaaien, zei ze. Ik heb beloofd dat ik haar zou appen als jij er was. Misschien kunnen we gezamenlijk iets gaan drinken aan zee? Ik vind het net zo spannend als jij, Liz. Je zult maar een landgoed erven. Hoe is die

Felix eigenlijk, is het een aardige jongen?'

Lizzy antwoordde niet. Ze pakte haar tas en haalde haar telefoon tevoorschijn. Terwijl Olga riep dat ze haar kaplaarzen ging aantrekken, tikten Lizzy's duimen een appje naar Kate.

Hi Kate, Olga en ik komen nu jouw kant op. Laat even weten in welk strandpaviljoen je zit. Verheug me op ons weerzien!

12

Hoewel het door de laagstaande zon achter het glas van het strandpaviljoen goed toeven was, waaide er een straf zeewindje. Kate trok aan de mouw van haar nieuwe jas, die steeds opkroop, waardoor ze het koud kreeg. Terwijl ze van haar gin-tonic nipte, keek ze gespannen op haar horloge. Lizzy en Olga konden ieder moment hier zijn. Een lichte nervositeit deed haar opnieuw twijfelen. Ze kon nog vertrekken. Gewoon een taxi nemen naar Calais en van daaruit met de boot en de trein... Ze zuchtte, en dan? Het was niet volgens afspraak gegaan. Terwijl ze toch zeker wist dat ze met Olga had afgesproken om bij haar thuis de reis door te nemen. Maar toen Lizzy na een uur nog niet kwam opdagen, werd ze het gebabbel van Olga zat en was ze naar zee gevlucht. Aan zee werd ze rustig. Dankzij de derde gin-tonic kwam ze langzaam weer tot zichzelf. Ze moest sterk blijven en haar doel niet uit het oog verliezen.

Ze keek naar de vloedlijn en de paalhoofden. Het zeewater klotste er tussendoor. Honden renden af en aan; water in, water uit. Meeuwen krijsten en cirkelden erboven. Een wandelaar gooide met een stok naar de honden, een ervan ving de stok en rende ermee weg. De achterblijver droop af. Het beeld deed Kate aan Richard denken, hoe hij als een laffe hond met de staart tussen zijn benen afdroop nadat hij haar had verstoten. Ze had gedacht dat ze ruim twintig jaar later daar wel overheen was, over die pijn. Maar toen ze vier jaar geleden na hun tuinreisje bij Lizzy thuis belandde, was de korst op die wond opnieuw opengebarsten.

Ze zag de scène in Lizzy's tuin weer voor zich. Olga druk pratend, Lizzy en zij luisterend, toen Richard zich bij hen voegde. Hij had haar meteen herkend, zei hij later toen ze even samen waren. Kate had haar best gedaan om haar schrik niet te laten blijken. Tijdens de tuinreis had Lizzy het altijd over 'mijn man' gehad als ze over Richard sprak. Dat die man nou net de man was met wie Kate een verhouding had gehad, had ze nooit kunnen vermoeden. Lizzy moest iets aan haar gemerkt hebben, want ze was ineens over vroeger begonnen. Ze was vragen gaan stellen en gaan associëren.

'Maar, Richard liefje, als jij indertijd ging stappen met je vrienden en in dat-en-dat café kwam, dan moet je Kate toch een keer zijn tegengekomen? Zo groot is Middelburg nou ook weer niet,' had ze gezegd. Richard had aanvankelijk ontkend, net als Kate. Maar toen werd het laat, steeds later en met steeds meer drank. Lizzy stond in de gang om afscheid te nemen van Olga en het onvermijdelijke gebeurde. Toen Richard haar met die speciale blik van hem begon aan te staren, werd zij uit rancune jolig.

'*What the fuck*, Richard, hoe oud zijn we nu?' had ze met haar dronken kop gezegd. 'Laten we er nou maar gewoon voor uitkomen, jij en ik hebben geneukt, so what?' Richard zweeg. Lizzy was terug en had hen niet-begrijpend aangekeken. 'Hé, Lizzy, heb jij nooit eens buiten het potje gepist in dat huwelijksleven van je?' had ze lallend naar Lizzy geroepen. De ijzige stilte die toen tussen hen ontstond was opnieuw voelbaar en bezorgde haar nog steeds kippenvel. Goddank liep alles met een sisser af. Lizzy was lakens en slopen gaan halen. Kate was daarna wankelend op haar benen en met het beddengoed onder haar arm afgedropen naar de logeerkamer. Ze had Lizzy en Richard nog even op ruzieachtige toon horen napraten in de tuin, maar vrijwel meteen daarna viel ze in een diepe slaap. Ze sliep haar roes uit en de volgende dag trof ze een frisgewassen en opgewekte Lizzy aan het ontbijt. Richard was op zijn werk en Lizzy stelde haar gerust. Ze was niet boos, ze kende haar man. Ze vond het alleen jammer dat hun tripje zo naar moest eindigen. Kate had verwacht daarna nooit meer iets van haar te horen. Totdat Lizzy een halfjaar later contact zocht. Dat was na Richards dood.

'Hier zit je dus!'

Kate draaide zich verschrikt om. Olga en Lizzy stonden vlak achter haar, ze had hen niet horen aankomen. Olga ging meteen zitten. Lizzy bukte zich naar Kate en gaf haar een kus op haar wang.

'Wat een goed idee om elkaar hier aan zee te treffen. Zeeland is mooi, hè? Sorry dat de afspraak mij was ontgaan,' zei Lizzy. Kate fronste. 'Wie had dat kunnen denken, dat wij elkaar nog eens zouden zien!' Lizzy klonk oprecht verheugd. 'En wat aardig van je om ons mee te nemen naar dat huis met die tuin in Engeland. Je had geen betere keus kunnen maken, Kate. Heeft Olga al verteld dat ik een goeie chauffeur heb gevonden voor ons tripje?' Kate schudde haar hoofd. Ze was met stomheid geslagen. Lizzy was nog steeds die hartelijke vrouw die ze ontmoet had op hun tuinreisje. 'Ja, Kate,' vervolgde Lizzy en de uitdrukking op haar gezicht kreeg iets plagerigs. 'Ik denk dat jij onze chauffeur wel zult mogen...'

Najaar 2019

13

Noor had een paar dagen verlof opgenomen. Onder het mom van lagerugpijn – wat waar was, ze had in haar vrije tijd veel te intensief in de tuin gewerkt – had ze een goed excuus om een paar dagen rust te nemen. Het mooie nazomerweer dreef haar de stad uit naar de Zeeuwse kust. In Domburg had ze een hotelletje geboekt. Ze kwam daar wel vaker, vooral buiten het seizoen. Het was een eenvoudig familiehotel en het lag op loopafstand van het strand. De eigenaren waren aardige, hardwerkende mensen die het moesten opnemen tegen de grote hotelketens met hun spa's en weekendstunts.

Een zwoel windje waaide van zee. De zon leek niet in kracht te willen onderdoen voor de afgelopen zomermaanden en scheen nog steeds volop. Noor, die geen type was om op een badlaken in de zon te gaan liggen, had zich in korte broek gestoken. Dicht bij de branding en ver genoeg van de andere strandbezoekers had ze een geschikte strandstoel van het hotel gevonden om de rest van de dag in te zitten. Ze hing haar handdoek over de stoel, vouwde de parasol open en voordat ze ging zitten haalde ze de zonnebrandcrème tevoorschijn. Iemand als zij, met Keltische trekjes en een sproetenhuid, hoefde maar even te vergeten zich in te smeren of ze werd zo rood als een biet. Ze knoopte haar spijkerblouse los en trok het hemdje dat daaronder zat uit. Zorgvuldig smeerde ze haar roomwitte huid in met de beschermende factor. Pas nadat ze alle kledingstukken weer had aangetrokken, liet ze zich achterovervallen in de strandstoel. Haar halflange, rossige haar dat tegen haar zin altijd neigde te gaan krullen, stopte ze weg onder een baseballpetje. Ze zette haar zonnebril op, zorgde ervoor dat de tas met een thermoskan koffie en overgebleven muffins van het ontbijtbuffet onder handbereik stond en ademde ontspannen uit. Ze was er klaar voor.

Er kwam geen vuistdikke roman of anderszins aan leesvoer uit haar tas tevoorschijn, maar het dossier-Nemo, zoals het politieonderzoek naar de vermoorde, onbekende vrouw was genoemd en dat haar niet meer losliet. Deze zaak had iets bij haar getriggerd. Het feit dat niemand zich voor de vrouw gemeld had, viel voor Noor zo moeilijk te bevatten dat ze was gaan twijfelen aan haar politiewerk. Was ze daar nog wel geschikt voor? Moest ze het roer niet radicaal omgooien en iets gaan doen waar ze écht gelukkig van werd? Tuinieren bijvoorbeeld. Ze lachte in zichzelf. De pijn in haar rug negerend, haalde ze een pen uit haar tas en sloeg ze de eerste bladzijde van het dossier open. Ze probeerde de negatieve gedachten over haar werk te verdringen door zich opnieuw te focussen op de zaak. Als dit haar laatste zaak zou worden, dan moest ze alles op alles zetten om de dader te vinden. Ze zuchtte, ze had het dossier nu zo vaak gelezen dat ze het bijna kon dromen. Toch, ergens op een van die pagina's moest iets ontbreken. Iets wat aan haar aandacht ontsnapt was.

Alweer moest ze aan tuinieren denken. Ditmaal wekte dat geen lach bij haar op. Het was in dit voorjaar geweest dat ze zich had opgegeven voor de Middelburgse tuinenroute. Bewoners openden tijdens de zomermaanden hun stadstuinen voor bezoekers. Noors tuin werd afgewezen. De commissie vond hem te rommelig en te verwilderd. Op die bewuste avond waarop de commissie haar oordeel uitte, had Noor met andere tuinliefhebbers staan praten. Eén vrouw in het bijzonder bleef nog wat langer door haar hoofd spoken. Het was een struise weduwe uit Middelburg die zich samen met haar vriendin uit Domburg ook had opgegeven voor de route. De weduwe woonde iets buiten het centrum van Middelburg en werd alom door de commissie geprezen om haar bijzondere tuin. Noor had belangstelling getoond en meteen een afspraak met de vrouw gemaakt om de tuin te komen bezichtigen. De tuin bleek een klein paradijs. Maar dat was niet het enige waardoor Noor met meer scepsis naar haar eigen tuin was gaan kijken. De vrouw had Noor gewezen op de schitterende hoeveelheid bloeiende planten in haar tuin die stuk voor stuk giftig bleken te zijn. Noor had zich nooit gerealiseerd dat er in haar tuin zo'n gifspoor aan moorddadigs groeide. Het veranderde voorgoed haar kijk op de onschuld van tuinieren.

Ze sloeg de volgende bladzijde om van het rapport en keek nogmaals naar de foto van de dode vrouw. Haar lichaam was, op wat moedervlekken na, helemaal gaaf. Ze had geen tatoeages en geen littekens van operaties. Haar gebit was verbrijzeld en haar lippen gezwollen met bloeduitstortingen van de harde klappen. En dan haar ogen. Gruwelijk zoals die bewerkt waren, alsof iemand ze met een zuur uit hun kassen had willen branden. Peinzend staarde Noor naar de foto en naar die vreemde, ietwat verkrampte houding waarin de vrouw in het zeildoek had gelegen. In haar knuist had een horloge gezeten. Een gouden horloge met een paar schakels eraan. Na onderzoek van het horloge waren er geen aanwijzingen gevonden die konden leiden naar de eigenaar ervan. Men ging ervan uit dat het horloge bij het slachtoffer hoorde. Noor sloot haar ogen. Er was iets wat ze over het hoofd zag. Opnieuw dacht ze aan haar bezoekje aan de weduwe. Noor zag de vrouw weer voor zich. Wijzend op de borders had ze zich menigmaal gebukt. Iedere keer dat ze dat deed had ze naar haar hals gegrepen, naar een ketting die daar bungelde...

Nee! Met een schok kwam Noor overeind uit haar stoel.

Die ketting, was dat geen horloge?

Voorjaar 2019

14

Lizzy checkte de aansluiting van de webcam, controleerde of alle ramen goed op slot zaten en schoof daarna de overgordijnen van de serre dicht. Ze keek nog even de kamer rond of ze iets vergeten was en liep toen de hal in. Op het moment dat zij haar hand om de deurknop legde, ging de bel. Felix was precies op de afgesproken tijd. Lizzy lachte tevreden; ze hield van mensen die op tijd kwamen.

'Ha jongen, kun jij deze vast meenemen?' Lizzy reed een forse rolkoffer over de drempel, sloot de koffer af met een sleuteltje, dat ze daarna in het zijvakje van een van de weekendtassen stopte en liep toen weer naar binnen om de rest van de spullen te pakken.

Felix floot tussen zijn tanden bij het zien van de hoeveelheid bagage. 'Oef, Liz, hoelang denk je weg te blijven?'

Lizzy maakte een gebaar dat Felix moest opschieten. 'Voort nou! Straks missen we de boot nog,' zei ze toen Felix treuzelend bleef staan.

Felix pakte de koffer, reed hem naar het bestelbusje en opende de achterdeuren. Lizzy voelde hoe hij haar gadesloeg terwijl zij de voordeur op slot draaide.

'Zeg, zet je mijn koffer nog in die bus?' commandeerde ze. Toen hij niet in beweging kwam, fronste ze. Er was iets met hem. Hij deed vreemd. Ze hoopte maar dat het niet met hun gesprek van gisterochtend te maken had. Dat was achteraf gezien anders verlopen dan zij had verwacht. *Niet aan denken nu, ik betaal hem voor zijn werk, ik ben de baas.* Ze gaf de volle schoudertas die om haar nek bungelde een zetje. Terwijl ze met de weekendtassen worstelde, liet ze haar sleutels vallen. Onhandig manoeuvrerend bukte ze zich ernaar. Net toen haar vingers bij de sleutelbos waren, stond Felix weer naast haar. Hij dook naar de bos en griste hem onder haar handen vandaan.

Lizzy sprong opzij. 'O, gut, jongen, je laat me schrikken,' zei ze. Ze legde een hand tegen haar borst en herstelde zich snel. 'Maar bedankt dat je zo accuraat reageerde.' Ze vouwde haar hand open om de sleutels aan te pakken. Haar hand beefde maar ze probeerde het te negeren. Felix hield de sleutelbos pesterig omhoog. Zo hoog dat Lizzy hem niet kon pakken. Even voelde ze de neiging opkomen hem een klap te verkopen. Wat dacht hij wel niet, haar een beetje uitdagen vlak voor hun vertrek? 'Heeft dit gedrag met ons laatste gesprek te maken?' vroeg ze. Haar stem trilde. Ze moest haar best doen normaal te klinken.

Felix fronste zijn voorhoofd. 'Hoezo Liz, ik begrijp je niet?' Nog steeds die pesterige blik in zijn ogen.

Lizzy voelde een warme gloed langs haar hals glijden. Ze werd dit spelletje zat. 'Wat is er, Felix? Durf je de confrontatie niet aan, ben je opeens bang geworden nu je weet wie...'

Felix rammelde ineens zo hard met de sleutelbos voor Lizzy's ogen dat de rest van haar woorden verloren ging in het geratel. Ze trok haar hoofd weg en sloot haar mond.

Er viel een stilte.

Felix schraapte zijn keel en zijn gezicht werd ernstig. 'Je vergist je, Liz. Ik ben je juist dankbaar voor wat je verteld hebt. Het is heel cool dat je zo openhartig bent geweest. Vertrouw me nou maar, vanaf nu delen wij een geheim. Is dat niet mooi?'

Lizzy knikte aarzelend. De verwarring over Felix' reactie ontnam haar de lust om nog iets te zeggen. Ze pakte haar tas en hing hem om haar schouder. Toen ze de sleutelbos terugvroeg en aanstalten maakte om de weekendtassen aan Felix te geven, schudde hij zijn hoofd.

'Welke sleutel is van de voordeur, Liz?' vroeg hij. Niet-begrijpend keek Lizzy hem aan. 'Ik heb namelijk gisteren mijn tasje bij jou laten hangen. Een tasje met een opschrijfboekje en een plantenstek erin. Digitalis, het vingerhoedskruid. Weet je nog dat jij dat aan me gaf en dat we het daarover hadden?'

Lizzy slikte. Ze haalde diep adem en voelde bij de vertwijfeling van Felix haar kracht, die ze kort hiervoor leek te zijn verloren, opnieuw door haar lichaam stromen. 'Een tasje, met een stek? Vingerhoedskruid. Hm, nee, je moet je vergissen, jongen, ik heb geen tasje gezien,' zei ze. 'Waar zou dat dan moeten liggen?'

Felix schokschouderde. 'Bij de kapstok?'

Lizzy wees op de voordeursleutel. Ze pakte de weekendtassen en zei dat hij zelf maar even moest kijken waar het tasje was. 'Maar haast je wat en sluit de deur daarna goed af; we mogen die boot niet missen.' Nadat ze haar spullen achterin in het busje had gezet, wierp ze een blik over haar schouder en zag ze Felix naar binnen stappen. 'Ik ben benieuwd wat je van Kate vindt,' riep ze hem na. Felix hield even zijn pas in en keek achterom. Lizzy lachte hem bemoedigend toe, en terwijl ze al haar bagage bij elkaar schoof opende ze een van de weekendtassen om zich ervan te verzekeren dat het linnen tasje van Felix daarin zat. Met een tevreden zucht ritste ze de tas dicht en daarna ging ze op de bijrijdersstoel zitten.

15

Tijdens de rit naar Domburg wisselde Felix geen woord met Lizzy. Hij vroeg zich af of de ijzige stilte die tussen hen hing te maken had met zijn zoekgeraakte tasje. Het tasje had niet aan de kapstok gehangen en ook niet op de vertrouwde plekken gelegen waar hij doorgaans in de woonkamer zat. Lizzy had een mopperende opmerking gemaakt in de trant van 'Ik wist het toch' en hem met evenveel verongelijktheid in haar stem het adres van Olga gegeven. Daarna bleef ze op haar telefoon staren. Haar duimen scrolden door het menu en tikten zo nu en dan iets in. Felix hoorde haar met regelmaat verstoord zuchten. Hij zou wel willen weten waar ze mee bezig was. Hij vond haar niet het type voor social media en voor zover hij wist had ze geen familie. Buiten haar vriendin Olga, over wie ze weleens sprak, had hij in de afgelopen vier jaar niemand in Lizzy's leven kunnen ontdekken. Het ontbreken van familie en vrienden zag ze niet als een straf. Ze had haar tuin, zei ze altijd als Felix er iets over zei. En ze had hém, flapte ze er een keer uit.

Lizzy was een begenadigd tuinierster, iets wat Felix, die op de hogere tuinbouwschool zat, boeide. Haar doorgeslagen hobby, zoals ze dat schertsend noemde, had als specialiteit giftige gewassen. Ze gaf advies aan particulieren en voorlichting op scholen en in buurthuizen. Zo had hij haar ontmoet, bij een voordracht die ze gaf in Middelburg. Bijna als bij toeval. Zijn lippen krulden bij die herinnering. Na afloop van haar praatje was hij op haar afgestapt om haar te bedanken. Toen hij zich daarna aan haar voorstelde had ze hem verbaasd aangestaard. Precies zoals hij vermoedde had ze hem meteen daarna uitgenodigd om eens bij haar thuis te komen. Ze was over een paar oude beuken begonnen. Bomen die al het daglicht uit haar huis wegnamen. Omhakken was geen optie, dat begreep ze wel, maar misschien kon Felix hier en daar wat snoeien? Hij had meteen duidelijk gemaakt dat hij geen hovenier was maar graag wilde helpen in haar monumentale stadstuin. Bovendien was het bedrag dat Lizzy voor zijn snoeiwerk bood zo krankzinnig hoog dat hij wel gek geweest zou zijn om te weigeren. Vanaf dat moment deed hij vaker klusjes voor haar. Onder het mom van het gemis van een echtgenoot en de zoon die ze altijd had willen hebben, verzocht ze hem steeds vaker na zijn tuinwerk nog wat langer te blijven en mee te eten. Op zulke avonden vroeg ze hem het hemd van het lijf: over zijn studie, zijn jeugd op de boerderij en zijn toekomstplannen. Of hij van plan was in Zeeland te blijven? Dicht bij haar, zoals ze een keer liet ontvallen.

Inmiddels waren ze bij de straat van Olga. Felix remde af voor een rijtje auto's dat stapvoets voor hem uit reed. Iedereen was op zoek naar een parkeerplaats. Toen het busje stilstond en Felix opzijkeek naar Lizzy, bleef zijn aandacht op haar gericht. Het halflange, dunne haar dat vermoedelijk ooit blond was geweest, hing in kleurloze pieken voor haar gezicht. Een deel ervan had ze achter haar oren geschoven. Ze had grote oren, een breed uitlopende neus en hangende oogleden. Als ze zich niet zo'n gemaakt lachje had aangemeten, liepen haar mondhoeken van nature naar beneden. Haar hele uitstraling had iets verbitterds, alsof ze had verleerd hoe het was om gelukkig te zijn.

'Vlug, daar kun je staan!' riep Lizzy, ze wees naar een lege plek achter een auto met een Duitse nummerplaat.

Felix keek weer voor zich en gaf zachtjes gas. Als een ervaren chauffeur draaide hij het busje achteruit en parkeerde het tot op de millimeter nauwkeurig tussen twee dikke Duitse auto's. Nog voordat hij de motor had uitgezet, zwaaide Lizzy al het portier open en stapte naar buiten. Op een holletje stak ze de straat over. Felix keek haar na. Bijna leek het of ze op de vlucht was voor hem, alsof ze bang was geworden of spijt had gekregen van wat ze hem gisterochtend had toevertrouwd. In dat opzicht had hij misschien eerlijk tegen haar moeten zijn. Maar was zij helemaal eerlijk tegen hem? Hij wist zeker dat hij zijn tasje bij haar had laten hangen. Bizar dat ze dat niet toegaf. Peinzend veegde hij over zijn korte haar. Wat moest Lizzy met zijn opschrijfboekje over giftige planten?

16

'Zeg, knul, eh, hoe heet je ook alweer?' vroeg Kate. Zonder Felix echt aan te kijken knipte ze met haar vingers.

'Felix,' antwoordde Felix en hij legde zoveel daadkracht in zijn stem dat Lizzy ervan schrok. Gespannen keek ze hoe Kate reageerde, maar die was zo druk met zichzelf en haar beautycase bezig dat ze niet zag hoe Felix haar van top tot teen keurde. Lizzy vertrok geen spier. Ze vroeg zich af wat er door Felix heen ging.

'Oké, Felix, kun je dan eerst de bagage van Olga meenemen en inladen? Heb jij veel bij je, Lizzy?' vroeg Kate.

'Valt wel mee. In ieder geval de dingen waar jij om gevraagd had, Kate. Wat tuingereedschap, laarzen, extra regenkleding en...'

Onder veel gesteun reikte Kate naar een tas die nog op een van de koffers in de gang stond. En terwijl ze zich omslachtig uitstrekte, richtte ieders aandacht zich op Kates billen, waar een zwarte string scherp afstak door de witte stof van de jumpsuit.

'Ik pas me aan,' riep Olga vanuit de gang. Ze stapte langs de koffers van Kate en liep op Felix af. Bewonderend nam ze hem in zich op. 'Ik ben Olga Somers,' zei ze. 'En jij moet die sterke jongen zijn over wie Lizzy altijd praat. Eindelijk ontmoeten we elkaar dan.'

Lizzy zuchtte hoorbaar.

'Wat fijn om een vriendin van Lizzy te ontmoeten. Ik hoop maar dat alles wat ze over mij verteld heeft waar is,' antwoordde Felix terwijl hij Olga's hand omklemde.

Olga keek naar Lizzy. Ze kreeg die wazige blik in haar ogen die Lizzy de laatste tijd wel vaker bij haar zag en niet kon plaatsen.

'Zo, zijn jullie klaar? We hebben niet de hele dag de tijd. Is de deur van de bus open?' vroeg Kate. Ze liep de weg op en stak over. Felix pakte snel de koffers die hij moest meenemen en maakte zich uit de voeten door achter Kate aan te lopen naar het busje.

'Wat is Kate bazig, hè Liz?' zei Olga. 'Was ze de vorige keer toen we naar Engeland gingen ook al zo? In mijn herinnering was ze anders, minder hooghartig. Wel wat excentriek gekleed, maar vriendelijker. Ik meende toen dat ze onze vriendschap op prijs stelde. Die indruk krijg ik nu niet van haar. Ligt het aan mij, Liz, of denk je dat het met de spanning voor dat huis en het landgoed te maken heeft?'

Lizzy keek Olga onderzoekend aan. Haar blonde haar dat in zoveel opzichten op haar eigen haar leek, maar dan met meer volume en minder grijstinten, gaf haar gezicht die zachte uitstraling die Lizzy zelf lang geleden was kwijtgeraakt. Ze slikte even toen ze besefte dat ze Olga altijd kon vertrouwen. Dat maakte Olga zwak en haar sterk.

'Ja, Olga, ik denk dat het aan jou ligt, Kate is echt niet anders dan vier jaar geleden. Ik vond haar toen al een bitch. Dat heb ik nooit tegen je gezegd, want jij was van haar gecharmeerd en je wilde per se contact houden, maar...' Lizzy schrok van haar eigen woorden. Ze zag de twijfel op Olga's gezicht, ze moest zorgen dat Olga nu niet ging terugkrabbelen. 'Maar kom Ol, laten we ons verheugen op mooie tuinen, heus, het wordt vast heel leuk. Stel je eens voor: een oud landhuis vol geheimen, dat leek je toch spannend, Olga? Daar kun je straks je kleinzoon mooie verhalen over vertellen.'

Olga knikte, ze haalde haar jas van de kapstok en boog zich daarna over haar bagage. Toen ze de deur achter zich had dichtgetrokken en Lizzy een van haar tassen optilde, trok Olga Lizzy ineens aan haar arm naar zich toe. 'O, Liz, wat ben je toch een lief mens,' zei ze. Ze drukte spontaan een kus op Lizzy's wang. Lizzy opende haar mond maar vond niet de juiste woorden om te reageren. Dat moedigde Olga blijkbaar aan om er nog een schepje bovenop te doen. Ze kneep haar ogen samen en op samenzweerderige toon vervolgde ze: 'Kom, Liz, je hebt gelijk. Wij met onze plantenkennis... Kate heeft ons straks nog heel hard nodig. Samen kunnen we haar wel aan.'

Lizzy sloot haar mond. Ze ademde diep in, haar longen vulden zich met lucht. Pff, dat was goed afgelopen. Vanaf nu moest ze haar woorden zorgvuldiger kiezen. Niemand mocht doorkrijgen dat deze gelegenheid bij uitstek geschikt was voor de perfecte moord.

17

Het heuvelachtige landschap van België leek gemaakt voor patatten. Zover het oog reikte trokken de uitgestrekte aardappelvelden aan Kate voorbij.

Naast de bestuurdersstoel en de passagiersstoel waren er nog vijf zitplaatsen in het busje. Lizzy zat voorin naast Felix en Olga zat achter Lizzy. Vanaf het moment dat ze uit Domburg vertrokken had Kate zich met haar laptop op de stoel schuin achter Olga verschanst. Er was nog één lege stoel over bij het raam, de overige stoelen waren eruit gehaald zodat alle bagage mee kon. Olga wilde meteen alles van Kate weten over het landgoed. Hoe groot het was en of Kate wist hoe de tuin eruitzag. Of er mooie loofbomen stonden, vijvers waren en borders lagen. Kate kapte dat af door te zeggen dat ze geen idee had en aan haar blog moest werken. Voor een deel was dat waar. Ze had geen antwoord op die tuinvragen en tikte met haar vingers zonder effect op het toetsenbord. Ze was zo dom geweest om het apparaat vannacht niet aan de oplader te leggen en zat nu naar een zwart vlak te staren. Tussendoor wierp ze een vluchtige blik op Felix, die haar via de achteruitkijkspiegel nauwlettend in de gaten hield. Ze deed alsof ze het niet doorhad, maar de schittering in zijn ogen, waarmee hij haar vanaf hun kennismaking bekeek, was haar niet ontgaan. Het gaf haar een ongemakkelijk gevoel. Ze kon het niet plaatsen. Hij deed haar aan iemand denken.

'Maar wat toevallig. Mijn jongste zoon, Dennis, heeft ook de tuinbouwschool gedaan, ook in Den Bosch. Je weet zeker dat je hem niet kent? Dennis van Kapelle?' zei Olga. Ze had zich nu tot Felix gericht. 'Dennis werkt inmiddels bij een heel groot exportbedrijf in Antwerpen... eh...' Olga wachtte even. Kate zag haar peinzen. 'De naam is me even ontschoten, maar straks popt hij vanzelf weer op.'

Lizzy wees ondertussen naar een afslag. 'Zullen we bij dat tankstation even pauzeren, Felix? Ik wil graag naar de wc. Of denk je dat we daar geen tijd voor hebben?'

Kate kon niet verstaan wat Felix antwoordde. Olga had alweer het woord genomen. 'O, en Felix, Lizzy vertelde dat je misschien de boerderij van je vader gaat overnemen. Dat hoor je niet vaak meer, ik vind dat zo mooi hè, een familiebedrijf. Heb je nog broers en zussen die ook...'

Felix gooide abrupt het stuur om en remde af voor de afslag. Olga slaakte een gil. Ze sloeg naar voren en greep zich vast aan de hoofdsteun van Lizzy. Meteen werd het stil. Felix zocht weer oogcontact met Kate. Ze had inmiddels haar zonnebril opgezet en haar hoofd afgewend. Nadat Felix het busje naast een picknicktafel had geparkeerd, keek Lizzy op het horloge dat ze om haar hals droeg.

'Zullen we zeggen een kwartiertje pauze?' vroeg ze. Ze draaide zich een halve slag op haar stoel en wendde zich tot Kate.

'Ik blijf in de bus,' antwoordde Kate.

'Ik hoef ook niet per se te plassen, hoor,' zei Olga. Ze boog zich naar Felix, hand op de hoofdsteun van Lizzy, klaar voor de volgende spraakwaterval.

'Goed hoor, zal ik meteen iets kopen? Koffie, broodjes?' vroeg Lizzy.

Niemand reageerde. Lizzy zei dat ze zou voortmaken. Ze was nog maar net uitgestapt of Olga begon over een van haar dochters die ook een zwakke blaas had. Kate kon er niet langer tegen. Ze klapte haar laptop dicht, maakte zich los van haar stoel en greep naar de hendel van de schuifdeur. 'Ik ga even mijn benen strekken,' zei ze, terwijl ze de deur probeerde te openen. 'Alleen!' voegde ze eraan toe toen Felix vroeg of hij haar moest helpen met de deur.

'Prima hoor, dan praat ik gezellig door met Olga,' zei hij. 'Wat vroeg je ook alweer, Olga, of ik broers en zussen heb? Voor zover ik weet niet, ik ben namelijk geadopteerd.'

'Ach, wat bijzonder,' zei Olga. 'Heb je je eigen ouders nooit gekend?'

'Nee. Mijn moeder schijnt me meteen na de bevalling te hebben afgestaan. Ik was ongewenst,' zei Felix.

'Och, wat vreselijk! Hoe kan een mens zoiets doen?' Olga's ogen vulden zich met tranen. 'Wat vind jij, Kate? Ik noem dat een ontaarde moeder.'

Kate rammelde nu met twee handen aan de hendel van de schuifdeur. Haar gezicht gloeide en haar hart bonkte zwaar in haar borstkas. Een blinde paniek maakte zich van haar meester toen de deur gesloten bleef. De kunstnagel van haar duim brak af. Met haar vlakke hand sloeg ze tegen het raam. 'Ik moet eruit!' riep ze.

Felix was uitgestapt en met een ruk schoof hij de deur open. Kate greep zich vast aan de stoelleuning van de stoel naast haar en toen Felix zijn hand naar haar uitstak, herpakte ze zich.

'Gaat het?' vroeg hij.

'Ja, ja, het is niets. Het werd me daarbinnen te warm.' Haastig waaide ze zichzelf koelte toe. Ze wierp een blik op de shop van het tankstation om te zien of ze Lizzy zag aankomen. Ze zocht een uitweg, maar haar lichaam zat op slot. De dwingende aanwezigheid van Felix hield haar gevangen. Die ogen, die houding en de speelse spot rond zijn lippen... Ze hoefde hem niet langer aan te kijken om te weten aan wie hij haar deed denken.

Richard.

18

'Waar is Kate?' vroeg Lizzy aan Felix toen ze precies een kwartier later het portier van het busje opende en instapte. Olga hing aan de telefoon met Jan. Ze grinnikte naar het kleine beeldscherm en maakte kusgeluidjes tegen haar kleinzoon. Felix reageerde afwezig en mompelde iets onverstaanbaars. Hij staarde ook naar zijn telefoon. Zijn duimen scrolden door het menu en tikten razendsnel een appje. Lizzy leunde naar hem toe. Toen ze haar hand op zijn schouder legde om even mee te kijken op zijn telefoon, trok hij abrupt het toestel weg en gaf haar met zijn elleboog zo'n forse duw dat ze tegen het portier belandde.

'Hé, wat...? Au!' riep Lizzy.

Felix keek opzij. Lizzy huiverde onder zijn scherpe blik. Ze wreef over haar schouder, ongemakkelijk nam ze weer plaats op haar stoel. Het tasje dat ze bij de shop van het tankstation had gevuld met lekkernijen, was door de acute beweging uit haar hand gegleden. Broodjes, chocoladerepen, fruit en flesjes water lagen rondom haar voeten.

Lizzy voelde zich opgelaten naar Olga toe. Die had meteen het telefoongesprek met Jan verbroken en keek niet-begrijpend van Lizzy naar Felix.

'Gaat het, jongen?' vroeg Olga.

Felix herstelde zich snel. Hij knikte naar Olga en legde zijn hand op Lizzy's arm. 'Sorry,' zei hij. 'Ik wist even niet wat ik deed.'

Lizzy fronste. Felix voerde als excuus op dat hij een lastig appje had moeten beantwoorden. Iets met een zieke studievriend die hij nu niet kon helpen omdat hij de komende dagen in Engeland zat. Lizzy ademde puffend uit. Ze wilde Felix graag geloven, maar ergens voelde het niet goed. Hij gedroeg zich anders, minder meegaand. De enige verklaring die ze had, was dat het met Kate te maken moest hebben.

Ze dacht terug aan het moment waarop ze voor het eerst over Felix hoorde. Dat was een halfjaar na Richards dood. Wat ze vermoed had, werd toen bevestigd. Zonder dat ze van elkaars bestaan wisten, waren Kate en Lizzy tegelijkertijd zwanger van dezelfde man. Lizzy verloor haar kind en Kate wist niet beter dan dat Richard voor haar en haar kind zou kiezen. Maar Richard was geen man om te scheiden. Hij had zijn avontuurtjes en daarnaast had hij veiligheid nodig, een stabiele plek om thuis te komen bij een vrouw die hij kon vertrouwen. Een vrouw die misschien niet zo sexy was als Kate, maar die in ieder geval een baan had en zijn geld er niet doorheen joeg. Toen Kate een halfjaar na Richards dood over haar zwangerschap vertelde en zei hoe radeloos ze was geweest dat Richard niet voor haar koos, had Lizzy uit eigenbelang gedaan alsof ze medelijden had met Kate. Door het vertrouwen van Kate te winnen, had ze Richard een zwakkeling en een bedrieger genoemd. Zo was het haar gelukt aan de weet te komen dat Kate het kind ter adoptie had afgestaan. Het zou om een jongen gaan en hij was in een gezin op Walcheren terechtgekomen. Lizzy was direct naar hem op zoek gegaan, maar niemand kon haar helpen. Het adoptiebureau gaf niet zomaar inlichtingen aan vreemden. Razend was ze geweest. Vreemden! Het kind was notabene van haar bloedeigen man. Na een tijdje had ze het min of meer opgegeven. Tot het moment kwam dat ze een lezing gaf over giftige gewassen en Felix na afloop ineens voor haar neus stond. Ze wist nog hoe geschokt ze was; haar langgekoesterde wens ging in vervulling.

'Waar blijft Kate toch?' Olga verbrak de stilte.

Lizzy zag vanuit haar ooghoek Felix op zijn horloge kijken. Langzaam kwam ze weer in beweging en bukte zich. Met een rood hoofd graaide ze naar de spullen die rond haar voeten lagen en stopte alles weer terug in het tasje. Felix zei dat ze nu wel moesten vertrekken en Lizzy wierp een blik uit het zijraampje, speurend naar Kate.

Felix startte intussen de bus. 'Dan vertrekken we maar zonder haar,' zei hij luchtigjes.

'Maar jongen, dat kan toch niet?' zei Olga verontwaardigd. 'We gaan naar haar landgoed.'

'Verdomme ook,' vloekte Lizzy zacht, waarop haar aandacht door iets aan de overkant van de parkeerplaats werd getrokken. Tussen de lage begroeiing achter de picknicktafel ving ze een glimp op van Kate. Onvast wiebelend kwam ze uit de bosjes. Haar zonnebril drukte tegen haar voorhoofd en in haar hand hield ze een zakdoek. Toen Kate merkte dat Lizzy haar zag, veegde ze met de zakdoek langs haar mond en rechtte haar rug.

'Daar heb je d'r!' riep Olga. Opgewonden tikte ze tegen het zijraam. 'Joehoe, een beetje doorlopen!' riep ze gebarend.

Lizzy deed niets, roerloos zat ze naast Felix. Pas toen de zijdeur openging en Kate naar binnen stapte, draaide ze zich een halve slag.

'Kate, wat zie je bleek,' zei Olga. 'Heb je overgegeven? Je bent toch niet wagenziek? Als ik dat geweten had... Ik heb daar pilletjes voor. Als we vroeger met de kinderen op vakantie gingen was het altijd raak en daarom had je...'

'Het is niets, dank je,' antwoordde Kate. Ze schoof haar zonnebril op haar neus en drukte de zakdoek tegen haar mond. Ze beefde.

'Wil je wat water, Kate?' ging Olga door. Ze haalde een aangebroken flesje uit haar tas en reikte het aan over de stoelleuning.

Kate schudde haar hoofd en haalde haar telefoon tevoorschijn. Felix schakelde en draaide het busje de weg op. Lizzy trok de veiligheidsgordel naar zich toe. Toen ze hem vastklikte helde ze even over naar Felix. Ze legde haar hand op zijn onderarm en keek hem gespannen aan.

'Weet ze het?' vroeg ze op fluistertoon.

19

Het was druk in de haven van Calais. Felix schoof aan in een lange rij wachtende auto's. Stapvoets reed hij het busje langs hoge hekken met prikkeldraad. Politiemannen met snuffelende waakhonden liepen af en aan langs de vrachtauto's om te kijken of er verstekelingen waren.

'Zijn ze op zoek naar drugs?' vroeg Olga. Niemand antwoordde. 'Er hangt hier een grimmige sfeer,' vervolgde Olga toen Felix zei dat ze hun paspoorten moesten klaar houden. 'Was dat de vorige keer ook al zo, Liz?' vroeg ze.

Lizzy zweeg. Diverse gedachten dwarrelden door haar hoofd. Alles wees erop dat Felix in haar afwezigheid aan Kate bekend had gemaakt wie hij was. Waarom was hij daar nu al over begonnen? Ze hadden afgesproken daar pas in Engeland mee voor de dag te komen. Zenuwachtig trok Lizzy aan de punten van haar sjaal. Ze moest iets doen, ze moest met Kate praten. Maar hoe kon ze haar bereiken met Olga erbij, die nu aan het klagen was dat ze niet meer wist waar ze haar paspoort had gelaten.

Er werd tegen het raampje getikt. Een stugge douanier commandeerde in het Frans iets tegen Felix en vroeg naar de paspoorten.

'Bijna,' zei Olga. Ze had inmiddels haar hele tas geleegd. 'Zie je wel, hij zit niet in mijn handtas. Ik denk dat ik hem in mijn rolkoffertje heb gedaan, wat suf, niet?'

Niemand reageerde. De douanier keek verstoord naar Olga en opende daarna een van de paspoorten. Terwijl hij ze stuk voor stuk werktuigelijk doorbladerde, wierp hij een blik achter in het busje. '*Voulez-vous enlever vos lunettes?*' vroeg hij aan Kate.

Toen Kate niet reageerde maakte hij een gebaar naar zijn zonnebril en schoof hem naar voren op zijn neus. Onder protest deed Kate wat er van haar gevraagd werd en zette haar bril af. 'Belachelijk, alsof we een stel criminelen zijn,' verzuchtte ze.

Lizzy draaide zich om en toen ze Kate zag, schrok ze. Het wit van Kates ogen was rood doorlopen, de zwarte eyeliner was uitgeveegd tot één grijze massa. Bleekjes staarde ze naar de douanier, die zijn zonnebril weer voor zijn ogen had geschoven.

'Kate... eh, ik weet niet wat Felix gezegd heeft, maar...' begon Lizzy.

'Ik heb niets gezegd,' onderbrak Felix haar.

'*Madame, je peux voir votre carte?*'

'O, jongens, ik zal toch echt even in mijn koffertje moeten kijken, hoor,' zei Olga toen de man zich nogmaals ongeduldig tot haar richtte en tegen het stapeltje paspoorten tikte.

Felix legde uit dat Olga's paspoort achter in het busje lag. Hij opende het portier, stapte uit en liep om het busje heen om de koffer te gaan halen.

'Felix, laat me je even helpen,' riep Olga hem na. Ze opende de schuifdeur en wrong zich naar buiten. Terwijl ze Felix volgde, hoorde Lizzy haar zeggen dat het om haar rode koffertje ging en dat hij alleen met een code kon worden geopend. Toen de douanier zich met stemverheffing ertussen mengde, greep Lizzy haar kans en boog zich naar Kate.

'Kate, ik zie aan je dat het je raakt. Felix is een aardige jongen. Hij wilde je graag ontmoeten en zelf ervaren hoe het is om jou te zien. Dit reisje was een buitenkans. Vergeef me dat ik me daarmee bemoeid heb, het was de enige manier om jullie met elkaar in contact te brengen. Als jij me indertijd niet verteld had dat je...'

'Sorry Lizzy, waar gaat dit over?' vroeg Kate. Ze snoof en klonk vermoeid.

Lizzy fronste. Kate vertrok geen spier, onbewogen staarde ze vragend naar Lizzy.

'Ik bedoel... ik begrijp dat je aangeslagen bent, maar...' hakkelde Lizzy.

'Aangeslagen? Waarvan? Ik heb gewoon een kater. Het is gisteravond laat geworden. Ik zat in de kroeg in Middelburg en ontmoette een leuke man. We dronken wat en daarna ging hij mee naar mijn hotelkamer. Wil je details, Lizzy? Wanneer heb jij voor het laatst geneukt en je zo brak gevoeld van de drank dat je over je nek ging na een busritje?'

Er viel een stilte. Lizzy slikte. Hoewel ze Kate niet geloofde, voelde ze toch een zekere opluchting. Ze herpakte zich. 'Sorry, ik moet me vergist hebben. En nee, ik heb nooit een man opgepikt in de kroeg. Buiten Richard is er nooit een andere man in mijn leven geweest,' antwoordde Lizzy zacht.

'Jullie moeten wel heel veel van elkaar gehouden hebben, hè?' zei Kate. 'We hebben het er na zijn dood niet uitgebreid over gehad, maar dat hij bij jou bleef ondanks het feit dat je hem geen kinderen kon geven, moet je toch wel wat gedaan hebben.'

Lizzy kromp ineen onder de hatelijke woorden. Terwijl ze inwendig trilde van woede, hield ze zich goed en toonde ze haar begripvolle lachje. 'Goh Kate, ik dacht dat we dit punt voorbij waren?' zei ze zalvend. 'Proef ik nou nog steeds wrok bij jou? Dat spijt me voor je. Kijk, Richard heeft ons beiden pijn gedaan. Laten we er alsjeblieft geen wedstrijd van maken wie van ons de meeste pijn heeft. Ik heb me eroverheen gezet, ik heb ermee afgerekend...' Lizzy wachtte even. Ze beet op haar lip, ze voelde dat ze moest stoppen. Ze zag het aan Kate, die haar wenkbrauwen optrok.

'Afgerekend, Lizzy?' vroeg Kate. 'Waarmee? Toch niet met Richard?'

Najaar 2019

20

Via het open raam van Noors hotelkamer drongen geluiden van de keuken naar binnen. Over een paar minuten gingen de hotelgasten aan tafel en werd ook Noor verwacht voor het diner. De eigenaresse van het hotel kon goed koken en Noor, die zich altijd voornam gezond te eten maar door de werkdruk nooit verder kwam dan een pizza, Thais of sushi, maakte zich op voor de maaltijd. Ze stond voor de spiegel van de kledingkast en bestudeerde haar schouders. Rondom haar bh-bandje, daar waar ze niet genoeg zonnebrandcrème had gesmeerd, was de huid licht verbrand. Ze had vanmiddag nooit haar spijkerblouse en hemdje moeten uittrekken, nu zat ze straks met de blaren. Blaren... onwillekeurig moest ze weer aan het verminkte lichaam van de onbekende vrouw denken die hoogstwaarschijnlijk door een helse pijn was gegaan voordat ze stierf. Autopsie had uitgewezen dat de vrouw was gestikt. Mogelijk door inademing van het zuur waarmee haar gezicht was bewerkt. Verwurging was uitgesloten, noch was er iets in haar luchtpijp gevonden wat tot de dood had geleid.

Noor had aardig wat zaken van vermoorde vrouwen opgelost. Vaak waren de daders bekenden van het slachtoffer. Een afgewezen ex, een familielid, een jaloerse partner, een collega... Het slachtoffer was veelal gewurgd of door messteken om het leven gebracht. Dan ging het om doodslag. Er was een ruzie of verkrachting aan voorafgegaan. Afrekeningen die met kogels gepaard gingen, kwamen zelden voor bij vrouwen. Bij dit slachtoffer ging het vermoedelijk om moord met voorbedachten rade. Sporen wezen uit dat deze vrouw bewust gemarteld en verminkt was zodat ze niet herkend zou worden. Forensisch onderzoek wees daarna uit dat er mogelijk sprake was geweest van een vergiftiging. Die had ertoe geleid dat het zenuwstelsel was aangetast en de keelspieren zo waren verkrampt dat het slachtoffer geen lucht meer kreeg. Welke giftige stof precies tot de doodsoorzaak had geleid, bleef onduidelijk; in de databank zaten meer dan zeshonderd soorten gif. Bij een onderzoek als dit kon je niet even een druppel bloed in de computer doen om te zien wat daar allemaal in zat.

Noor pakte haar leesbril, opende haar laptop en zocht naar een van de contactpersonen van de tuinencommissie in Middelburg. Als er iemand was die haar verder kon helpen met haar onderzoek naar de gifmoord, was het wel die weduwe met dat fraaie horloge.

'Met Noor den Braber,' zei ze toen de man opnam. Ze zei bewust niet dat ze van de politie was, dat zette alles meteen op scherp, wist ze. 'Het gaat om de tuinenroute op Walcheren van dit jaar... en ik vroeg me af of u...'

'Dan moet ik u teleurstellen,' onderbrak de man haar. Die is vorig weekend gesloten.'

'O, maar dat geeft niet, eh... Het gaat namelijk om een van de deelnemers, een weduwe, en eh... ik zou haar graag...'

'Sorry, ik geef niet zomaar telefoonnummers.'

'Dat begrijp ik, maar ik was dit jaar ook een van de deelnemers en net na de bekendmaking van de route ben ik bij deze mevrouw langs geweest. Ze woont iets buiten Middelburg. Nu ben ik haar adres kwijt en ik zou graag nog een keer met haar willen praten over de tuin. Hebt u haar adres?'

'Uw naam is?'

'Noor den Braber.'

De man kuchte luid. 'Een momentje,' zei hij. Noor hoorde hem een stoel verschuiven en daarna op een toetsenbord tikken. 'Den Braber, zei u?'

'Correct.'

'Zit niet bij de deelnemers.'

'Eh... nee, dat klopt, mijn tuin zat niet bij de route, maar ik had me wel opgegeven. Alleen...'

'Het lijkt me het beste dat u even naar de website gaat en daar dan op kijkt. Misschien dat u het adres vanzelf terugvindt. Na het sluiten van de tuinenroute geven wij geen namen en adressen meer door van deelnemers. Dat is de afspraak.'

'Hè? Wat belachelijk, er deden meer dan twintig tuinen mee en ik...'

'Het spijt me, mevrouw. Had u verder nog een vraag?'

'Nee, ik bedoel, ja... Ik ben namelijk van...'

'Dan wens ik u nog een fijne avond.'

De man verbrak de verbinding.

'... de politie,' zei Noor tegen de ingesprektoon.

Barst!

Noor wierp de telefoon op het bed en vloekte. 'Kutbureaucratie.' Ze herinnerde zich weer het moment dat haar tuin door de commissie werd afgewezen en voelde zich opnieuw getergd. Het zijn vrouwen die tuinieren, maar mannen die de regels bepalen. 'Verdomme ook!' riep ze en ze liep terug naar de kledingkast. Terwijl ze haar spijkerbroek van de plank haalde en aantrok, moest ze wederom denken aan de weduwe die alles van giftige planten wist, ze was die avond samen geweest met een vrouw uit Domburg. Noor had er na dat ene tuinbezoekje niet meer bij stilgestaan, maar nu ze toch in Domburg was... Ze griste haar notitieboekje van de tafel, pakte haar spullen en opende de deur van haar hotelkamer. Hoog tijd voor een babbeltje met de eigenaresse van het hotel. Behalve dat de vrouw goed kon koken deed ze ook aan tuinieren en kende ze iedere Zeeuw in Domburg.

Voorjaar 2019

21

Op het parkeerdek van de ferry naar Dover was het druk. Terwijl de motor van het busje nog draaide en Felix de aanwijzingen van de verkeersregelaar opvolgde, schoof Kate de deur open en stapte uit. Zonder zich te bekommeren om de andere automobilisten die rakelings langs haar heen reden en de uitroep van Olga die vroeg of ze niet op hen wilde wachten, vluchtte ze in de richting van het trappenhuis. Tussen de stroom reizigers beklom ze de steile trappen die naar het bovendek leidden en vervloekte haar torenhoge Louboutins. Bij iedere stap vreesde ze dat haar naaldhak voorgoed vast kwam te zitten in het opengewerkte metaal. Eenmaal op het platform wist ze zich vlug te herpakken. Ze keek op de wegwijzer en vervolgde haar weg naar een cafetaria. Ze was niet de enige. Een lange rij bleke, vadsige Britten wachtte onder luid geschreeuw en met bier in de hand op hun snack. Toen een van de mannen met haar begon te flirten, aarzelde ze of ze zou aansluiten in de rij. Ze likte langs haar droge lippen en proefde de zure smaak van gal. Ze had behoefte aan water. Leidingwater vertrouwde ze niet en haar rode Dopper, die ze standaard bij zich droeg, was leeg. Zo goed en zo kwaad als dat ging negeerde ze de keurende blikken van de mannen en ze besloot te blijven staan. Ze wreef over haar maag en voelde weer dezelfde misselijkheid opkomen als toen ze ontdekte wie hun chauffeur was.

Zo heette hij dus, Felix. Wie zou hem die naam gegeven hebben? Was het echt zijn wens geweest om zijn biologische moeder te ontmoeten, zoals Lizzy beweerde? Lizzy met haar schaapachtige lachje. Dat ze zo tegen haar was uitgevallen, was onvermijdelijk maar achteraf gezien niet zo verstandig. Haar gedachten gleden terug in de tijd, naar vier jaar geleden, toen Lizzy erachter kwam dat Richard en zij een verhouding hadden gehad. Lizzy was vergevingsgezind en Kate vloog terug naar Spanje, waar ze een paar maanden later vernam dat Richard was overleden aan een hartinfarct. Kort daarop ontving ze een berichtje van Lizzy. Richard had een testament en liet Kate geld na, of ze dat wilde accepteren. Het ging om een groot bedrag, niet iets om via een appje te bespreken, volgens Lizzy. Kate was overrompeld. Geld kon ze altijd gebruiken en de fiscus hield ze daar het liefst buiten. Ze vloog naar Nederland om het geld te cashen.

Lizzy ontving haar zonder rancune. De sfeer was zo vertrouwelijk dat Kate, na doorvragen van Lizzy, bekende zwanger te zijn geweest van Richard en dat hij haar vlak voor de bevalling had laten zitten. Lizzy reageerde geschokt. Weer had ze medelijden getoond en gevraagd in welk adoptiegezin Kates zoon was terechtgekomen. Kate was daar meteen duidelijk over geweest: ze had het nooit willen weten. Bijna uit een soort van opluchting, die Kate toen niet helemaal kon plaatsen, vroeg Lizzy haar en Olga diezelfde avond nog te eten. Olga wist niets van de verhouding tussen Kate en Richard en dat moest zo blijven, vond Lizzy. Richard was dood, Kate had een lekker bedrag gecasht waar ze een fraai huis van kon kopen en daarmee was voor Lizzy de kous af.

'Jij was vlug weg.' Kate keek verschrikt om, achter haar stond Olga. 'Ik vind dat je nog steeds pips ziet, Kate,' zei ze. 'Zal ik iets voor je halen, iets te eten of te drinken, water of liever iets sterkers?' Ze lachte. 'Dan ga jij vast een plekje voor ons zoeken. Wat denk je van dat tafeltje daar in de hoek?' Olga wees op een bank naast het raam waar een gezin zat met twee kinderen. Kate knipperde met haar ogen, ze wankelde en greep naar haar hoofd. 'Gaat het?' vroeg Olga.

'Ja, ja, ik ben alleen wat duizelig.'

'Je bent toch niet zeeziek?' vroeg Olga bezorgd. 'Wagenziek en zeeziek. Je had me echt moeten waarschuwen, Kate, dan had ik...'

Kate schudde haar hoofd. Er viel een stilte. De bulderende Britten waren weg. De rij werd kleiner, nog even en ze zaten op volle zee. Kate huiverde en een onverklaarbare angst nam bezit van haar. Was ze niet veel te overmoedig geweest om aan dit reisje te beginnen? Paniekerig draaide ze zich om naar Olga. Moest ze het haar vertellen? Van Richard en Felix, en dat hij...

'Olga, kan ik je vertrouwen?' vroeg ze. Haar stem klonk gespannen.

Olga's gezicht klaarde op. 'Maar natuurlijk. Dat weet je toch, Kate? Er is iets, hè? Ik wist het wel, je bent niet jezelf. Dat zei ik ook al tegen Lizzy. Vorige keer was je heel ontspannen. Het is dat huis en dat landgoed, hè Kate? Je bent geen bitch, zoals Lizzy zei...'

Kate verstarde. Een scherpe, acute pijn trok door haar maagstreek. De misselijkheid speelde weer op, ze proefde gal en slikte die weg. 'Ah, ik ben aan de beurt,' zei ze toen de uitbater haar aansprak. Ze legde een luchtige toon in haar stem, veinsde een glimlach en kocht een flesje water.

'Zie ik je zo bij het raam?' riep Olga haar na toen ze wegliep.

Zonder om te kijken vervolgde Kate haar route naar het buitendek. Ze had frisse lucht nodig, een zeewindje dat alle spookgedachten die haar hoofd teisterden eruit kon waaien. Waar was ze in terechtgekomen, welk spel werd er gespeeld, en waarom had Lizzy uitgerekend Felix meegenomen als chauffeur?

22

De ferry zat tjokvol. Al snel was Lizzy de anderen uit het oog verloren. Felix en Olga leken opgelost in de menigte en ook van Kate ontbrak ieder spoor. Op zoek naar Felix liep Lizzy via het rokersdek naar de bar en keek om zich heen of ze ergens een glimp van hem opving. Zigzaggend langs drinkende Britten ging ze verder in de richting van het buitendek. Waar ze ook keek, nergens ontdekte ze Felix. Ze liep terug naar de gang. De deuren naar buiten floepten open. Een windvlaag sloeg in haar gezicht toen ze het buitendek op liep. Hoewel het een zonnige dag was, voelde het ijskoud in de schaduw. Aan de kant waar de zon scheen waren groepjes mensen neergestreken.

De zee was ruw. Als scheermessen lagen de schuimkoppen op de golven. Met moeite wist Lizzy zich staande te houden. Onvast verplaatste ze zich naar de punt van het schip, waar metalen stoelen, tafels en banken verankerd zaten aan de vloer. Meeuwen die vanaf Calais als verstekelingen waren meegevlogen, hingen laag boven de tafels, krijsend en pikkend naar achtergebleven voedsel. Lizzy voelde zich draaierig. Ze besloot haar zoektocht naar Felix te staken en voor zichzelf helder te krijgen hoe ze het verder ging aanpakken nu Kate wist wie hij was. Dat verhaal van Kate over de kroeg en dronkenschap had ze niet hoeven opvoeren, Lizzy zag zelf ook wel dat ze een stomme inschattingsfout had gemaakt. Felix leek op

Richard, klaar. Haar plan om Kate pas in Engeland en tijdens een gezamenlijke maaltijd te confronteren met haar afgestane zoon, moest ze nu bijstellen. Ze hoopte maar dat ze nog op Felix kon vertrouwen.

Aanvankelijk had hij met tegenzin gereageerd toen ze hem voorstelde om zijn biologische moeder te ontmoeten. Hij had gevraagd hoe Lizzy haar kende. Lizzy had het verhaal van vier jaar geleden verteld. Over Richard, het tuinreisje en de ontmoeting met Kate. 'Stel je eens voor, Felix,' had ze met ingehouden woede gezegd. 'Toen jouw moeder zwanger was van jou, beloofde Richard haar van mij te zullen scheiden. Maar toen jij geboren werd, haakte hij af. Hoe erg moet dat niet voor Kate geweest zijn om zo bedrogen te worden door de man die zegt van je te houden, met je te willen trouwen en...' Lizzy was spontaan in tranen uitgebarsten, zo erg dat het had geleken alsof ze om Kate huilde. Dat was goed. Felix troostte haar onmiddellijk door te zeggen dat niet Kate het slachtoffer was, maar zij. Maar toen hij daaraan toevoegde dat hij zijn moeder niet hoefde te ontmoeten, schrok Lizzy. Ze vertelde dat ze een plan had om Felix en zichzelf te wreken. Het duurde nog even voordat Felix akkoord ging. Uiteindelijk, toen ze hem wat extra geld bood, beloofde hij haar te helpen.

Een rilling liep over haar rug toen ze merkte dat de zon alleen nog de overkant van het dek bescheen. Ze knoopte haar jas dicht en trok de sjaal die ze losjes had omgeslagen wat strakker om haar hals. Ze keek om zich heen. Speurend naar Felix werd haar aandacht getrokken door een jong stel bij de reling. Ze stonden met hun rug naar haar toe en waren in een verhit gesprek verwikkeld. De jongen, die met veel gebaren aan het woord was, zag er net zo uit als Felix. Spijkerjasje, petje en een grijze trainingsbroek met witte strepen langs de pijpen. Het meisje, dat voornamelijk naar de jongen opkeek en knikte, was een stuk kleiner dan hij en tenger. Lizzy kon haar aandacht niet van het stel afhouden. Het kwam door de ruzieachtige manier waarop ze met elkaar spraken. Zelfs als er iemand naast of achter hen ging staan om foto's te maken, gingen ze gewoon door met bekvechten. Lang kon Lizzy er niet naar kijken, in de verte doemden witte puntjes van krijtrotsen op en om haar heen kwam iedereen in beweging. Niemand scheen haar te zien. Er werd gewezen, er werd gefotografeerd en binnen enkele seconden zat Lizzy gevangen in een woud van benen. Ze stond op. Nadat ze zich had losgemaakt van de andere reizigers werd haar blik opnieuw naar de reling aan de overkant getrokken. Het meisje was weg. De jongen had zijn pet afgezet en zijn jas uitgedaan. Hij keerde zich om en keek in haar richting.

Lizzy's mond viel open. *Felix?*

23

Het duurde nog zeker een halfuur voordat de ferry de haven van Dover in voer. Intussen verplaatste een deel van de menigte zich naar het trappenhuis. Felix liet zich meevoeren door een groepje mannen dat hem omringde. Tijdens de afdaling naar het parkeerdek haalde hij zijn telefoon uit zijn zak en tikte vliegensvlug een berichtje. Eenmaal beneden belandde hij in een wirwar van passagiers die hun auto's zochten. Felix hoefde niet te twijfelen of hij de juiste uitgang had gekozen. Naast een paar touringcars zag hij de witte neus van een Opel Vivaro oplichten. Toen hij Lizzy naast de auto zag staan, hield hij bewust zijn pas in en tikte hij snel nog een berichtje. Hij wachtte even, maar toen de afzender niet reageerde, vervolgde hij zijn weg langs de rijen met auto's. Hij vroeg zich af hoe het met Kate ging. Vanaf het moment dat ze de benen nam, had hij haar niet meer gezien. Hij vond het wel amusant dat ze zo van hem was geschrokken. Hij had zich van alles bij haar voorgesteld, maar dat ze zo zou zijn... Hij voelde een zeker medelijden met haar. Die angst in haar ogen toen ze hem herkende, wauw, wat moest dat een schok voor haar geweest zijn.

Ping.

Een binnenkomend appje haalde Felix uit zijn gepeins. Hij keek op het display en grijnsde. Hij antwoordde met een emoji en stopte daarna de telefoon terug in zijn broekzak.

Weer zat Kate in zijn hoofd. Zou ze zo geschrokken zijn dat ze zonder hen verder ging? Wat zou Lizzy doen als Kate niet kwam opdagen? Lizzy met haar snode plannen. Vlak voordat hij het buitendek verliet had hij haar gezien. Ze had hem vreemd staan aanstaren. In de korte flits dat hun blikken elkaar kruisten las hij grote verwarring op haar gezicht. Hij vroeg zich af hoelang ze daar al gestaan had en wat ze had gezien. Lizzy was gevaarlijk. Als hij te onbesuisd was kon het weleens verkeerd aflopen.

'Ha, daar ben je dan!' riep Lizzy.

'Waar zijn de anderen?' vroeg Felix. Zonder Lizzy aan te kijken opende hij het portier en stapte in. Lizzy hees zich meteen in het busje. Ze ademde snel. Felix voelde de spanning van haar afstralen toen ze naast hem ging zitten.

'Kate weet het, hè?' zei ze. 'Waarom heb je het haar verteld? Hoe kon je zo stom zijn, we hadden afgesproken dat we niet eerder...' Vanuit de tas van Lizzy zoemde haar telefoon. Ze ritste de tas open, graaide erin en toen ze zag wie er belde nam ze met een zucht op. 'Olga? Ja, wij zijn al beneden. Hoezo, je weet het niet meer?'

Felix stak de autosleutel in het contact. Hij keek gespannen om zich heen. Het bovendek moest inmiddels bijna leeg zijn. Vrouwen, mannen, jong, oud, met kinderen en honden: alles trok aan hem voorbij. Nergens zag hij Kate. Hij maakte zich zorgen. Zou ze zo van hem geschrokken zijn dat ze...

'Oranje, ja, vak D,' zei Lizzy luid. 'Helemaal doorlopen naar voren, ja... nee, en opschieten. Verdorie, Olga, had dan de lift genomen.' Lizzy verbrak de verbinding. Felix keek opzij. Hij fronste zijn wenkbrauwen. 'Ze komen eraan,' zei Lizzy.

'Ze?' vroeg Felix.

'Ja, ze zijn samen,' antwoordde Lizzy. Ze ademde puffend uit. 'Kate heeft moeite met al die trappen.'

Felix haalde opgelucht adem. Goddank, Kate was er niet tussenuit gepiept. Blijkbaar durfde ze het aan om met hem als chauffeur hun reis voort te zetten. Ontspannen liet Felix zich achterovervallen op zijn stoel, losjes legde hij zijn hand op het stuur. Lizzy trok haar sjaal los, ze wierp hem van zich af en frommelde daarna aan de knopen van haar jas. Felix merkte dat ze zich met moeite kon inhouden. Ze draaide zich een halve slag en juist toen ze haar mond opende om verder te gaan met haar verwijten jegens Kate, nam hij het woord.

'O ja, en Liz, voordat ik het vergeet, ik heb op het buitendek een meisje ontmoet. Ze is alleen, ze heet Romy. Ze is zo'n klimaatactiviste, je weet wel, zo iemand die duurzaam op reis is.' Felix lachte schamper. Lizzy's gezicht werd één groot vraagteken. 'Ze moet dezelfde kant op als wij en daarom heb ik haar een lift aangeboden. Dat vind je toch niet erg, hoop ik?'

24

Olga en Kate waren nog maar net ingestapt of de grote laaddeur van de ferry opende zich als een gapende reus. Fel zonlicht stroomde naar binnen en zette de autodaken in een oogverblindende schittering.

Lizzy kneep haar ogen tot spleetjes en trok met een ruk aan de zonneklep. Toen ze haar ogen weer opende, schrok ze van haar eigen spiegelbeeld. De huid rondom haar neus was vlekkerig rood; haar ogen, die ze nooit opmaakte, leken dieper te liggen dan anders; haar mond was een strakke streep en de zeewind had haar haren in een statische warboel geblazen.

Automatisch verplaatste haar blik zich via het spiegeltje naar Kate, op wier gezicht geen spoor van verval zichtbaar was. Alsof ze de hele bootreis bij een visagist had doorgebracht. Lizzy sloot met een driftig gebaar de schuif voor het spiegeltje. Ze zette haar zonnebril op en tuurde gespannen naar de uitgang van de boot waar de voetgangerstunnel lag. Felix had zojuist gezegd dat hij blij was dat iedereen ermee akkoord ging dat ze een meisje meenamen. Hij had met haar afgesproken dat als zijn medereizigers het oké vonden, hij haar bij de voetgangerstunnel zou oppikken.

'Wat spannend om een liftster mee te nemen,' zei Olga. 'Ik dacht dat tegenwoordig niemand meer durfde te liften. Vroeger, voordat ik Jan kende, liftte ik ook altijd. Ach, ja, moet je nagaan, je had toen niet eens mobieltjes. Je stapte gewoon onbevreesd bij iemand in de auto en...'

'Misschien heb je toen domweg geluk gehad,' mompelde Lizzy. 'De wereld was vroeger echt niet veel beter dan nu.'

'Ja, misschien,' zei Olga. Ze zuchtte en zweeg.

Lizzy ging ongemakkelijk verzitten. Een liftster dus! Iemand die Felix op de boot had ontmoet en met wie hij ruziede. Waarom zou hij haar in godsnaam meenemen? Ze had geen kans gehad om te vragen waar dat kind naartoe moest. Ze had sowieso geen kans gekregen om te zeggen dat het haar niet beviel om een vreemde mee te nemen. Toen Felix het zojuist in de groep gooide, riep Olga meteen opgewonden dat er nog een stoel over was. Kate zei dat het haar niet uitmaakte, ze had nog het een en ander te doen voor haar blog. Demonstratief zette ze een koptelefoon op, keek op haar laptop en sloot zich af.

'Ik zag je met haar staan,' zei Lizzy zonder Felix aan te kijken.

'O? Waar dan?' vroeg Felix. Hij deed verrast.

'Boven, op het buitendek. Ik kan het me verbeeld hebben, maar ik kreeg nou niet bepaald de indruk dat je haar mocht.'

Felix lachte. Hij zei niets. Terwijl hij het busje naar de middenbaan reed en een blik in de buitenspiegel wierp, schraapte hij zijn keel. 'Ze weet alles van moestuinen,' zei hij. 'Ik weet zeker dat je haar heel aardig zult vinden, Liz. En ja, je hebt gelijk. Het is een pittige dame. Ik was het niet met haar eens toen ze over vliegschaamte begon. Ze probeerde me ervan te overtuigen dat ik dat zou moeten hebben.'

'Vliegschaamte?' vroeg Olga. Ze legde haar hand op Lizzy's stoel en boog zich naar voren. 'Heeft ze dat?'

Felix knikte met een grote grijns op zijn gezicht.

Lizzy voelde zich nog meer buitengesloten. *Moestuinen dus, ruzien over vliegschaamte...*

'Kijk, daar staat ze!' Felix wees naar een meisje met donkere vlechten en een grote rugzak.

'Spannend,' zei Olga. 'Het is net of ik mezelf weer zie staan. Goh, Lizzy, wat fijn dat we met Felix zijn. Wij zouden anders nooit met een meisje in gesprek zijn geraakt over vliegschaamte, denk je wel? We kunnen nog zoveel leren van die jongeren.'

Niemand reageerde. Felix reed het busje de boot af en parkeerde het iets voorbij de voetgangerstunnel. Terwijl hij de alarmlichten aanzette, opende hij het portier. Hij wenkte naar het meisje, dat meteen in beweging kwam. Op een drafje rende ze naar de bus.

Lizzy zat onbeweeglijk op haar stoel. Ze had een flesje water uit haar tas gehaald en op haar schoot gelegd. In een poging haar onregelmatige hartslag te kalmeren, drukte ze haar hand tegen haar borstkas. *Het is niets, alles komt goed...*

Het volgende moment ging de schuifdeur open en stapte het meisje naar binnen. Lizzy draaide zich om en keek hoe ze plaatsnam naast Kate, die haar toeknikte.

'Hi, ik ben Romy,' zei het meisje. Er hing een zoete, kruidige en aardachtige geur om haar heen. 'Tof van jullie dat ik kan meerijden, Felix vertelde dat jullie tuinvriendinnen zijn. Cool, ik ben dol op tuinen.'

De deur schoof dicht en Felix ging weer achter het stuur zitten. Het ontging Lizzy niet hoe hij haar spottend in zich opnam. Ze probeerde het te negeren. Ze hief haar hoofd, opende haar hand en stak de kalmeringspil die daarin lag in haar mond. Toen ze het waterflesje tegen haar mond zette en de pil wegslikte, hoorde ze hoe Olga zich voorstelde aan Romy.

'Wat ga je doen in Engeland?' vroeg Olga.

'O, dat weet ik nog niet. Iets bijdragen aan de verbetering van het klimaat. Waar de weg me brengt, ik heb geen haast; ik ben een langzame reiziger.'

'Wat mooi,' zei Olga zacht. 'Ik voel dat je heel goed bij ons past.'

25

Kate opende haar ogen. Ze knipperde met haar wimpers, ze moest in slaap zijn gevallen. Haar hoofd lag tegen het zijraampje, de koptelefoon hing om haar hals. Op de borden langs de snelweg zag ze dat ze richting Londen reden. Felix had de radio aangezet, een Britse nieuwslezer vertelde wat voor weer het de komende dagen in hun deel van het Verenigd Koninkrijk zou worden. Zonnig, lenteachtig weer, verstond Kate. Voorzichtig kwam ze uit haar slaaphouding en ze wierp een blik op het meisje dat aan de andere kant van haar bij het raam zat. Het meisje had een breiwerkje in haar handen en oortjes in. Een tevreden lachje krulde haar mooie mond. Op haar wangen lag een natuurlijke blos. Ze had fraai gevormde, donkere wenkbrauwen die verstopt lagen achter een pony. De rest van haar haren droeg ze in vlechten. De vlechten waren slordig gevlochten, hier en daar staken plukjes haar naar buiten. Zo nu en dan bewoog ze haar hoofd op de maat van de muziek waarnaar ze luisterde. Ze merkte niet dat Kate haar observeerde, maar werkte geconcentreerd door aan haar breiwerk. Buiten het geluid van de radio, de dieselmotor en het tikken van de breipennen was het stil in het busje. Olga had haar zonnebril opgezet en staarde naar buiten, Lizzy lag met haar hoofd tegen de hoofdsteun, het leek alsof ze sliep.

Kate pakte haar telefoon en opende Google Earth om alvast de omgeving te bekijken. Volgens Lizzy en Olga kwamen ze in een gebied waar iedereen tuinieren als hobby had. Kate zoomde in op de kaart en zag lieflijke dorpjes en meanderende stroompjes tussen het groen opdoemen. Door de onverwachte en confronterende ontmoeting met Felix was Kate bijna vergeten hoe bevoorrecht ze was om hier een huis te erven. Ze was benieuwd wat ze zou aantreffen. Met het geld van Richard had ze in Spanje een huis laten bouwen dat aan zee lag. De begroting was overschreden en het had uiteindelijk veel meer gekost dan ze had ingecalculeerd. Dit huis kwam dus goed van pas. Ze had al bedacht dat ze het ging verhuren voor vakantiedoeleinden.

'We gaan de snelweg af. Kate, heb jij het adres bij de hand?' riep Felix naar achteren. 'Ik zie dat het navigatiesysteem hier niet werkt.'

Kate keek verrast op. Ze had voor hun vertrek het adres aan Felix gegeven. Hoe kon het navigatiesysteem niet werken? Ze had het net nog op haar telefoon ingetikt en gezien waar ze zich bevonden. Ze opende Google Maps en zag dat er inderdaad geen verbinding werd gemaakt. Ze deed haar tas open en zocht naar de envelop waarop het adres stond waar ze de sleutels van het huis zou kunnen ophalen. Iemand die de zaken had waargenomen voor de overleden oudtante had de overdrachtspapieren al via de post gestuurd. Felix reed inmiddels een smalle provinciaalse weg op. De weg werd omringd door hoge hagen en oude bomen. Hij slingerde omhoog langs weilanden vol met schapen en langs bermen van wilde bloemen. Tegenliggers schoten rakelings langs hen heen.

'We zijn in Kent!' riep Olga. 'O, Liz, word eens wakker, kijk eens wat een schitterende kerkjes, en daar, die tuin... zoveel hanging baskets heb ik nog nooit gezien!'

Kate frommelde in de envelop, maar door de bochtige weg en de ruwe rijstijl van Felix lukte het haar niet om het adres eruit te halen. Ze probeerde het opnieuw op haar telefoon. Met moeite kon ze het display met de kootjes van haar wijsvingers vergroten.

'Zal ik even voor je kijken?' vroeg Romy. Ze klonk heel betrokken en maakte een opmerking over Kates lange nagels.

Kate keek niet op, integendeel, haastig scrolde ze door haar e-mailberichten. Juist toen ze het mailtje met het adres erin terugvond, riep Felix dat hij weer verbinding had. Opgelucht legde Kate de telefoon op haar schoot. Puffend blies ze haar adem uit.

'Spannend, hè?' zei Olga tegen Romy. 'We zijn op weg naar een landgoed dat Kate heeft geërfd. We gaan haar helpen met de tuin. Misschien is er ook wel een moestuin. Er is maar één land waar ze weten hoe je met een moestuin moet omgaan, en dat is hier. Zelfs prins Charles praat tegen zijn tomaten. Iedereen verklaarde hem voor gek, totdat de Royal Horticultural Society zijn theorie testte. Ze hadden een deel van de tomatenplanten voorgelezen uit Shakespeare en het andere deel niet. Het resultaat was dat de planten die in stilte opgroeiden minder snel groeiden. O, en weet je wat ook leuk was? Een vrouwenstem had het meeste effect...'

Kate keek nu opzij naar Romy. Vrijwel tegelijkertijd schoten ze in de lach.

'Ja, lachen jullie maar,' zei Olga. 'Het is verdorie waar.'

Er viel een stilte waarin Romy fronste en haar breiwerk even liet rusten. Onderzoekend keek ze Kate aan. 'Tja, er zit wel iets in, tenslotte zijn we in de natuur allemaal van elkaar afhankelijk,' zei Romy. Haar stem klonk in tegenstelling tot haar voorkomen niet meisjesachtig maar volwassen. 'Alles wat leeft heeft waarde. Planten, dieren, mensen: alles heeft elkaar nodig,' vervolgde ze op zweverige toon. Kate vond haar aandoenlijk. Ze zou het goed doen als influencer, dacht ze. 'Wat gaaf om hier een landgoed te bezitten,' vervolgde Romy. 'Ga je daar met je gezin wonen, Kate?'

Kate voelde zich ongemakkelijk onder de vraag. Ze schudde haar hoofd en voelde de blik van Felix die via de achteruitkijkspiegel op haar was gericht. Haar zoon die ze als baby had afgestaan. 'Nee,' zei ze, en ze schraapte haar keel. 'Ik ben single. Ik heb nooit de behoefte gehad om een gezin te stichten.'

Najaar 2019

26

De dag begon met fraai nazomerweer. Vanuit het binnenland waaide er een zacht windje naar zee. Noor was vroeg opgestaan. Ze liet de auto staan en besloot vandaag te gaan fietsen. Samen met Corrie, de eigenaresse van het hotel, liep ze naar de fietsenstalling achter het hotel. Gisteravond was het er niet van gekomen, nu zag ze eindelijk kans om Corrie te spreken. Terwijl Corrie een geschikte fiets uitzocht en van het slot haalde, begon Noor over de opentuinendagen van het voorjaar.

'Ik zoek informatie voor een zaak waar ik mee bezig ben,' zei Noor. Corrie, die wist dat Noor bij de recherche werkte, liet duidelijk merken dat ze niets met gruwelijke moordzaken te maken wilde hebben. Zij en haar man runden een hotel en hadden hun goeie naam hoog te houden, daar paste geen politiegedoe bij, zoals ze dat formuleerde. 'Tja, maar dit is wel een heel triest geval,' zei Noor. 'Niemand kende het slachtoffer en uiteindelijk is ze in een naamloos graf begraven.'

Corrie keek vertwijfeld op. 'Loopt de dader dan nog steeds vrij rond?'

Noor knikte. 'Veel van dit soort zaken worden nooit opgelost,' zei ze spijtig.

Corrie zette de fiets op de standaard en vroeg Noor even te wachten. Op een drafje maakte ze zich uit de voeten en verdween het hotel in. Een paar minuten later kwam ze terug met een stapeltje toeristische folders. 'Heb je hier wat aan?' vroeg ze. Ze haalde een folder tevoorschijn. 'Kijk, dit zijn de tuinen die te bezichtigen waren voor publiek in Domburg.' Ze wees op een tiental namen achter op de folder.

'Hm, misschien ken jij iemand van rond de zestig, een beetje een druk pratende, grijsblonde vrouw. Ze was samen met een vriendin uit...'

'Hè? Nee! Bedoel je Olga? Maar dat is toch geen moordenaar?' Corrie reageerde geschokt.

Noors gezicht werd ernstig. 'Iedereen kan verdacht zijn, maar er is altijd maar één dader,' zei Noor. 'Vaak is dat iemand van wie je het niet verwacht.'

Hoofdschuddend wees Corrie op het adres van Olga Somers, volgens Corrie iemand die net als zij niet alleen een tuinengek was, maar zich ook nog eens inzette voor het goeie doel. Ze kenden elkaar via de kerk. Corrie had heel lang in het kerkkoor gezongen en Olga hielp steevast mee met de jaarlijkse braderie. 'Ga het zelf maar ervaren,' zei Corrie. 'Olga doet geen vlieg kwaad.' Noor wilde nog iets vragen over de weduwe uit Middelburg, of Corrie die ook kende, maar Corrie ontweek op voorhand iedere nieuwe vraag door over het weer te beginnen. 'Het is goed fietsweer, geniet ervan,' zei ze en ze droop af.

Noor stapte op de fiets en reed via de duinen richting Domburg. Al snel merkte ze dat ze zich in de afstand had vergist. Hooguit tien minuten was ze onderweg of ze zag de molen van Domburg liggen. Ze keek op haar horloge, halfnegen. Misschien wat vroeg voor een bezoekje.

Intussen reed ze de straat in die uitkwam op het adres van de folder. Bij een van de huizen stond een rijzige, asblonde vrouw met een buggy. Ze tilde er een huilend kind in en hurkte ernaast om het te troosten. Noor checkte het huisnummer op de folder en begreep dat ze niet te vroeg was, maar precies op tijd.

'Mevrouw Somers, hallo!' riep ze. Olga keek verstoord om. Noor riep nogmaals. Ze zwaaide. Olga begon te lopen. Noor zette een tandje bij en ging naast Olga fietsen. Zoekend naar herkenning omklemde Olga het stuur van de buggy. 'Sorry dat ik u zo overval...' begon Noor hijgerig. 'U kent mij niet, dat wil zeggen, we hebben elkaar even in het voorjaar ontmoet. Tijdens de opentuindagen. U was met uw vriendin uit Middelburg, weet u dat nog?'

Olga schudde haar hoofd. 'Ik weet het niet... Ik moet door,' zei ze.

'Het hoeft niet lang te duren,' antwoordde Noor. 'Ik ben Noor den Braber, rechercheur bij de politie Zeeland.'

Olga hield haar pas in. Haar gezicht ontspande even, belangstellend keek ze Noor aan. 'O ja? Ik was al bang dat u iets over de tuinenroute wilde weten,' zei ze. 'Die is namelijk afgelopen.'

'Ja, dat weet ik. Maar ik wil u iets anders vragen, het gaat om een moordzaak,' zei Noor. 'Hebt u even tijd?'

Voorjaar 2019

27

Behendig manoeuvreerde Felix het busje langs een smeedijzeren hek naar een lange oprijlaan. De laan die naar het huis liep, bestond uit hobbelige keien. Grote delen van de weg waren verzakt of overwoekerd met gras. Het huis lag op een heuvel en zag eruit zoals kinderen een huis tekenen. Een vierkant huis met een rood puntdak, gele bakstenen muren en twee rijen ramen boven en naast de voordeur. Uit het dak staken drie grote schoorstenen. Rondom het huis stonden oude loofbomen. Vlak erachter zwiepte een elektriciteitskabel tussen twee dunne, houten palen als een waslijn in de wind.

'Mijn god, ik had het me toch iets anders voorgesteld, en jij?' vroeg Olga aan Kate.

Kate zweeg. Ze was in gedachten nog bij de mensen bij wie ze zojuist de sleutel had opgehaald. Het huis lag een kilometer verderop en werd bewoond door een oud echtpaar. Kate had drie keer moeten aanbellen voordat er werd opengedaan. Met luide stem had ze zich voorgesteld aan een kromgebogen, doof en slechtziend vrouwtje. Toen de vrouw afwezig bleef knikken, had Kate meteen daarop naar de sleutel gevraagd. Het duurde nog zeker vijf minuten voordat een eveneens kleine man met zilvergrijs haar en een dikke bril zich bij hen voegde. Kate had niet eens de papieren van het huis hoeven laten zien. De oude man haalde een sleutelbos uit zijn zak en toen hij haar die overhandigde gaf hij de indruk dat hij blij was van die last te zijn verlost. Zonder Kate te groeten werd de deur voor haar neus dichtgedaan.

'Ik vind het hier prachtig,' zei Romy. 'Alsof je een eeuw teruggaat in de tijd. Zo puur allemaal.'

'Ik ben benieuwd of er stromend water is,' zei Felix. 'Een lekker warm bad lijkt me geen overbodige luxe.'

'Zeg, moeten we jou niet ergens afzetten?' vroeg Lizzy aan Romy.

'Ik... eh, nou ja... als jullie...'

'Welnee, je kunt vanavond gewoon blijven slapen. Misschien kunnen we je hulp wel gebruiken bij het opruimen,' antwoordde Felix. 'Of heb je andere kwaliteiten?' Felix lachte.

'O ja? En wat vindt Kate daarvan?' vroeg Lizzy.

Kate hoorde haar naam noemen, verstrooid keek ze op. Haar gedachten bleven constant hangen bij Felix. Ze kon niet loskomen van het idee dat hij haar zoon was en dat Lizzy hem bewust in haar leven had gebracht.

'Kate?' herhaalde Lizzy.

'Ja?'

Er viel een stilte. Lizzy schraapte haar keel. 'Felix stelt voor om onze liftster een slaapplaats aan te bieden. Ben je het daarmee eens?'

Kate keek opzij naar Romy. Het meisje glimlachte vriendelijk naar haar, ze hield haar hoofd iets schuin en trok haar fraaie wenkbrauwen op. Iets aan haar herinnerde Kate aan haar eigen jeugd, toen ze haar donkere haar soms ook in vlechten droeg. Doorgaans was ze niet zo gecharmeerd van dit soort activistische meisjes, maar Romy riep iets van vertedering op.

'Geen probleem,' zei Kate.

'Als er maar genoeg bedden staan,' zei Olga.

'Ik kan ook op de grond slapen, hoor,' zei Romy. 'Ik heb een opblaasbaar matje in mijn rugzak en een slaapzak. Ik vind het wel heel tof als ik tot morgen kan blijven. Straks is het donker en zal ik minder snel een lift krijgen.'

'En gevaarlijk voor zo'n meisje alleen,' zei Olga. 'Als ik jouw moeder was, dan maakte ik me zorgen, hoor.'

Romy lachte en vanaf de voorbank lachte Felix mee.

Lizzy vroeg wat er te lachen viel. 'Olga heeft een groot gezin, ze weet waar ze het over heeft. Jullie denken maar dat de wereld niet verrot is en dat je gewoon langs de kant van de weg kunt gaan staan in zo'n niemendalletje. Maar ik garandeer je dat er veel rotzakken rondlopen die meisjes zoals jij...'

'Hé, kom op zeg, Liz, laten we leuk houden, ja,' riep Felix. 'Kijk, zie je dat? Een konijn, en daar nog een!'

Het busje maakte een slingerbeweging. Olga slaakte een vreugdekreet en zei dat dit het echte countryleven was. Kate kon zich nog net op tijd vasthouden aan de stoelleuning. Lizzy riep naar Felix dat hij rustiger moest rijden.

'Is dit jullie eerste trip samen?' vroeg Romy aan Kate. Ze klemde haar breiwerk tegen haar borst en probeerde recht op haar stoel te blijven zitten.

Felix remde af en stuurde het busje nu wat kalmer een kleine parkeerplaats op naast de voordeur. Ook hier groeide het gras welig tussen de stenen, een deel van de stoep was verzakt en het achterliggende gazon was in geen tijden gemaaid. Wilde klaprozen en korenbloemen bepaalden het beeld langs een paadje van flagstones.

Kate verplaatste haar blik van de tuin naar Olga en Lizzy, ze was blij dat ze hen had meegevraagd om haar te helpen. Meteen daarna bleven haar ogen even rusten op Felix. Toen pas richtte ze zich tot Romy. 'Nee, dit is niet onze eerste trip samen,' zei ze luid, zodat iedereen haar kon horen. 'Maar wel de eerste keer met deze chauffeur, en als het aan mij had gelegen hadden we voor een andere gekozen.'

28

De zon was achter de wolken gekropen en de lichte motregen ging al snel over in een fikse plensbui. Terwijl Olga met moeite een paraplu boven het hoofd van Lizzy hield, probeerde Lizzy onder veel gesteun hun bagage uit het busje te trekken. Felix volgde Kate met een van haar tassen naar het huis. Kate had gezegd dat ze het eng vond om alleen naar binnen te gaan, waarop Felix zich meteen opwierp als bodyguard. Romy was al eerder uitgestapt, ze had geen paraplu en wilde niet nat worden. De enige plek waar het droog was, was onder het afdakje bij de voordeur.

'Zeg Liz, mag ik iets zeggen?' zei Olga toen Kate en de anderen uit het zicht waren. Ze wachtte even. Het gevoel dat ze steeds de verkeerde dingen zei, bestookte haar hoofd. Thuis, waar ze zich altijd omringd voelde door de veiligheid van haar gezin, stak dit verwarrende gevoel nooit zo hevig de kop op. Maar tijdens hun reisje leek haar omgeving haar vijandig gezind en moest ze haar woorden zorgvuldiger kiezen. Ze vroeg zich af of ze zich dat verbeeldde. Ze was geen type voor ruzies of onenigheid, daarom wilde ze meteen opheldering van Lizzy.

Lizzy mopperde iets overstaanbaars. Haar bovenlijf hing voor een deel in de bus over de koffers. 'Verdomme ook, die Kate,' hoorde Olga haar zeggen. 'Hoeft maar met haar vingers te knippen en hup, Felix doet gelijk wat ze wil.'

'Nou, Liz, daar wilde ik het juist over hebben,' zei Olga op fluistertoon. 'Over Kate, ze reageert zo raar op die jongen... Ze zal toch niet...'

'Olga! Kun je niet even wachten totdat we binnen zijn, en hou die paraplu recht, ik word zeiknat!'

Olga deed wat Lizzy vroeg. Ze slikte de brok in haar keel weg en voelde tranen branden. Lizzy deed ook al zo onaardig. Zo kende ze haar vriendin niet. Wat was er toch met iedereen? Nee, kom, ze moest zich niet aanstellen. Ze was gewoon moe en als ze moe was, werd alles minder scherp tegenwoordig. Dan zag ze de dingen niet meer in de juiste proporties. 'Sorry, Liz, zo beter?'

Een weekendtas belandde naast Olga's voeten, een deken en een opgevouwen zeildoek volgden. Olga keek naar het blauwe doek. Alweer werd ze aan thuis herinnerd; zij gebruikte ook altijd zo'n doek in de tuin bij snoeiwerkzaamheden. Het was ideaal. Als je klaar was met snoeien hoefde je het doek alleen maar samen te pakken en uit te schudden boven de kruiwagen. Lizzy was blijkbaar aardig wat van plan. In dat opzicht was ze een goeierd, ze ging er helemaal voor. Misschien was Lizzy net als zij gewoon wat gespannen over al het werk dat hier verricht moest worden. Lizzy mocht dan bij Olga vergeleken beresterk zijn, ze was ook niet meer de jongste.

'Lukt het, Liz?' Olga had zich weer helemaal herpakt. Haar stem klonk een stuk steviger. 'Kunnen we niet beter eerst wat spullen wegbrengen? Nu wordt alles nat. Dat zeildoek bijvoorbeeld, dat hebben we toch nog niet nodig?'

Lizzy rechtte haar rug en deed dat zo abrupt dat ze haar hoofd tegen het dak van het busje stootte. Een pijnkreet volgde. In elkaar gedoken en met haar hand tegen haar hoofd gedrukt draaide ze zich om. 'Wat bedoel je met die opmerking over dat zeildoek, Olga?'

Olga vertrok haar gezicht in gepeins. 'Niets, Lizzy, ik eh... weet het niet... Hoezo?'

'Dat zeildoek heb ik meegenomen voor schilderklussen, nergens anders voor.'

Olga knikte. 'Best hoor, Lizzy,' zei ze.

Ze rilde in haar te dunne truitje. Het water van de paraplu liep in haar nek. Ze werd dit zat. Net toen ze dat wilde zeggen, werden ze opgeschrikt door een ijselijke schreeuw uit het huis. Het was Kate. Olga keek om en ze zag hoe Felix, die in de deuropening stond, plotseling alles uit zijn handen liet vallen en naar binnen staarde. Romy stond vlak naast hem. Ze sloeg een hand voor haar mond.

'God, Liz? Zou er iets met Kate gebeurd zijn?' vroeg Olga.

29

Felix stond als aan de grond genageld en hield nog net op tijd zijn lach in. Romy stapte om hem heen.

'Vooruit, Felix, doe iets!' riep ze.

Op iets meer dan een meter van de deur was Kate door de vloer gezakt. Een deel van de houten planken stak als versplinterd bordkarton uit het gat waarin Kate lag. Het was te donker om Kate te kunnen zien, maar een hevig gekerm steeg op uit de vloer. Romy had als eerste haar telefoon gepakt en de zaklamp aangezet. Het licht trilde in haar hand toen ze de telefoon op het gat in de vloer richtte.

'Voorzichtig!' zei Felix toen ze naast hem kwam staan. Felix' ogen waren inmiddels aan het donker gewend en langzaam kwam hij in beweging. Voetje voor voetje aftastend of de vloer hem wel zou houden, verplaatste hij zich in de richting van het gat. De vloer kraakte en veerde mee onder Felix' schoenen, maar voelde stevig genoeg om overheen te lopen.

'Help me,' riep Kate. 'Mijn been...'

'Schijn even hier,' zei Felix tegen Romy en hij wees op de muur, waar een schemerlampje hing. Nadat hij de schakelaar had aangeknipt, verspreidde zich weliswaar een zacht licht door de ruimte, maar onvoldoende om beter bij te kunnen zien.

'Goddank, er is in ieder geval elektriciteit,' verzuchtte Romy. Ze veegde de pony uit haar gezicht en hield haar blik strak gericht op Felix, die zijn duim opstak.

'O, doe iets... Help me dan...' kermde Kate.

Felix seinde met zijn ogen naar de voordeur waarachter Olga en Lizzy te horen waren. 'Geef me je telefoon en hou die twee tegen,' zei hij. 'Straks zakken we allemaal nog door de vloer.'

Romy gaf haar telefoon aan Felix en riep naar Olga en Lizzy dat ze buiten moesten blijven. 'De vloer is verrot; Kate is gevallen,' riep ze.

'O jee, wat erg. Maar moeten we niet helpen?' Olga verscheen in de deuropening.

'We hebben meer licht nodig,' riep Felix naar Romy. 'Ik zie geen moer.'

Kate kermde luid. Haar klaagzang overstemde Romy, die Olga probeerde tegen te houden.

'Wat zeg je, kind?' zei Olga.

'Een zaklamp,' zei Romy. 'Hebben jullie een zaklamp bij de hand?'

Felix zat inmiddels gehurkt voor het gat. Hij scheen met de telefoon op Kate. Over haar gezicht liepen zwarte strepen en uit haar neus kwam een straaltje bloed. Haar kleine lichaam lag in een vreemde, gekromde houding. Vlak boven haar hoofd stak een puntige plank vervaarlijk omlaag. Felix fronste zijn wenkbrauwen. Het was een wonder dat ze niet gespiesd was. Hij vermoedde dat Kate meteen na binnenkomst was gelanceerd en door de klap door de vloer was gezakt. Blijkbaar had ze zich na haar val op haar zij gedraaid. Haar linkerbeen hield ze opgetrokken, haar handen lagen om haar knie.

'Pijn... mijn knie... o... zo'n pijn...' jammerde ze.

'Niet bewegen, Kate,' zei Felix. 'Misschien heb je iets gebroken... en...'

'Doe iets, help me...' Kate begon te huilen. Luide snikken vulden de ruimte.

Felix keek gespannen naar de deuropening. Lizzy duwde Olga

opzij en liep met een zaklamp in haar hand naar binnen. Felix zag haar op zoek gaan naar een lichtschakelaar. Nu Lizzy tot actie overging, wachtte Felix af. Kate snikte door en net toen Felix aan Lizzy wilde vragen of ze hem niet beter eerst kon helpen met Kate, werd de ruimte door een grote kroonluchter verlicht. Felix keek verbaasd om zich heen. Hij zat in een hal die uitkwam op een langgerekte gang, en toen hij naar het gat in de vloer keek was dat eigenlijk maar heel klein. Hij besefte opnieuw dat Kate de stomme pech had gehad om onder de vloerdelen te belanden.

'Zo, en wat is er nu precies aan de hand?' vroeg Lizzy. Ze stapte op het gat af en keek naar Kate.

'Ze moet zijn uitgegleden,' zei Felix.

'Vind je het gek? Zou jij niet uitglijden op dat soort schoenen?' siste Lizzy. Ze wees naar een van de pumps van Kate, die op de grond lag en waarvan de naaldhak was afgebroken.

'Durf jij haar op te pakken bij haar schouders?' vroeg Felix.

Lizzy boog zich naar voren over het gat. Felix zag hoe Kate verkrampte bij het zien van Lizzy. Ze stopte met jammeren en zei dat er een ambulance moest komen. Lizzy's gezicht vertrok even in een grijns en werd meteen daarna weer ernstig.

'Een ambulance, Kate, hier in deze negorij? Daar wil je toch niet op wachten? Nee, je hebt gelijk, Felix, we moeten Kate zo vlug mogelijk bevrijden. Kom, laat mij maar. Als jij nou daar gaat staan bij haar hoofd, dan trek ik haar aan haar benen...'

'Neeee!' gilde Kate. 'Niet aan mijn benen!'

Felix stelde Kate gerust. 'Rustig maar, Lizzy weet vast wel wat ze doet.'

Kate krijste inmiddels dat Lizzy haar niet mocht aanraken. Haar gekrijs had Olga en Romy gealarmeerd.

'O, Kate, wat een toestand,' zei Olga zalvend toen ze naast Lizzy neerhurkte voor het gat. 'Ik heb zoveel kinderen uit benarde situaties gehaald. Doet je knie pijn? Wacht maar, het komt goed. Laat mij er maar even naar kijken.'

Kate viel stil. Terwijl ze langzaam haar hand van haar knie liet glijden, gaf ze zich over aan de bemoedigende woorden van Olga. Voorzichtig betastte Olga de knie. Kate kermde zachtjes.

Felix keek in de tussentijd opnieuw naar Lizzy. Haar ogen glommen en haar mondhoeken krulden. Het plezier dat ze aan de ellende van Kate beleefde, was van mijlenver van haar gezicht af te lezen. Kate mocht dan een slechte moeder zijn geweest die niet voor haar kroost had willen zorgen, ze was niet zo vals als Lizzy. Dat inzicht sterkte Felix in zijn plannen.

30

Het liep tegen tienen. Lizzy zat met een glas wijn bij het haardvuur dat Felix had aangemaakt en smeerde voor zichzelf een cracker met de paté die ze van thuis had meegenomen. Ze had zich in een fleecetrui en broek gestoken en droeg een paar wollen pantoffels om haar voeten warm te houden.

Nadat Olga en Felix met de grootste moeite Kate uit haar benarde situatie hadden bevrijd, was iedereen naar de woonkamer vertrokken. Het steenkoude huis dat gebukt ging onder een dikke laag stof, spinnenwebben en meubels die afgedekt waren met lakens, bleek na verdere inspectie een vriendelijk interieur te hebben met zachte bankjes en leunstoelen uit lang vervlogen tijden. Kate lag op bed in een van de slaapkamers. Ze had zich de beste en grootste kamer toegeëigend. Iedereen vond dat niet meer dan logisch; zij was de eigenaar van dit huis en ze had een lelijke val overleefd. Olga had zich als Florence Nightingale ontpopt. Volgens haar was de knie van Kate niet gebroken maar flink verstuikt en had ze verder voornamelijk schaafwonden, niet iets om mee naar de eerste hulp te gaan. Daarop hadden ze de rest van de bagage uit het busje gehaald en verdeeld over de slaapkamers. Er waren er vijf, precies genoeg. Want nu Kate voorlopig was uitgeschakeld, had Romy aangeboden om wat langer te blijven. Ze was handig in de tuin en kon ook heel goed schoonmaken, had ze gezegd. Aanvankelijk had Lizzy geweigerd, maar Olga en Felix vonden het een goed idee. 'Vele handen maken licht werk,' had Olga de tegeltjeswijsheid aangehaald.

Wie was Lizzy dan om haar poot stijf te houden. Ze had besloten niet moeilijk te doen. Het was beter om zo onopvallend mogelijk aan haar plannen te werken. Deze nieuwe situatie gaf haar daar goed de kans voor. Alweer was ze geholpen door het lot; wie had kunnen denken dat Kate door de vloer zou zakken? Ze nam een hap van de cracker en spoelde de kruimelige substantie weg met een slok wijn. Ze gniffelde. Soms dacht ze dat ze na Richards dood een engeltje op haar schouder had. Een opstandig engeltje dat haar stoute dingen influisterde en zei dat het goed was, dat ze het verdiend had na alles wat haar was overkomen. Dat engeltje had haar weer geholpen. Ze sloot haar ogen toen ze Olga pratend van boven hoorde komen. Geluiden vanuit de keuken mengden zich met Olga's stemgeluid. Het avondeten dat Felix en Romy in het dichtstbijzijnde dorp hadden gehaald, verspreidde een aangename geur door het muffe huis. Lizzy rook de geur van kerrie en lamsvlees. Ze kreeg trek. Op dit tijdstip lag ze thuis meestal voor de tv te dutten.

'Lizzy? Liz, waar ben je?' riep Olga.

Lizzy antwoordde niet. Sterker nog, toen ze de houten vloer van de woonkamer achter zich hoorde kraken, zakte ze met opzet wat dieper weg in de stoel. Olga riep naar Felix en Romy dat Lizzy niet in de woonkamer was.

'Misschien is ze buiten?' riep Felix terug.

Olga mompelde dat haar dat niet logisch leek zo alleen in het donker in een onbekende omgeving en ze begon stoelen te verschuiven. Lizzy maakte zich nog kleiner achter de hoge rugleuning van haar stoel. Luisterend naar Olga die nu tegen zichzelf begon te praten, hield ze zich muisstil.

'Ik weet toch zeker dat ik mijn tas hier ergens heb neergelegd. Hè gat, nee, kom op, alles zit in die tas: de telefoon, de reisstekkers voor Engeland, mijn leesbril, de pillen, mijn portemonnee...' Weer werd er een stoel opzijgeschoven, voorwerpen die op tafel stonden werden opgepakt en teruggezet. Er viel iets om, het belandde op de vloer, het brak. 'Hè, nee. Verdorie!'

Starend in het haardvuur volgde Lizzy de paniekerige handelingen die achter haar rug werden verricht. Ze dronk kalm haar glas wijn leeg en wachtte even voordat ze omhoogkwam uit haar stoel om zich bekend te maken. Ze herhaalde in haar hoofd de inhoud van de tas van Olga. Eén ding in het bijzonder bleef hangen: pillen. Dus Olga was net als zij aan de pillen. Wat voor pillen? En alsof er zojuist iets ter herinnering haar schouder beroerde, legde ze haar hand op de plek naast haar hals en slaakte een dankbare zucht. Haar ogen vulden zich met traanvocht toen ze een dankjewel murmelde. Langzaam kwam ze overeind. Ze stond op en keek naar Olga, die verschrikt bleef staan.

'Olga,' zei ze en ze legde een blij verraste toon in haar stem. 'Ik had je niet horen binnenkomen. Ben je iets kwijt? Zal ik helpen zoeken?'

Najaar 2019

31

De wind was gedraaid, een nevelige damp steeg op uit zee en trok een sluier voor de zon. Noor rilde. Ze had een jas moeten meenemen. Maar ze had er niet op gerekend dat ze de hele dag in Domburg zou doorbrengen.

Olga had haast gehad. Ze was met haar kleinzoon op weg naar de peuterspeelzaal toen Noor haar tegenkwam. Noor stelde voor dat ze elkaar wat later op de ochtend onder het genot van een kop koffie konden treffen. Olga ging aarzelend akkoord en noemde een strandpaviljoen waar ze lekkere appeltaart hadden. Ze spraken een tijd af en voor alle zekerheid had Noor haar visitekaartje aan Olga gegeven. Olga had het zonder erop te kijken aangepakt en in haar broekzak gestopt. Haastig had ze daarna haar weg vervolgd. Uren later – Noor was al gaan twijfelen of ze wel in de juiste strandtent zat – kwam Olga niet opdagen. Het enige wat Noor kon verzinnen was dat er iets tussen was gekomen en dat Olga haar wel zou bellen. Maar Olga belde niet. En toen Noor besloot om dan maar zelf te bellen, kreeg ze een voicemail met een mannenstem van de familie Van Kapelle erop. Noor liet geen bericht achter. Ze besloot te blijven voor de lunch, om daarna nogmaals de fietstocht naar Olga's huis te ondernemen. Maar bij de lunch had ze een paar biertjes te veel gedronken. Ze was rozig geworden en van de fiets gestapt om even in een duinpan te gaan liggen. Al snel sukkelde ze in slaap. Toen ze gewekt werd door een stevige zeebries had ze twee uur liggen slapen en was ieder plekje onbedekte huid van haar armen, benen en nek dat niet in de schaduw had gelegen gruwelijk verbrand.

Het was nu bijna vier uur. Noor trapte flink door en met de wind in de rug leek de route nog sneller te gaan dan vanochtend. Maar eenmaal bij het huis van Olga maakte dat een verlaten indruk. Hoewel de gordijnen voor de ramen waren opengeschoven en je daardoor zo naar binnen kon kijken, was er niemand te zien. Tegen beter weten in belde Noor aan en ze wierp een blik door het zijraam naast de voordeur. Ze zag een buggy staan en wat speelgoed liggen. Ze stapte de tuin in, keek nogmaals of ze iets zag bewegen in de woonkamer, maar ontdekte niemand.

'Verdomme ook.' Rillend draaide ze zich om naar haar fiets en juist toen ze wilde opstappen ging de voordeur open. In de deuropening stond Olga. Ze had een handdoek in haar hand en natte haren, ze droeg een badjas en keek weer met die peilende blik die Noor niet kon plaatsen.

'O, dat bent u weer,' zei ze. 'Waar kennen we elkaar ook alweer van?'

Noor trok haar wenkbrauwen op. 'Wij hadden vanochtend een afspraak,' zei ze korzelig.

Olga schudde vertwijfeld haar hoofd. Noor noemde het strandpaviljoen. Olga's blik werd flets. 'Het spijt me,' zei ze. 'Ik ben zo nu en dan wat vergeetachtig. Maar komt u alstublieft binnen. Ik zie dat u rilt. Het is opeens koud geworden en u bent zo dun gekleed. De zon is verraderlijk in deze tijd van het jaar, had u geen zonnebrandcrème bij u? Een bermuda en een T-shirtje met korte mouwen zijn leuk in de zomer. Maar in september kan het hier snel afkoelen.'

Noor wist niet wat ze moest zeggen. Zoekend naar de juiste woorden herinnerde ze zich ineens weer een van die momenten op de tuinenavond. Toen vond ze Olga ook al wat merkwaardig reageren. Als haar iets gevraagd werd, negeerde ze de vraag door eromheen te praten en haar eigen verhaal af te steken. Alsof dat de enige manier voor haar was om grip te krijgen op het gesprek. Noor schraapte haar keel. En toen Olga dat als een uitnodiging zag om door te gaan over de grote temperatuurverschillen, besefte Noor dat het het beste was om erin mee te gaan.

'Graag,' zei ze en ze zette haar fiets neer. 'Nee, ik had me niet voldoende ingesmeerd. En nee, ik had me niet gerealiseerd dat het zo snel koud zou worden.'

Ze liep op Olga af. Op de een of andere manier voelde ze dat het geen zin had om nog eens over die gemiste afspraak te beginnen. Belangrijker was of deze vrouw haar informatie kon geven met betrekking tot haar onderzoek. Als ze echt zo vergeetachtig was, had Noor straks een veel groter probleem. Vanochtend had ze het dossier in haar tas gestopt. Ze trok haar tas naar zich toe en vroeg zich af welke foto's ze aan Olga moest laten zien. Ten minste één foto was belangrijk: de foto van het horloge dat was gevonden bij het slachtoffer. Als goeie vriendin van die weduwe uit Middelburg moest Olga dat horloge in ieder geval herkennen.

Voorjaar 2019

32

Het regende de hele nacht. Het water stroomde met zoveel kracht langs de ramen dat Kate bang was dat het dak ieder moment onder de waterlast kon bezwijken en zij daaronder in haar bed vermorzeld zou worden. Ze voelde zich koortsig. Zo nu en dan viel ze in slaap, maar telkens als ze maar even één verkeerde beweging maakte met haar voet of haar been, schrok ze wakker van de pijn, zoals nu. Bangig richtte ze zich op. Steun zoekend bij de rand van het bed, reikte ze naar het vergeelde koordje aan de wand voor de plafonnière. De eerste keer was ze van het witte lamplicht geschrokken, nu was ze voorbereid op het verblindende effect ervan. Met samengeknepen ogen wachtte ze totdat ze aan de zee van licht gewend was en ze ging daarna op zoek naar haar telefoon, die Olga op het nachtkastje had gelegd. 03:30 uur.

Kreunend legde ze de telefoon naast zich op de deken en sloot haar ogen. De paracetamol die Olga haar rond middernacht had gegeven, was bijna uitgewerkt. Alles aan haar lichaam leek voorgoed kapot: de schaafwonden op haar handen schrijnden, haar nek en rug voelden gebroken. Behoedzaam pakte ze het doosje paracetamol van het nachtkastje, haalde er twee tabletten uit en nam ze in met het water uit haar Dopper. Volgens Olga was het kraanwater hier goed te drinken, maar Kate dronk nergens kraanwater. Nadat ze de pijnstillers had ingenomen, drukte ze een voor een de kussens die op het bed lagen in haar rug en ging nog iets meer rechtop zitten. Ze had het steenkoud. Het vest dat ze van Olga had gekregen en haar twee maten te groot was, knoopte ze tot aan haar kin toe dicht. Moeizaam haalde ze adem. Ze keek om zich heen. De kamer had een hoog plafond en muren die bekleed waren met een druk, bloemig behang. De linnenkast die tegenover het bed stond en waarin Olga het beddengoed had gevonden, lag tot de nok toe vol met handdoeken, lakens, slopen en extra dekens. Olga had de deuren van de kast vergeten dicht te doen. Onder het raam stond een elektrische radiator, het snoer bungelde er doelloos naast. Over een stoel hingen Kates kleren. Haar koffers en tassen waren nog dicht. Ze was door Olga en Felix in bed geholpen. Dat was een vreselijk moment, maar ze had geen keus gehad. Verder dwaalde haar blik door de kamer. Net als in de rest van het huis lagen er Perzische tapijten en wollen vloerkleden. Over een van die kleden was zij bij binnenkomst gestruikeld. Ze wist nog wat er in die ene seconde door haar hoofd flitste: ze mocht niet op haar gezicht vallen. Haar mooie, nieuwe tanden moesten heel blijven.

Kate legde haar hand op haar telefoon en trok het toestel naar zich toe. Felix had gelukkig meteen haar mobiele wifirouter met de adapter aangesloten op het lichtnet zodat ze in ieder geval op internet kon. Ze durfde bijna niet te kijken, maar het moest. Ze drukte op de app van de camera en werktuigelijk zette ze hem op de selfiestand. 'O god, nee!' riep ze. Tranen sprongen in haar ogen. Haar vingertoppen beroerden de bloederige striemen die over haar neus en wang liepen. Alles trok en deed pijn. Haar fijne, gave gezicht was geruïneerd. Ze dacht aan Instagram, aan haar volgers en aan haar inkomsten die ze als influencer binnenhaalde. Snikkend liet ze zich achterovervallen in de kussens. Zo kon ze de wereld niet onder ogen komen. Ze schudde haar hoofd. Haar leven was voorbij.

'Kate?' De deur van de slaapkamer ging open. Kate hief haar hoofd. Olga kwam binnen en liep op het bed af. Ze had een paar krulspelden in haar haar en droeg een lang, lichtblauw nachthemd.

Om haar schouders lag een omslagdoek. Haar gezicht glom van de crème. Haar getekende wenkbrauwen waren weg, net als haar oogschaduw en mascara. 'Heb je iets nodig?' vroeg ze. 'Ik moest naar de wc en hoorde je huilen. Heb je het koud? Het is koud, hè? Zal ik die kachel aandoen?' Kate likte langs haar droge lippen. 'Of wil je water? Zit er nog genoeg in dat ding?' Olga pakte de Dopper en schudde ermee. 'Moet je misschien plassen? Ik kan je helpen met opstaan, zelf moet ik tegenwoordig wel drie keer op een nacht, heel vermoeiend,' verzuchtte ze. 'Maar eerst zal ik iets aan die kou doen.'

Resoluut zette ze de Dopper terug op het nachtkastje en liep naar de radiator. Ze haalde het snoer omhoog. Zoekend naar een stopcontact stond ze er even mee in haar hand. Toen ze het stopcontact in de buurt van de kast had gevonden, bukte ze zich en stak ze de stekker erin.

Pang! Een oorverdovende knal klonk en meteen daarop werd alles donker.

33

Wat later, toen Olga iedereen had wakker gebruld en ze op de tast naar de keuken was geslopen om kaarsen te zoeken, was Lizzy zo slim om met een zaklamp de stoppenkast te bekijken. De hele benedenverdieping rook naar verbrand haardhout. Felix rilde. De nachtelijke kou had weer bezit genomen van het huis. Terwijl hij Lizzy met een extra zaklamp bijscheen om te zien hoe ze de kortsluiting konden verhelpen, mompelde Lizzy dat er niet genoeg stoppen waren.

'Ik kan er twee vervangen,' zei ze. 'Voor de rest zullen we moeten wachten tot morgen.'

Felix knikte. Hij was even hiervoor letterlijk door Lizzy uit zijn warme bed gesleurd. Nadat hij niet op Olga's geroep had gereageerd, was Lizzy doodleuk zijn kamer binnengekomen. 'Zonder stroom kun je ook je telefoon niet opladen,' had ze geroepen, terwijl ze aan zijn arm had staan trekken.

Hij sloeg de capuchon van zijn trui over zijn hoofd. Hij klappertandde. 'Vreselijk, die kou. Hoelang blijven we hier nog?' vroeg Felix.

Lizzy zweeg. Ze draaide een van de stoppen eruit en toen ze hem verving door een nieuw exemplaar, hoorden ze Olga uit de keuken roepen dat de koelkast het weer deed. Net als het fornuis. 'Fijn,' mompelde Lizzy. 'Laten we hopen dat het ook blijft werken, stomme trut. Dan kunnen we in ieder geval morgenochtend eieren bakken.' Voorzichtig manoeuvreerde ze om het gat in de vloer.

'Jullie zijn allemaal stomme trutten,' zei Felix. 'Ik had hier nooit mee naartoe moeten gaan.'

Lizzy draaide zich abrupt om. 'Wat zeg je?' snauwde ze. Ze stapte op Felix af en scheen met haar zaklamp recht in zijn gezicht.

Felix sloeg een hand voor zijn ogen en draaide zich om. 'Niks, dat ik naar bed ga,' zei hij en hij richtte zijn eigen zaklamp op de deuropening die naar de gang leidde. Lizzy haalde hem in en hield hem tegen. Ze maakte zich breed en belemmerde de doorgang. Felix voelde de woede van haar afstralen. 'Laat me erdoor,' zei hij.

'Nee, ik wil dat je luistert!' Hardhandig greep Lizzy Felix bij zijn arm.

'Hé, au, wat...?' In een reflex hief Felix zijn hand om Lizzy een mep te verkopen. Lizzy liet meteen los en liet haar armen slapjes langs haar lichaam vallen. Haar borstkas ging snel op en neer. Doelloos scheen het lamplicht van haar zaklamp op de vloer.

'Je bent veranderd,' zei ze. 'Het viel me op nadat we bij Olga wegreden. Wat is er met je gebeurd?'

'Niks, verdomme. Het is gewoon stervenskoud hier en midden in de nacht. Ik ben moe en wil naar bed.'

'Je weet waarom we hier zijn en met welk doel. We hebben er uitgebreid over gepraat. Je hebt toegezegd mee te werken. Ik kan me niet voorstellen dat je nu wilt terugkrabbelen. Je weet wat ik je beloofd heb. Je kent me, ik hou me aan mijn woord. Je hebt nu gezien met wat voor egoïstisch kreng je te maken hebt. Vind je niet dat je recht hebt op vergelding?'

Felix haalde zijn schouders op. De ruimte tussen hem en Lizzy werd gevuld met nog meer kilte. Wat moest hij zeggen, dat hij twijfelde? Dat hij niet een kreng had gezien, zoals Lizzy Kate beschreef, maar veel meer een gekwetste vrouw die zich achter een façade van kunstmatige schoonheid verborg?

'Vooruit, zeg iets,' siste Lizzy. Ze begon te beven. Het lamplicht bewoog mee; ze leek er nu mee te seinen.

Felix wachtte even, zoekend naar de juiste woorden. Lizzy was listig, ze mocht geen argwaan krijgen. 'Ik... eh, sorry, het spijt me. Ik liet me gaan. Ik...'

'Goed, dan weet je nu wat je te doen staat. We hebben mazzel dat ze door die vloer is gezakt. Dat maakt het een stuk eenvoudiger.'

Felix knikte. Hij huiverde zichtbaar. De kou trok nu zelfs tot onder zijn capuchon. 'Vind je het goed om daar morgen op door te gaan?' vroeg hij en hij legde een zachte toon in zijn stem, een toon waarvan hij wist dat die Lizzy week maakte. Hij hoorde haar zuchten. Voor een ogenblik stonden ze daar tegenover elkaar, gevangen in de stilte van hun eigen geheimen. Een geheim dat voor Lizzy veel erger zou uitpakken dan voor hem, wist hij. Maar zover was het nog niet. Daarom moest hij meeveren en zich niet laten leiden door overmoed. De vloer kraakte achter hem. De geur van kaarsen waaide de hal in. Felix wierp een blik over zijn schouder. In de deuropening stond Olga. Ze had een kandelaar in haar hand. Haar gezicht werd spookachtig verlicht door een vijftal flakkerende kaarsstompjes. Ze ademde snel. Haar ogen glansden alsof ze ieder moment in huilen kon uitbarsten. Niet-begrijpend keek ze van Lizzy naar Felix.

'Liz, is alles weer in orde? En Felix, jongen, wat zie je bleek onder die capuchon, ik zou je bijna niet herkennen. Ben je ziek?'

Felix schudde zijn hoofd, hij lachte een beetje. 'Het is de kou, Olga,' zei hij. 'Als we niet oppassen maakt die ons allemaal ziek.'

'Dat is het,' zei Lizzy. Haar stem klonk overtuigend, waarna het gezicht van Olga ontspande. 'Het is de kou,' herhaalde ze Felix' woorden. 'De kou is een goed excuus voor alle narigheid die ons kan overkomen.' Daarop stapte ze op Olga af en gaf haar een duwtje in de rug. 'Kom, lieve Olga, we gaan slapen. Morgen gaan we het huis en de tuin bekijken. Ik denk dat Kate het wel zal waarderen als we hier zo snel mogelijk een bewoonbare plek van gaan maken, denk je niet?'

Felix zag hoe dwingend Lizzy haar hand in Olga's rug legde. Zijn adem stokte toen hij besefte dat Lizzy er niet voor zou terugdeinzen ook Olga te gebruiken bij haar snode plannen.

34

De regen was gestopt, schel vogelgeschetter drong naar binnen. Langzaam werd Lizzy wakker. Ze hoorde geen jacuzzi. Hadden de buren hem weggedaan? De vreemde stilte die maar aanhield verwarde haar. Ze opende haar ogen. Even zweefde ze nog tussen slapen en waken in en waande ze zich in een niemandsland. Ze dacht aan de dagelijkse dingen die ze altijd deed na het opstaan: douchen, theezetten, het ochtendnieuws kijken en daarna haar rek- en strekoefeningen om het lijf soepel te houden. Ze trok het laken en de deken waarin ze gewikkeld lag van zich af en wist het weer: ze waren in Engeland. In het huis van Kate! Kate, die gisteren gevallen was, haar knie had verstuikt en niet kon lopen.

Lizzy veegde het haar uit haar gezicht, strekte zich uit en wierp een blik op het raam, waarvan de overgordijnen nog open waren. Zonlicht viel naar binnen en verlichtte dat deel van de kamer waar een boekenkast stond. Oude boekbanden stonden keurig gerangschikt en in rechte lijnen op de planken. Hoewel ze nog maar een nacht hier had geslapen en het huis eerder op een bouwval leek dan op een fraai landhuis, zoals zij en Olga zich dat hadden voorgesteld, voelde het voor Lizzy meteen heel vertrouwd. Ze hield van dit soort oude huizen met plankenvloeren en hoge plafonds. Huizen die 's zomers koel waren en 's winters verwarmd werden door haardvuur. Huizen die midden in het land stonden, waar de eerste buur mijlenver van je vandaan woonde, en waar je alleen het blaten van schapen hoorde en nooit een jacuzzi...

Lizzy stond op. Op haar horloge, dat op het tafeltje naast het bed lag, zag ze dat het kwart over acht was. Tijd voor actie. Ze trok een van haar weekendtassen open en haalde er een trui, broek en schoon ondergoed uit. Nadat ze de kleren op bed had gelegd en een handdoek had gepakt, opende ze de deur. In huis was het stil. Het was raar, deze stilte voelde niet alleen aangenaam maar was tevens vervreemdend. Alsof ze niet meer wist hoe het was om zonder constante ruis om zich heen te leven. Ze liep langs de deur van Olga. Geen geluid. Ze passeerde de deur van Kate, legde even haar oor ertegen en hoorde een zacht gesnurk. Mooi. Toen ze bij de deur van Felix was, liep ze meteen door. Ze vermoedde dat iemand van zijn leeftijd niet eerder dan tegen de middag zou opstaan. Die verwachting had ze ook bij Romy, die op zolder sliep. Ze was er nog steeds niet tevreden over dat zo'n wildvreemd kind hier onder hetzelfde dak sliep als zij. Vandaag moest daar maar een einde aan komen. Nu eerst een warme douche.

De kokosloper onder haar sokken was koud. Haastig vervolgde ze haar weg over de schemerige overloop en zocht ze de juiste deur waarachter de badkamer met douche zich bevond. Gisteravond had ze ontdekt dat er twee badkamers waren. De ene was met een bad en wastafel en rook naar schimmel, de andere had ook een bad en wastafel, maar was voorzien van een douchecabine. Hij was schoon en met een elektrische wandkachel moderner ingericht. De kachel kon op drie standen, maar na het kortsluitingsavontuur van vannacht besloot Lizzy zich zonder kachel te douchen. Het werd een ijskoude douche; blijkbaar was ook de boiler door de stroomstoring niet meer aangegaan. Rillend droogde ze zich af en kleedde zich aan. Ze wikkelde een handdoek om haar natte haar, poetste haar tanden en hing daarna haar horloge om haar hals. Ze had het horlogebandje thuisgelaten. Het antieke horloge kon beslist niet tegen water en was daarom als halsketting praktischer bij haar tuinwerkzaamheden. Het was een erfstuk van haar moeder, die het weer van haar moeder had gekregen. Lizzy was er zeer aan gehecht en er was geen dag dat ze het niet droeg. Ze schoof het horloge onder haar vest en wachtte even totdat ze er zeker van was dat ze niemand op de overloop hoorde. Daarna haalde ze de handdoek van haar hoofd, kamde haar halfdroge haar en drukte het in model. Iedereen mocht dan een eigen kamer hebben in dit huis, dat de deuren van de kamers niet op slot konden, vond ze minder fijn. Het maakte haar extra alert op pottenkijkers.

Terug in haar kamer keek ze rond, liep naar een van de leunstoelen en schoof hem voor de deur. Daarop pakte ze haar weekendtas, ritste het zijvakje open en haalde er een sleuteltje uit tevoorschijn. Terwijl ze het sleuteltje op het nachtkastje legde, richtte ze haar blik opnieuw op de deur en spitste ze haar oren om zich ervan te vergewissen dat er niemand onverwacht op zou kloppen. Toen het stil bleef achter de deur bukte ze zich naar het bed en haalde haar koffer eronder vandaan. Haar vingers beefden toen ze het sleuteltje in het kofferslot stak en de deksel ervan opende. Een gevoel van opwinding joeg door haar heen toen ze de afdekhoes opensloeg. Bijna in trance staarde ze naar de inhoud. Alles was nog precies zoals ze het thuis had ingepakt: twee rollen doorschijnend plastic, een klauwhamer, een rol grijze tape, touw, een aantal plastic zakken, rubberen handschoenen, kaplaarzen, een zakmes, een schaar en een vijzel. Lizzy's hartslag versnelde toen haar vingertoppen de spullen beroerden. Bijna met een gevoel van tederheid streelde ze het handvat van de klauwhamer. Ze had hem ooit gebruikt voor een muurtje in de tuin dat gesloopt moest worden. Het was een fijn stuk gereedschap, het lag goed in de hand als je er harde zaken mee wilde verbrijzelen.

Najaar 2019

35

'Let maar niet op het speelgoed,' zei Olga. 'Vandaag had ik mijn kleinzoon hier. Ik pas op hem als mijn dochter en haar vrouw aan het werk zijn.' Ze wachtte even om de reactie van Noor af te wachten, maar die bleef uit. Meteen vroeg ze zich af of Noor ook lesbisch was.

'Ik ben blij dat u tijd voor me hebt,' zei Noor. Ze liep op de eettafel af en vroeg of ze daar mocht gaan zitten.

Olga stapte vlug langs haar heen en pakte een deel van de boodschappen op die ze op tafel had laten liggen. Ze voelde hoe Noor haar gadesloeg. De diepvriespullen, waaronder de spinazie, waren al aan het ontdooien. Een groen plasje drupte van de tafel. Ze had het meteen bij thuiskomst moeten opruimen, maar blijkbaar werd ze toen ergens door afgeleid. Daarna was ze zich gaan douchen. 'Ja, maar natuurlijk,' zei ze. 'Neemt u plaats, wilt u iets drinken? Thee, koffie? Sorry, ik ben uw naam even kwijt...'

'Noor, Noor den Braber. Politie Zeeland. En nee, bedankt. Het duurt niet lang...'

Olga's gezicht betrok. 'Politie?' Ze schrok. 'O, maar in dat geval kleed ik me liever eerst even aan. Dat vindt u toch niet erg?' Ze kwam weer in beweging. Haar handen voelden ijskoud. 'Maar eerst dit,' lachte ze. Ze hield de spinazie omhoog en maakte een hoofdgebaar naar de keuken. 'Ik ben zo klaar.' In de keuken legde ze alles haastig in de diepvries. Snel rende ze daarna door naar boven.

Terwijl ze zich aankleedde dwarrelden er flarden van de afgelopen dag door haar hoofd. Flarden waarin Wolf bleef hangen. Haar lieve, kleine jongen met wie ze altijd keuvelde over niets in het bijzonder. Op zijn leeftijd was alles nieuw en viel er nog zoveel te ontdekken. Steeds vaker had Olga het gevoel dat ze meer op één lijn zat met Wolf dan met de meeste volwassenen. Door hen werd ze vreemd aangekeken als ze iets vertelde. Alsof ze niet helemaal spoorde. Zelfs Jan had haar laatst opeens tijdens het koken tegen zich aan gedrukt en met een schorre stem gezegd dat het goed was, dat hij van haar hield, wat er ook gebeurde. Ze ritste haar jurk dicht en trok een panty aan. Hm, beneden zat dus iemand van de politie op haar te wachten. Waar zou ze voor komen? Olga trok de veters van haar enkellaarsjes dicht. De politie komt meestal langs om een bericht over iemands dood te melden. Na een dodelijk ongeval of... In paniek rende ze de slaapkamer uit, stoof de trap af en vloog op Noor af.

'Is er iets gebeurd?' riep ze. 'Komt u dat zeggen?' Noor keek verrast op van haar telefoon. Ze stond voor het raam dat uitzicht bood op Olga's tuin en had daar net een paar foto's van gemaakt. 'Is het mijn man, heeft hij een ongeluk gehad? Of is het een van mijn kinderen? Ik heb er vier, weet u en... en een schoondochter... en... Wolf...'

'Wolf?' vroeg Noor en ze trok haar wenkbrauwen op.

Olga begon te huilen. 'O, ik weet het niet meer, ik... Alles is zo...'

Noor kwam nu op Olga af. Ze legde haar hand op Olga's schouder en zei dat ze beter even kon gaan zitten.

'Zie je wel,' snikte Olga. 'Dat zeggen jullie altijd, hè? Als er iemand dood is, zeggen jullie: gaat u even zitten...' Jammerend liet Olga zich op de stoel vallen. Ze trilde en snoof, haar ademhaling ging schokkerig, ze voelde dat het heel erg mis was.

'Mevrouw Somers, voor zover ik weet is er niets ernstigs gebeurd met uw man of kinderen, ik kom voor iets anders. Het gaat om een moord...'

'Een moord?' Olga slikte. 'Nog erger,' zei ze. Ze voelde hoe het bloed uit haar gezicht wegtrok. Ze veegde het traanvocht van haar wangen en keek Noor angstig aan. 'Wie...?'

'Ik onderzoek de moord op een vrouw die hier in de buurt van Zeeuws-Vlaanderen is gevonden,' ging Noor kalm verder.

'Maar daar weet ik niets van,' zei Olga. 'Beweert u dat ik iemand vermoord heb?'

'Nee, nee.' Noor lachte geruststellend. 'Ik wil alleen maar van u weten of u iets herkent. Het gaat om het volgende. Kunt u zich nog herinneren dat ik afgelopen voorjaar meedeed aan de tuinenroute? Althans, ik werd niet gekozen, maar u en uw vriendin wel.'

'Mijn vriendin?'

'Ja, uw vriendin uit Middelburg. Ik was later bij haar voor de tuin en toen...'

'O, u bedoelt Lizzy!' zei Olga. Ze wist het weer. Ze had een helder moment en dat moest ze koesteren. Alles popte in één keer weer op. Zie je wel, ze had deze vrouw eerder gezien. Het kwam door dat rode haar en die blanke huid. Ze was Keltisch. Ze kwam uit Engeland. 'Ja, ik weet het weer,' zei Olga. Ze rechtte haar rug en dwong zichzelf niet té enthousiast te zijn, zoiets kon verkeerd uitgelegd worden. 'U was ook in Engeland toen Kate ziek werd,' ging ze verder. 'Arme Kate, een typische pechvogel. Ik mocht haar wel. Dat ze zomaar ineens weg was, terwijl ze nog nauwelijks kon lopen. Volgens Lizzy lag het aan het huis. Het was niet echt een huis voor Kate, begrijpt u wel? Ik vraag me af wat...'

'Kate?' vroeg Noor en ze fronste. 'Ik kan u niet helemaal volgen. Wie is Kate?'

Voorjaar 2019

36

Vanuit de keuken klonken stemmen. De geur van gebakken eieren verspreidde zich door het huis. Lizzy was halverwege de trap. Een aangename warmte verwelkomde haar. Iemand had de open haard aangemaakt. Ze hoorde Felix lachen. Ze schrok en hield haar pas in. Met wie stond hij daar in de keuken en had hij zo'n leuk onderonsje? Was het Olga?

'*Wokeness?*' riep hij. '*Woke, woker, wokest*, hallo zeg, is het een wedstrijd? Je kunt ook overdrijven. Ik ben al heel lang een deeltijdvegetariër en ik ga ook heel bewust om met wat ik eet, maar zo'n lekker Engels ontbijtje, jammie, dat moet kunnen, hoor.'

Lizzy hoorde bestek rammelen. Langzaam liep ze naar beneden. Toen ze langs de hal kwam wierp ze een blik op het gat in de vloer waar Kate in was gevallen. Het gat leek nog kleiner dan gisteren. Uiteindelijk waren het maar drie kapotte planken.

'Nee, nu moet je ophouden. Vraag dat maar aan Lizzy, die weet alles van dat soort dingen,' riep Felix. Zijn stem klonk quasigeïrriteerd.

Er werd gelachen. Lizzy draaide zich om. Met gebalde vuisten beende ze in de richting van de keuken. *Waar gaat dit over? Wáár weet ik alles van?*

'Ik blijf erbij dat we gemaakt zijn om planten te eten en geen dieren of...'

Romy dus. Lizzy was haar even vergeten. Felix stond losjes en wijdbeens naast het fornuis tegen het aanrecht geleund. Hij zwaaide bestraffend met een pollepel naar Romy, die een theeglas vasthield waarin een stuk gember dreef. De flirterige sfeer die tussen hen hing, ontging Lizzy niet. Toen ze Lizzy zagen binnenkomen vielen ze meteen stil.

'Zo,' zei Lizzy. Ze krulde haar lippen in een vriendelijk lachje en verstopte haar trillende handen in haar broekzakken. 'Ik ben benieuwd waar ik alles van afweet?'

'Ha, Liz, kom erbij. Romy en ik hadden het net over bewustwording,' zei Felix luid.

Lizzy merkte aan zijn stem dat hij van haar was geschrokken.

'Ik ben een herbivoor,' zei Romy. Haar gezicht stond ernstig. Met een peilende blik keek ze Lizzy aan. 'Ik begrijp van Felix dat jij veel van planten en kruiden weet? Ben je ook veganist?'

Felix begon hard te lachen. Hij keerde zich om naar de sissende worstjes in de koekenpan en vroeg hoe Lizzy haar eieren wilde. 'Roerei of een omeletje, met of zonder worstjes, Liz?'

Lizzy kromp ineen. De spot in Felix' stem ontging haar niet en de priemende blik van Romy stak als een mes door haar heen. 'Ik ben een omnivoor,' antwoordde ze stellig. 'Ik geloof niet in van die klimaatdrammers. Ben jij er zo een, Romy?'

Ze zag hoe Romy verstarde. In de stilte die viel, stapte ze langs Romy en ging naast Felix staan. Ze reikte naar een plank boven het aanrecht en pakte er een bord vanaf. Ze legde er twee boterhammen op en zei dat ze wel een stevig ontbijtje kon gebruiken. 'We hebben een hoop te doen vandaag, Felix. Dat gat in de vloer zullen we als eerste moeten aanpakken om het huis enigszins bewoonbaar te maken voor als het in de verkoop gaat. Nu Kate is uitgeschakeld...' Verder ging ze niet. Bewust niet.

Felix zweeg. Starend roerde hij in de koekenpan. Lizzy kon wel raden wat er door hem heen ging.

'Gaat het huis in de verkoop?' vroeg Romy. Ze klonk verrast.

'Heeft Felix dat nog niet verteld?' Lizzy ging nog iets dichter tegen Felix aan staan.

'Eh, nee. Ik eh... dacht dat het huis van jullie vriendin Kate was, en dat jullie haar gingen helpen om het op te knappen.'

'Dat doen we ook. Maar je hebt Kate gezien, vind je haar een type voor een huis als dit?' Lizzy lachte besmuikt.

Stilte.

Lizzy keek opzij naar Felix en glimlachte. Daarop haalde ze een vork uit de bestekbak, boog zich over de koekenpan en prikte er een worstje aan. Het worstje zwiepte heen en weer toen ze het uit de pan haalde. Net iets te lang hield ze het boven Felix' blote onderarm. Een deel van de hete boter en het vleesvocht druppelde op zijn huid.

'Fuck!' Met een ruk trok Felix zijn arm terug.

'O jee, vlug!' riep Lizzy. 'Snel, onder de koude kraan.' Ze duwde Felix bij het fornuis vandaan, haalde de pan van het vuur en draaide de kraan open. Met een van pijn vertrokken gezicht hield Felix zijn arm onder de koude waterstraal. Romy schoot meteen te hulp.

'Gaat het, jongen?' zei Lizzy. 'Die stomme worstjes ook. Ik had een schuimspaan moeten gebruiken. Als je even niet oplet gaat dat vlees lekken.' Ze wendde zich tot Romy. 'Daar heb je als veganist natuurlijk geen idee van,' vervolgde ze.

Romy gooide een van haar vlechten over haar schouder en concentreerde zich bezorgd op Felix. Ze mompelde iets over een speciale homeopathische zalf die ze had en vroeg of ze die voor hem moest halen. Felix kermde als een klein jongetje en knikte.

Lizzy nam de tijd om de twee nog wat beter in zich op te nemen. Zo vertrouwd als ze daar bij die kraan stonden. Ze zou zweren dat ze iets met elkaar hadden. Iets wat ze niet kon duiden, alsof ze elkaar al veel langer kenden, zoals mensen dat in relaties hebben. Een mengeling van afgunst en opwinding ging door haar heen. Het bracht haar op nieuwe ideeën. Ze had Felix hard nodig, ze mocht hem niet kwijtraken aan zo'n onnozel kind. Bij nader inzien leek het haar beter als Romy nog wat langer bleef. Als er tussen die twee daadwerkelijk iets romantisch bloeide, wilde ze weleens weten hoe Felix zou reageren als zijn vriendin in Zeeland dat aan de weet kwam.

37

Buiten tikte iets tegen de voordeur. Felix en Romy waren boven om Felix' brandwond te behandelen en Lizzy had net de laatste hap van haar roerei genomen. Ze stond op, veegde haar mond schoon en hield haar adem in. Ze verwachtte geen bezoek, sterker nog, ze had beslist geen zin in bemoeiallen. Weer die tikken. Lizzy sloop de keuken uit en wierp een blik in de gang. Ze verplaatste zich even naar het trapgat om te zien of Felix reageerde en toen ze niets meer bij de deur hoorde, ging ze ervan uit dat het de wind in de takken van de klimop was geweest. Ze liep terug naar de keuken, sloot de deur achter zich en haalde nog een blok hout uit de mand naast het haardvuur. Nadat ze dat in de vlammen had gelegd, ging ze terug aan de keukentafel zitten. Ze pakte haar telefoon en zocht naar de naam van de notaris bij wie de overdracht van het huis zou plaatsvinden. Kate had een plaatsnaam genoemd van een wat groter dorp dat vijf kilometer bij hen vandaan lag. Alweer had ze geluk, er was maar één notaris in dat dorp. Alles liep gesmeerd. Als Felix nu niet moeilijk ging doen, kon Lizzy gewoon doorgaan met haar plan. Het plan om Kate te doen inzien dat het voor haar voordeliger was om het huis aan haar zoon over te doen. Nu Kate daar jammerend op bed lag in die koude, donkere slaapkamer, zou dat niet zo moeilijk worden. Maar zover was het nog niet.

Peinzend legde Lizzy haar telefoon neer en staarde in het haardvuur. Er waren nieuwe dingen gebeurd, dingen waar ze niet op gerekend had. Dingen die ze kon gebruiken om haar plannen aan te passen. Kate was gevallen, dat leverde haar speelruimte op. Olga, die altijd wat verstrooid was geweest, bleek nu zo vergeetachtig dat ze daar waarschijnlijk pillen tegen slikte. Positieve dingen die ze goed kon gebruiken. Maar als het om Felix ging was ze lang niet meer zo zeker van haar zaak. Zijn afstandelijke gedrag weet ze aan het tasje dat hij miste. Misschien dat hij haar ervan verdacht dat zij dat bewust had zoekgemaakt? Ze overwoog even of ze het hem terug moest geven. Nee, nee, dat zou stom zijn, dan was ze haar alibi kwijt. Piekerend pakte ze haar koffie, die inmiddels koud was geworden, en zette de beker aan haar mond. Haar gedachten gleden naar Romy. Een wildvreemd meisje dat door Felix was opgepikt. Het was haar niet ontgaan hoe snel dat kind hem beïnvloedde met haar activistische praatjes en haar donkere oogopslag. Felix liet het toe. Precies zoals zijn vader dat had gedaan bij Kate...

Woedend schoof Lizzy haar stoel naar achteren. Ze liep naar het aanrecht, zette de koffiebeker in de gootsteen en terwijl ze de kraan erboven opendraaide, werd haar aandacht door iets achter het keukenraam getrokken. Achter het hoge, verweerde glas leek iemand naar haar te zwaaien. Lizzy strekte zich uit naar het smalle raam dat uit twee delen bestond en waarvan het bovenste deel kon worden geopend. Aanvankelijk meende ze dat ze het zich verbeeld had, maar toen ze op haar tenen ging staan zag ze Olga langs de groene omheining lopen. Ze droeg een bos met takken en maakte een verwarde indruk. Lizzy tikte tegen het keukenraam.

'Olga, hallo. Wat doe je daar?'

Olga keek verstoord op. Ze veegde een paar losse haren uit haar verhitte gezicht en toen ze Lizzy ontdekte, begon ze paniekerig en half in tranen te zwaaien met de takken.

'De deur,' riep ze, ze wees in de richting van de voordeur. 'Ze laten me niet binnen...'

38

‘Pas op voor het gat,’ zei Lizzy nadat ze de voordeur had geopend voor Olga, die meteen doorliep naar de gang.

‘O, Liz, ik ben zó geschrokken.’ Hijgerig en met waterige ogen hield Olga haar pas in. Trillend draaide ze zich om naar Lizzy. ‘Ik wist niet waar ik was. Ik herkende het huis niet... Ik dacht... En ik bleef maar tikken. Heb je me niet gehoord, Liz?’

Olga dus. Lizzy schudde haar hoofd. Ze ontweek Olga’s nerveuze blik en richtte zich op de gang. Ze wees naar de deur van de woonkamer. ‘Kom, het is goed. Laten we naar binnen gaan, de haard brandt. Het is lekker warm. Waarom ben je ook zonder jas naar buiten gegaan? Er staat een straf windje.’

Een mengeling van medelijden en ergernis joeg door Lizzy heen. Aarzelend gaf ze Olga een duwtje in haar rug. Had ze niet moeten zeggen dat ze haar wel had horen tikken maar dat ze de wind de schuld gaf? Net als op andere momenten wanneer ze zich beschaamd voelde over haar kwaadaardige impulsen, legde ze ook nu de schuld bij Richard en Kate. Als die twee haar niet zoveel verdriet hadden gedaan, was zij nooit zo hardvochtig geworden. Niet op deze manier, zoals nu, dat ze zelfs Olga als een vijand zag. In wezen was ze net als Olga: lief, goed en betrouwbaar.

‘Ik was er al vroeg uit,’ zei Olga. ‘Ik moet tegenwoordig vroeg opstaan voor Wolf...’ Ze wachtte even, haar stem brak en ze draaide zich om naar Lizzy.

'Wat heb je daar?' vroeg Lizzy terwijl ze de deur achter hen sloot.

Olga keek even omlaag naar de takkenbos in haar hand en draaide daarna verrast haar hoofd om. 'Maar Liz, dit ken je toch wel? Dit is zo'n prachtige parasiet! Ze groeien hier bij bosjes in de bomen en met kerst hangen we ze thuis boven de deur...'

'Mistletoe?' zei Lizzy.

Olga knikte. 'Voor verliefden,' zei ze op geheimzinnige toon. Haar stem won aan kracht. Haar ogen fonkelden, om haar mond verscheen een lief lachje.

Ze was weer de oude, zag Lizzy.

'Over verliefdheid gesproken, waar zijn die twee?' vroeg Olga gniffelend en wijzend naar boven. Ze legde de mistletoetakken op tafel en ging naast de haard zitten. Ze stak haar handen uit naar het vuur en vroeg of Lizzy koffie wilde halen.

Lizzy bleef nadenkend staan, de koffie was al koud en zij had geen zin om verse koffie te zetten. Ze wilde verder met haar plannen. Ze pakte haar horloge onder haar vest vandaan en keek erop.

'Liz, jij bent dus ook al in de tuin geweest!' riep Olga, wijzend op het horloge. Lizzy keek haar niet-begrijpend aan. 'Je draagt het toch altijd om je hals bij tuinwerk?' ging Olga verder.

'Ah, zo, eh... nee, ik heb het tegenwoordig standaard om mijn hals,' antwoordde Lizzy. Geërgerd stopte ze het horloge weer achter haar vest. Ze besloot om dan toch maar koffie te gaan zetten. Ze moest nadenken en met Olga erbij lukte dat niet.

'O, die tuin... De zon scheen vanochtend. Die tuin... Liz, je weet niet wat je ziet. Er is een aparte boomgaard met fruitbomen, een zomerse pluktuin, een vijver, pergola's met klimrozen en kamperfoelie en dan al die borders...'

Olga noemde een rits aan Latijnse plantennamen waar Lizzy meteen een beeld bij kreeg. Ze zag de kleuren voor zich, ze kende de periode van bloei, ze rook hun geur. Ze wist of het vaste planten of eenjarige waren, knollen, bollen of zaailingen, ze wist wanneer ze afstierven en welke giftig waren... Ze slikte. 'Koffie dus,' zei ze en ze kwam weer in beweging.

'Fijn, Lizzy,' zei Olga dankbaar. Met een zucht liet ze zich achterovervallen in de stoel voor de haard. Haar wangen gloeiden van het vuur en ze wierp een blik over haar schouder. 'Weet je dat ik heel blij ben met een vriendin als jij?' zei ze toen Lizzy bijna de kamer uit was.

Lizzy verkrampte. Beschaamd hield ze haar pas in. Ze wilde niet omkijken. Was zij nog iemand om blij van te worden? Na Richards dood kon ze zich dat niet meer voorstellen. Ze kuchte en schraapte haar keel. De woorden van Olga verwarden haar. Ze dwong zichzelf om zich om te draaien. 'Goed zo. Krijg je het al warm?' zei ze om maar iets te zeggen.

Olga knikte. Ze legde haar handen om haar wangen, haar gezicht kreeg een meisjesachtige uitstraling. 'Straks wordt alles wit,' zei Olga zacht.

Lizzy fronste haar wenkbrauwen. 'Wit?'

Olga begon opnieuw te stralen, weer kreeg haar stem die vriendinnen-onder-elkaartoon, wat Lizzy nog weker maakte. Als een kind dat wist dat haar grootste wens binnenkort in vervulling zou gaan, wees Olga op het raam dat uitkeek op een deel van de tuin. 'Lelietjes-van-dalen, Liz. Ze staan op springen.'

Het lelietje-van-dalen of meiklokje is een 30 centimeter hoge vaste plant die in het wild voorkomt maar ook als tuinplant wordt gehouden. De plant bloeit in de maanden mei en juni. De bloem is wit, klokvormig en heeft een aangename geur. Alle delen van het meiklokje zijn giftig. Na inname zijn de symptomen: braken, diarree en buikpijn. Daarnaast kunnen er negatieve effecten op het hartritme optreden.

39

Romy kwam de keuken binnen, waar Lizzy met de koffie bezig was. Lizzy schrok even toen ze zag dat Romy een linnen tasje bij zich had. Snel herpakte ze zich toen ze besefte dat dit onmogelijk het tasje van Felix kon zijn. Dat lag veilig op de bodem van haar weekendtas.

'Ha, daar ben je dan. Hoe gaat het nu met Felix?' vroeg ze. Ze forceerde een glimlach.

'Ja, wel goed, denk ik. Ik heb hem een verzachtende zalf gegeven,' antwoordde Romy. Haar gezicht stond neutraal. Ze stapte langs Lizzy en alsof ze hier al jaren over de vloer kwam, opende ze een van de keukenkastjes boven Lizzy's hoofd, haalde iets uit het linnen tasje en legde dat op de plank. Daarna liep ze naar de koelkast en zette daar een pak sojamelk in. Toen ze weer naast Lizzy ging staan, rook Lizzy opnieuw die geur die om haar heen hing. Een kruidige, houtachtige, geur, als van natte, zwarte aarde. Alsof Romy gedachten kon lezen, vroeg ze aan Lizzy of ze de geur herkende.

'Patchoeli,' zei ze toen Lizzy haar hoofd schudde. 'Het hoort een beetje bij heksen,' lachte ze en ze keek Lizzy indringend aan.

Net als eerder voelde Lizzy zich onbehaaglijk in de buurt van dit meisje. Ze pakte de fluitketel met heet water, keerde Romy haar rug toe en goot een verse hoeveelheid vocht op de koffiefilter. 'Als je koffie wilt?' zei ze vlak en ze voelde de priemende ogen van Romy in haar rug prikken.

'Felix vertelde dat je veel giftige planten kent, klopt dat?' vroeg Romy. Ze kwam in beweging en drukte zich vlak naast Lizzy nonchalant tegen het aanrecht.

Lizzy zag vanuit haar ooghoek hoe ze een streng haar tussen haar vingers pakte en die begon te vlechten. De hand waarin Lizzy de ketel hield trilde. Heet water klotste over de rand van de pot en liep op het fornuis. De elektrische kookplaat siste.

'O, heeft-ie dat verteld?' Lizzy's stem klonk bibberig. 'Tja, als je tuiniert kom je vanzelf in aanraking met giftige planten. Het is juist Felix die daar veel belangstelling voor heeft, dat had hij er wel bij mogen zeggen.'

'Fascinerend,' zei Romy. 'Ik geloof erin dat sommige giftige planten helend kunnen zijn, denk je niet? Het is alleen de verkeerde manier waarop we ze gebruiken die desastreuze gevolgen kan hebben.'

Lizzy zette de ketel met een klap terug op het fornuis. Ze verplaatste zich naar de servieskast en staarde naar de ouderwets aandoende borden en schalen achter de glazen deuren. Servies dat niet bij Kates smaak paste, maar wel bij de hare. Eigenlijk sprak alles aan dit huis haar aan en hoorde het op de een of andere manier bij haar, kwam het haar toe, vond ze.

Romy pakte de draad van het gesprek weer op. Ze begon iets te mompelen over eikeltjeskoffie, de slechte invloed van cafeïne en hoe erg het was dat de mensen op de koffieplantages zo werden uitgebuit. 'Kinderarbeid wereldwijd is onze grootste zorg, dat moet gestopt worden, vind je niet?' vroeg ze.

'Ach, hier zijn jullie. Ik ruik koffie, heerlijk,' zei Olga, die zich bij hen voegde. 'O kind, wat heb je een mooie sjaal om. Zelf gebreid?' vroeg ze aan Romy.

'Eh, ja.'

Stilte.

Lizzy pakte een paar koffiebekers uit de kast.

'Zo, en wat gaan we vandaag allemaal doen?' ging Olga verder. 'Ik vind het zo spannend, mijn handen jeuken om het hier bewoonbaar te maken. Hoe is het eigenlijk met Kate? Heeft iemand al bij Kate gekeken, haar een ontbijtje gebracht?'

Stilte.

Lizzy liep naar het fornuis, haalde de koffiepot eraf en vroeg aan Romy of ze wist waar Felix bleef. Romy antwoordde ontkennend. 'Olga heeft gelijk,' zei Lizzy. 'We moeten aan de slag. Er moeten nieuwe stoppen worden gehaald, de vloer moet worden gerepareerd en de tuin worden aangepakt.' Als Felix zo openhartig was geweest over haar, dan had hij misschien ook over haar andere plannen verteld. Gespannen wachtte ze af. Maar Romy's gezicht toonde geen enkele emotie. Ze opende haar mond en sloot hem meteen weer toen Olga zich in het gesprek mengde.

'Waar hebben jullie het over?' vroeg ze.

'O, niets, Olga, niets wat voor jou belangrijk is,' stelde Lizzy haar vriendin gerust. Lizzy pakte het dienblad op en vroeg of Olga haar wilde volgen naar de woonkamer om een boodschappenlijstje te maken. Terwijl ze samen de keuken uit liepen en Olga de dingen opnoemde die ze niet mochten vergeten, hoorde Lizzy boven een deur dichtslaan en Felix tegen Kate praten. Zijn stem klonk zacht en betrokken, net zoals hij soms tegen haar sprak.

Lizzy hield haar adem in en even leek het alsof haar longen werden samengeperst bij die zoetgevooisde stem. Wat besprak hij daar boven met Kate? Dat wat zij met hem had afgesproken of...?

40

Hinkend liet Kate zich door Felix naar de badkamer begeleiden. Ze had om Olga geroepen, maar Felix kwam binnen. Hoewel ze protesteerde, was uiteindelijk de drang om naar de wc te gaan groter dan de schaamte over haar uiterlijk. Het kloppende gevoel in haar knie leek verergerd. Zodra ze haar gewicht op haar ene been liet rusten, ging ze door een hel van pijn.

'Hoe moet het nou met het huis?' sprak ze haar grootste zorg hardop uit.

Felix stelde haar gerust. 'Maak je niet druk, wij zorgen voor alles.'

Kate wankelde. *Wij?* Ze voelde verwarring en wantrouwen.

Felix wees op een deur aan het eind van de overloop waarachter de wc en badkamer waren. 'Haal je dat in één keer?' vroeg hij.

Kate knikte. Ze zette zich schrap. Felix omsloot met kracht haar hand en trok haar mee. Met moeite gaf ze zich over en ze hinkte mee over de overloop. 'Werk je al lang voor Lizzy?' Ze flapte het eruit.

Felix hield zijn pas in. Kate verloor haar balans en viel tegen hem aan. In een reflex sloeg hij zijn arm om haar heen om haar staande te houden. Ze voelde zijn warme adem over haar gezicht vallen. Nog meer verwarring. Felix scheen het niet te merken. Hardop telde hij het aantal jaren dat hij Lizzy kende.

'Eh, ja, vier jaar,' zei hij. 'Ik ken haar van een lezing.'

Kate rekende uit dat Felix dan vlak na Richards dood in Lizzy's leven moest zijn gekomen.

'Maar binnenkort ben ik klaar met mijn studie en vertrek ik naar het buitenland. Dan stop ik bij Lizzy. Ha, ze weet het nog niet hoor, zeg maar niets. Je kent haar, als ze eenmaal haar tanden ergens in zet, laat ze niet meer los.'

Felix lachte zijn spottende lachje en gaf Kate een zelfverzekerde knipoog, waar ze ineens van moest rillen. Het deed haar aan Richard denken. 'Heeft ze ooit iets over haar man losgelaten?' vroeg ze. *Shit, waarom zei ze dit nu weer?*

'Aha, je bedoelt Richard?' riep Felix uit. Hij opende de deur van de badkamer waar ook een wc was en tastte met zijn hand om de hoek naar de lichtknop.

Kate antwoordde niet, ze kromp ineen. Wachtend op het moment dat Felix haar alleen zou laten, bewoog ze zich in de richting van de deur en zocht steun bij de deurpost. 'Ik red het verder wel,' zei ze. Ze ademde zwaar. Alles aan haar lichaam deed pijn.

Felix liet haar los. Hij wees op een krukje waarop een handdoek lag. 'Laat me dat even pakken, dan kun je gaan zitten als je je wilt wassen,' zei hij.

Kate liet hem begaan. Ze volgde zijn bewegingen, die haar ook weer aan Richard deden denken. Verdomme, als ze niet gevallen was, had ze dit nooit hoeven doormaken. Felix zette de kruk bij de wastafel en stapte de badkamer uit. Nadat hij Kate gepasseerd was bleef hij staan. Hij stak zijn handen in zijn broekzakken en nam haar peinzend in zich op. Onvast en de blik van Felix vermijdend, hinkte Kate via de wastafel naar de wc. Terwijl ze zich vastgreep aan het bad ernaast om te gaan zitten, schraapte Felix zijn keel.

'Wat leuk dat je ernaar vraagt, Kate, want Lizzy heeft me veel verteld over haar man. Dat hij heel gelukkig met haar was en dat ze graag kinderen wilden, maar toen dat uiteindelijk niet lukte hij dat heel erg voor haar vond. Het schijnt een heel lieve, hardwerkende man geweest te zijn, volgens Lizzy. Iemand die haar door dik en dun trouw bleef en...'

'Au!' Kate had het bad losgelaten en zich op de wc-bril laten vallen. Haar gezicht trok samen van de pijn. Vloekend en kreunend riep ze dat Felix moest weggaan.

'Roep je me als ik je weer moet ophalen?' zei Felix ietwat verbouwereerd. 'Ik ben hiernaast op mijn kamer.'

Kate kromde haar rug, haar lichaam schokte alsof ze onder stroom stond. En nadat Felix de deur had dichtgetrokken, drukte Kate haar handpalm tegen haar mond om haar snikken te smoren.

41

De ochtend ging over in de middag en overal in huis was het inmiddels aangenaam warm. Lizzy had voorgesteld om voor de komende dagen een werkrooster te maken. Iedereen ging akkoord. Olga en Felix zouden naast hun vaste taken – Olga deed de keuken, Felix repareerde de vloer in de hal – zich bij toerbeurt over Kate ontfermen. Romy pakte de woonkamer aan. De tuin kwam als laatste aan de beurt en werd een gezamenlijke taak. Als alles meezat zouden ze in een week klaar kunnen zijn. Tenslotte hoefde het huis niet door hen verbouwd te worden. Schoonmaken en een beetje bewoonbaar maken was volgens Lizzy voldoende.

Olga wrong de vaatdoek uit in haar emmer met sop en luisterde naar het gezang van Romy, dat haar vanuit de woonkamer bereikte. Ze zong iets in het Iers. Het klonk als een volksliedje dat bij uitstek in deze omgeving paste en het lag goed in het gehoor. Het viel Olga op dat Romy een mooie, zuivere stem had. Zelf had ze ook ooit pogingen gedaan om iets met zang te doen. Ze had bij een koor gewild, maar alle keren werd ze afgewezen vanwege haar onvaste toon. Tegenwoordig zong ze alleen nog voor Wolf. Hem maakte het niet uit of zijn oma wijs kon houden. Met een glimlach haalde ze haar vaatdoek over de keukenkastjes. Het huis werd prachtig schoon, Kate wist straks niet wat ze zag. Een uurtje geleden was Olga nog bij haar geweest. Kate was onrustig, ze had veel pijn aan haar knie en vroeg zich af of er geen dokter moest komen. Olga had haar gerustgesteld. De knie was niet gebroken en als ze geen koorts had, was er ook niets ontstoken. Ze had een koud kompres op Kates knie gelegd en haar nog wat paracetamol gegeven; dat moest de pijn verzachten. Daarna had ze verteld over de tuin die bij het huis lag, over een gele border die ze zouden kunnen aanleggen. Met zonnebloemen, zinnia's, duifkruid, gele violieren, gele lupinen en zoete gele lathyrus. Alweer had ze aan Wolf moeten denken en, net als bij haar kleinzoon, had ze gewacht tot Kate in slaap viel, om daarna op haar tenen de kamer uit te sluipen.

Felix en Lizzy waren een paar uur geleden naar het dorp vertrokken voor boodschappen. Ondanks hun onderonsje bij de haard vanochtend vond Olga dat Lizzy nog steeds een gespannen indruk maakte. Ze nam zich voor om haar en de anderen vanavond te verwennen met een lekkere maaltijd en een goed glas wijn. Ze wist dat Lizzy nooit veel moeite deed om voor zichzelf te koken; misschien dat Olga's kookkunst haar wat kalmer zou stemmen. Ze was in ieder geval blij dat alles weer in goede harmonie verliep. Na het incident bij de deur, waarbij ze in paniek raakte, had ze Jan gebeld en verslag gedaan van wat haar was overkomen. Ze hadden daarna afgesproken dat hij haar iedere dag rond een uur of vijf zou bellen. Dat idee gaf haar rust. Jan controleerde dan, net als thuis, of ze haar pillen van die dag had ingenomen. Zelf wist ze door haar vergeetachtigheid soms niet meer goed welke dag van de week het was. Dat mocht hier niet gebeuren. Ze wilde zo normaal mogelijk door iedereen behandeld worden, niemand hoefde te weten wat de uitslag van het neurologisch onderzoek was geweest. Zeker Lizzy niet. Olga voorvoelde dat ziek zijn niet bepaald Lizzy's ding was. Ze hadden het er nooit écht over gehad, maar wat Olga zich nog herinnerde van Richard was dat hij bijna van de ene op de andere dag iets aan zijn hart kreeg en dat Lizzy dat als lastig ervoer. Volgens Lizzy had Richard daarvoor gewoon een tijdje last gehad van zijn ingewanden. Ze dachten dat het om een onschuldig buikgriepje ging, niet iets om je zorgen over te maken. Maar toen overleed Richard plotseling aan een hartstilstand. Olga was geschokt. Dat zoiets heftigs zelfs een arts kon overkomen en dat hij dat niet had zien aankomen, had haar verbaasd. Het leven was kwetsbaar, voor je het wist moest je elkaar weer loslaten.

Een traan biggelde over Olga's wang toen ze opnieuw aan Jan dacht. Vlug veegde ze over haar gezicht. Ze reikte naar de bovenste keukenkastjes, en terwijl ze er met haar vaatdoek overheen streek merkte ze dat een van de deurtjes niet goed afsloot. Toen ze het kastje opende om te zien wat de oorzaak was, viel een blikken trommel naar buiten. Nog net op tijd ving Olga hem op. De trommel was niet groot, maar wel zwaar. Geen koektrommel waar biscuitjes in zaten. Olga legde de vaatdoek neer, voelde aan de deksel of daar beweging in zat en wrikte hem daarna met enige moeite open. Tot haar verbazing zat er een zware stenen vijzel in, diverse zakjes met poeder en een notitieboekje. Olga pakte haar leesbril van de keukentafel, sloeg het boekje open en las op de eerste pagina de naam van Felix. Toen ze verder bladerde zag ze een opsomming van plantennamen die ze meteen herkende. Haar lippen krulden. Ze wist van Lizzy dat het Felix' hobby was om giftige planten te determineren... maar... hoe? Hè? Ze haalde de leesbril van haar neus en legde hem geschrokken neer. *Giftige planten?* Met grote ogen staarde Olga naar de trommel. Ademloos liet ze tot zich doordringen wat er in de zakjes zat en waar de vijzel voor bedoeld was. Als dit gif was, waarom stond dat dan hier in de keuken en wat was Felix van plan daarmee te doen?

42

'Je hebt haar dus écht niet ingelicht?' zei Lizzy.

'Dat zeg ik toch,' snauwde Felix. 'Waarom geloof je me niet?'

Lizzy zuchtte. Ze keek opzij naar Felix, die met moeite het busje op de weg wist te houden. De slecht geasfalteerde weg die naar het dichtstbijzijnde dorp liep, was zo hobbelig en zat zo vol met gaten dat het haar verstandiger leek om nu geen ruzie te maken over Kate.

'Wat is het hier mooi, zeg. Ik was vergeten dat Engeland zo lieflijk was. Is het nog ver naar die supermarkt?' vroeg ze na een tijdje. Ze had een vriendelijke toon in haar stem gelegd en hoopte dat Felix daardoor wat meer zou ontdooien. Maar Felix zweeg. Hij had de mouwen van zijn sweater tot over zijn ellebogen opgestroopt en zijn handen omklemden met kracht het stuur. Lizzy voelde de ijzige spanning van hem afstralen. Ze ging iets verzitten en pakte haar tas. 'Het spijt me,' begon ze.

Stilte.

'Voor alles...' vervolgde ze. Haar stem brak. Ze snifte en deed alsof ze huilde. Ze opende haar tas, pakte er een zakdoek uit en snoot haar neus. Het busje reed door een kuil. Felix remde abrupt af voor een nog diepere kuil. Lizzy schoot naar voren en werd heen en weer geslingerd op haar stoel. 'Ik had je nooit moeten laten delen in mijn wrok,' ging ze na een lange stilte verder.

Stilte.

Ze wachtte even, ze slikte, snoof en zuchtte. 'Kun je me vergeven, Felix?' Lizzy kneep zo hard in haar zakdoek dat haar knokkels wit werden. Woede borrelde omhoog. Het liefst zou ze hem nu...

'Ik vind dat je je aanstelt,' zei Felix ineens. 'Je hoeft je naar mij toe niet te verontschuldigen. Sterker nog; je hebt alle recht om wraak te willen nemen op Kate. Wat zij, en niet te vergeten Richard, jou heeft aangedaan is niet mis. Dus kom op, laten we zo het plan nog even doornemen. Je weet dat ik geld nodig heb om mijn studieschuld af te betalen en daar mag Kate best haar steentje aan bijdragen.'

Lizzy liet spontaan haar zakdoek los. Haar wangen vlamden van de ingehouden woede. Sprakeloos staarde ze naar de jongen naast haar, die haar opnieuw raadselachtig voorkwam. Meende hij wat hij zei?

Felix minderde vaart. Lizzy richtte haar blik weer op de weg. De weilanden gingen over in lage bosjes, die werden afgewisseld door kniehoge muurtjes. Erachter lagen huizen. Als een lint trok de weg door het dorp dat uit een paar winkels, een kerk en wat rijtjeshuizen bestond. Ieder huis had een voortuin en lag direct aan een smal trottoir. Geen enkel huis was hetzelfde: groot, klein, diep, ondiep, met veel ramen of weinig ramen, tv-antennes, brievenbussen, schoorstenen, tuinhekjes. Ja, dat was misschien wel het enige wat uniform was, de tuinhekjes. Ieder huis had een tuin, een welige bloementuin.

'Sprookjesachtig,' zei ze dromerig. 'Alsof de tijd hier heeft stilgestaan.'

'Ik parkeer de auto daar bij die winkel,' wees Felix. Het was een winkel voor hout en bouwmaterialen. Er stonden tafels buiten waarop gereedschappen waren uitgestald. Naast de ingang lagen zakken met tuinaarde en stonden bloempotten van diverse afmetingen in rekken opgestapeld.

Lizzy knikte. Ze veegde over haar sluike haar en schoof het achter haar oren. Terwijl ze even hiervoor nog tranen geveinsd had, welden ze nu echt op. Ze was vergeten hoe perfect deze omgeving bij haar paste. Alsof iedereen hier dezelfde hobby uitoefende als zij.

'Binnenkort,' mompelde ze zacht. En terwijl ze haar zakdoek weer oppakte en vluchtig langs haar neus haalde, sloeg er een golf van intens geluk over haar heen. Binnenkort, als Kates huis van haar was, kon ze het hele jaar tuinieren.

43

Kate draaide zich voorzichtig op haar zij en duwde zichzelf langzaam omhoog. Zoekend naar haar telefoon, die niet op het nachtkastje lag, stootte ze haar Dopper om. Met een klap sloeg het ding tegen de grond. Kate vloekte. Ze had geen idee van de tijd. Laag zonlicht viel naar binnen en zette de kamer in een gouden gloed. Het voelde daardoor minder koud in de kamer. Het vest van Olga kriebelde tegen haar blote buik. Ze wilde haar eigen kleren aan, haar zijden pyjama en schoon ondergoed. Behoedzaam kwam ze overeind. Wachtend op een pijnscheut voelde ze dat die uitbleef. Voorzichtig drukte ze een paar kussens in haar rug en ze bleef afwachtend zitten. Beneden klonk een stofzuiger, iemand probeerde er zingend bovenuit te komen. Hoe zou het beneden zijn? Ze had nog niet eens de kans gehad om haar eigen huis te bekijken. Weer kwam ze iets verder in beweging. Ze rechtte haar rug en keek de kamer rond. Ze moest haar telefoon hebben, ze moest weten hoe ze eruitzag, ze moest iets van zichzelf posten, ze moest... ja, wat? Ze sloot even haar ogen en liet haar achterhoofd tegen het kussen rusten. Haar arme hoofd.

Nadat Felix haar vanochtend bij de badkamer had afgezet, was ze zich rot geschrokken van haar eigen spiegelbeeld. Als een tot moes geslagen bokser, zo zag ze eruit. Met dichtgeslagen spleetogen waar geen nepwimper meer tussen paste, een dikke bovenlip en opgezwollen jukbeenderen. Een steek van verdriet ging door haar heen. Ze wilde er niet aan toegeven, ze moest sterk zijn en proberen op te staan, te gaan lopen. Dan kon ze zelf naar de wc, misschien zelfs een bad nemen. O god, wat verlangde ze naar een bad.

Ze sloeg de dekens open en haalde het kompres dat Olga om haar knie had gedaan weg. De knie was dik en blauw, maar het kloppende gevoel bleef uit. Olga was haar redding geweest. Het was eerder door haar heen gegaan: Olga was eerlijk, haar kon ze vertrouwen. Als ze Olga nou eens over Felix vertelde...

'Kate?' Er werd op de deur geklopt. De deur ging open en Olga kwam binnen.

'Hé, hoi,' zei Kate. 'Wat een toeval, ik dacht net aan je.' Ze forceerde een glimlach en legde een aardige toon in haar stem. Olga's aanwezigheid had een andere betekenis gekregen.

'Gaat het? Ik hoorde iets vallen en...' zei Olga.

'Ja, mijn Dopper. Ik zocht mijn telefoon, misschien kun jij...?' Kate maakte aanstalten om op te staan. Ze draaide haar lichaam een halve slag en zette alvast haar goede been op de grond naast het bed.

Meteen spurtte Olga op haar af. 'Pas op, laat me je helpen, het is beter om die knie nog wat te ontzien.'

'Oké, maar kun jij me dan zo helpen met omkleden? Ik wil graag mijn eigen kleren aan,' zei Kate. Ze bleef op de rand van het bed zitten. Verslagen staarde ze naar haar koffer, die nog onuitgepakt voor de kast stond. Het meeste van wat ze bij zich had moest nu wel verkreukeld zijn. 'En mijn tas, kun je mijn tas...' Kate wees op de tafel naast de deur, waar een leren shopper stond. Weer was Olga heel betrokken. Nadat ze de Dopper had opgeraapt en had meegezocht naar Kates telefoon, pakte ze de tas.

'Zo zeg, Prada,' zei Olga toen ze de tas optilde. 'Dat is toch zo'n heel duur merk?'

Kate pakte zwijgend de tas aan en sloeg hem open. Vrijwel meteen stuitte ze op haar telefoon. De batterij was leeg en het snoertje van de oplader ontbrak. Vertwijfeld wierp ze een blik op het nachtkastje en op de wifirouter die door Felix was aangesloten. Geen snoertje.

'Aha, je telefoon,' zei Olga. 'Mooi, die is terecht.' Ze opende Kates koffer en vroeg wat Kate wilde aantrekken.

Kate antwoordde niet, ze rommelde nog in haar tas. Zoekend naar stekkers checkte ze meteen haar portemonnee op haar creditcards, haar zonnebril en keek ze of er andere spullen ontbraken. Maar alles zat er nog in. Kam, lipstick, poederdoos, spiegeltje, tandenstokers, flos... Juist toen ze de tas weer wilde sluiten viel haar oog op een etuitje dat ze niet kende. Het zag eruit als een mapje voor bankpasjes. Verbaasd haalde ze het tevoorschijn en ritste het open. Er zaten geen pasjes in, maar iets wat leek op een krantenknipsel. Het dwarrelde op haar schoot toen ze het etuitje omkeerde en uitschudde. Ze pakte het op en vouwde het open. Ze las een datum en een jaartal en verstijfde. Langzaam draaide ze het papier tussen haar vingers en ze zag dat het om een foto ging. De foto bestond uit twee andere foto's die waren samengevoegd tot één beeltenis. Haar adem stokte. Verstard staarde ze naar de afbeelding van een jongen en een meisje. Twee kinderen die allebei op een schommel zaten, maar op verschillende locaties.

'Wie...?'

'Kate? Gaat het?' vroeg Olga. Ze hield een pyjama in haar hand en legde hem naast Kate op bed. 'Wat heb je daar?' vroeg ze. 'Meid, je ziet spierwit.'

Kate begon te transpireren, ze ademde snel. Geschokt keek ze op van de foto. Olga stak haar hand al uit om te zien waar Kate zo van geschrokken was, maar in een reflex trok Kate haar hand terug en ze verkreukelde de foto tot een prop.

'Het is niets,' zei ze. Haar stem trilde. Ze zag aan Olga dat die haar niet geloofde. 'Heus, niets,' herhaalde ze met klem. 'Ik zoek het snoer voor de oplader van de telefoon, hij is leeg. Zonder telefoon ben ik niks. Kun jij even in mijn koffer kijken?'

44

Een paar uur later liepen Lizzy en Felix met de laatste boodschappen naar het busje. Ze hadden vloerdelen, beits en gereedschap gehaald, en zo'n onnoemelijk aantal stoppen dat ze daarmee het hele dorp van elektriciteit konden voorzien. Daarna waren ze doorgereden naar een wat grotere supermarkt. Lizzy had een ellenlange boodschappenlijst meegekregen van Olga, zodat de komende dagen uitgebreid voor een hele familie kon worden gekookt. Bij die opmerking had Lizzy weer die bekende pijn van gemis gevoeld. Familie, ja, iets waar zij zo naar verlangd had en wat ze altijd had moeten ontberen. Totdat Felix in haar leven kwam. In een bepaald opzicht had ze hem een tijdje als familie beschouwd. Ze had het althans geprobeerd. Maar de kennis dat Felix in Kates buik had gezeten op het moment dat zij liggend in een plas bloed haar laatste kind verloor, ontnam haar het onvoorwaardelijke warme gevoel dat daarbij hoorde.

'Wil je nog naar een slijter?' vroeg Felix. Hij schoof een tas met groente en fruit in het busje en zette die naast de doos met melkproducten en frisdrank. In de supermarkt verkochten ze voornamelijk bier en gin. Lizzy dronk graag een glas wijn bij het eten. Het was attent van Felix dat hij daaraan dacht.

'Ja, graag, heb jij er een kunnen ontdekken?' antwoordde ze.

Felix knikte. De sfeer was weer goed tussen hen. Dat moedigde haar aan. Ze ademde puffend uit en overhandigde hem de twee volle boodschappentassen waarmee zij had lopen sjouwen. Terwijl Felix ze in het busje plaatste, zocht zij onder haar kleren naar haar horloge.

'Zullen we eerst even ergens theedrinken? We hebben tijd genoeg,' vervolgde ze nadat ze gezien had hoe laat het was. 'Ik vind dat we wel even mogen uitblazen voordat we ons op het volgende karwei storten. Olga en Romy redden het wel, denk je niet?'

Felix beaamde dat. Hij sloot het busje af en wees naar de overkant van de straat, waar een kleine pub was.

In de pub was het donker. Een grote, houten bar met een dikke barman erachter domineerde de lage ruimte. De verschaalde lucht van alcohol leek zich voorgoed in de houtnerven genesteld te hebben. Drie mannen zaten aan de bar, ze praatten luid en dronken bier. In de hoek van de bar stond een radio aan die hun geschreeuw moest overstemmen. Terwijl Felix naar de wc ging, koos Lizzy voor een tafeltje bij het raam dat uitzicht bood op de straatweg. Ze bestelde thee. Met haar rug naar de mannen gekeerd volgde ze ontspannen het langsrijdende verkeer op de weg. Alweer voelde ze zich hier thuis, zoveel meer dan in Middelburg waar nare herinneringen haar voortdurend achtervolgden. Achter haar klonk geschuifel van voeten. De dikke barman kwam op haar af en zette zwijgend een theepot met kopjes en melk op tafel. Net toen ze wilde vragen of er ook koekjes waren, zoemde de telefoon in haar tas. Ze haalde hem tevoorschijn en zag dat het Olga was. Ze twijfelde even of ze zou opnemen. Was ze eindelijk alleen met Felix, kwam Olga er weer tussen. Haar duim hing al boven het toestel om de verbinding te verbreken, toen een gevoel van bezorgdheid haar daarvan weerhield.

'Olga? We zijn hier bijna klaar, ik denk dat we over een uurtje thuis zijn,' zei ze voordat Olga wat kon zeggen.

'O, fijn, Lizzy. Want weet je...'

Olga viel weg. Lizzy hoorde haar zuchten. De verbinding was slecht.

‘Olga? Ben je er nog?’ Lizzy draaide geërgerd met haar ogen. Ze zette het toestel op de luidspreker, legde het naast haar kopje en pakte de theepot op.

‘Lizzy, ik heb een vreemde ontdekking gedaan...’ zei Olga. Helder maar op fluistertoon siste ze door de luidspreker op tafel.

‘O? Ik ben benieuwd,’ zei Lizzy na een paar seconden toen Olga weer stilviel. Terwijl ze de thee in de kopjes schonk keek ze naar de plek waar de wc’s waren en zag ze Felix zoekend langs de bar lopen. Ze wenkte hem. De vertrouwdheid hier met hem te zitten, stemde haar positief. Olga begon over haar schoonmaakactiviteiten. Op haar typische Olga-manier wijdde ze uit over hoe vies de keukenkastjes waren en hoeveel werk het haar had gekost om ze weer toonbaar te maken. Felix was inmiddels bij hun tafeltje aangekomen. Hij trok zijn wenkbrauwen op toen hij iemand hoorde praten. Lizzy gebaarde naar de telefoon. ‘Olga,’ zei ze achter haar hand en ze gniffelde. Felix knikte en ging zitten. Hij trok een vol theekopje naar zich toe en zette het aan zijn mond.

‘En weet je, Lizzy, wat zo raar is? Toen ik net ging kijken was het weg...’

Lizzy keek naar de telefoon waarop de minuten wegtikten. Olga zweeg weer. Felix had zijn eigen telefoon tevoorschijn gehaald, zijn duimen tikten een berichtje.

‘Wat, Olga?’ vroeg Lizzy nu met klem. Verdomme, ze was hierheen gegaan om met Felix te praten, niet met Olga. ‘Waar heb je het over? Als het niet belangrijk is, dan hoor ik het dadelijk als we thuis zijn, oké? Felix en ik zitten nu...’

‘Is hij dáár? Is hij bij je?’ riep Olga. Haar stem galmde zo hard over het tafeltje dat het aan de bar abrupt stil werd. De mannen zwegen. Het volume van de radio werd teruggedraaid en Lizzy voelde dat alle ogen op hen gericht waren. Lizzy drukte de luidspreker van de telefoon weg en legde het toestel tegen haar oor. ‘Olga, rustig, je klinkt paniekerig. Vertel me nou kalm wat er aan de hand is. Niemand behalve ik kan je horen. Je hebt het over een trommel met gif erin? En die heb je in de keuken gevonden? Wat voor gif?' Ze luisterde naar Olga. Terwijl achter haar de mannen hun gesprek hervatten en het volume van de radio langzaamaan werd opgevoerd, zag Lizzy hoe Felix nerveus wegkeek van zijn telefoon. Zijn duimen hingen stil boven het display, zijn aandacht was gericht op Lizzy. Ze zag hoe hij trilde. Ze vroeg zich af of de geschrokken uitdrukking op zijn gezicht met zijn telefoon te maken had of dat haar opmerking over die trommel met gif daartoe geleid had.

Najaar 2019

45

Noor moest stevig doorfietsen wilde ze nog voor het donker bij het hotel aankomen. De zeedamp was overgegaan in een dichte mist en langs het fietspad was nauwelijks verlichting. Vrijwel meteen nadat ze de lamp op haar fiets had aangezet, doofde hij langzaam. De batterij was leeg. Het enige wat ze kon doen was goed naar voren kijken en hopen dat ze niet in de scherpe doornbosjes naast het schelpenpad terechtkwam. Onder het regenjack dat ze van Olga mocht lenen – volgens Olga kon het met die mist zomaar opeens ijskoud worden – begonnen haar armen inderdaad steeds meer op ijslolly's te lijken. Aanvankelijk had ze nog geweigerd om het jack aan te trekken, nu was ze Olga dankbaar.

Ze telde de bochten en de heuvels, ze wist waar het pad versmalde vanwege de lage begroeiing en toen ze na een tijdje op haar horloge keek, wist ze de afstand in te schatten die nog resteerde tot het hotel. Terwijl haar voeten de monotone bewegingen maakten op de trappers gleden haar gedachten weer naar het gesprek met Olga. Er was iets mis met die vrouw, dat was duidelijk. Maar ze was vriendelijk en betrokken. Telkens als ze halverwege het gesprek de draad weer kwijtraakte, herhaalde ze dat ze graag wilde helpen bij het oplossen van de zaak. 'Het lijkt net alsof er diep vanbinnen iets in mij zit wat ik u moet vertellen,' zei ze steeds. Noor had daarom gedoseerd de informatie met haar gedeeld. Ze was eerst over het slachtoffer begonnen, en zonder in details te treden over de verminkingen had ze gezegd dat niemand haar gemist had. Toen Olga toch naar een foto vroeg, had Noor een beschrijving van de vrouw gegeven. Olga was meteen gaan associëren. Ze dacht de vrouw te kennen uit Veere. Begin dit jaar was daar een vrouw geweest die van de ene dag op de andere haar gezin in de steek had gelaten. De man was radeloos geweest. Het had zelfs in de krant gestaan. Olga had die naam nog wel paraat en wist ook nog om hoeveel kinderen het ging. Vreselijk vond ze het.

Noor had knikkend alles genoteerd. Toen Olga even naar de keuken was om verse koffie te halen en Noor het bewuste krantenartikel had gegoogeld, bleek het om een geval van meer dan tien jaar geleden te gaan. De vrouw was overspannen geweest en in verwarde toestand teruggevonden. Noor had er niets over gezegd. Wel vond ze het vreemd dat Olga zich dingen van lang geleden haarscherp voor de geest wist te halen, terwijl ze hun lunchafspraak van die middag glad vergeten was. Uiteindelijk was Noor maar weer over tuinieren begonnen en had ze nogmaals naar de weduwe uit Middelburg gevraagd. Olga was meteen gaan stralen. En alsof alle herinneringen tegelijk bij haar oppopten, begon ze enthousiast te vertellen. Over een tuinreis naar Engeland, over Lizzy's man Richard en dat hij was overleden aan een hartstilstand. Over Lizzy's tuinjongen Felix, die Lizzy altijd zo goed hielp met snoeien en dat Olga hem niet vertrouwde. En over Kate, haar arme vriendin Kate, zoals ze steeds zei als ze het over haar had. Noor had geprobeerd te achterhalen wat er zo treurig was aan die Kate en of Olga de achternaam van haar vriendin wist. Maar zodra Noor gerichte vragen begon te stellen, leek er een luik voor Olga's geest te vallen. Dan richtte ze haar blik op het raam dat op de tuin uitkeek en verstrakte haar mond tot een streep. Noor had het daarbij gelaten. Eenmaal in de gang, toen ze Olga's regenjack aantrok, had ze een politiefoto uit haar tas gehaald. Het was de foto van het horloge dat in de knuist van het slachtoffer had gezeten.

'Herkent u dit horloge?' had ze gevraagd en ze liet de foto aan Olga zien. Olga was over de mist en de kou begonnen. Pas toen Noor aanhield en niet van plan was de foto weg te stoppen, veranderde er iets in Olga's blik.

'Ach ja, natuurlijk herken ik het,' zei ze. 'Lizzy draagt het horloge altijd om haar hals als ze aan het tuinieren is.'

Voorjaar 2019

46

Lizzy had in de pub nogmaals met Felix haar plannen willen doornemen. Maar het vreemde telefoontje van Olga had alles doorkruist en haar wederom op scherp gezet. Ze zou bij thuiskomst eerst haar koffer moeten checken. Iemand – ze vermoedde Felix, wie anders? – moest in haar kamer zijn geweest en de vijzel en zakjes gif hebben weggehaald. Ze begreep alleen niet waarom. Daarom had ze in de pub vlug afgerekend, Felix opdracht gegeven om bij de slijter een paar dozen wijn te halen en opnieuw contact gezocht met Olga. Maar in plaats van Olga nam Kate de telefoon op. Olga was in de badkamer om een bad te laten vollopen voor Kate, ze was niet in de gelegenheid om Lizzy te woord te staan. Kate vroeg of het belangrijk was en of ze aan Olga moest vragen om haar terug te bellen. Lizzy zei dat het wel tot later kon wachten. Lizzy kende Olga inmiddels; ze zou er alleen maar nog meer van in paniek raken. Bovendien was Felix teruggekeerd. Hij was samen met iemand van de slijterij. Beiden droegen onder iedere arm een doos met wijn naar het busje. Toen de wijn erin stond en Felix weer achter het stuur zat, ging het gesprek al snel over op de aanpak van het huis. Na een tijdje, toen ze waren uitgepraat over het klussen, viel er een lange stilte. In die stilte kon Lizzy zich niet losmaken van de vraag wat Felix bezielde om een trommel met een vijzel en gif in de keuken te zetten.

'Ik had je slimmer ingeschat,' zei Lizzy toen ze besloot het er dan maar uit te gooien.

Felix keek even opzij, fronsend en niet-begrijpend, daarna richtte hij zijn blik weer op de weg.

'Hou je maar niet van de domme, je weet best wat ik bedoel. Laat ik dan nog één keer en heel kort herhalen wat het plan is, het plan waarmee jij ingestemd hebt, weet je nog?'

Stilte.

'Oké, dan. Daar gaat-ie...' Lizzy wachtte even. Ze wilde niet emotioneel worden, ze moest zo kalm mogelijk de zaken opnieuw aan Felix voorleggen. 'Kate heeft het nog niet toegegeven, althans niet in woorden, niet aan mij, maar ze weet inmiddels wie je bent. Toch?'

Stilte.

'Heb je het daar al met haar over gehad? Dat je nieuwsgierig was naar je biologische moeder? Dat je daarom meeging als mijn chauffeur, omdat ik er bij toeval achter was gekomen dat Kate jouw moeder was?' Lizzy's stem viel weg. Ze schraapte haar keel. 'Het laatste is niet geheel onwaar,' vervolgde ze met onvaste stem. Ze dacht weer terug aan het moment waarop ze Felix vertelde over Richard en Kate. Haar hart kromp. Ze slikte de brok in haar keel weg en keek schuin naar Felix. Wachtend op een reactie van hem die maar uitbleef. Hij vertrok geen spier. Geconcentreerd richtte hij zijn blik recht vooruit op de weg, die een slinger maakte. Lizzy zette zich schrap. In de bocht las ze op een plaatsnamenbordje het aantal mijlen dat ze nog verwijderd waren van Kates huis. Ze maakte een inschatting van de tijd.

'Kijk, Kate wordt gewoon een beetje ziek,' ging ze weer verder. 'Misselijk, hoofdpijn, ingewanden die opspelen: onschuldige dingen die elk mens op vakantie kunnen overkomen. Maar Kate is een gevoelig typje. Behalve haar internetvrienden heeft ze niemand. Bovendien is ze al voor een groot deel uitgeschakeld door die valpartij. Ze zal het koude, vervallen huis en de rompslomp daaromheen verfoeien. Als wij dan ook nog eens over het geld beginnen dat zij straks kwijt is aan belasting en onderhoudskosten, zal ze jouw voorstel alleen maar toejuichen. Jij bent haar bloedverwant,

Felix, zij is een ontaarde moeder...' Lizzy lachte in zichzelf. Felix keek haar aan. Ze werd zich bewust van zijn meewarige blik. Vlug ging ze verder. 'Ze kan niet anders dan ermee instemmen om jou deze bouwval te schenken, dat ben je toch met me eens? Ik koop het dan van jou en dan heb jij genoeg geld om je studieschuld te betalen en op reis te gaan. Dat gun ik je,' zei Lizzy. Ze kreeg tranen in haar ogen, waar ze van schrok. 'Je weet toch hoeveel je voor me betekent?' ging ze verder. Ze had de juiste toon weer te pakken. Ze hoorde Felix instemmend zuchten.

De motor van het busje loeide even en verbrak de stilte toen Felix afremde voor een wegversmalling bij een stenen bruggetje. De zon stond laag, het heuvelachtige landschap was weer even lieflijk als vanochtend, besefte Lizzy. Dat zoveel schoonheid haar nog kon raken onder deze omstandigheden. Ze vond zichzelf een taaie.

'Oké,' zei Felix. Hij gaf weer een beetje gas. 'We doen het, we praten Kate haar huis uit en zorgen dat ik alle verantwoordelijkheid krijg over de verkoop en opbrengst ervan. Daar heb ik wel recht op met zo'n moeder, maar...'

Felix moest opnieuw remmen voor een scherpe bocht. Lizzy draaide abrupt haar hoofd om. 'Maar?' vroeg ze.

'We doen het zonder gif.'

47

Olga had vanuit de zijkamer, waar ze sliep, de koplampen van het busje zien oplichten. Haastig wikkelde ze zich in een van haar wollen vestjes en ze maakte zich uit de voeten. Toen ze bij de trap aankwam, riep ze naar de badkamer, waar Kate in bad zat, dat ze naar beneden ging. In de badkamer bleef het stil.

Olga had medelijden met Kate. Door die stomme val kon Kate haar werk niet uitoefenen. Wat Kate precies voor werk deed, had Olga nog steeds niet begrepen; iets met make-up en mode en op Instagram, had ze tegen Olga gezegd. Ze noemde zichzelf een influencer. Olga had niets met social media. Ze had laatst nog tegen de kinderen gezegd dat ze was gestopt met Facebook. Dat handjevol vrienden, van wie de meesten haar ook gewoon konden bellen, mailen of appen, hoefde toch niet te weten wat zij en Jan 's avonds op hun bord hadden liggen? Lizzy plaatste foto's van de tuin op Instagram, dat was leuk en dat hoorde bij Lizzy. Olga had dat ook een tijdje op Facebook gedaan. Ze had Jan toen gevraagd foto's van haar te maken terwijl ze aan het tuinieren was. Maar kort daarop kreeg ze opeens erg veel vriendschapsverzoeken van onbekende mannen. Uit de verzoeken begreep ze al snel dat die kerels helemaal geen belangstelling voor tuinieren hadden. Olga hield van haar tuin, maar uiteindelijk hield ze nog het meest van Jan en de kinderen. En over die liefde hoefde ze niets met de wereld te delen.

Zwaaiend opende ze de voordeur en alsof Lizzy en Felix na een lange vakantie weer terug waren, liep ze hun enthousiast tegemoet. Felix reed het busje de overwoekerde parkeerplaats op. Terwijl de motor nog draaide stapte Lizzy uit. Met grote stappen beende ze op Olga af.

'Wij moeten zo praten,' zei ze.

Olga deinsde even achteruit. Als Lizzy zo woest uit haar ogen keek, werd ze altijd een beetje bang voor haar.

'Olga, help je even met de boodschappentassen?' riep Felix. Hij was ook uitgestapt en opende de achterdeuren van het busje. Olga kwam meteen in beweging.

'Liz, straks ben ik er voor je, goed?' zei ze. Ze rechtte haar rug en met een zelfverzekerd knikje liet ze merken dat ze geen zin in Lizzy's bazigheid had. Daarop wendde ze zich tot Felix en samen droegen ze alle boodschappen het huis in.

Toen Olga even alleen was in de keuken, zag ze vanuit haar ooghoek Romy binnenkomen. 'Dag kind, kom je me helpen met opruimen?' zei Olga. Zonder iets te zeggen richtte Romy haar blik op de keukenkastjes. 'Ben je iets kwijt?' vroeg Olga. Ze had net twee pakken bloem op de plank geschoven en vroeg of Romy van hartige taart hield. 'Mijn jongste dochter is er dol op, met pittige salami en paprika...'

'Ik eet geen vlees,' zei Romy terwijl ze de kastdeuren opende. 'Weet je hoe varkensstallen eruitzien en wat er met die dieren gebeurt voordat ze naar de slacht gaan?'

Olga knikte een beetje en keek vertwijfeld naar de hoeveelheid vlees die ze in de vriezer moest leggen. Ze kon zich geen maaltijd zonder vlees of vis voorstellen. 'Ik kan jouw deel van de taart zonder salami doen,' zei ze.

Romy krulde haar lippen. De helft van haar gezicht ging schuil achter de lange pony; hierdoor kon Olga de uitdrukking in haar ogen niet goed zien. Olga voelde dat ze niet serieus werd genomen. Ze besefte dat ze vaker zo'n gevoel had, als Lizzy bijvoorbeeld ongeduldig werd of Kate begon te zuchten. Ze miste Jan, die zou haar geruststellen en zeggen dat ze wat minder onzeker moest zijn. Jan! Ze keek op haar horloge, het was al ver over vijven. Vaag stond haar iets bij over een belafspraak die ze hadden gemaakt.

'Sorry, het is mijn man,' zei ze tegen Romy. 'Ik moet hem bellen.'

Ze snelde de keuken uit. Terwijl ze Lizzy en Felix passeerde om op zoek te gaan naar haar telefoon, hoorde ze Lizzy roepen dat ze haar wilde spreken en zag ze Felix voorbijlopen met een arm vol planken. Toen ving ze vanuit de woonkamer het geluid van haar telefoon op. *Zie je wel, Jan!* Vier gemiste oproepen van Jan, zag ze op het display toen ze te laat bij het toestel was. Een angstgedachte trok door haar heen. Beverig drukte ze op het laatst gebelde nummer. 'Je hebt me zo vaak gebeld, Jan, ik hoef me toch geen zorgen te maken, hoop ik?' zei ze toen ze de bekende stem van haar man hoorde.

48

Felix haalde het laatste gereedschap uit het busje en veegde het zweet van zijn voorhoofd. Hij was moe en voelde zich plakkerig. Hij pakte zijn telefoon en keek bij zijn berichten. Zijn duimen tikten snel een appje. Meteen daarop klonk er een ping en las hij het antwoord. Met enige ergernis stopte hij de telefoon terug in zijn zak, hij opende de voordeur en liep naar binnen.

Vanuit de woonkamer klonken opgewonden stemmen. Toen hij wat dichterbij kwam, hoorde hij Olga en Lizzy ruziën.

'Denk dan na! Je hebt het toch niet verzonnen?'

'Nee, Liz, tuurlijk niet. Het was er écht, ik zweer het. Ik heb het zelf in mijn handen gehad. Alleen... ja, ik... Je weet dat ik soms wat vergeetachtig ben en...'

'Hou nou toch eens op met die zogenaamde vergeetachtigheid, lekker makkelijk om je daarachter te verschuilen,' riep Lizzy.

Felix hoorde stoelpoten verschuiven. De poten kwamen met een klap op de grond terecht. Iemand sloeg met een vlakke hand op de tafel. Hij vermoedde dat het Lizzy was. Ondanks zijn zorgen over Olga's vondst kon hij een lach niet onderdrukken. Lizzy raakte de controle kwijt. Dat was mooi, alleen ging het iets te snel naar zijn zin. Zijn gezicht verstrakte. Weifelend liep hij naar de trap en hij wierp een blik naar boven. Hij had zich voorgenomen om direct na thuiskomst door te gaan naar de zolder, naar Romy. Maar eigenlijk wilde hij nu eerst een biertje drinken, iets eten en bijkomen van die vreselijke rit met Lizzy. Vanuit de woonkamer klonk gesnik. Felix hoorde Olga huilend zeggen dat ze er niets aan kon doen, dat het met haar ziekte te maken had. Ze murmelde wat onsamenhangende woorden, die Lizzy fluisterend beantwoordde. Hierdoor ontging Felix de rest van het gesprek. Daarna werd het stil. Felix verplaatste zich naar de deur, bleef nog even afwachtend staan, maar kwam na een paar seconden weer langzaam in beweging. De drang om Romy te zien was groot. Hij richtte zijn blik op de keuken. Hij kon dat biertje ook mee naar boven nemen. Een voor hem, en een voor haar...

'Sorry meid, ik weet het,' verbrak Lizzy ineens de stilte.

Felix schrok. Het leek alsof ze vlak naast hem stond, zo helder klonk haar stem.

'Het ligt aan mij, ik ben gewoon wat gestrest. Het komt door Kate en wat er met haar gebeurd is. Ik maak me zorgen,' zei Lizzy.

Met ingehouden adem schoof Felix een stukje verder van de deuropening.

'Zie je wel,' zei Olga. 'Dus toch. Ik ben niet gek...'

'Dat beweert niemand, schat, maar van die trommel en dat gif... Ik...'

Felix hield zijn pas in. En terwijl hij zijn gewicht op zijn ene been zette, raakte hij per ongeluk met zijn schouder de deur. De deur scharnierde. Lizzy hield abrupt haar mond. Felix bevroor.

'Ach Olga, nee, ik kan me gewoon niet voorstellen dat Felix iemand iets wil aandoen,' vervolgde Lizzy. 'Het is zo'n lieve jongen, Olga. Heus, je zoekt dingen die er niet zijn.' Olga snoof. 'Ik vind het heel naar voor je dat je ziek bent. God, kind, beginnende alzheimer; als je dat eerder had gezegd, dan...' Lizzy's stem brak.

Olga begon weer zacht te huilen. Er werd een stoel verschoven. De houten vloer van de woonkamer kraakte. Voetstappen kwamen Felix' kant op. Zijn hart bonkte achter zijn ribben, hij drukte zich tegen de muur en maakte zich klein. Weer scharnierde de deur, de klink ging naar beneden.

Stilte.

Toen trok iemand met een klap de deur dicht. Felix ademde puffend uit en net toen hij zich uit de voeten maakte naar de keuken ving hij korte, hamerachtige slagen op die van boven naar beneden doordrongen. Hij keek omhoog naar de trap en naar de overloop. Iemand leek daar op een buis te rammen. Tegelijkertijd ging de deur van de woonkamer open en rende Olga de gang in.

'O, Kate!' riep ze. 'Wat stom... helemaal vergeten.'

Daarna stapte Lizzy de deur uit. In één oogopslag wist Felix dat ze hem zojuist gehoord had. Kalm stapte ze op hem af. Indringend keek ze hem aan. Felix bewoog houterig. Hij wees omhoog en zei dat hij zojuist van boven kwam. 'Ik eh... was op weg naar de keuken, eh... om een paar biertjes te halen.'

Lizzy lachte breeduit naar hem. Felix voelde dat ze hem niet geloofde. Ze liep langs hem heen en grijnsde. 'Kom,' zei ze. 'Ik denk dat Kate onze hulp nodig heeft.'

49

Olga was als eerste boven. Met ingehouden woede liep Lizzy achter haar aan de trap op. Toen Olga en Felix zojuist de boodschappen uit het busje haalden, was zij direct naar haar kamer gegaan om dat wazige telefoontje van Olga te checken. En Olga kreeg gelijk. Hoewel Lizzy's koffer en weekendtas nog exact op dezelfde plek stonden, waren de zakjes met gif en de vijzel weg. Ook het opschrijfboekje van Felix lag niet meer op de bodem van haar tas. Het linnen tasje lag er nog wel. Alle andere spullen waren ongemoeid in de koffer achtergebleven. Blijkbaar vond de dief die niet afschrikwekkend genoeg. Een klauwhamer, rollen plastic en kaplaarzen zijn om te klussen, moest hij gedacht hebben. De dief, verdomme! Felix! Lizzy wist dat hij erachter zat. Wie anders? Hij was de enige die bij hun vertrek haar het sleuteltje van de koffer in het vakje van haar weekendtas had zien doen. Olga was terecht in paniek geweest. Een vijzel, zakjes gif... shit! Felix wist dat Olga in de keukenkastjes zou kijken omdat ze daar aan het schoonmaken was. Ze moest die trommel tegenkomen. Was hij gek geworden, om zijn eigen aantekeningenboekje in die trommel te stoppen? Wat dacht hij met deze stunt te bereiken? De enige verklaring die Lizzy had, was dat als er iets misging met Kate, Olga hem automatisch zou verdenken en dat hij dan kon zeggen dat het Lizzy's vijzel en gif waren en dat hij zijn boekje bij haar thuis had laten liggen... Maar dat was toch veel te omslachtig? Waarom zou Olga hem geloven? Lizzy schudde haar hoofd. De andere optie was dat hij hiermee wilde laten zien dat hij wist wat Lizzy van plan was met zijn boekje. Dat ze daarmee uiteindelijk hém de schuld zou geven. Hij kende Olga's vergeetachtigheid inmiddels. Hij zou gedacht hebben dat als de trommel er later niet meer stond, het leek alsof die er nooit geweest was. Olga in verwarring, Lizzy terug in haar hok. Wat een sukkel! Alsof zij haar plannen zonder dat gif en die vijzel niet zou uitvoeren!

'Lizzy? Lizzy, ben je daar?' Olga stak haar hoofd om de hoek van de badkamerdeur. Haar ogen waren rood van het huilen. Over haar gezicht liepen nog sporen van uitgelopen mascara. Ze had haar haren boven op haar hoofd bij elkaar gebonden met een elastiekje en de mouwen van haar blouse omgeslagen. Van haar handen drupte water. 'Lizzy, ik kan het niet alleen,' klaagde ze. 'Je moet me helpen.'

Uit de badkamer klonk het gesteun van Kate. Lizzy aarzelde, ze vloekte inwendig.

'Lizzy, schiet op nou...' Olga verdween weer achter de badkamerdeur.

Lizzy keek achter zich om te zien of Felix al bijna boven was. Ze hoorde hem beneden in de hal stommelen. Olga bleef roepen. Lizzy balde haar vuisten. Ze was in tweestrijd, ze kon op Felix wachten en geen gehoor geven aan Olga's smeekbedes of zich over haar afkeer voor Kate heen zetten en naar binnen stappen. Ze opende de badkamerdeur.

'Lizzy, waar wacht je op?' zei Olga. Terwijl ze excuses murmelde tegen Kate stond ze voorovergebogen naast het bad. 'Wat dom van me dat ik je was vergeten, Kate,' zei ze. 'Het spijt me zo.'

Kate zag lijkbleek, haar dunne, natte haar zat slordig tegen haar schedel geplakt en haar korte lichaam schudde zo hevig dat het leek alsof ze onder stroom stond. Klappertandend stak ze haar armen uit naar Olga. Maar bij iedere poging die Olga ondernam om haar eruit te tillen, gleed Kate onder hevige pijnkreten weer terug in het badwater.

Voetje voor voetje kwam Lizzy dichterbij. Met walging keek ze naar het tengere, gebruinde lichaam van Kate, waarop een flinterdun bikinibroekje rond haar schaamstreek stond afgetekend. Ze had een platte buik die bezaaid was met moedervlekken. Haar borsten leken op ballonnen die ieder moment uit elkaar konden spatten. Ze waren niet in verhouding met de rest van haar lichaam. Had Richard met dit mens geneukt? Een gevoel van opkomende misselijkheid kon Lizzy niet langer onderdrukken. Weer was er de stem van Olga. Ze leek ineens heel ver weg. Lizzy voelde een lichte duizeling, haar oren suisden, haar middenrif trok samen. Ze greep naar haar keel. Net op tijd draaide ze zich om naar de wc en spoog haar maaginhoud naar buiten. Daarna werd alles zwart voor haar ogen.

50

Buiten was het aardedonker, het was zachtjes gaan regenen. Lizzy keek naar het open keukenraam waar een geur van lentebloesem door naar binnen waaide. Ze huiverde. Olga moest het raam tijdens het koken hebben opengezet omdat de afzuigkap kapot was. Inmiddels was het behoorlijk afgekoeld in de keuken.

Lizzy had gezegd dat ze wijn ging halen. Het was de enige manier om even aan het gezelschap te ontsnappen. Hoewel ze zelf nog geen druppel alcohol kon verdragen, leek het eten van Olga wonderen te doen voor haar maag en de gemoederen enigszins te sussen. Nadat ze weer tot haar positieven was gekomen in de badkamer, had ze nog net vanuit haar ooghoek Olga en Felix met Kate zien weglopen. Romy was er ook. Ze stond op blote voeten naast Lizzy. Lizzy zag haar weer voor zich, in die vale trainingsbroek. Armen langs het lichaam, warrig haar en een ijzige blik. Koeltjes had ze gevraagd of Lizzy zelf kon opstaan. Lizzy had geknikt, en zich meteen herpakt. Ze was naar de wastafel gelopen en had haar hoofd onder de kraan gehouden. Toen ze zich omdraaide, was Romy weg. Ze had zich afgedroogd en zichzelf niet herkend in de spiegel. Iemand met een grauwe teint en een holle uitdrukking op haar gezicht staarde haar aan. Doodop was ze naar haar kamer gegaan en op bed gaan liggen. Vrijwel meteen daarna viel ze in slaap. Twee uur later werd ze wakker van Olga die op haar deur bonsde en riep dat het eten klaar was. Het liep toen al tegen achten.

Ze aten in de woonkamer. Iedereen had trek. Felix, Olga en zij aten gebakken aardappels en zalm uit de oven. De gewokte spinazie met champignons werd voor het grootste deel door Romy verorberd. Ze at er rijst met noten bij en kon het niet laten een paar scherpe opmerkingen te maken over duurzaam gevangen zalm en een lege zee. Lizzy zweeg, net als de anderen. Het eten was lekker en de wijn maakte hen rozig. Niemand zocht het conflict, alleen Olga maakte zo nu en dan een opmerking over Kate. Dan sprak ze haar zorg uit en zei ze dat ze hoopte dat het koude bad haar niet zieker had gemaakt.

'Ze is zo mager en als ze geen hakken draagt, wat is ze dan klein, hè?' merkte ze op.

Dat was het moment voor Lizzy om naar de keuken te gaan. Ze reikte naar het keukenraam en trok het dicht. Ze pakte een fles wijn uit de doos en keek om zich heen. De keuken was groter dan die bij haar thuis in Middelburg. Er waren onnoemelijk veel keukenkastjes en lades, maar het aanrecht en de gootsteen waren te laag. In de hoek stond een servieskast en daar vlak naast een tafeltje waarop uitsluitend vazen en sierpotten in diverse formaten stonden. Lizzy zag meteen voor zich hoe ze daar in de zomer de bloemen uit de tuin in zou schikken. Een gevoel van opwinding kon ze niet onderdrukken; straks zou alles hier van haar zijn. Ze moest nog even doorzetten. Haar plannen afronden. Felix zien mee te krijgen... Onwillekeurig richtte ze haar blik op de keukenkastjes. Waar zou die trommel met haar vijzel en gif zijn gebleven?

'Zoek je iets?' Romy liep de keuken in. De ruimte vulde zich meteen met de geur van patchoeli. Ze droeg een bord met rijst en groente en een klein stukje zalm dat over was. Ze vroeg zich hardop af of er een magnetron was en keek om zich heen.

'Ik dacht dat je veganist was,' zei Lizzy.

'Voor Kate,' antwoordde Romy toen Lizzy op de magnetron wees. 'Olga heeft al genoeg voor Kate gedaan. Nu is het mijn beurt om even bij haar langs te gaan. Of wil jij liever?' vroeg ze. 'Het is tenslotte jouw vriendin.'

Lizzy zweeg. Romy bukte zich bij de magnetron, die op een plank boven een afvalbak stond, en zette het bord erin. Terwijl ze het apparaat bestudeerde, vroeg ze zich met een lachje in haar stem af of de stoppen niet zouden doorslaan.

'Hoelang blijf je hier nog?' zei Lizzy.

'Totdat het eten warm is,' antwoordde Romy. Ze veegde een deel van haar pony uit haar gezicht en wachtte gespannen af. De magnetron sloeg aan, het bord werd verlicht door een zwak lampje en de kortsluiting bleef uit.

'Je weet best wat ik bedoel,' zei Lizzy opgewonden. Ze maakte zich breed en deed een stap naar voren. 'Ik heb je door, je bent Felix aan het versieren. Hij heeft een vriendin, hij woont samen. Heeft-ie dat niet gezegd?'

'O ja? Nee, daar heeft hij niets over gezegd. Hm, sterker nog, hij zei dat-ie single was.' Romy's mondhoeken krulden, ze verwijderde zich van Lizzy en pakte een dienblad dat aan de andere kant van het aanrecht stond. 'Niet dat mij dat iets uitmaakt, hoor, ik wil me niet binden. Als activist moet ik me vrij door de wereld kunnen bewegen. Geen huisje-boompje-beestje voor mij. Maar dat neemt niet weg dat ik Felix heel leuk vind, dat heb je dus goed gezien,' zei ze liefjes. De magnetron gaf een ping. Romy stapte om Lizzy heen, haalde het dampende bord eruit en zette het op het dienblad. Ze legde er bestek naast en vulde een glas met kraanwater. 'Of denk je dat Kate trek heeft in een glas wijn?' vroeg ze zonder Lizzy aan te kijken.

'Ik vind dat je Felix met rust moet laten,' vervolgde Lizzy met klem. 'Wij redden het hier ook wel zonder jouw bemoeienis. Was je niet op doorreis? Misschien moet je morgen dan maar eens vertrekken.'

'Nee, ik denk dat het voor Kate verstandiger is om geen wijn te drinken,' verzuchtte Romy. 'Een kopje kruidenthee lijkt me beter.

Kun jij dan even water opzetten, Lizzy? Ik ga nu vast naar boven, anders wordt het eten koud.'

Lizzy opende haar mond, maar voordat ze iets kon zeggen was Romy alweer weg. Verbaasd staarde Lizzy naar de keukendeur waarachter Romy was verdwenen. Het gevoel van onmacht dat haar zojuist nog had bestookt, ebde langzaam weg. Een ander gevoel nam het over. Als die Romy dan zo dom was om haar niet serieus te nemen, moest ze het zelf maar weten. Wie niet horen wil, moet voelen...

Najaar 2019

51

Noor zat in de serre van het hotel. Ze had slecht geslapen. Niet het zachte matras hield haar dit keer uit haar slaap, maar eerder de voortgang van haar onderzoek. In zekere zin begaf ze zich op glad ijs door in haar eentje aan deze zaak te werken. Ze zou tijdelijk geschorst kunnen worden, haar baan kunnen verliezen... En toch... Een jaar geleden zou ze zich daar grote zorgen om gemaakt hebben, maar de laatste maanden, zeker na de moord op de onbekende vrouw, bekroop haar meer en meer het gevoel dat haar leven niet alleen draaide om het politiewerk. Dat het tijd werd voor iets anders. Het idee dat deze zaak haar laatste zou worden, gaf haar precies dat duwtje in de rug om door te zetten en het risico van ontslag voor lief te nemen.

Vandaag zou ze een bezoekje brengen aan Lizzy. Het feit dat Olga meteen het horloge op de foto had herkend als het horloge van haar vriendin, gaf Noor voldoende motivatie om deze dame eens flink aan de tand te voelen. Vermoeid en nippend aan haar tweede kop koffie, staarde ze naar het beeldscherm waarop ze Summ-IT had geopend. Via het politieregistratiesysteem hoopte ze bij de aangiftes van vermiste personen een zekere Kate te vinden. Alle extra informatie die ze kon inwinnen rondom de moord op de onbekende vrouw zou haar sterken in het gesprek met Lizzy. Maar hoewel het slechts om een periode van hooguit een halfjaar ging, vond ze nergens een match van personen die als vermist waren opgegeven met de naam Kate. Na de zoveelste aangifte zonder match sloot Noor het programma. Ze pakte haar telefoon en aarzelde of ze een van haar collega's zou inlichten. Ze dacht aan Stefan, een aardige, ambitieuze agent die altijd bereid was om haar te helpen bij moordzaken. Terwijl ze door het menu met haar contacten scrolde, kwam Corrie binnen.

'Wil je geen ontbijt?' vroeg Corrie.

Noor schudde haar hoofd, beklaagde zich over haar slechte nachtrust en zonder op te kijken vroeg ze om nog een kop zwarte koffie. Meteen kreeg ze spijt van haar opmerking toen Corrie bezorgd vroeg of haar slapeloosheid met de hotelkamer te maken had.

'Nee hoor, maak je geen zorgen, ik slaap hier altijd als een roos, maar het is die moordzaak die me wakker houdt,' antwoordde Noor verontschuldigend toen ze besefte dat ze niet op het politiebureau zat maar in een hotel.

Corrie knikte kort en stuurs. Ze haalde de lege kopjes van tafel en liep ermee weg.

'Corrie, had ik je al bedankt?' vervolgde Noor. Corrie draaide zich om. Uitdrukkingloos keek ze Noor aan. 'Dankzij jou heb ik informatie gekregen van die vrouw in Domburg. Olga Somers. En je had gelijk, het is een aardige vrouw. Ze vertelde me dat ze samen met haar vriendin Lizzy uit Middelburg op een tuinreis naar Engeland was geweest. Ik heb inmiddels het adres van die Lizzy. Maar Olga had het ook over een zekere Kate, met wie ze samen waren. Ken jij toevallig iemand die Kate heet?'

Corrie trok haar schouders op. Peinzend schudde ze haar hoofd. 'Nee, ik ken veel mensen hier, maar de naam Kate komt me niet bekend voor,' zei ze. 'Als je toch met die Lizzy gaat praten, zal zij je wel helpen, lijkt me.'

'Zeker,' antwoordde Noor.

Er viel een stilte. Noor aarzelde of ze verder moest gaan met vragen stellen.

'Mooi,' zei Corrie. 'Nog een kop koffie dus, dan ga ik die even halen.'

'Eh... er is nog één dingetje waar je me misschien mee kunt helpen,' zei Noor. 'Olga had het ook over een zekere Felix die snoeiklussen deed voor Lizzy. Het zou wel heel toevallig zijn als jij die kent, Corrie... haha. Maar Olga vertelde dat ze de jongen niet helemaal vertrouwde. Dat kan natuurlijk... eh, iets persoonlijks zijn... maar weet je, zo'n opmerking houdt mij bezig... en...'

'Felix?' riep Corrie en de neutrale uitdrukking op haar gezicht veranderde plotsklaps in verbazing. De kopjes in haar handen trilden. 'O nee, zou hij...?' Noor staarde Corrie vragend aan. 'Toch niet dé Felix, die geadopteerde zoon van de familie Janse uit Grijpskerke?' vroeg Corrie.

'Is me iets ontgaan?' zei Noor, diep fronsend.

Corrie knikte. 'Dat moet wel,' zei ze. Ze schudde meewarig haar hoofd en slikte. 'Iedereen hier op Walcheren weet van de familie Janse en hoe erg het was dat hun enig kind, hun adoptiezoon Felix, van de ene op de andere dag niet meer thuiskwam.'

Voorjaar 2019

52

De trap naar zolder was hoog en steil. Zwak lamplicht verlichtte de donkere treden. Bij elke stap die Felix zette, kraakten ze onder zijn gewicht. Toen hij halverwege de trap was, rook hij de bekende zoete geur die Romy omringde en hoorde hij aan haar lichte tred dat ze zijn kant op kwam. Even hield hij zijn pas in, hij keek omhoog en zag haar vanaf de zoldering in het trapgat kijken.

'O, ben jij het,' zei ze. 'Gelukkig.'

Felix hoorde haar weglopen. Zwijgend klom hij door. Eenmaal boven moest hij zich vasthouden aan de deurpost, waar geen deur in hing. De ruimte om hem heen draaide. Hij was aangeschoten.

'Gaat het met je?' vroeg Romy. Haar stem klonk zowel bezorgd als spottend. Ze zat met opgetrokken benen in haar slaapzak op het bed, dat in de hoek van de kamer stond. Haar armen had ze om haar benen geslagen. Ze wiegde een beetje heen en weer, alsof ze daarmee zichzelf warm kon houden. Haar losse haar hing zwaar op haar schouders en voor haar gezicht. Een deel werd verlicht door de schemerlamp die naast het bed stond. Het was een lamp met een roze pluchen lampenkap en kwastjes eraan. Hij gaf nauwelijks licht, maar genoeg om bij te lezen, had Romy de eerste keer dat Felix bij haar boven was tegen hem gezegd.

Felix focuste zich op het lamplicht, de duizeligheid nam langzaam af nu hij stilstond en zich vasthield. Voorzichtig kwam hij weer in beweging. De zolder was breed en laag. Net als in de rest van het huis lag er een houten vloer met versleten vloerkleden erop. Er was een klein dakraam, dat tussen zware balken zat en niet helemaal dicht kon. Je voelde de wind eronderdoor slaan. Behalve het eenpersoonsbed en een klein bijzettafeltje stonden er kriskras door de ruimte diverse dozen opgestapeld. Boven op de dozen lagen sierkussens, dekens en overgordijnen. Ook lagen er allerlei tasjes en dameshoeden. Uit een van de dozen stak een bontsjaal van vossenbont met de kop van de vos eraan. Aan de balken tegenover het bed hing een aantal lange, glimmende avondjaponnen. Volgens Romy was het een zolder waarop kinderen zich verkleedden voor een toneelstuk. Felix vond Romy's gevoel voor romantiek charmant en niet van deze tijd. Net als dit huis, dat in geen enkel opzicht was aangepast aan de eisen van een modern elektriciteitssysteem. Ook sloot het in geen enkel opzicht aan bij de smaak van Kate. Daarin moest Felix Lizzy gelijk geven. Lizzy... Felix leek ineens weer te weten waarvoor hij naar zolder was gekomen.

'We moeten praten,' zei hij. Onvast liep hij op het bed af en hij ging op het voeteneind zitten. Romy trok haar benen nog iets verder op, ze legde haar kin op haar knieën.

'Nu nog? Kan het niet wachten tot morgen?' Ze gaapte. 'Ik ben moe.'

'Nee, het moet nu,' zei Felix resoluut. 'Ik had er al veel eerder over willen beginnen, maar kreeg niet de kans. Ik heb het je verdorie in vertrouwen verteld...' Hij vloekte. 'Hoe kon je zo stom zijn?' siste hij. Romy zweeg. 'Lizzy denkt nu dat ik het gedaan heb, dat ik die trommel daar heb neergezet. Wat niet zo vreemd is, want ik ben de enige die van een sleuteltje wist en kon weten dat ze gif bij zich had. Maar Lizzy is niet gek. Ze zal zich afvragen waarom ik mijn eigen notitieboekje in die trommel heb gestopt...'

Stilte.

Felix ademde snel. De alcohol maakte hem ongeremd. Hij voelde de neiging opkomen om Romy eens flink door elkaar te schudden.

'Sorry,' zei Romy, alsof ze voorvoelde wat hij van plan was. 'Het spijt me, ik wist niet dat het jouw boekje was. Ik deed alles heel snel. Ik had die vijzel en dat gif en toen ik het sleuteltje terugdeed in die tas, zag ik dat boekje liggen. Ik bladerde er vlug doorheen en toen ik iets over giftige planten las, heb ik geen moment nagedacht en het er gewoon bij gestopt. Ik ging ervan uit dat het van Lizzy was. Pas later, toen Olga in paniek met die trommel kwam aanlopen en over jou begon...'

'Maar waaróm heb je het gedaan?' riep Felix.

Romy zweeg. Felix schudde vertwijfeld zijn hoofd.

'Ik wilde je helpen,' zei Romy uiteindelijk. 'Bovendien was ik nieuwsgierig. Maar nadat jij me vanuit het dorp had geappt, heb ik de trommel meteen weer weggehaald.' Romy richtte zich op en tastte onder het bed. Ze trok haar tas tevoorschijn en haalde de spullen van Lizzy eruit. 'Hier,' zei ze. 'Je boekje en de rest. Olga lijkt het alweer vergeten, misschien valt het mee en...'

Terwijl Felix de spullen aanpakte, slaakte hij een diepe zucht. 'Lizzy zal dit niet vergeten. Ik had je nooit moeten vertellen van dat sleuteltje in Lizzy's tas en dat ze Kate ziek wilde maken met gif.'

'Maar je vertelde het om mij te waarschuwen voor Lizzy, dat was heel lief. Daarom wilde ik iets terugdoen. Ik begrijp nu dat het stom was. Het is gebeurd, laten we er niet meer over praten. Jij doet alsof je van niets weet, Olga is het morgen vergeten en wij zorgen ervoor dat Kate niets ernstigs kan overkomen. Alleen Olga, jij en ik brengen haar eten. Oké?'

'Alsof ik van niets weet...' mopperde Felix. 'Makkelijk gezegd.'

Romy boog zich naar Felix. Ze pakte hem bij zijn handen en keek hem indringend aan. 'Kom,' zei ze en ze trok hem naar zich toe.

Felix sloot zijn ogen en liet haar begaan. Hij legde zijn hoofd op haar schouder. Ook hij was moe en slaperig.

'Je hebt het koud,' vervolgde Romy. Ze wreef over zijn handen. 'Waarom blijf je niet hier? Kunnen we elkaar lekker warm houden.'

Felix opende zijn ogen. Terwijl hij weifelend knikte, bleef hij roerloos zitten. Pas toen Romy haar slaapzak openritste en ze Felix dwong om naast haar te gaan liggen, gaf hij zich over. Dicht tegen Felix aan en in haar donzen slaapzak viel Romy onmiddellijk in slaap.

Felix keek met tederheid naar haar. Hij veegde haar haar uit haar gezicht en gaf een kus op haar wang. De gedachten aan Lizzy en hoe hij dit akkefietje met haar ging oplossen, spookten nog door zijn hoofd toen hij een van de traptreden beneden licht hoorde kraken. Met gespitste oren luisterde hij naar het geluid dat volgde. Iemand op de overloop sloot de deur naar zolder. Een huivering liep langs Felix' rug. *Lizzy!*

53

De dag begon zoals de voorgaande dagen met veel zon. Iedere dag werd het iets warmer en kwam de zomer dichterbij. Het huis was inmiddels goed bewoonbaar. Na vijf dagen van poetsen en herstelwerkzaamheden durfde Olga rustig te beweren dat het al een klein paleisje was geworden. Dat had ze zojuist tegen Kate gezegd toen ze bij haar de overgordijnen openschoof. Zoals iedere ochtend klopte Olga voor het ontbijt even bij Kate op de deur om te kijken hoe het met haar zieke vriendin was. Dan babbelde ze wat, maakte eventueel een bad voor Kate klaar en hielp haar daarna met aankleden. Ook vandaag had ze een bad laten vollopen. Voorzichtig liep Kate aan Olga's arm mee naar de badkamer. Halverwege de overloop vond Kate dat ze het vandaag maar eens op eigen kracht moest proberen. Olga moedigde haar aan door te zeggen dat ze haar meteen zou opvangen als het misging. Het ging niet mis, Kate knapte zienderogen op. De zwelling in haar knie was afgenomen, de blauwe plekken op haar gezicht vervaagden en ook de vurige striemen die over haar neus liepen, waren nog nauwelijks zichtbaar.

'Misschien wordt het tijd om jouw paleisje eens te gaan bekijken?' vroeg Olga nadat ze wat later een dienblad met koffie, toast en marmelade op het voeteneind van Kates bed had neergezet. Intussen controleerde ze of er nog genoeg water in de Dopper zat.

Kate had zich zonder hulp van Olga aangekleed. Ze droeg een

lichte broek, een zwart doorschijnend bloesje en zwarte lakschoenen met een klein hakje. Ze had een witgouden schakelketting om, een groot stalen horloge en een aantal dunne armbandjes. Ze droeg haar haarstukje en nepwimpers en ze had zich heel zorgvuldig opgemaakt.

'Je ziet eruit alsof je klaar bent voor een rondleiding,' zei Olga.

Kate knikte dankbaar. Ze lachte flauwtjes. 'Dat ben ik, Olga,' zei ze hees. Haar ogen glansden van het traanvocht. Ze slikte even en hield toen haar telefoon omhoog. 'Ik heb mijn volgers laten weten dat ik een verschrikkelijke valpartij overleefd heb en dat ik nu weer helemaal de oude ben. De reacties stromen binnen.'

'Dat is fijn voor je, Kate,' zei Olga. 'Maar je moet nog wel wat aansterken. Dus als je nu eerst je ontbijtje eet, dan kom ik zo terug voor de rondleiding.' Olga pakte de Dopper, ze zei dat ze hem zou vullen en wendde zich naar de deur.

'Had ik al gezegd dat ik het zonder jou nooit gered had?' zei Kate toen Olga op de drempel stond.

Olga draaide zich verrast om. 'Nee, dat heb je niet, maar dat hoeft ook niet. Dit soort mantelzorg hoort erbij als je vriendinnen bent,' zei ze. 'Zou jij voor mij niet hetzelfde doen?'

Kate knikte. Ze veegde een traan weg.

'Maar vooruit, niet gaan zitten grienen, eten!' commandeerde Olga.

'Ja, ja...' antwoordde Kate. Het klonk niet overtuigd. Ze nam een slokje van de koffie en keek op haar telefoon.

'O, ik weet het weer...' zei Olga. Ze tikte tegen haar hoofd. 'Ik was het even kwijt, maar was er iets wat je me wilde vertellen? Iets van laatst, toen je zo van slag was door iets uit je tas?'

'Vertellen? Van slag?' Kate keek Olga niet-begrijpend aan. Een onrustige glimlach speelde rond haar mond.

Olga voelde opeens weer zo'n ijzige spanning ontstaan, alsof Kate, net als de anderen, haar bewust ergens buiten hield. Het bezorgde haar kippenvel. 'Laat maar,' zei ze kort. 'Roep je me als je klaar bent?'

Kate knikte.

Olga sloot de deur. Op de overloop kon ze nog net een botsing met Lizzy voorkomen.

Lizzy had haar tuinkleren aan en droeg kaplaarzen. Haar handen waren vuil en haar halflange haar zat verstopt onder een hoedje. Ze had een lichte blos op haar wangen en maakte een gespannen indruk. Ze hield het blauwe zeildoek en een lange plank – een van de nieuwe vloerdelen – onder haar arm en om haar schouder hing een weekendtas. Ze moest moeite doen om zich staande te houden.

'Wat ben je aan het doen, Liz, was je op weg naar de tuin?' vroeg Olga, die bij het zien van het zeildoek meteen aan snoeiwerkzaamheden moest denken.

'Eh, nee, ik was op weg naar mijn kamer.'

Olga wierp een vertwijfelde blik op Lizzy. Alweer iemand die tegen haar loog? Ze zou toch zweren dat Lizzy de andere kant op liep, de kant van de trap. 'Gaat het wel, Liz? Wat moet je met die plank? Is er weer iemand door de vloer gezakt?' Olga lachte om het luchtig te houden.

'Niks bijzonders. Waarom zou het niet gaan, Olga? Hoe is het eigenlijk met Kate?' Lizzy maakte een hoofdgebaar naar de deur en liet de weekendtas van haar schouder glijden. Ze ademde snel en transpireerde hevig.

'Stukken beter. Ze heeft zich zelfs opgemaakt en heeft zelf haar kleren aangetrokken. Ik verwacht haar vanavond gewoon beneden bij het eten. Fijn hè?'

'Heel fijn, Olga. Laten we dat gaan vieren. Ik heb een fles champagne bewaard voor deze speciale gelegenheid.'

'Echt waar?' Olga begon te stralen. 'Geweldig, ik ben zo blij dat jij weer je oude, vriendelijke kant laat zien,' zei ze verheugd. 'Zelfs dat gedoe met Felix heb je toch maar goed opgelost.'

'Gedoe met Felix? Wat bedoel je?'

Olga fronste haar voorhoofd. Wat wilde ze nou eigenlijk zeggen? Dingen buitelden weer over elkaar heen in haar hoofd. Alsof haar brein was gekrompen tot de grootte van een erwt. Hoe krampachtiger ze haar best deed zich iets te herinneren, hoe vager het werd.

'O, ik dacht aan Kate, ze was pas nogal van slag, dacht ik... En was jij niet uitgevallen tegen Felix over die trommel die ik had gevonden... met...' Olga peinsde. Het was toch zo? Ze had toch een trommel met gif gevonden? Iets waar ze Lizzy over gebeld had, maar die er bij nader inzien toch niet had gestaan.

'Waardoor was Kate van slag?' vroeg Lizzy.

Olga schudde haar hoofd. 'Niets. Niets belangrijks, denk ik.'

'Olga, zullen we als vriendinnen iets afspreken?' zei Lizzy op fluistertoon. Ze liet een stilte vallen waarin ze Olga indringend aankeek.

Olga knikte onzeker..

'Als er iets met Kate is wat je niet vertrouwt, wil je mij dan inlichten?' vervolgde Lizzy zacht. Ze keek om zich heen om te controleren of niemand hen hoorde. 'Heus, Olga, dat is in haar eigen belang. Sinds jij die trommel met gif vond, ben ik anders naar Felix gaan kijken. Ik vind het moeilijk om te zeggen, maar ik denk dat ik Felix verkeerd heb ingeschat. Hij is gevaarlijk, Olga. Dus als jij en ik onze ogen goed openhouden, kunnen we misschien iets heel ergs voorkomen. Help je mij daarbij, Olga?'

Najaar 2019

54

Noor had zich klaargemaakt voor een bezoekje aan Middelburg. Na haar woeste fietstocht door de duinen van gisteren, besloot ze vandaag met de auto te gaan. Voordat ze op pad ging had ze Corrie nog wat langer uitgehoord over de familie Janse uit Grijpskerke van wie de geadopteerde zoon Felix na een korte vakantie in Engeland niet meer was teruggekeerd. Dat was in het voorjaar. Eind mei, begin juni, vertelde Corrie en het had haar verbaasd dat Noor dat gemist had.

Noors gedachten gleden toen terug naar het begin van dit jaar en ze wist haarfijn waarom ze in die tijd het nieuws niet had gevolgd. Ze had in die periode haar werk routinematig gedaan en zich uit lijfsbehoud alleen beziggehouden met wat er op dat moment speelde. Een paar maanden daarvoor, rond kerst, had zich een neerslachtige moeheid in haar gemanifesteerd waar ze steeds somberder van werd. In het weekend kwam ze haar bed niet meer uit en steeds sneller greep ze naar de portfles. Pas in maart, de tijd waarin de tuin haar aandacht vroeg, leek haar geest weer ruimte te krijgen voor het normale leven. Dat ze toen ondanks al haar inspanningen toch niet mee mocht doen met de tuinenroute, viel haar extra zwaar.

Die herinnering dook ook nu weer op toen ze langs de boerderijen en weilanden op weg was naar Lizzy. Háár tuin deed wel mee, net als die van Olga. Al snel werden de gedachten over tuinieren verdreven door gedachten over de moordzaak. Noor liet alle kennis die ze bij Olga had vergaard opnieuw door haar hoofd gaan. Het ging dus om een tuinreisje naar Engeland. Olga, haar vriendin Lizzy en een zekere Kate waren daarbij geweest. Van Kate wist Noor niets, behalve dat ze ziek was en opeens de benen had genomen. En dan was er die Felix, een jongen die voor Lizzy had gewerkt. Van wie Olga zei dat ze hem niet vertrouwde.

Felix, die uit Grijpskerke kwam. Noor had hem gegoogeld, maar buiten het verhaal over zijn vermissing was er niet veel bijzonders te vinden. Naast zijn passie voor giftige planten, waarover hij een blog bijhield, was hij een doodgewone student, niet iemand die actief was in een studentenvereniging of een ander druk sociaal leven eropna hield. Noor had het adres van zijn adoptieouders. Daar zou ze later, na haar bezoek aan Lizzy, langsgaan. Ze was benieuwd wat Lizzy over Felix te vertellen had. Als hij met hen mee naar Engeland was geweest, dan mocht Lizzy uitleggen wat er met hem gebeurd was. In de tussentijd hoopte ze dat haar collega, Stefan, aan wie ze om extra informatie omtrent de vermissing van Felix had gevraagd, haar straks wat meer details zou kunnen geven.

Ze naderde de rondweg om Middelburg en reed de vertrouwde route die langs haar huis leidde. Ze aarzelde even of ze naar de post zou gaan kijken. Meteen verwierp ze die gedachte toen ze aan haar fijne buurvrouw dacht. Niet alleen hield zij de post en de planten bij, ook ging ze uit zichzelf poetsen. De laatste keer dat Noor een aantal dagen weg was voor haar werk en de buurvrouw voor de planten zorgde, trof ze bij thuiskomst zo'n compleet nieuw en opgeruimd huis aan dat ze het nu wel uit haar hoofd liet om onverwacht naar binnen te stappen.

Ze reed de brug over en parkeerde haar oude Volvo 240 stationwagon aan de kade vlak bij het huis van Lizzy. Volgens collega's was de witte bak waaraan alles rammelde aan vervanging toe, maar zelf dacht Noor daar anders over. Nadat ze de motor had uitgezet, pakte ze haar tas en schoof ze haar weerbarstige haar onder een baseballpetje. Ze opende het portier en vulde haar longen met lucht. Ze mocht dan een ervaren rechercheur zijn, je wist nooit van tevoren hoe iemand ging reageren op een bezoekje van haar. Automatisch moest ze aan Olga denken, en aan het moeizame gesprek dat ze met haar had gehad. Terwijl Noor haar blik op de straat van Lizzy richtte, verdrong ze iedere negatieve gedachte door zich vast te houden aan de aanpak die ze bedacht had. Ze ging niet bij Lizzy langs vanwege een onopgeloste moordzaak, zoals bij Olga, maar vanwege de tuin. Via een onschuldig praatje over giftige planten zou ze dan bij toeval op het lichaam van de onbekende vrouw uitkomen. Een gevoel van opwinding trok door haar heen bij dat vooruitzicht. Wat zou Lizzy zeggen als daarbij de naam van Kate viel?

Voorjaar 2019

55

Lizzy klopte haar broek af en begon te lopen. Ze naderde het flagstonepaadje dat vanaf het huis naar een grote schuur liep en keek gespannen om zich heen. Rondom haar voeten spatte het prille groen uit de grond. Klaprozen in roze en rode kleuren, Engels gras en dolle kervel mengden zich met echte kamille. En precies zoals dat hoort in een cottagetuin, stonden de groenten en eetbare planten gewoon tussen de sierplanten. Over enkele weken zou de zomerbloei op gang komen. Lizzy dacht aan thuis, aan haar eigen tuin, die vanaf april tot diep in het najaar weelderig bloeide. Straks, als dit allemaal van haar was, zou ze thuis een aantal van haar lievelingsplanten scheuren en stekken om mee te nemen naar deze plek.

Maar zover was het nog niet.

Ze stapte door en voelde in haar zak. Terwijl haar vingers zich om het flesje sloten dat ze daar zojuist in had gestopt, trokken Felix en Romy haar aandacht. Romy harkte takken en bladeren bij elkaar en Felix wierp een bergje groen in een volle kruiwagen. Ze zagen er verhit uit en hadden geen oog voor haar. Vlug verschool Lizzy zich achter een van de bomen die het landgoed omheinden. Ze had nu geen zin in confrontaties. Straks wilde een van hen nog weten wat ze in de schuur aan het doen was. Nauwlettend richtte ze haar blik op het stel. Net als de eerste keer dat ze hen betrapte op de ferry, was er iets in hun lichaamstaal wat haar bevreemdde.

Haar vermoedden dat die twee meer dan alleen een vriendschap met elkaar deelden, werd een paar dagen geleden bevestigd. Ze had toen als luistervink onderaan de zoldertrap gestaan. Hoewel ze toen niet woordelijk kon verstaan waar de twee het over hadden, ontging het haar niet dat haar naam en de naam van Kate in verband werden gebracht met eten en gif. Ze besefte toen dat Felix had gekletst. Hij moest Romy hebben ingelicht over haar plannen om Kate iets aan te doen. De sukkel! Wat bezielde hem toch? Eerst die spullen uit haar koffer meenemen, toen die trommel in de keuken neerzetten en daarna... Terwijl het onbegrip over Felix' gedrag opnieuw door Lizzy heen ging, kreeg ze ineens een ingeving. Stel dat Felix wél de waarheid sprak, bedacht ze. En dat niet híj maar Romy het gif en de vijzel uit haar koffer had gehaald? Romy wist niet dat het notitieboekje van Felix was. Ze had niet goed gekeken, misschien had ze haast en nam ze automatisch aan dat het van Lizzy was...

Dingen vielen ineens op hun plek. Lizzy zag het gezicht van Felix weer voor zich in die pub, hoe hij schrok toen Olga belde. Het kon niet anders dan dat hij meteen daarna Romy had gebeld om om opheldering te vragen en dat zij toen de trommel weer had weggehaald. Terwijl Felix bij Romy op zolder bleef slapen, was Lizzy teruggegaan naar haar kamer. Ze had haar koffer klaargezet en de spullen die daarin lagen gecheckt. Daarna had ze zich kalm uitgekleed en was ze op bed gaan liggen. Vlak voordat ze in slaap viel, had ze een besluit genomen: ze zou doen alsof er niets gebeurd was en meehelpen met het opknappen van het huis. Ondertussen zou ze de schuur klaarmaken om daar later haar plannen in te kunnen uitvoeren.

De grote schuur – een houten gebouw met twee openslaande staldeuren, kleine ramen met witte kozijnen en een met mos begroeid dak – was nu zo goed als leeg. Lizzy had een paar dagen geleden ongemerkt alle bloempotten, schoffels, harken, bezems, spades en de elektrische grasmaaier verplaatst naar een kleinere schuur bij de boomgaard aan de andere kant van het huis. Het enige wat nog in de grote schuur stond was een lage werkbank met een stoel ervoor. Op een plank boven de werkbank hadden dozen met mestkorrels en flessen met gootsteenontstopper gestaan. De oudtante van Kate moest veel last gehad hebben van verstopte leidingen. Met zo'n voorraad chemicaliën kon je het hele rioolnetwerk van Middelburg schoonspuiten, had Lizzy gedacht, wat haar weer op ideeën bracht. In tegenstelling tot de mestkorrels had ze de flessen laten staan. Daarna had ze zich de schuur toegeëigend als de plek waar het ging gebeuren. Alweer zonder op te vallen was ze met de spullen uit haar koffer op en neer gelopen van haar kamer naar de schuur. Dat ging ook goed. Totdat ze Olga tegenkwam op de overloop. Even was ze bang geweest dat Olga moeilijke vragen ging stellen. Maar Olga, die niet alleen het vertrouwen van Kate maar ook de sleutels van het huis had gekregen, was allang vergeten dat de sleutel van de schuur in Lizzy's bezit was. Zolang Olga de sleutelbos op zak hield, was Kate gerust en stelde niemand vragen over één ontbrekende sleutel. Dat moest zo blijven.

Intussen maakte Lizzy zich een beetje los van de boom. Ze aarzelde of ze terug zou gaan naar de schuur of met een smoes langs Romy en Felix zou lopen. Veel tijd om daarover na te denken kreeg ze niet. Achter haar klonken voetstappen. Toen ze omkeek zag ze Olga met een bos vers geplukte bloemen aankomen.

'Lizzy! Wat doe jij hier? Speel je verstoppertje?' vroeg ze lachend.

Lizzy zag dat ze nu ook de aandacht van Felix en Romy had. Alsof ze het afgesproken hadden staken ze tegelijkertijd hun hand naar haar op. *Stelletje schijnheilige stiekemerds.* Lizzy zwaaide terug, plakte een beminnelijke lach op haar gezicht en wendde zich meteen daarop tot Olga, haar redding. Langzaam kwam ze in beweging. Terwijl Olga over de kleurnuances van de akeleien en pioenrozen begon en hoe mooi die straks op de eettafel zouden staan, wees Lizzy terloops op het loof van de gevlekte scheerling.

'Zie je die stengels, Ol, wat een kanjers, niet? De natuur lijkt hier veel wilder en woester dan bij ons. Denk je dat iemand hier weet hoe gevaarlijk die scheerling is?'

'O, Lizzy toch, jij altijd...' zei Olga. Ze schudde haar hoofd. Lachend trok ze Lizzy met zich mee. Gearmd als dikke vriendinnen wandelden ze daarna het paadje af naar het huis. En terwijl Lizzy vanuit haar ooghoek zag hoe Felix en Romy hen gadesloegen, kneep ze dankbaar in Olga's arm.

'Vertel eens, Ol, wat ga je ons straks voor lekkers voorzetten?' vroeg ze.

De gevlekte scheerling bloeit met witte schermen in bermen en naast bosschages. De tot twee meter hoog wordende planten vallen op door hun stevige stengels met roodbruine vlekken en meervoudig geveerde bladeren met bladschedes. De plant lijkt op kervel, maar alle delen van de plant zijn zeer giftig en bevatten het zenuwgif coniine, dat in kleine hoeveelheden al de dood tot gevolg heeft. Het sap werd door de oude Grieken gebruikt om bij misdadigers door middel van de gifbeker een doodvonnis te voltrekken. Er wordt zelfs beweerd dat Socrates met het gif van de gevlekte scheerling is gedood.

56

Kate wierp een blik in de spiegel. Zorgvuldig legde ze de laatste hand aan haar wimpers. De oogschaduw, die van goud naar parelmoer verliep en daartussenin meerdere tinten bruin kende, deed haar ogen fonkelen. Haar serieuze aanpak deed niet onder voor die van een ervaren dragqueen. Als een kunstschilder die voordat hij aan het echte werk begint zijn doek prepareert, had zij met zorg de concealer aangebracht. Een dikke laag foundation en poeder volgden. Elke onvolkomenheid die aan de valpartij deed denken, moest worden weggepoetst. Over haar volle lippen, die ze had aangezet met een zalmkleurige lipstick van Chanel, lag een sexy glans. De lipstick had ze nog voor haar vertrek naar Zeeland op de luchthaven van Alicante gekocht. Het was een van haar laatste aankopen geweest. Het leek een eeuw geleden. Een gevoel van diepe spijt nam bezit van haar. Ze had het nooit zover moeten laten komen. Op het moment dat ze ontdekte dat Felix in dat busje zat, had ze moeten ingrijpen en de hele boel moeten cancelen. Maar was ze niet te overrompeld geweest door de ontmoeting met haar zoon?

Een baby was hij, amper een paar uur oud, toen zij dat papier ondertekende om voorgoed afstand van hem te doen. Alsof er een vrachtauto over haar heen was gereden, zo voelde haar lichaam na die vreselijke bevalling. Haar borsten klopten, haar buik gloeide, haar vagina leek voorgoed verwoest door de schaar die erin was gezet, en al dat vocht en bloed dat maar uit haar lichaam bleef stromen...

Ondanks al die pijn herinnerde ze zich dat lieve plukje haar. Als het dons van een eendenkuiken, zo zacht was het. Dichte oogjes, een gerimpeld huidje en een tandeloze mond die niet van plan was te stoppen met krijsen. Ze hoefde het niet te voelen, ze wilde het niet in haar armen, ze had het gebaard en dat was genoeg. Nee, dat was niet genoeg, er was nog meer. Ze had het geweten, al die tijd had ze het geweten. Ze had Richard er niets over verteld, het moest een verrassing blijven. En een verrassing werd het.

God nee, een deceptie, het grootst denkbare drama ooit toen hij vier weken voor de bevalling aangaf dat hij niet met haar wilde doorgaan. Ze had het niet kunnen geloven, ze had met iedere vezel die ze in zich had gestreden om het niet waar te laten zijn. Ze had zoveel tranen vergoten dat daarna al het vocht achter haar ogen voor de rest van haar leven leek te zijn opgedroogd. Richard had haar geld gegeven en haar aanbevolen in een privékliniek te bevallen; hij kende genoeg collega's die haar konden bijstaan. Alles wilde Richard voor haar doen. Het beste van het beste kon ze van hem krijgen. Maar het enige wat ze van hem wilde, kreeg ze niet. Zijn onvoorwaardelijke liefde.

Ze rechtte haar rug, pakte haar kam en kamde de haren van het donkere haarstukje door haar eigen haar. Tevreden keek ze naar het resultaat, dat er vol en jeugdig uitzag. Toen ze klaar was met de make-up zocht ze haar mooiste, vlammend rode Dolce & Gabbana-jurkje uit en liet het over haar hoofd glijden. Haar knie speelde pijnlijk op toen ze de bijpassende zacht suède pumps van Gianvito Rossi erbij aantrok. Lopen werd moeilijk, haast onmogelijk, maar niemand zou haar vanavond uitnodigen voor een wandeling door de tuin of voor een Weense wals. Dus nam ze nog een extra pijnstiller en zette wat aarzelende stappen door de kamer.

Ze was benieuwd naar de rest van het huis. Of het beneden net zo ouderwets was als boven. Olga had haar voorbereid, ze moest niet schrikken, had ze gezegd. Het was schoon en begaanbaar. Volgens Olga hadden ze hard gewerkt om er iets toonbaars van te maken. Dat was goed, vond Kate, ze zou dan zo snel mogelijk kunnen overgaan tot de verkoop van het huis. Haar aanvankelijke plan om het huis te verhuren had ze losgelaten. Ze had al naar een makelaar gezocht; er zaten er twee in de buurt. Het enige wat ze hoefde te doen was hen uitnodigen voor een taxatie. Dat stond voor morgen op haar lijstje. Vanavond had ze eerst nog het diner, het etentje waar Olga zo naar uitkeek. Olga, de reddende engel. Die haar zo goed gezind was en die ze bij nader inzien toch maar niet in vertrouwen had genomen over Lizzy en Felix. Na dit hele avontuur zou ze haar vermoedelijk toch nooit meer zien.

Ze keek op haar telefoon hoe laat het was en opende daarna Instagram. Ze postte een paar foto's van haar metamorfose na de valpartij. De eerlijkheid hierover had haar nieuwe volgers opgeleverd, iets wat haar een andere kijk op haar werk als influencer gaf. Maar eerst wilde ze hier alles afronden en daarna zo vlug mogelijk terug naar Spanje. Hoe sneller, hoe beter. Ze maakte nog een selfie en sloot daarna de app. Voordat ze de telefoon in haar clutch stopte, checkte ze nog even of ze ook dat andere erin had gestopt. Het etuitje waar de foto in zat. Vanavond als ze allemaal samen waren, zou dé gelegenheid zijn om ermee voor de dag te komen. Ze zou het straks tijdens de maaltijd op tafel leggen. Ze was benieuwd wie daarop ging reageren. Olga en Romy had ze uitgesloten; Felix en Lizzy bleven over. Wie van die twee kende haar geheim?

57

'Dat is Kate!' riep Olga toen ze gestommel op de overloop hoorde. Ze legde de lepel waarmee ze in de soep roerde op het aanrecht, veegde haar handen af aan haar schort en maakte zich los van het fornuis. Terwijl ze de schaal met sla oppakte en in Lizzy's handen duwde, riep ze naar de hal dat ze eraan kwam.

'Zet jij die schaal vast op tafel? Dan help ik Kate de trap af,' zei ze. 'Wat fijn dat ze al zo vlug hersteld is, hè Liz?'

Lizzy glimlachte. Ze wachtte totdat Olga de keuken uit was en zette de schaal met sla terug op het aanrecht. Ze viste er twee plakjes tomaat uit, stak ze in haar mond en likte een voor een haar vingers af. De dressing was lekker. Olga had een goeie kijk op smaak. Lizzy verheugde zich op de courgettesoep, die zacht stond te pruttelen. Daarna was er het ovengerecht met kabeljauw en aardappeltjes, dat al een mooi korstje kreeg. Zelfs het groenteprutje voor Romy verspreidde een aangename, kruidige geur door het huis. Lizzy streek langs haar maag, ze had trek en ze was nerveus. Ze vroeg zich af hoe de confrontatie straks met Kate zou zijn. Vanaf het moment dat Kate hier bij binnenkomst door de vloer was gezakt, hadden ze elkaar alleen in de badkamer getroffen. Dat was geen gelukkig moment geweest. Achteraf schaamde Lizzy zich ervoor dat haar afkeer voor Kate zo groot was dat ze in het bijzijn van iedereen was flauwgevallen en kotsend boven de wc-pot had gehangen. Haar lichaam loog niet, haar voorgevoel ook niet. Toen ze weer bijkwam had die Romy naast haar gestaan. Zonder een hand naar haar uit te steken had ze haar met die ijzige blik in die staalblauwe ogen staan aanstaren.

Er was iets met dat kind. Dat soort vrouwen, met zulke ogen, vreselijk. Richard had zich erdoor laten verleiden. Ze huiverde even. Zodra ze weer aan Richard dacht, moest ze automatisch aan zijn dood denken. Toen hij die hartstilstand kreeg, was zij op visite bij Olga. Bij thuiskomst had ze Richard op de keukenvloer gevonden. Naast zijn lichaam lag een kapot koffiekopje en een plasje koffie. De thermoskan met koffie, die zij voor haar vertrek naar Olga voor Richard had gevuld, stond zo goed als leeg op het aanrecht. Lizzy had meteen hun huisarts gebeld. Die had haar gekalmeerd en gezegd dat ze Richard gewoon moest laten liggen totdat hij er was. Ze hield zich aan de opdracht, behalve dan wat dat kopje betrof. Voordat iemand zich zou bezeren aan de scherven, had ze alles bij elkaar geveegd en in de vuilnisbak gegooid. Ook het plasje koffie dat uit het kopje was gelekt, had ze keurig opgedweild zodat niemand erdoorheen hoefde te lopen. Daarna leegde ze de thermoskan en spoelde hem zorgvuldig om.

'Waarom daar?'

Lizzy schrok op uit haar gepeins. Vanuit de woonkamer klonk de stem van Romy. Zo te horen was ze het niet eens met de tafelschikking van Felix.

'... ja, maar dan zit ze vlak bij de haard. Dat is toch niet handig als je steeds naar de keuken moet lopen,' zei Felix.

'Nee, ik ga naast Kate zitten, daar zit Lizzy en jij zit daar, tegenover Olga,' antwoordde Romy.

Lizzy slaakte een diepe zucht. Uit het gekibbel kon ze opmaken dat die twee haar in de gaten wilden houden tijdens het eten. Waren ze nou echt zo stom om te denken dat ze Kate tijdens de maaltijd ging vergiftigen? Ze schudde haar hoofd, dankzij Romy's bemoeienis had ze haar plannen allang bijgesteld. Het aantekeningenboekje van Felix had ze daar niet meer bij nodig. Nee, er waren veel charmantere oplossingen denkbaar. Lizzy stak haar handen in de zakken van haar tweedjasje. Het was een oud jasje van Richard, het enige kledingstuk van hem dat ze niet had weggegooid. Ze droeg het graag. Nog niet zo lang geleden had ze er leren elleboogIapjes op genaaid. Het jasje dat haar eigenlijk te groot was en waarvan ze de mouwen moest omslaan, had iets magisch. Zodra ze het aantrok, trok ze bijna een andere 'ik' aan. Dan wist ze weer waarvoor ze het deed en waarom ze zo was geworden. In wezen was ze geen slecht mens, integendeel, het kwaad dat zich bij haar manifesteerde kwam door de anderen die haar zo gemaakt hadden.

Onwillekeurig moest ze weer aan een van de bezoekers tijdens de opentuinendagen denken die haar had gecomplimenteerd met het jasje. Het was een oudere, grijze man die zelf ook graag Engels tweed droeg. Ze hadden het over kasteeltuinen en oude tradities gehad. Belangstellend had hij gewezen op de bloeiende wolfskers in haar tuin. Hij had gevraagd of ze de legende achter de bijnaam van de plant, 'belladonna', kende. Ze had gedaan alsof ze dat niet wist. Daarop begon de man enthousiast te vertellen. Over de zoete, zwarte bessen en het sap van de plant dat in lang vervlogen tijden door vrouwen werd gebruikt om hun pupillen te vergroten. Niets was zo verleidelijk voor een man als een uitdagende, vrouwelijke oogopslag, had hij gezegd, en haar daarbij speels aangekeken.

'Kate, ik zei net tegen Lizzy dat we heel blij zijn dat je zo snel weer op de been bent.' De schrille stem van Olga verbrak de stilte.

Lizzy ving het geluid op van naaldhakken. Ze klonken onvast. Niet de scherpe tikken van een geoefende pumpdrager. Kate mocht dan weer op de been zijn, er hoefde maar iets te gebeuren of ze lag weer languit op de grond. Niet zonder leedvermaak haalde Lizzy haar handen uit haar zakken. Het folie dat in haar rechterzak zat en dat ze net nog door haar vingers had laten gaan, liet ze terugvallen in de zak. Ze draaide zich een halve slag en wendde zich naar het aanrecht voor de schaal met sla.

Toen ze op de deur afliep en Olga en Kate voorbij zag lopen naar de woonkamer, stokte haar adem. Ze richtte even haar blik op het tafeltje naast de deur. Olga had daar van alles op klaargezet om bij toerbeurt mee naar binnen te nemen. Een mand met broodjes voor bij de soep, extra wijnglazen, een karaf met water en een schaal met zwarte bessen voor op het toetje...

Najaar 2019

58

'Noor den Braber,' zei Noor. 'Kent u me nog?' Ze stak haar hand uit naar Lizzy, die een slap handje in de hare legde en haar peinzend aankeek.

'Ik… eh… kan me niet zo gauw…'

'Dit voorjaar deed u toch mee met de tuinenroute?' ging Noor haastig verder.

'Aha, zo. Ja, dat klopt. Maar dan zie je zoveel mensen voorbijkomen…'

'Haha, ja, dat begrijp ik,' zei Noor. 'Die kun je niet allemaal onthouden, maar namens de buurt heb ik een paar vragen over uw tuin en…'

'Dat komt me niet goed uit,' onderbrak Lizzy haar. 'Ik moet zo weg.'

'Het duurt niet lang, hoor,' zei Noor. Haar stem klonk helder en schalde langs de huizen. Ze merkte dat het Lizzy irriteerde. Nog iets luider ging ze verder. 'Kijk, de buurt probeert in kaart te brengen in welke tuin de meeste giftige planten staan die een direct gevaar kunnen vormen voor de omgeving. En omdat u afgelopen voorjaar…'

'Stil!' riep Lizzy. Ze deed een stap naar voren, wierp een gespannen blik langs Noor alsof er achter Noor iemand stond mee te luisteren en gebaarde haar om binnen te komen.

'Dank u wel, heel aardig van u. Nogmaals, ik ben zo weer weg,' zei Noor.

Lizzy sloot de deur en terwijl Noor afwachtend bij de kapstok bleef staan, nam ze Lizzy wat beter in zich op. Ze droeg een kakikleurige broek met driekwartpijpen waarvan de zoom precies op het midden van haar stevige kuiten viel. De mouwen van haar trui had ze verschillende keren omgeslagen en om haar kortgeknipte haar zat een blauwe sjaal waarvan de uiteinden losjes op haar schouders dansten. Ze had grote handen met zwarte nagelranden. Al deze uiterlijke kenmerken waren Noor de eerste keer niet opgevallen; toen was ze voornamelijk benieuwd geweest naar Lizzy's tuin.

'Loopt u mee?' Lizzy passeerde Noor en wees naar de keukendeur. Ze opende de deur en mompelde iets ter verontschuldiging over de rommel. Noor herinnerde zich dat ze bij haar vorige bezoek ook via de keuken naar de tuin werd geleid. Toen was de keuken keurig opgeruimd. Nu leek hij voor een deel onttakeld en stonden er behoorlijk wat dozen. Sommige dozen waren dichtgeplakt met tape waarop het logo van een verhuisbedrijf stond.

'Gaat u verhuizen?' vroeg Noor.

'Waar kwam u precies voor?' ontweek Lizzy de vraag.

Net als bij een politieonderzoek haalde Noor haar leesbril en een notitieboekje tevoorschijn. Terwijl ze de bril vasthield trok ze haar baseballpetje van haar hoofd en legde ze het notitieboekje op de keukentafel. Ze vroeg of ze mocht gaan zitten. Lizzy zuchtte, met fikse tegenzin tilde ze de doos met bestek die op de stoel stond eraf en klopte daarna het stof van de zitting.

'Erg vriendelijk van u,' zei Noor en ze ging zitten.

Lizzy bleef staan. Ze sloeg haar armen over elkaar en maakte zich breed. Buiten begon iets te ronken, het leek op een motor die water deed opborrelen. Noor wierp even een blik op het keukenraam. Maar toen Lizzy haar koeltjes bleef aanstaren, pakte ze haar tas en ritste hem open.

'Ja, sorry, ik moet hem hier ergens hebben,' zei ze terwijl ze tastend haar tas afzocht naar een pen.

'Godallemachtig,' verzuchtte Lizzy. Mopperend draaide ze zich om. Ze opende een keukenla, haalde er een potlood uit en legde het met een klap naast het notitieboekje van Noor op tafel.

'Geweldig,' riep Noor.

'Oké,' zei Lizzy. Ze wierp een blik op de keukenklok en gaf Noor tien minuten om vragen te stellen. 'Daarna moet ik weg,' zei ze.

'Heel fijn, het gaat namelijk om het volgende,' zei Noor. Ze schoof de stoel wat verder naar de tafel en stak op haar gemak van wal. 'De buurt heeft moeten constateren dat er de laatste tijd een toenemende sterfte is onder huisdieren. Katten, honden, konijnen...' Noor wachtte even om de reactie van Lizzy te peilen, maar die bleef onbewogen met haar armen over elkaar voor haar staan. 'Men veronderstelt dat er in bepaalde tuinen planten staan die weliswaar eetbaar ogen maar dat in het geheel niet zijn. Men vreest voor nog meer gevaar als er kinderen...'

Lizzy zette haar handen in haar zij en snoof. 'Wat een flauwekul, denkt u nou echt dat dieren niet in de gaten hebben of een plant giftig is? En kinderen? Belachelijk! Hoe zouden die in mijn tuin moeten komen?'

'Aha, dus u geeft toe dat u giftige planten in uw tuin hebt staan?'

'Jezus mens, dat heeft iedereen!' riep Lizzy.

Noor fronste, ze pakte het potlood en alles wat Lizzy zei schreef ze op in haar notitieboekje. Lizzy boog zich naar de tafel. Ze ademde snel en wierp een blik op Noors boekje. Noor voelde de woede van haar afstralen.

'Ik heb hier geen zin in,' zei Lizzy. 'Ben je soms van de politie?'

Noor keek op van haar boekje. Ze probeerde een neutrale blik in haar ogen te leggen. Lizzy klakte met haar tong en maakte zich los van de tafel.

'Zie je wel,' zei ze. 'Ik wist het, je komt helemaal niet voor giftige planten, je komt voor iets anders. Nou? Waar of niet?'

Noor beet op haar lip. Het had geen zin om deze vrouw langer voor de gek te houden. Ze legde het potlood neer en stond op. 'U hebt gelijk,' zei ze. 'Het spijt me dat ik niet eerlijk was, maar ik ben op dit moment niet in dienst. Vandaar dat ik met een smoes bij u langskwam. Ik ben bij uw vriendin in Domburg geweest, mevrouw Somers. Zij heeft me het een en ander verteld over een tuinreis naar Engeland die u samen met haar gemaakt had. Mevrouw Somers' geheugen liet haar af en toe in de steek en daarom...'

Lizzy lachte weer. 'Olga.' Ze kwam in beweging, haar ogen begonnen te schitteren, haar ademhaling werd weer normaal. Ontspannen leunde ze tegen het aanrecht. 'Ik ben benieuwd wat ze u allemaal over mij heeft verteld,' zei ze. Haar stem klonk luchtig en Noor ervoer dat als een uitnodiging om weer te gaan zitten. 'Arme Olga, zo triest.' Lizzy schudde haar hoofd. 'Olga lijdt aan een vroege vorm van alzheimer. Mensen met dergelijke aandoeningen kun je nooit helemaal vertrouwen. Ik ga ervan uit dat u dat weet?' zei ze. Ze keek op de klok en schudde opnieuw haar hoofd. 'Als dat dan alles is, dan ga ik graag verder. Ik heb zo een afspraak, misschien dat u later, als u weer in dienst bent, nog eens kunt langskomen?'

Voorjaar 2019

59

Het vuur in de haard vlamde op toen Lizzy er nog een houtblok bij legde. Het was inmiddels aangenaam warm in de woonkamer. Olga had de tafel feestelijk gedekt. In het midden van de tafel stond een bolvormige, groene vaas met de door haar geplukte bloemen erin. Het roomwitte servies, dat hier en daar wat stukjes aardewerk miste, glom in het kaarslicht van de kandelaar.

'Ja, zo gaat-ie goed, Kate,' zei Olga vanuit de gang.

Lizzy draaide zich om en keek naar Felix en Romy, die naast de tafel stonden om Kate te verwelkomen. Romy droeg een strak, zwart jurkje waarin haar tengere lichaam nog magerder leek. Ze had haar vlechten als een krans rond haar hoofd gelegd en om haar schouders lag een gebreide omslagdoek in diverse kleuren. Felix stond vlak naast haar. Zo nu en dan zocht zijn hand die van Romy, maar Romy verroerde zich niet. Gespannen richtte ze haar blik op de deur, die op een kiertje stond en waarachter Kate en Olga hoorbaar waren.

'Er is niet veel verlichting hier,' zei Olga. 'Maar ik heb genoeg kaarsen op tafel gezet om elkaar goed te kunnen zien. Kaarslicht maakt het wel erg knus, hè Kate? Een beetje alsof het vanavond kerst is.' De deur scharnierde en de vloer kraakte toen Kate aan Olga's arm naar binnen stapte. 'Zo, daar zijn we dan,' zei Olga. Er klonk een zekere trots in haar stem toen ze Kate aan het gezelschap toonde.

Romy staarde met open mond naar Kates verschijning. Felix stapte meteen op haar af om haar naar de tafel te begeleiden en Olga lachte zo tevreden dat Lizzy bij al dit ceremonieel haar maag voelde omdraaien.

'We herkennen je niet meer, Kate,' zei Lizzy. 'Had je verwacht dat er vanavond nog andere mensen – mannen misschien – zouden komen? Voor mij had je je niet zo achterlijk hoeven opdoffen, hoor. En ik denk dat dat ook geldt voor...'

'Ik vind dat je er prachtig uitziet,' onderbrak Felix haar.

'Dan ga ik nu naar de keuken voor de soep en de broodjes,' zei Olga gauw. 'Lizzy, schenk jij vast een glaasje champagne in voor iedereen? Lizzy heeft de fles speciaal voor ons etentje bewaard, hè Liz? We zijn allemaal zo blij dat je weer onder ons bent, Kate...' Olga's stem brak, er klonk een droge snik in door.

'Dank je Olga, dat ben ik ook,' zei Kate. Ze had Felix' arm losgelaten en ging op de stoel zitten die hij voor haar naar achteren schoof, links van de haard en met zicht op de deur. Ze lachte nogmaals dankbaar naar Olga en roemde haar om haar zorg.

Lizzy moest zich inhouden. Haar lichaam trilde. De stille woede die zich in haar had vastgezet kon er ieder moment als een niet meer te stoppen eruptie uit komen. Ze dwong zichzelf om gehoor te geven aan Olga's vraag en liep naar de tafel om de champagnefles te openen. Ze zag hoe Kates blik op Felix en Romy bleef rusten. Uit dat geplamuurde gezicht sprak iets van verbazing en verlegenheid. Lizzy's hartslag versnelde. *Smerige hoer in je idiote uitdossing.* Met kracht – alsof het de hals van Kate was – legde ze haar vingers om de fles en liet de kurk eruit ploppen. Kate slaakte een kreet en liet van schrik haar tasje vallen. Felix kwam meteen in beweging. Terwijl de kurk door de kamer vloog en Olga vanuit de deuropening een vreugdekreet slaakte, boog Felix zich naar het tasje. Toen hij het teruggaf aan Kate fluisterde hij iets in haar oor. De intimiteit die daarvan uitging joeg Lizzy's kwaadheid nog verder op. Met moeite probeerde ze zichzelf onder controle te houden. *Kalm blijven. Adem in, adem uit.*

'Ja, laten we vooral toosten op jouw prachtige huis, Kate,' zei ze. Ze forceerde een glimlach en probeerde de aandacht van Felix te krijgen door hem te vragen de glazen te verzamelen.

Felix bleef naast Kate staan. Hij seinde met zijn ogen naar Romy, die vervolgens de glazen pakte en nauwlettend in de gaten hield hoe Lizzy ze volschonk.

'Olga, kom je ook?' riep Lizzy naar de deur. Haar stem klonk bibberig en de hand waarin ze de fles hield trilde. Zonder Olga's aanwezigheid ging ze het vanavond niet redden. Vanuit de keuken werd iets teruggeroepen wat ze niet verstond maar wat leek op een vloek. In de stilte die viel klonk het geluid van deksels en bestek en Olga die nu kwaad riep dat de gootsteen weer eens niet goed doorliep.

Felix kuchte. 'Ik denk dat ik Olga even ga helpen,' zei hij.

'Goed plan,' antwoordde Romy. 'Dan kletsen wij wat bij met Kate, hè Lizzy?'

Lizzy knikte kort. Haar longen werden samengeperst. Ze dacht dat ze zou stikken. *Adem in, adem uit, laat je niet gek maken.*

'En, hoe vind je de woonkamer, Kate?' vroeg Romy. 'Ik ben een paar dagen bezig geweest om het hier schoon te krijgen. We hebben allemaal hard gewerkt om iets van jouw huis te maken. Olga deed de keuken, Lizzy de tuin, Felix de vloer en de grote klussen. Ben je blij, Kate?'

Kate knikte aarzelend. 'Jazeker, het ziet er allemaal heel goed uit. Ik zou hier bijna voorgoed willen blijven,' zei ze en ze lachte een scheef lachje naar Lizzy.

Lizzy vertrok geen spier. Ze haalde haar horloge onder haar jasje vandaan en wierp er een vluchtige blik op. Ze moest geduld hebben. Over een paar uur zou dit hele toneelstukje een bijzondere wending krijgen. Tot die tijd moest ze haar rol van betrokken vriendin zien vol te houden. 'Echt waar, Kate? Dat verbaast me, ik vind jou helemaal geen type voor dit soort oude, tochtige spookhuizen,' zei ze. Ze veinsde belangstelling. 'Dus je gaat het niet verkopen?'

Kates lippen verstrakten. Zwijgend richtte ze haar blik op haar tasje, ze haalde haar telefoon eruit en legde hem naast haar bord.

Er viel een stilte.

Romy nipte voorzichtig van de champagne. Lizzy hield haar blik strak op Kate gericht. Terwijl Kate nog iets uit haar tasje haalde, kwamen Olga en Felix binnen met een soepterrine en broodjes. Hierdoor werd Lizzy even afgeleid en verloor ze Kate uit het oog.

'Zo, dat wordt gezellig!' riep Olga. Ze zette de soep naast de vaas met bloemen en vroeg of iedereen wilde gaan zitten om een toost uit te brengen. Het glas werd geheven. Olga proostte opnieuw en met zoveel emotie in haar stem dat het leek alsof het haar eigen gezondheid betrof op Kates genezing.

Toen Lizzy over haar glas heen naar Kate gluurde, werd haar aandacht door een etuitje voor haar bord getrokken. De grijns op Kates gezicht ontging haar niet toen ze zich fronsend afvroeg waarom Kate dat juist voor háár bord had neergelegd. Moest ze dit ergens van kennen?

60

De soep was op, de champagnefles tot op de bodem leeg en Lizzy vulde keer op keer en op verzoek van Olga de wijnglazen. Het gesprek draaide voornamelijk om Olga, die bij iedere hap die ze nam steeds openhartiger werd en vertelde over haar hoge bloeddruk en cholesterol. Ze slikte er pillen voor en als Jan haar daar niet aan hielp herinneren, vergat ze die krengen – zoals ze ze noemde – steevast in te nemen. Met alle gevolgen van dien, voegde ze eraan toe.

Romy en Felix babbelden betrokken mee met Olga.

Zoals Lizzy al verwacht had, bleek dat Olga haar waarschuwing over Felix en hoe gevaarlijk hij met gif kon zijn, allang weer was vergeten. Dat stemde Lizzy hoopvol. Het enige waar Olga zich mee bezighield was haar kookkunst en of het smaakte. Het viel Lizzy op dat Kate erg gefocust was op dat rare etuitje dat er nog steeds lag. Om en om keek ze onderzoekend van Lizzy naar Felix. Alsof ze verwachtte dat een van hen er vroeg of laat een opmerking over zou maken. Maar Felix had er geen oog voor, net als de anderen, die het waarschijnlijk niet eens zagen liggen. Dat wakkerde Lizzy's nieuwsgierigheid nog meer aan. Geduldig wachtte ze het moment af om toe te slaan.

Dat moment kwam toen Olga opstond om het volgende gerecht te gaan halen. Kate maakte van de situatie gebruik door te zeggen dat haar Dopper nog boven stond en ze vroeg of Olga die wilde halen.

'Laat mij dat maar doen,' zei Romy. 'Ik moet toch even mijn telefoon pakken. Het lijkt me leuk om een selfie met jullie te maken.'

Felix beaamde dat en hoewel Lizzy helemaal niet geïnteresseerd was in het nemen van foto's, deed ze alsof ze het een goed idee vond.

'Dan moeten we wel even de tafel opruimen,' zei Lizzy. Ze stond op om de lege flessen en champagneglazen weg te halen. 'En dit, Felix? Is dit van jou?' vroeg ze terwijl ze op het etuitje wees.

Kate verkrampte zichtbaar. Felix tuitte fronsend zijn lippen en schudde zijn hoofd. Met een achteloos gebaar reikte hij naar het etuitje en net toen hij het wilde oppakken, greep Kate ineens in door te zeggen dat het van haar was. Terwijl ze Lizzy een kwade blik toewierp, haalde ze het naar zich toe en stopte het terug in haar clutch. Lizzy beantwoordde de blik met een zelfvoldane grijns. Wat wilde Kate met dat etuitje duidelijk maken? Ze kon er niet te lang bij stilstaan. Toen Olga zich weer bij hen voegde en ook Romy met haar telefoon en de Dopper van Kate aan tafel schoof, bracht Lizzy de lege glazen naar de keuken en ze voegde zich daarna weer bij het gezelschap. De rest van de tijd liet ze de gesprekken langs zich heen gaan en belandde ze in haar eigen gedachtewereld, waarbij ze bijna elk kwartier op haar horloge keek, wachtend op het moment dat er eindelijk een toetje zou komen en zij bekend ging maken dat Felix de zoon van Kate was. Ze had besloten om ondanks de bemoeienis van Romy en Felix haar plan gewoon door te zetten. De situatie was inmiddels zo vaak door haar hoofd gegaan dat ze het moment waarop Kate het officieel uit haar mond zou horen kon dromen. Het was jammer dat ze niet wist hoe Felix zou reageren; zou hij nog met haar meegaan in haar plan, of ging zijn nieuwe liefje straks de boel verpesten?

'Lizzy, help jij even mee met afruimen?' vroeg Olga na het hoofdgerecht. 'Dan gaan we bij het dessert een selfie maken met Romy,' vervolgde ze.

Lizzy schrok op uit haar gepeins, ze volgde de instructies van Olga op en liep achter haar aan naar de keuken, waar Felix met een tang en heet water de gootsteen probeerde te ontstoppen.

'Die gootsteen is een ramp,' mopperde Olga toen Lizzy bleef staan kijken.

Lizzy dacht even aan de schuur en de flessen met gootsteenontstopper. Ze zei niets. Het enige wat haar hoofd bleef bestoken was Kate met dat rare etuitje en hoe ze straks zou reageren als zij aan tafel bekendmaakte wie Felix was.

61

De stilte van de nacht werd doorkliefd door een schreeuw. Het kwam van zolder. Olga zat meteen rechtop in haar bed. Ze drukte op de schakelaar van de schemerlamp en keek op haar wekkertje. 01:04 uur. De gil werd opgevolgd door een bonkend geluid, een klap, een kreet en daarna niets meer. Stilte. Olga hoorde alleen nog haar eigen versnelde ademhaling. Ze sloeg de dekens van het bed open, stapte in haar gloednieuwe suède pantoffels en liep naar de deur van haar slaapkamer. Ze legde haar oor ertegen, ze hoorde niets, alles bleef doodstil. Met een vertwijfeld gevoel staarde ze naar het handvat van de deur. Een huivering liep langs haar rug; het was koud. Wat moest ze doen? Moest ze gaan kijken? Het liefst wilde ze weer in bed stappen. Een zacht gekerm drong opeens via de deur naar binnen. Zonder aarzelen pakte Olga haar trui, trok hem over haar pyjamajasje en wendde zich opnieuw naar de deur. Nog voordat ze hem opende, hoorde ze de stem van Felix. Op de overloop was het donker. Olga zocht naar een lichtschakelaar en toen het lampje boven haar hoofd aanfloepte zag ze bij de deur van de zoldertrap – aan de andere kant van de overloop – iets bewegen. Toen ze wat beter focuste, ontdekte ze Felix. Hij zat op zijn hurken. Olga hoorde hem zacht praten.

'Felix?' zei Olga toen ze bijna bij hem was.

'Olga, het is Romy,' zei Felix. Hij draaide zich een halve slag en wierp een paniekerige blik over zijn schouder. 'Ze is van de trap gevallen. Ik was even naar de keuken en toen ik weer boven kwam hoorde ik haar gillen. Het gaat niet goed, ze zegt niets...' Felix hapte naar adem.

Nu zag Olga het opgerolde lichaam van Romy tegen de deur liggen. Ze droeg een nachthemdje met korte mouwen, ze klappertandde en trilde over haar hele lichaam.

'Kom,' zei ze. 'Laat mij maar even, ik heb zoveel kinderen van de trap zien vallen. Misschien was ze aan het slaapwandelen?'

Felix zei niets. Terwijl hij zich oprichtte en zijn telefoon tevoorschijn haalde, ontfermde Olga zich over Romy, die op dat moment haar ogen opende. Ze ademde moeizaam. Op haar voorhoofd parelden zweetdruppeltjes en toen Olga vroeg of ze kon staan, greep Romy naar haar buik en opende haar mond. Voordat Olga kon reageren spoog Romy een vloedgolf aan gal over Olga's pantoffels.

'Jezus,' riep Felix. 'Ze is hartstikke ziek! Ik bel een dokter.'

Olga keek naar haar suède pantoffels waarin de gal zich als een bijtend zuur vastbeet. Haar eigen maag protesteerde ook even, maar snel herstelde ze zich toen ze naar het schokkende lichaam van Romy keek. Ze moest handelen.

'Misschien is een dokter niet nodig,' zei ze tegen Felix, die zich hardop afvroeg wat het alarmnummer van Engeland was. 'Het ligt natuurlijk aan dat eten. Als ze gewoon mijn kabeljauwschotel had gegeten en niet die smerige veganistische troep, had ze nooit ergens last van gekregen. Kom, help me liever haar even op te tillen,' zei Olga. 'We kunnen haar hier niet laten liggen.' Toen Felix besluiteloos op zijn telefoon bleef staren, werd Olga kwaad. 'Vooruit, help me!' commandeerde ze. Ze zag de schrik op Felix' gezicht. Bleekjes staarde hij haar aan. 'Dan kun je daarna een dokter bellen, die is hier toch niet binnen een uur,' vervolgde ze iets milder, zodat Felix in beweging kon komen. Daarop stopte Felix zijn telefoon weg en deed wat Olga hem opdroeg en terwijl zij op Romy inpraatte, hielp Felix Romy voorzichtig overeind. Romy kreunde en steunde, maar uiteindelijk kon ze staan. Olga constateerde dat ze niets gebroken had. 'Ga jij met haar naar de badkamer, dan haal ik op zolder warme kleren voor haar...'

Terwijl Felix voetje voor voetje Romy naar de badkamer begeleidde, ging er achter hen een deur open. Het was Lizzy. 'Wat gebeurt hier allemaal?' vroeg ze met een vermoeide stem.

Olga, die net naar zolder wilde lopen, draaide zich om en keek naar het slaperige hoofd van Lizzy. Haar haren plakten tegen haar voorhoofd, haar wangen waren rood, ze wreef in haar ogen en kneep ze samen alsof ze moest wennen aan het licht op de overloop. Felix riep hijgerig dat Romy ziek was. Dat er een dokter moest komen; dat ze van de trap was gevallen.

Lizzy reageerde geschokt. 'O jee. Kan ik iets doen? Olga, zal ik een ambulance bellen?'

Olga vertrok haar gezicht in gepeins. Vertwijfeld zocht ze naar een antwoord. Niet vanwege de vraag van Lizzy, maar meer vanwege de kleding die Lizzy droeg. Ze droeg niet zoals Felix, Romy en zij zelf nachtkleding, maar ze had dezelfde broek, trui en schoenen aan waarmee ze ook vanavond aan tafel had gezeten. Olga kon zich niet voorstellen dat Lizzy daarin geslapen had. Even voelde ze iets van onrust bij zich omhoogkomen over Lizzy's verschijning. Meteen verdrong ze dat door te bedenken dat het waarschijnlijk niet nodig was om direct een ambulance te laten komen, maar dat een bezoekje aan de dokter morgenochtend misschien wel wenselijk was. Net toen ze dat wilde zeggen, werd de stilte verbroken door een kreet uit de kamer van Kate. Vrijwel tegelijk keken Olga en Lizzy naar de deur van Kates kamer, waarachter ze haar hoorden kermen en overgeven.

'Hm,' zei Lizzy. Ze klonk nog bezorgder. Onderzoekend keek ze naar Olga. 'Wat denk jij, Olga, zou er iets mis geweest zijn met het eten?'

62

Buiten werd het langzaam licht, toen Felix de koplampen van een auto zag naderen. Olga kreeg gelijk: de huisarts die uit het dichtstbijzijnde dorp moest komen liet uren op zich wachten. Olga zat bij Kate aan het bed en Romy lag in zijn bed te slapen. Ze had rillend in de badkamer gezeten en geklaagd over buikpijn. Daarna was ze met hem meegegaan naar zijn kamer. Ze was koortsig en sprak verward over haar valpartij. Ze murmelde dat iemand haar had verblind en geduwd, wat gezien de situatie van dat moment – iedereen sliep, en Felix had niemand gehoord toen hij naar beneden ging – ondenkbaar was. Maar dat zei hij niet tegen Romy. Integendeel, hij stelde haar gerust door te zeggen dat ze gelukkig niks gebroken had en maar beter niet te veel kon piekeren. Alles zou goed komen, had hij gezegd. Maar zodra ze wakker werd en verward naar haar buik greep en hij in die vergrote pupillen van haar keek, vreesde hij dat Lizzy hierachter zat. Ze moest iets door het eten gedaan hebben waar alleen Romy en Kate ziek van waren geworden. Hij probeerde zich voor de geest te halen wanneer dat gebeurd kon zijn. Romy had haar eigen vegamaaltijd gemaakt en Kate at hetzelfde als de anderen. Juist omdat hij Lizzy's plannen kende om Kate ziek te maken, had hij Lizzy niet één keer uit het oog verloren. Maar wonderwel had Lizzy de hele avond bijna geen woord gezegd. Ze was niet over de verkoop van het huis begonnen en had ook niet bekendgemaakt dat hij Kates zoon was.

Hij wist nog dat hij in de keuken was om de gootsteen te ontstoppen toen Olga de toetjes op een dienblad zette. Ze had hangop gemaakt en serveerde er slagroom met zwarte bessen bij. Op dat moment was ook Romy de keuken binnengekomen om haar eigen sojadessert uit de koelkast te halen. Gedrieën hadden ze naar de gootsteen staan staren, waaruit het water maar heel langzaam wegliep. Uiteindelijk besloot Olga dat Kate dit soort klusjes zelf mocht oplossen. Tenslotte was het haar huis. Lizzy was toen hooguit vijf minuten alleen geweest met Kate. Felix herinnerde zich nog het moment waarop hij binnenkwam en Lizzy en Kate bijna op fluistertoon hoorde smoezen. Lizzy aan Kates kant van de tafel, Kate er vlak naast. Wat hem betrof was er toen niets aan de hand en viel er niet meer spanning dan anders te bespeuren. De toetjes kwamen op tafel en Romy haalde haar selfiestick voor de groepsfoto. Olga zette de dessertschaaltjes neer, Lizzy verdeelde de zwarte bessen erover en iedereen was vrij om er een schep slagroom bij te doen.

Het was Romy's idee geweest om eerst een foto te maken en dan aan het dessert te beginnen. Romy klaagde toen dat haar telefoon niet op de stick paste en Felix schoot haar daarbij te hulp. Nu Felix daaraan terugdacht was dat het enige moment waarop hij Lizzy even uit het oog was verloren. Toch duurde die handeling hooguit een paar minuten, veel te kort om zonder op te vallen gif over de toetjes van Romy en Kate te strooien. Bovendien was Olga al met Kate aan haar arm naar de haard gelopen omdat Romy per se op die plek de foto wilde maken. Felix zag opnieuw voor zich hoe hij vanuit zijn ooghoek Lizzy een blok hout in de haard had zien leggen. Daarna draaide alles om de selfies. Iedereen stond er stralend op. Lizzy had die gemaakte glimlach op haar gezicht getoverd en Olga liep alleen maar hysterisch te juichen. Met enige zelfspot merkte ze op dat als ze later niet meer zou weten met wie ze bij Kate was geweest, ze alleen maar naar de foto hoefde te kijken. Daarop was iedereen weer op zijn plek aan tafel gaan zitten en werd unaniem de hangop in combinatie met de bessen geprezen. De hele schaal ging schoon op.

Felix schudde vertwijfeld zijn hoofd. Terwijl hij aan de verwijde pupillen van Romy dacht en zich afvroeg welke giftige plant die veroorzaakt kon hebben, knalde de klopper op de deur.

63

Olga deed open. Een stevige, rijzige vrouw met vuurrood haar en groene ogen stapte over de drempel. Ze droeg een grijze regenjas met een geruite sjaal en stelde zich voor als Maura Mackenzie. Ze had de stem van iemand die veel whisky dronk en vroeg meteen waar de patiënt was.

'We hebben er twee,' zei Olga in haar beste Engels en ze wees naar boven.

De vrouw keek Olga niet-begrijpend aan en kuchte. Felix zei tegen Olga dat hij het vanaf hier wel wilde overnemen van haar. Maar Olga babbelde gewoon verder. Maura liep achter Olga aan naar boven. Ze keek om zich heen en vroeg of Olga de eigenaar van het huis was.

'O, nee. Nee, dat is Kate en Kate is ziek, al vanaf dat we hier zijn eigenlijk, maar nu is het anders. Eerst was het alleen haar knie, maar nu is ze misselijk en aan de diarree. Het kan niet aan mijn eten liggen, we hebben allemaal hetzelfde gehad. Behalve Romy dan, zij is vegetariër, of nee, veganist,' zei Olga. Ze sprak weer Nederlands, alsof ze was vergeten waar en met wie ze was.

Maura wierp een blik op Felix. Hij knikte vriendelijk naar haar en zei dat Olga een vriendin was van Kate en dat ze een logee hadden die ook ziek was. Vlug legde hij uit wat de symptomen van beide patiënten waren en wat er met Kates knie was gebeurd.

Olga opende de deur van Kates kamer, Maura deed haar sjaal af en vroeg waar ze haar handen kon wassen. Felix wees naar de badkamerdeur en legde uit dat Romy in de kamer daarnaast lag. Maura knikte kort naar Felix en vroeg of hij in de buurt kon blijven. Tegen Olga zei ze dat ze wel een kop thee zou lusten; ze was al de hele nacht in touw geweest, voegde ze eraan toe toen Olga haar verbaasd bleef aanstaren. Olga droop af naar beneden, Felix liep achter Maura aan Kates kamer in. Het was bedompt in de slaapkamer en het rook er zuur.

Felix schrok toen hij Kate zag liggen. In het grote tweepersoonsbed met de gestikte dekens en een berg aan kussens leek ze nog kleiner dan ze al was. Haar hoofd lag iets opzij, ze had grote angstogen en haar mond stond een stukje open. Ze ademde moeizaam. Over de stoel naast het bed hing haar haarstukje. Haar gezicht was vlekkerig van de uitgeveegde make-up. Onder het bed stond een emmertje. Felix hield zijn adem in en deed automatisch een stap achteruit, terwijl Maura haar jas uitdeed en haar dokterstas opende.

Terwijl Kate zich op verzoek van Maura langzaam oprichtte, pakte Felix zijn telefoon en ging naar een website over giftige planten. Hij had hier vaker op gekeken als hij bij Lizzy in de tuin aan het werk was geweest en hij zijn aantekeningen wilde checken. Vrijwel alle gif zorgde ervoor dat de patiënt koortsig werd, moest braken en darmklachten kreeg. Niet alle gif was meteen dodelijk. Felix liet zijn blik over de pagina's gaan. Hij scrolde net zo lang door tot hij bij de symptomen van Kate en Romy aankwam en schudde besluiteloos zijn hoofd. Peinzend richtte hij opnieuw zijn blik op Kate. Haar hoofd hing slap tussen haar schouders. Haar bleke armen staken magertjes uit haar hemdje. Alles aan haar was zo breekbaar dat het een wonder was dat ze nog leefde. Terwijl Maura met haar stethoscoop nauwkeurig de longen van Kate beluisterde, gleden Felix' gedachten terug naar de maaltijd. Als in trance liet hij de gerechten een voor een door zijn hoofd gaan: soep, broodjes, kabeljauw, aardappels, groente, Romy's eigen groenteschotel waarvan hij ook had gegeten, hangop met bessen en slagroom... Nogmaals keek hij van Kate naar zijn telefoon. Als zijn conclusie juist was, wanneer was het dan gebeurd? Wacht eens even...

'Hoe gaat het hier?' De deur van de kamer ging open. Lizzy stak haar neus om de hoek. Ze droeg een ochtendjas met daaronder een flanellen pyjama. Felix draaide zich om, Maura keek op, net als Kate. 'Hoe gaat het hier? En met Romy?'

Felix slikte, hij zou het liefst zeggen waar hij Lizzy van verdacht. Dat zij geknoeid had met de bessen. Dat het hoogstwaarschijnlijk om de bessen van de wolfskers ging, even zoet en smaakvol. Je proeft geen enkel verschil. Lizzy moest ze over de desserts van Romy en Kate hebben gestrooid toen hij druk was met de selfiestick. Hij kon het niet bewijzen... Als het waar was wat hij dacht, dan was dit een waarschuwing van Lizzy. Dat ze gewoon doorging, ongeacht hun afspraak om geen gif te gebruiken. Lizzy was gevaarlijk; niet alleen Kate, maar ook Romy werd nu meegenomen in haar wanhopige poging tot vergelding.

'Gaat het, Felix?' zei Lizzy. Ze sloeg de panden van haar ochtendjas wat strakker over elkaar en huiverde. 'Wat een rusteloze nacht, hè? Ben je niet moe?'

Felix verkrampte en hij voelde de ogen van de arts op hen gericht. Lizzy merkte het ook. Ze richtte meteen haar blik op Maura, liep op het bed af en stelde zich voor als de bezorgde vriendin van Kate. Felix stopte de telefoon terug in zijn zak en probeerde als een razende vooruit te denken. Hoe ging hij voorkomen dat dit nog verder uit de hand liep? Hij kon dit niet alleen, hij moest iemand in vertrouwen nemen. Hij dacht aan Kate, hij moest haar zo snel mogelijk de waarheid vertellen over Lizzy. Tegelijkertijd zag hij ook hoe zwak Kate was, net als Romy. Zolang zij nog zo ziek waren, kon hij niet verwachten dat ze hem zouden helpen Lizzy aan te pakken.

Maura stond op en zei dat ze Romy wilde zien. Felix kwam langzaam in beweging, hij wilde Kate niet alleen achterlaten met Lizzy. Niet nog eens. En juist toen hij dat wilde zeggen, kwam Olga binnen met de thee en wist hij wie hij in vertrouwen kon nemen.

Najaar 2019

64

Ook in de gang stonden verhuisdozen. Op de meeste dozen zaten stickers met de toekomstige bestemming erop: keuken, woonkamer, grote slaapkamer, zolder... Noor wierp er een vluchtige blik op om te zien of er ook een adres op stond waar de dozen naartoe zouden gaan. Dat was niet het geval. Ze had zo-even aan Lizzy gevraagd of ze van de wc mocht gebruikmaken. Lizzy, die haar liever meteen buiten de deur had gezet, wees met een zucht op de wc-deur en zei nogmaals dat ze haast had. Noor deed alsof ze zou opschieten. Eenmaal op de wc pakte ze haar telefoon en zocht naar de foto's van de vermoorde vrouw en de foto van het gevonden horloge. Het was riskant om Lizzy daarmee te confronteren, maar het was de enige manier om erachter te komen of de vrouw de vriendin was over wie Olga het had gehad. Een zekere Kate uit Spanje.

Stefan had tot nu toe te weinig aanknopingspunten gehad. Zonder foto's van Kate, de plaats of provincie waar ze in Spanje woonde, haar familienaam en geboortejaar kon de Spaanse politie niet veel beginnen, had hij gezegd. Na diverse pogingen van Noor om informatie los te krijgen, wist Olga geen plaatsnaam te noemen; ze kende Kate alleen onder de naam Kate Lace en vertelde dat niemand haar exacte leeftijd wist. Ze zat op Instagram, had ze gezegd, en daar moest Noor het mee doen. Maar het gekke was: hoe goed Stefan ook zocht, nergens was een account onder die naam te vinden.

Het leek alsof iemand bewust alles op internet had verwijderd. Dat had Noors argwaan nog meer aangewakkerd. Ze zou er een specialistisch onderzoeksteam naar kunnen laten kijken, maar dat kostte veel tijd en geld en bovendien was deze zaak al min of meer gesloten. Zonder bewijs zou niemand opnieuw aan de zaak beginnen, laat staan het onsamenhangende verhaal van een verwarde vrouw geloven.

Peinzend sloeg Noor haar notitieboekje open en ze liet de woorden van Olga opnieuw tot zich doordringen. Lizzy en zij waren dus met die Kate naar Engeland geweest. Kate werd ziek en was daarna ineens weg, terug naar Spanje, volgens Olga. Maar was dat ook zo? Noor dacht aan de vermoorde vrouw die met het horloge van Lizzy in haar hand werd gevonden. Hoe kwam ze aan dat horloge en wie had haar vermoord? Lizzy? Olga? Beiden? Hoe was het lichaam op de grens van Zeeuws-Vlaanderen terechtgekomen? Noor voelde dat Lizzy meer wist, maar hoe kreeg ze Lizzy aan het praten?

'Zeg, duurt het nog lang?' Lizzy klopte op de deur van de wc.

Noor drukte op de hendel van de stortbak, draaide het kraantje boven het fonteintje open en waste haar handen.

'Zo, eindelijk,' zei Lizzy toen Noor de deur van het slot haalde.

Noor stapte naar buiten. Lizzy liep alvast naar de voordeur en schoof de knip die ervoor zat opzij. Toen ze omkeek waar Noor bleef en haar voor de wc-deur in haar tas zag rommelen, vloekte ze.

'Zonder leesbril ben ik niets,' zei Noor. 'Kent u dat?'

Lizzy vloekte nogmaals. Met een ruk draaide ze zich om en met grote stappen beende ze op de keukendeur af. Terwijl ze die opende riep ze dat Noors bril niet op tafel lag.

'O, kijk, u hebt gelijk. Hij zit in mijn tas,' zei Noor en ze haalde haar bril tevoorschijn.

Lizzy stoof langs haar heen naar de voordeur. 'Aha, maar kijk 'ns wat ik ook vind,' vervolgde Noor en ze haalde haar telefoon tevoorschijn. 'Ik was dat bijna vergeten... Hebt u nog één minuutje? Ik hoop dat het u geen angst aanjaagt, maar iemand als u, die veel van gif weet en met name van de uitwerking daarvan, zal misschien niet zo snel schrikken?'

Lizzy snoof.

'Het is maar één foto,' zei Noor. 'Het is voor mij heel belangrijk als u daar uw mening over geeft.'

Lizzy wreef in haar handen.

'Het gaat om een foto van een vermoorde vrouw die een aantal maanden geleden is gevonden. Haar gezicht is niet herkenbaar. We vermoeden dat ze door verstikking om het leven is gekomen. Maar verstikking kan op veel manieren plaatsvinden. Door verdrinking, verwurging, met de handen of een kussen, met een plastic zak...' Noor wachtte even. Ze maakte het beeld op haar telefoon iets groter en hield het toestel omhoog om het aan Lizzy te laten zien..

Lizzy toonde geen belangstelling, ze richtte haar blik langs Noor op een plek op de muur.

'... maar verstikking kan ook ontstaan door het samentrekken van spieren in de luchtwegen als gevolg van zenuwgif,' zei Noor. Ze liet haar telefoon weer zakken.

'En wat moet ik daarmee?' zei Lizzy.

'Nou ja, nogmaals u weet veel van gif, en daarom...'

'Ik ken die vrouw niet,' zei Lizzy. 'Uw minuut is om.'

'Ach ja, ik zie het,' zei Noor en ze keek op haar horloge. 'Wat knap van u dat u zoiets aanvoelt.'

Lizzy fronste.

'Ik bedoel, u draagt geen horloge maar weet wel de tijd goed in te schatten... eh... Ach, nu ik het toch over een horloge heb...'

Noor haalde weer haar telefoon erbij en scrolde opnieuw naar een foto. 'Kent u dit horloge?' vroeg ze.

Dit keer keek Lizzy wel naar de telefoon en haar mond viel open. Meteen daarop schudde ze haar hoofd. 'Nee, ken ik niet,' zei ze. Met een zwaai opende ze de voordeur.

Noor stopte de telefoon weg en liep langs Lizzy naar buiten. Toen ze op de stoep stond, draaide ze zich vertwijfeld om. Peinzend richtte ze haar blik weer op Lizzy. 'Vreemd,' zei ze. 'Uw vriendin in Domburg moet echt in de war zijn. Zij vertelde namelijk dat het horloge van u was.'

Voorjaar 2019

65

Ze zaten om de keukentafel: Olga, Lizzy, Felix en de dokter. Nadat ze Kate en Romy onderzocht had, kon Maura Mackenzie alleen maar constateren dat er vermoedelijk sprake was van een voedselvergiftiging. Ze schreef een rekening uit voor haar consult, gaf nog wat adviezen voor de patiënten en slurpte met veel geluid haar kopje thee leeg. Lizzy bood aan om te betalen, ze zou het later wel met Kate verrekenen, zei ze. Ze had haar portemonnee al bij de hand en wendde zich tot Felix.

'Misschien dat jij voor jouw vriendinnetje kunt betalen?' zei ze. Haar stem klonk vriendelijk, ze lachte haar lachje.

Felix reageerde met een kille blik en bleef onbewogen. Olga vond dat hij gespannen reageerde. Hij moest zich net als zij zorgen maken over Kate en Romy. Arme jongen, nu moest hij ook nog meebetalen, Lizzy maakte het hem niet makkelijk. Olga zou straks kijken of zij haar steentje kon bijdragen, nu zat haar hoofd nog te vol met die vermeende voedselvergiftiging.

Felix zocht in de zak van zijn spijkerjasje naar cashgeld en telde een aantal ponden uit. Maura knikte naar hem om hem te bedanken en terwijl ze om zich heen keek en opnieuw over de fraaie ligging van het huis begon, schudde Olga opnieuw vertwijfeld haar hoofd en herhaalde dat het nooit aan haar eten had kunnen liggen. Maura veegde over haar vlammende haar, pakte de theepot en schonk hem leeg. Ze richtte zich tot Olga en zei dat de thee goed smaakte.

Olga knikte vertwijfeld.

Daarop vroeg Maura of Olga *wild garlic* door de sla had gedaan.

Olga wendde zich verschrikt tot Lizzy. 'Wild garlic, Liz? Ken jij dat?'

'Daslook,' zei Lizzy.

Olga knikte naar Maura. Ze wees op de tuin en zei dat het wel gek zou zijn om de kruiden die daarin stonden niet te gebruiken. Maura nam een slokje van de thee en vervolgde tevreden dat wild garlic vaak verward werd met *Lily of the Valley*.

Olga sloeg onmiddellijk een hand voor haar mond. 'Hè? Hoor je dat, Liz? Lelietjes-van-dalen! Het barst er hier van. Maar ik dacht... Nee... ik heb echt eerst geroken aan de daslook, dat weet ik zeker... en jij hebt toch ook van die sla... en...?'

Lizzy legde een hand op Olga's pols en onderbrak haar door te zeggen dat het goed was dat ze een dokter voor Kate en Romy had laten komen. Olga knikte ongemakkelijk. In de stilte die volgde stond Lizzy op. Ze vulde het geld aan dat Felix op tafel had gelegd en gaf het aan Maura Mackenzie. Daarna vroeg ze of ze haar wilde verontschuldigen, ze was moe en wilde nog wat gaan slapen.

'Het lijkt me beter dat jij dat ook doet, Olga,' zei ze. Toen wierp ze een blik op Maura en ging ineens in het Engels verder tegen Olga. 'Zo'n doorwaakte nacht is niets voor jou. Denk aan je eigen gezondheid, voordat je het weet raak je in de war, Olga. Heb je je medicijnen ingenomen?' zei ze op een toon alsof Olga een psychiatrisch patiënt was.

Olga fronste en keek Lizzy onderzoekend aan. Maura stond op en Felix schoof zijn stoel achteruit. Hij zei dat hij mevrouw Mackenzie wel even zou uitlaten. Olga gaf Maura een hand en bedankte haar voor de goede zorgen. Eigenlijk wilde Olga nog iets vragen over de knie van Kate, maar omdat Felix alvast naar de gang liep en Maura hem volgde, liet ze het maar gaan. Maura deed haar jas aan, sloeg haar sjaal om haar hals en knikte naar Felix toen hij de voordeur voor haar opende.

'*Take care, boy,*' zei ze.

Olga keek hen peinzend na. 'Ik wist niet dat ze het hier wild garlic noemden, Liz, maar het klopt niet hoor, wat ze zei. Ik ben toch niet gek, ik weet wel wat daslook is...'

'Olga, we moeten praten,' zei Lizzy. 'Weet je nog wat we hadden afgesproken?'

Olga knikte en schudde haar hoofd, ze wist niet zo snel waar Lizzy het over had.

'Olga, weet je het nog?'

'Ja, Liz, ik weet het nog,' zei ze maar om ervanaf te zijn.

'Mooi, dan weet je ook dat we een steek hebben laten vallen. Jij en ik hadden afgesproken dat we Felix in de gaten zouden houden, en kijk nu wat er gebeurt als je niet goed oplet.'

'O ja?'

'Het is de schuld van Felix, hij heeft met het eten geknoeid, Olga.'

66

Langzaam ontwaakte Romy uit een comateuze slaap. Toen ze haar ogen wat verder opende, voelde ze weliswaar diezelfde branderige pijn aan haar oogleden als vannacht, maar het verschil was dat ze weer kon zien! Het beeld was niet langer troebel. Goddank, ze was niet blind, zoals ze vannacht had gedacht. Ze draaide van haar zij op haar rug en vrijwel direct voelde ze dat er iemand naast haar lag. Ze hoorde de regelmatige ademhaling van Felix. Ze zag nu dat ze in zijn bed lag, een twijfelaar met uitzicht op een blinde muur waaraan een houten kruis hing. Ze lag in haar slipje, ze had sokken aan en droeg haar roze hoody. De sweater rook zuur, zo zuur als de smaak die ze op haar tong proefde. Toen ze zich iets verder probeerde op te richten, voelde ze de spieren van haar lichaam zo pijnlijk opspelen dat het leek alsof ze dagen achtereen poweryoga had gedaan. Automatisch liet ze haar hoofd weer op het kussen vallen en haar gedachten gleden terug naar vannacht.

Het was na het eten. Felix was met Kate bij de haard gaan zitten toen zij en de anderen naar de keuken gingen. Olga ruimde de afwasmachine in en Lizzy sneed de cake van Olga aan. En terwijl zij voor zichzelf kruidenthee zette, pruttelde de koffie in de filter van het koffiezetapparaat. Ze wist nog dat ze had geaarzeld of ze toen meteen door naar zolder zou gaan of – zoals Felix had voorgesteld – samen met de anderen thee zou drinken. Hoewel ze zich toen al wat draaierig van de wijn voelde, dacht ze dat het na een paar koppen sterke thee wel zou wegtrekken. Olga was meteen weer over de selfies begonnen en had gevraagd of zij ze naar haar wilde appen. Kate en Lizzy hoefden geen foto's. Niet lang daarna – iedereen was inmiddels naar bed – was zij ook naar zolder gegaan. De thee had niet geholpen. Ze had het gevoel dat ze stomdronken was. Iets wat haar tot dan toe maar twee keer in haar leven was overkomen. Na haar eindexamen en op haar achttiende verjaardag, een verjaardag die ze nooit zou vergeten.

Op handen en voeten was ze de zoldertrap op gekropen; eenmaal boven had ze niet eens de moeite genomen om het licht aan te doen. Ze had zich nog wel uitgekleed, had haar nachthemd aangetrokken en zonder haar haar los te maken was ze meteen in haar slaapzak gekropen. De kamer tolde, het plafond draaide mee. Het was zo erg dat ze zich met beide handen aan het bed vasthield omdat ze bang was er anders uit te vallen. En toen leek iets zich te verplaatsen door de ruimte. Ze voelde een tochtstroom, ze zag een schaduw, en daarna ging alles heel snel. Er was een hand op haar mond en er vielen druppels in haar ogen. Alles werd abrupt grijs, en het brandde, o shit, wat brandde het in haar ogen. Verblind sprong ze uit bed. Op de tast kroop ze naar de ingang van de trap en weer voelde ze die hand. Ditmaal in haar rug. Ze kreeg een zetje, viel voorover en tuimelde in een gat.

Het voelde licht en zwaar tegelijk.

Alsof ze kon vliegen.

En tijdens die vlucht hoorde ze de stem van Felix.

Heel ver weg was hij.

En toen ze viel, leek de grond op zachte aarde. Zo zacht als de aarde in de tuin waar ze die dag de bladeren bij elkaar had geveegd.

Meer kon ze zich niet herinneren.

67

'Hé, je bent wakker.'

Romy draaide voorzichtig haar hoofd opzij en keek in de slaperige ogen van Felix. Zijn haar stond alle kanten op. Uit zijn wangen staken hier en daar wat donkere baardharen. Hij gaapte en rekte zich uit. Toen hij haar per ongeluk raakte, kromp ze ineen en slaakte een pijnkreet.

'Sorry,' zei Felix. Hij schrok. 'Hoe is het met je?'

Romy haalde haar schouders op, de tranen die ze voelde opkomen kon ze niet langer tegenhouden. 'Alles doet zo'n pijn,' zei ze.

'Die klote Lizzy ook,' zei Felix. Hij kwam overeind, stapte behoedzaam over Romy heen uit bed en liep naar de stoel waarover zijn kleren hingen. Vlug kleedde hij zich aan. Romy volgde zijn bewegingen. Ze ademde moeizaam en klaagde over de kou in de kamer. Hij balde zijn vuisten toen hij Romy's verslagen blik opving. Felix haalde een trainingsbroek uit zijn koffer en legde hem op het voeteneind van het bed.

'Ze gaat eraan,' zei hij. 'Vandaag nog... Ik sla haar tot moes, ik ga haar de waarheid vertellen, alles krijgt ze te horen. Het is afgelopen met dat kutwijf. Ik weet wat ze met jou en Kate heeft gedaan. Het waren de bessen en het sap van de bessen... atropine...'

'Bessen?' Romy's stem werd klein.

'Belladonna,' zei Felix. 'Je hoeft er niet per se aan dood te gaan, maar je wordt wel harstikke ziek als je een paar van die bessen opeet.'

Romy sloot even haar ogen, en toen ze weer opkeek naar Felix zei ze dat ze de wolfskers kende en dat de plant niet alleen gevaarlijk was maar ook als geneesmiddel werd gebruikt vanwege de kalmerende werking. Ze zette haar handen op het matras en drukte zich steunend op. Nadat ze het laken en de deken van het bed had opengeslagen, pakte ze de trainingsbroek van Felix en trok hem aan. Ze sloeg de pijpen drie keer om en in het touwtje rond haar middel legde ze een dubbele knoop. De eenvoudige inspanning kostte haar moeite. Maar nu ze wist dat niet alleen de val van de trap de oorzaak van de spierpijn was, dwong ze zichzelf in beweging te komen.

'Felix, beloof je niets te ondernemen zonder dat eerst met mij te delen?' vroeg ze. Haar stem klonk zwak. Romy zag dat de woede hem nog steeds in bezit had. 'Felix, je weet waar we het voor doen, toch? Of kan ik beter zeggen: voor wie we het doen?'

Felix zweeg, hij richtte zijn blik naar de grond. 'Fuck!' zei hij.

'Zonder bewijs zijn we nergens, daarom moet jij gewoon doorgaan en Lizzy's vertrouwen weer zien te winnen,' vervolgde Romy. 'Heus, ik red me wel. Zodra ik me wat beter voel, ben ik hier weg. Lizzy heeft argwaan gekregen en dat is niet goed. Dat was niet ons plan. Deels is dat mijn schuld. Ik ben zo dom geweest om in haar spullen te neuzen en die trommel daar neer te zetten. Jij hebt het verpest door haar het gevoel te geven dat je niet meer met haar plannen meedoet.'

Felix zuchtte. 'Ik wil dit niet meer, we hebben nu toch genoeg bewijs? Heeft ze jou en Kate niet vergiftigd?'

'Heeft ze dat?' zei Romy.

Felix fronste. 'Kom op, Romy, het gif lag in haar koffer, net als het boekje...'

'Ja, het gif dat nu in mijn bezit is. Dát gif heeft ze niet kunnen gebruiken, toch? En het boekje? Was dat niet jóúw boekje?'

'Verdomme ook, hoe moeten we dan bewijzen dat ze...'

Romy pakte een streng van haar haar en schoof die met een kambeweging naar één kant van haar hoofd. Onderzoekend keek ze naar Felix, die als een tijger in een kooi begon te ijsberen. 'Weet je wat die dorpsarts tegen me zei nadat ze mij had onderzocht?' zei ze om de ijzige stilte die tussen hen in hing te verbreken. Ze lachte. Felix keek op. 'Dat ik eens een lekker lamsboutje moest eten om wat aan te sterken en dat echte melk mijn weerstand zou verhogen. Ze geloofde niet in mensen die geen dierlijke producten aten; zwak, noemde ze die. Dus hoezo vergiftigd? Als een arts al niet...'

'Ik ga haar nu wat aandoen!' riep Felix. 'Het kan me niet schelen wat jij vindt, maar ik heb er genoeg van. Ik wil naar huis en ik wil dat die heks wordt opgepakt.'

Ziedend beende Felix op de deur af. Romy schoot omhoog. Te snel. Ze gilde het uit van de pijn en kromde haar rug door de onverwachte beweging. Net op tijd greep ze Felix bij de zoom van zijn spijkerjasje. Felix vloekte, hij rukte zich los.

'Stop! Felix, please!' Romy hijgde, haar lichaam trilde. Vechtend tegen de tranen schraapte ze haar keel. 'We moeten het samen doen,' zei ze hees. 'Jij en ik, samen, Felix. Dat hebben we hem beloofd.'

68

De takken van de klimroos krasten als vlijmscherpe nagels over het raam. Donkere wolken dreven voorbij en achter de heuvels slingerden kilometerslange muurtjes zich als rotsige wolstrengen door de weilanden.

Lizzy rilde. Ze had de leunstoel voor het raam geschoven. Met opgetrokken benen en een glas whisky in haar hand staarde ze naar buiten. Al haar plannen waren doorkruist. Waar ging het mis? Aan het begin van de ochtend, vlak nadat Maura Mackenzie in haar auto was gestapt en zij doodmoe haar bed had opgezocht, was ze meteen in slaap gevallen. Iets na de middag werd ze wakker. Overal in huis was het stil. De anderen lagen waarschijnlijk nog te slapen. De spookachtige nacht, waar ze zelf verantwoordelijk voor was geweest, had haar meer gedaan dan ze van tevoren had kunnen vermoeden. Ze mocht dan in de ogen van Felix een keiharde tante zijn, als het erop aankwam was ze even week en kwetsbaar als Olga. Arme Olga, die haar vannacht vreemd had aangestaard toen zij in haar kleren uit haar slaapkamer was gekomen.

Nadat zij bij Kate was geweest en Romy van de trap had geduwd, was er geen tijd meer geweest om zich nog om te kleden. Felix had alleen maar oog gehad voor zijn vriendinnetje en kort daarop ging alle aandacht naar Kate. Toen pas kon zij rustig wegsluipen om haar pyjama en ochtendjas aan te trekken. Opnieuw vroeg ze zich af waar het was misgegaan. Aanvankelijk had ze alle schuld bij Felix gelegd. Als hij die liftster niet had meegenomen en zich niet door dat kind had laten inpakken, was het nooit zo uit de hand gelopen. Dan had hij braaf naar haar geluisterd en nooit hun geheim doorgeluld aan dat irritante kind. Felix mocht dan verblind zijn door verliefdheid, Kate had haar voor nog veel grotere raadsels gezet.

Het gebeurde tijdens het diner. Toen ze in die kille ogen onder die valse wimpers van Kate keek, besloot ze haar plan bij te stellen door niet over Felix te beginnen waar de anderen bij waren, maar Kate na het dessert, zodra ze alleen waren, erop aan te spreken. Kate reageerde verontwaardigd; net als in het busje deed ze ook nu weer alsof ze Lizzy niet begreep. Lizzy zette door en uiteindelijk gaf Kate toe dat ze Felix meteen herkend had. Direct daarop was Kate haastig en op een samenzweerderige toon gaan fluisteren.

'Er is hier iemand in huis die ons geheim ook kent, Lizzy. Iemand die weet dat Felix de zoon is van Richard en dat ik hem heb afgestaan na zijn geboorte. Het staat hier allemaal in.' En terwijl ze dat zei, hield ze dat etuitje omhoog. Lizzy had niet-begrijpend gereageerd. 'Wat hierin staat, Lizzy, kan grote gevolgen hebben voor Felix als mijn bloedverwant. Hij is namelijk niet...'

Hier stopte Kates verhaal, want op dat moment kwam Felix de kamer binnen en hield Kate abrupt haar mond. Lizzy was in shock. Ze liet de woorden van Kate door zich heen gaan en moest meteen aan Olga denken. Wie anders? Tenzij Felix weer met Romy had gesmoesd. Het enige wat Lizzy daarna nog op de been hield waren het toetje en het zakje met gedroogde wolfskersbessen dat ze al die tijd bij zich had gedragen. Niet alleen Romy kreeg van de bessen, ook op Kates toetje legde ze ongemerkt precies genoeg fruit om haar tijdelijk uit te schakelen. Ondanks de paniekgolf die haar overspoelde, hield ze zich goed. Ze dronk zelfs mee met de koffie, sneed de cake en keek naar de selfies. Daarna wachtte ze totdat iedereen naar bed was en drong ze Kates kamer binnen. Ze handelde snel. Het enige wat ze nodig had was dat tasje waarin dat etuitje zat. Ze verblindde Kate met een paar druppels sap, haalde de boel overhoop, pakte het tasje en rende ermee weg. Maar eenmaal buiten op de overloop bleek het tasje leeg.

Vertwijfeld had ze daar gestaan, en toen hoorde ze vanaf de zolder Romy steunen. Dat kutkind, dat ze verantwoordelijk hield voor alles wat er misliep. Zonder na te denken stoof ze de zoldertrap op. Romy was er slecht aan toe, dat gaf haar de moed om door te zetten, om dat kreng aan te pakken. Ook bij haar druppelde ze het belladonnasap in haar ogen... Als ze daarna iets harder geduwd had, dan... Maar toen donderde dat kutkind vanzelf die steile trap af. In allerijl was ze achter haar aan gegaan en toen ze over haar lichaam heen stapte, had ze echt even gedacht dat het over was. Dat Romy dood was.

Lizzy nam een slok van haar whisky en voelde hoe de alcohol haar keel verwarmde. Ze sloot haar ogen en legde haar hoofd tegen de rugleuning van de stoel. Wat moest ze doen?

Door die bekentenis van Kate was alles gekanteld. Hoe kwam ze erachter wat Kate bedoelde met die opmerking over Felix als haar bloedverwant. Wat was hij niet? Verdomme, wat zat er in dat etuitje? En waar was het?

Najaar 2019

69

Regenwolken trokken zich samen en het laatste sprankje zonlicht loste op in een loodgrijze lucht. Precies op tijd bereikte Noor de parkeerplaats bij de kade. Haastig stapte ze in haar Volvo en net op het moment dat ze het portier dichttrok, brak de hemel open en begon het te plenzen. Met korte hamerslagen tikte de regen op het dak. Noor zette de ruitenwissers aan en keek hoe het versleten rubber lelijke strepen over de voorruit trok en maar een klein deel van het water wegwiste. Ze wilde net het contactsleuteltje omdraaien om de motor te starten toen er een berichtje van Stefan binnenkwam op haar telefoon. Hij had informatie over Felix Janse. Het klopte dat de jongen na een korte reis naar Engeland niet meer was thuisgekomen. Aanvankelijk waren er nog berichtjes verstuurd naar zijn adoptieouders. Hij zou in Engeland een meisje hebben ontmoet, met wie hij naar een klimaatevent zou gaan. Men ging ervan uit dat hij daarna in Engeland was gebleven. Maar na een paar weken stopten de berichten en was hij opeens niet meer bereikbaar. Het duurde zeker nog een maand voordat het in het nieuws kwam. Een zoekactie leverde niets op. Tot op de dag van vandaag wist niemand waar hij was.

Noor startte de auto. Ze stelde het navigatiesysteem in op het adres in Grijpskerke. Het idee om ouders onder ogen te komen die hun zoon misten, bezorgde haar een beklemmend gevoel. Slecht nieuws brengen over onopgeloste zaken rondom vermissingen was niet haar ding. Achterblijvers bleven altijd de hoop koesteren dat hun dierbare werd gevonden. Zelfs na jaren, en zeker na maanden, verwachtten ze bij iedere tip of gesprek erover dat het goed zou komen. Noor vroeg zich af hoe ze het dit keer ging aanpakken. Bij de weduwe was ze al snel door de mand gevallen. Lizzy trapte niet in haar verhaal van een buurtonderzoek naar tuinen. Ze had er spijt van dat ze zo dom was geweest om te veronderstellen dat Lizzy net zo labiel was als Olga. Ze besloot om dit keer geen stomme praatjes te verzinnen, maar gewoon te zeggen wie ze was en waarvoor ze kwam. Een rechercheur was altijd aan het werk, ook tijdens verlofdagen.

Ze reed Middelburg uit en passeerde de gehuchten Buttinge en Poppendamme. Ze wierp een korte blik op het kasteeltje 't Munnikenhof, dat even buiten Grijpskerke lag, en voelde zich een toerist in haar eigen provincie. Alweer betrapte ze zich erop dat ze veel te veel tijd doorbracht op het bureau of thuis. Wanneer was de laatste keer geweest dat zij op vakantie was naar Engeland of elders? Haar werk was haar leven geworden, alsof ze niets anders meer kon.

Het besluit om te stoppen met haar werk en weg te gaan uit Middelburg zette zich vast in haar hoofd. Ze had wat geld gespaard, ze kon haar huis verkopen en daarna gaan wonen waar ze wilde. Haar gedachten gleden opnieuw naar Engeland en daarna weer naar Lizzy en Olga. Volgens Olga was Felix de tuinjongen van Lizzy en was hij met hen mee geweest naar Engeland. Olga had ook gezegd dat ze hem niet vertrouwde. Toen Noor daarover doorvroeg, dwaalden Olga's gedachten af. Het riep alleen maar nog meer vragen op. Wat was het doel van dat tuinreisje en waarom was Felix niet te vertrouwen? Wie was Kate en waar waren Kate en Felix gebleven? Lizzy wist het antwoord, daarvan was Noor overtuigd. Maar hoe kreeg ze Lizzy aan het praten? Lizzy, die staalhard loog over het horloge en op het punt stond om te verhuizen...

Noors lippen krulden. Van één ding had ze geen spijt, integendeel. Toen ze de naam en het adres van het verhuisbedrijf, die op de dozen stonden, noteerde, wist ze dat ze alleen maar even hoefde te bellen om te weten te komen waar Lizzy naartoe ging.

Voorjaar 2019

70

'Stoor ik je?' vroeg Olga. Ze was de kamer binnengekomen en zag dat Lizzy bij de haard zat te lezen.

'Nee, nee, kom verder,' antwoordde Lizzy. 'Wil je ook een glaasje?'

Lizzy had haar boek neergelegd en hief de whiskyfles. De alcohol maakte haar uitgelaten.

Aarzelend kwam Olga dichterbij. Ze streek over haar haar en maakte een vermoeide indruk.

Lizzy trok een stoel naar zich toe en wees naar het dressoir, waarop nog een schoon whiskyglas stond.

'Vooruit, pak dat glas, je kunt het zo te zien wel gebruiken,' zei ze toen Olga weifelend bleef staan.

Olga volgde Lizzy's raad op en ging naast Lizzy bij de haard zitten. Ze liet Lizzy een bodempje whisky inschenken en wierp intussen een belangstellende blik op Lizzy's boek.

'*Life in the Garden* van Penelope Lively. Ken je het?' vroeg Lizzy.

Olga schudde haar hoofd. Ze nam een slokje van de whisky, liet die hoorbaar in haar mond rondgaan en kneep even haar ogen dicht toen ze hem wegslikte. 'Ik lees nog maar heel weinig,' zei ze. 'Ik vergeet zoveel... Ik...' Haar stem brak. Haar ogen glansden van het traanvocht.

Lizzy legde even haar hand op Olga's arm en knikte. Ze liet een stilte vallen om Olga de ruimte te geven verder te gaan, maar Olga bleef zwijgen. Dromerig keek ze naar de vlammen van het haardvuur en nipte van haar whisky.

'Ik vind het heel naar voor je,' zei Lizzy na een tijdje. 'Maar je bent niet alleen. Je hebt een lieve man, een gezin, een kleinkind...' Lizzy hoorde zichzelf alles opnoemen wat aan haar eigen leven ontbrak. Terwijl haar wangen gloeiden van de alcohol en de haard, voelde ze een rilling langs haar rug lopen. Ze keek naar de bodem van haar glas en richtte daarna weer haar blik op Olga. 'We zijn hier bijna klaar, Olga, als Kate straks...' Ze wachtte even. Ze slikte. Verdomme, wat ging ze zeggen? Dat ze Kate ging afmaken in dat schuurtje? Ze pakte de whiskyfles en schonk zichzelf een nieuw glas in. Ze was de tel kwijtgeraakt, het zou beter zijn als ze stopte met die drank.

'Ach, Lizzy, als je eens wist hoe verschrikkelijk ik het vind voor Jan en de kinderen,' zei Olga. 'Ik zie hoe ze naar me kijken als ik weer vaag doe, meestal met medelijden, maar steeds vaker ook met ongeduld. Dat wordt straks alleen maar erger. Ik ben zo bang dat ik ze op een bepaald moment niet meer zal herkennen, dat ik dan alles ben vergeten, álles... Jou, onze uitjes, dit hier met Kate en die Felix...' Olga nam een nieuwe slok whisky. Dit keer kneep ze haar ogen niet dicht, maar nam meteen daarop nog een slok, en nog een, en nog een; ze dronk net zo lang door tot het glas leeg was. Toen liet ze een boer en sloeg van schrik haar hand voor haar mond. 'Oeps,' zei ze.

Lizzy trok haar wenkbrauwen op. 'Gaat het?' vroeg ze.

Olga schudde haar hoofd. 'Nee, en dat komt door die voedselvergiftiging van Kate en Romy. Het laat me niet los. Jij had het steeds maar over Felix en dat hij niet te vertrouwen is, maar dat geloof ik niet, Liz. Ik vind het een aardige jongen. Sterker nog, hij vroeg me vanmiddag of ik een geheim kon bewaren. Hij zei dat ik de enige was die hij durfde te vertrouwen. Hij vertelde toen iets over jou en Richard en dat Kate daar ook mee te maken had. Hij was bang voor jou, zei hij...' Olga grinnikte.

Nu begon Lizzy ook te lachen. Ze nam een slok whisky en schonk Olga nog wat bij. 'Haha, bang voor mij? Hoezo?' Haar stem schoot uit. Ze voelde hoe ze begon te trillen. Ze moest zich beheersen.

Olga's gezicht stond weer ernstig. Haar mond verstrakte en haar blik gleed naar een punt op het raam achter Lizzy dat uitzicht bood op de tuin. Als in trance praatte ze verder. 'Weet je, Liz, dat is het nou juist. Dat bedoelde ik net te zeggen. Dat ik sommige dingen haarscherp voor me zie. Dingen van vroeger meestal, mijn jeugd, mijn ouders. De geboorte van de kinderen, de aanschaf van ons huis in Domburg, de tuin die ik daar helemaal zelf heb aangelegd. Ik ken zoveel plantennamen, ik herken ze aan hun blad. Maar nu...'

Stilte.

'Nu?' vroeg Lizzy.

Olga schraapte haar keel. Ze richtte haar blik weer op Lizzy. Indringend keek ze haar aan. 'Lizzy, als het zover is... je weet wel, met mij. Wil je me dan helpen? Een zachte dood, je weet wel, Liz, als ik het niet meer zelf kan beslissen. Jij weet toch hoe dat moet? Van sommige planten word je niet ziek, maar val je gewoon in slaap, een eeuwige slaap zoals bij Doornroosje... Liz? Beloof je me dat?'

Lizzy verstarde. Ze voelde tranen opkomen, ze slikte de brok in haar keel weg. 'Ik weet niet waar je het over hebt, Olga. Doornroosje?'

Olga knikte. 'Die Maura Mackenzie had gelijk,' zei ze. 'Ik moet de daslook met de lelietjes-van-dalen hebben verwisseld. Ik herkende het blad niet meer. Ik heb Kate en Romy ziek gemaakt, Lizzy, en dat spijt me.'

'Welnee, dat geloof ik niet.' Lizzy schudde resoluut haar hoofd. 'Als dat al zo is, had iedereen dat kunnen doen. De bladeren zijn niet van elkaar te onderscheiden. Bovendien, ik ben niet ziek geworden, jij ook niet, dus... Maar je had het net over Felix en over Richard... Ik...' Lizzy pakte de hand van Olga. De tranen die ze net voelde opkomen, liepen ineens over haar wang. 'Praten over Richard kost me nog steeds moeite,' zei ze schor toen Olga vroeg waarom ze huilde.

‘Felix heeft Richard nooit gekend, dus ik ben benieuwd wat Felix aan jou over hem verteld heeft,’ vervolgde ze.

Olga keek weg van Lizzy. Ook bij haar waren de tranen terug. Haar onderlip trilde toen ze haar mond opende. ‘Kijk, Liz, dat is nou wat ik probeer te zeggen. Ik ben het vergeten.’

71

Het was halverwege de ochtend toen Felix en Romy aan de tafel in de keuken zaten te ontbijten en Lizzy zich bij hen voegde om koffie te zetten. Ze had een stekende hoofdpijn van de vele whisky's en had besloten om eerst de kater te verdrijven en daarna haar plannen te herzien.

Het viel Lizzy op dat Romy haar rugzak met het matje en de kampeeruitrusting naast de tafel had gezet.

'Ga je weg?' vroeg ze.

'Ja,' antwoordde Romy kortaf en met volle mond. Zonder Lizzy aan te kijken at ze haar crackers met jam en dronk thee. Ze zag bleek. Haar haar had ze bij elkaar gebonden in een staart. Op haar spijkerbroek droeg ze een trui die haar te groot was – van Felix, veronderstelde Lizzy – en ze had haar wandelschoenen aan.

'Ik breng haar zo naar het dorp, dan kan ze daarvandaan de trein pakken naar Londen,' zei Felix.

'Ben je dan helemaal hersteld?' vroeg Lizzy. Ze was oprecht verbaasd.

Romy draaide zich naar Lizzy. Ze fronste verrast en in haar ogen ontstond een twinkeling die Lizzy niet helemaal kon plaatsen. Het bezorgde haar kippenvel. Vlug wendde ze zich naar het koffiezetapparaat. Ze voelde de scherpe blik van Romy als een mes in haar rug steken.

'Zullen we appen?' zei Felix. 'Als ik hier klaar ben en de dames heb teruggebracht naar Zeeland, kunnen wij samen...'

Achter Lizzy werd het ineens stil. Lizzy zag vanuit haar ooghoek hoe Romy haar vinger tegen de mond van Felix had gelegd. Lizzy deed alsof ze het niet zag en vroeg of Felix ook koffie wilde.

'Hebben we daar nog tijd voor?' vroeg hij aan Romy.

'Wat jij wilt,' antwoordde ze kort.

Lizzy verbeet zich. Dat magere kreng had de leiding, besefte ze. Felix was als was in haar handen. Dat ze die valpartij zo snel te boven was gekomen. Lizzy had haar onderschat.

Romy stond op, ze liep naar het aanrecht en zette haar bord en beker in de gootsteen om ze af te spoelen. Lizzy versteende toen Romy vlak naast haar ging staan. Ze had er geen verklaring voor, maar telkens als ze in haar buurt was voelde ze zo'n ijzige kilte van het kind afstralen dat het haar kippenvel bezorgde. Ze legde de schuld bij de kater en concentreerde zich op de koffie.

'Ik weet dat jij het was,' siste Romy opeens vlak naast haar oor. 'Jij hebt me van de trap geduwd. Pas maar op, ik pak je terug.'

Lizzy knipperde met haar ogen, ze likte langs haar lippen en glimlachte bibberig.

'Het is goed dat je vertrekt,' zei Lizzy. 'Wij hebben je hier niet meer nodig en dat geldt ook voor Felix. Thuis wacht zijn vriendin. Dus haal je maar niks in je hoofd.'

Romy opende haar mond en helde naar voren. Net op tijd wrong Felix zich ertussen. Hij trok Romy bij Lizzy vandaan en zei dat ze moest ophouden. Romy wreef over haar arm en klaagde dat het haar zere arm was.

'Laat die koffie voor mij maar zitten, wij gaan,' zei Felix. Hij pakte de rugzak van Romy, liep ermee naar de keukendeur en toen hij die opende, stond hij oog in oog met Kate.

Alle monden vielen bijna tegelijkertijd open van verbazing.

'Kate?' riep Lizzy.

Onvast schuifelde Kate via de kast naar de tafel. Ze had haar Dopper bij zich, ze transpireerde hevig en ademde moeizaam. Ze droeg witte sneakers met felgekleurde strepen langs de zolen en bij iedere stap die ze zette, steunde ze hardop van de pijn. Ze had zich niet opgemaakt en de zwarte coltrui die ze over haar pyjama had aangetrokken, accentueerde haar bleke teint. Lizzy pakte een stoel. Kate liet zich erop vallen, puffend blies ze uit.

'Kate? Gaat het wel goed met je? Je ziet spierwit, je kunt bijna niet lopen,' zei Lizzy. 'Wat kom je hier doen?'

'Dit is mijn huis... weet je nog?' Kate stootte een hese klank uit. Ze veegde over haar bovenlip, waarop zweetdruppeltjes parelden, en zette de Dopper op tafel.

Lizzy wierp intussen een blik op Felix, die de rugzak van Romy had neergezet en de aandacht van Romy zocht. Hij seinde met zijn ogen naar boven en zonder iets te zeggen liep hij weg. Romy knikte naar hem. Als bij afspraak liep ze terug naar de tafel en boog zich naar Kate.

'Wil je iets eten?' vroeg ze. Ze klonk bezorgd en vroeg hoe Kate zich voelde.

'Ik dacht dat jij zou weggaan?' onderbrak Lizzy haar.

Romy antwoordde niet. Ze pakte de Dopper van Kate van tafel en liep ermee naar de kraan.

'Geen kraanwater,' mompelde Kate. Ze slikte. Praten kostte haar duidelijk moeite.

Romy haalde een dichte fles bronwater uit de koelkast, draaide hem open en vulde de Dopper. 'Zo,' zei ze. 'Hier kun je in ieder geval niet ziek van worden. Weet je zeker dat je niets anders wilt? Zal ik theezetten? Ik heb crackers en jam voor je. Je moet iets eten. Kijk naar mij, ik heb hetzelfde gehad als jij, maar ik voel me stukken beter. Je wilt toch niet hier blijven? Met haar!' Romy wees op Lizzy.

Kate keek naar Lizzy. Ze schudde haar hoofd en opende haar handpalm. Ze legde iets op tafel wat Lizzy niet kon zien, omdat Romy ervoor stond. 'Het komt van jou, hè?' zei Kate nauwelijks hoorbaar, maar nog net luid genoeg voor Lizzy om de woorden op te vangen.

Romy antwoordde niet. Ze ontweek de vraag door thee te gaan zetten en opnieuw over crackers met jam te beginnen. Lizzy's argwaan groeide. Iedere vezel van haar lichaam spande zich aan. Traag kwam ze in beweging. Even stond ze in dubio, maar toen ze zag wat Kate op de tafel had neergelegd, versnelde ze haar pas. Pijlsnel dook ze naar het etuitje, griste het weg en trok het open.

Leeg, niets.

Haar vingers trilden toen ze het etuitje teruglegde op tafel. Ze wilde iets zeggen, roepen, maar vond niet de juiste woorden. Ze kuchte en keek opnieuw naar Kate. De minachting die van Kate afstraalde was zo voelbaar dat Lizzy besloot dat ze het niet langer kon uitstellen. Vandaag moest het gebeuren.

72

Felix keek op zijn horloge, hij mopperde dat het veel te veel tijd ging kosten. 'Olga, nog één keer: ik ga zo Romy naar de trein brengen en ik wil graag dat jij in de tussentijd op Kate let...'

Olga slaakte een verveelde zucht. Via de spiegel volgde ze de ongeduldige bewegingen van Felix, die nu al tien minuten lang met veel gebaren en stemverheffing op haar inpraatte. Ze had zich nog maar net aangekleed toen hij op haar deur klopte. Felix herhaalde op boze toon dat hij op het punt stond om te vertrekken. Olga bleef hem niet-begrijpend aankijken. Aan de ene kant wilde ze hem graag vertrouwen, nee, vertrouwde ze hem. Aan de andere kant was er Lizzy die steeds het tegenovergestelde beweerde en zei dat Felix gevaarlijk was. Het verontrustende was dat Olga zich wel dingen herinnerde die Felix en Lizzy haar de afgelopen week verteld hadden, maar de volgorde en de onderlinge verbanden raakte ze voortdurend kwijt. Behalve dat wat Felix haar gisteren vertelde en wat haar behoorlijk gechoqueerd had, dát bleef wel hangen, simpelweg omdat ze het had opgeschreven. Dat deed ze sinds een paar dagen: dingen opschrijven die haar belangrijk leken. Al was het maar om ze later met Jan te delen.

'Lieve jongen, je bent zo gespannen. Breng jij Romy nu maar naar het station, ik zorg voor Kate en Lizzy,' zei ze. Ze keerde zich naar Felix en legde de haarborstel op het tafeltje naast het bed. 'Het zijn mijn vriendinnen, weet je nog?'

'Ja, ja. En weet jíj nog wat ik je gisteren vertelde over Lizzy en Kate?' zei Felix. Hij ademde wat rustiger.

'Tuurlijk,' zei Olga. Ze bukte bij de kast, schoof de onderste lade open en haalde er een schrift uit. 'Kijk, het staat hier allemaal in.' Olga sloeg het schrift open en begon hardop voor te lezen. 'Jij bent de zoon van Richard. Kate is jouw moeder en Lizzy heeft jou doen geloven dat het goed was om Kate te ontmoeten. Niet om jou te laten zien wat voor moeder Kate was, maar om jou mee te sleuren – zoals jij dat blijkbaar formuleerde, want dat heb ik opgeschreven – in haar snode plannen om Kate te straffen.'

Felix fronste zijn wenkbrauwen. Hij pakte het schrift van Olga aan en bladerde het door. 'Ik begrijp niet waarom...'

'Ik heb een milde, beginnende vorm van alzheimer,' onderbrak Olga hem. 'Dat betekent dat ik hier dingen kwijtraak.' Olga wees op haar hoofd. 'Ik dacht dat je wist wat mijn ziekte inhield?' zei ze.

Felix knikte vertwijfeld, gaf het schrift terug aan Olga en keek opnieuw op zijn horloge. Olga vergaf hem zijn jeugdige onverschilligheid. Hij had andere dingen aan zijn hoofd: Romy, Kate en niet te vergeten Lizzy... Olga wierp weer een korte blik in het schrift. 'Felix, ik beloof je dat ik zal zorgen dat Kate niets overkomt,' vervolgde ze. 'Maar ik ben er nog steeds van overtuigd dat Kate en Romy door mijn fout een voedselvergiftiging hebben opgelopen, en wat betreft...'

'Nee, Olga, dat kan niet,' riep Felix. 'Alles wijst erop dat Lizzy haar plannen doorzet om Kate ziek te maken, misschien wel erger...Heus, geloof me, Lizzy wil dat ik het huis erf en daarna verkoop. Ze wil Kate straffen, ik ben Kates enige, directe bloedverwant en daarom...'

'Ja, ja, ik maak me ook wel zorgen om Lizzy,' ging Olga aarzelend verder. 'Maar...' Ze keek Felix onderzoekend aan. 'Gisteren vertelde je me dat Kate niet de enige is die gevaar loopt, toch?'

Felix wendde zijn hoofd naar de deur. Hij wreef over zijn hoofd Uit zijn houding sprak wanhoop en hij leek te zoeken naar woorden.

'Hm...' zei Olga. Peinzend staarde ze in het schrift. 'Heb je me toen verteld wie die ander is die gevaar loopt? Gezien je haast neem ik aan dat dat Romy is?'

Felix schudde zijn hoofd. 'Als jij zoveel dingen vergeet, zelfs vergeet om ze op te schrijven, dan moeten we iets anders verzinnen. Waar is je telefoon?'

Olga pakte haar tas en zocht haar telefoon. Toen ze hem tevoorschijn haalde, legde Felix zijn hand op de stoel waarover Olga's kleding hing.

'Ga hier zitten,' zei hij streng. 'Dan open je nu de dictafoon op je toestel en doe je het volgende...'

Najaar 2019

73

De boerderij lag ruim een kilometer van de weg. Een rul zandpad met bosjes ernaast leidde naar een erf dat uitkwam bij een paar schuren en een hek. De regen was alweer gestopt, het hemelwater had slechts het stof van Noors auto gespoeld. Noor reed een stukje door en parkeerde haar auto in de buurt van het woonhuis. Een groepje blaffende honden rende onmiddellijk op haar af. Ze schatte het gevaar in en stapte uit.

'Braaf,' zei ze toen de hondenneuzen zich op haar broekspijpen stortten. Noor was honden gewend. Iedere boer in Zeeland had honden en zij had zich jaren geleden nog over een van de oudere politiehonden ontfermd. Net als de mensen hier op deze boerderij zich ooit over Felix ontfermd hadden. Misschien moest ze daar maar mee beginnen, met de vraag wat er met de biologische ouders van Felix was gebeurd. Terwijl de honden met haar meeliepen toen zij op de voordeur afstapte, ging er aan de zijkant van het huis een deur open. Een kalende man in een overall en op laarzen kwam naar buiten.

'Kan ik u helpen?' riep hij.

Noor keerde zich om, forceerde een glimlach en liep naar de man toe. Weer schoot het door haar heen dat ze niet in functie was en dat deze man niets met haar hoefde te delen. Tegelijkertijd zag ze Lizzy weer voor zich en ze deed een greep in haar jaszak.

'Noor den Braber, recherche,' zei ze. Ze liet de politiekaart zien die ze uit haar zak had gehaald en stopte hem meteen daarop weer weg. 'Kan ik even met u praten? Het gaat over uw zoon, Felix.'

De kaak van de man verstrakte. Onderzoekend liet hij zijn blik langs Noors lichaam glijden. Het gaf haar een ongemakkelijk gevoel. Ze vroeg zich meteen af of deze man wel de vader van Felix was. Shit, daar ging ze weer, ze had zich beter moeten voorbereiden.

'Komt u met goed nieuws?' vroeg de man. Hij sprak als een Zeeuw. Kortaf en zangerig.

'Ik... eh, nee, dat niet. Maar als u mij wat meer kunt vertellen over uw zoon, dan kan ik...'

De man schudde zijn hoofd. Hij draaide zich naar de deur en floot een van de honden terug, die naar binnen was gelopen. 'We hebben al genoeg aan de politie verteld,' zei hij. 'Het heeft allemaal niets opgeleverd. Niets! Hoort u wel? Mijn vrouw is ziek geworden, ze is in een depressie geraakt en opgenomen. Ik zit hier nu alleen. Weet u hoe dat is? Leven in onzekerheid?'

Noor slikte. Ze besefte dat deze familie ontredderd was door verdriet. Moest ze daar per se nog een schepje bovenop doen met haar theorieën? 'Ik begreep dat uw zoon is geadopteerd?'

De man zuchtte. 'Mevrouw, dit heb ik ook al meerdere keren uitgelegd aan de politie. Uit angst om Felix te verliezen hebben mijn vrouw en ik nooit willen weten wie de biologische ouders waren. Vanaf zijn geboorte hebben we Felix opgevoed als onze eigen zoon. Dat we hem nu alsnog verloren hebben, is onverdraaglijk, begrijpt u wel?'

Noor knikte. Hoewel ze medelijden met de man had, dreef de gedachte aan de leugenachtige Lizzy haar ertoe om door te vragen. 'Ik was zojuist in Middelburg bij mevrouw Ferwerda, bij wie uw zoon vaak tuinklussen deed. Van een vriendin van haar had ik begrepen dat Felix met hen mee was naar Engeland. Klopt dat?'

De man schudde opnieuw vertwijfeld zijn hoofd. 'Felix was naar Engeland, ja, maar met wie en waarvoor, weten we niet. Ons vertelde hij dat het met zijn studie te maken had, maar...'

'Maar?' zei Noor.

'Ach, mevrouw, weet u, nu mijn vrouw is opgenomen voel ik me geneigd om mijn twijfels hardop uit te spreken. Wat mij opviel aan onze Felix was dat er vanaf zijn achttiende verjaardag iets aan hem veranderde. Alsof hij geslotener werd naar ons toe. Mijn vrouw verdrong dat, maar ik... Nee...'

De man liet zijn hoofd hangen, Noor voelde de verslagenheid van hem afstralen. Zoekend naar een troostend woord wilde ze zeggen dat de politie er alles aan deed om hun zoon te vinden. Het lukte niet, ze wilde geen valse hoop geven.

'Maar weet u, niet lang daarna, zo'n vier jaar geleden, in de tijd dat Felix voor die Ferwerda ging werken, zag ik hem ineens weer opbloeien,' ging de man verder. Hij rechtte zijn rug en richtte zijn blik strak op Noor. 'Toen had ik met hem moeten praten, maar ja, wij Zeeuwen zijn geen praters, dus liet ik het maar zo. En juist dát neem ik mezelf nu kwalijk. Dat ik niet met Felix gepraat heb als een vader met zijn zoon. Dit voorjaar, vlak voordat Felix voor zijn studie naar Engeland ging, leek het erop dat hij ons iets wilde vertellen. Misschien wel datgene wat hij al die tijd voor zich had gehouden en...' In de ogen van de man sprongen tranen. '... waar het nu te laat voor is.'

Voorjaar 2019

74

Het was bijna twaalf uur, de zon stond hoog aan de hemel en Felix en Romy waren een kwartiertje geleden naar het dorp vertrokken. Lizzy rommelde in de buurt van Olga wat in de tuin. Zo nu en dan wierp ze een gespannen blik op Olga, die de buitenkant van de keukenramen lapte en helemaal opging in haar werk.

Na het ontbijt had Olga verteld dat Kate aan de betere hand was. Kate had Olga toevertrouwd dat ze een makelaar had gevonden die komende week het huis zou komen taxeren. Ze had ook verteld dat ze niet van plan was mee terug te gaan naar Zeeland. Dat had Lizzy gealarmeerd. Het bericht paste zo goed bij haar plannen dat ze bijna niet durfde te geloven dat het geluk haar zo toelachte. Ze had zojuist een deel van de klimroos naast het keukenraam gesnoeid en het afval op de kruiwagen gelegd toen ze Olga's blik ving.

'O, Olga, moet je zien hoe dat houtwerk onder het raam is aangetast door die klimroos. Denk je dat jij dat kunt schoonmaken?'

Olga bukte zich naar de plek en wreef over haar voorhoofd. 'Ik denk het wel, Liz, maar dat kost wel wat extra inspanning. We hebben gelukkig laat ontbeten, anders...'

'Neem je tijd,' zei Lizzy. 'Ik hoef voorlopig nog niet te lunchen. Felix is ook pas over een paar uur terug, of heb jij al trek? Dan maak ik iets voor je.' Lizzy maakte een gebaar alsof ze haar tuinhandschoenen ging uittrekken.

'O, nee, nee. Het is goed, Lizzy. Breng jij het afval maar weg, dan stort ik me op dit houtwerk.'

Lizzy wierp Olga een dankbare blik toe, pakte de kruiwagen op en reed hem om het huis heen. Toen ze uit het zicht was, liet ze de kruiwagen los en zette het op een drafje naar de schuur. Haar hand trilde toen ze een appje tikte aan Kate.

Hi Kate, Olga en ik zijn hier in de grote schuur achter het huis. Je gelooft het niet, maar er staat een prachtige knalrode oldtimer. Ik vermoed een Jaguar, hij zal veel geld waard zijn. Kom je even kijken?

Lizzy sloop de schuur binnen en terwijl ze de deur op een kiertje zette, keek ze op haar telefoon. *Kom op, lees het!* De seconden tikten voorbij, er verschenen geen blauwe vinkjes naast het bericht. Lizzy's zenuwen leken het te begeven, vloekend kwam ze in beweging. 'Lees het, lees het!' siste ze. *Ping.* Kate was online.

Ik hou niet van auto's.

Vlug tikten Lizzy's duimen een tegenbericht.

Dat weten we toch. Olga zegt dat het beter met je gaat, ze wil een ritje maken. Kom op, Kate, het is mooi weer.

Geen reactie, geen vinkjes. Lizzy voelde haar hartslag als een razende in haar keel kloppen. Nog even en ze stikte.

Kate: Ik ben er niet op gekleed.

Lizzy: Wij ook niet ☺ Kom op nou, dit wil je niet missen! Doe het voor Ol...

Kate: Waar is die schuur?

Lizzy: Rechts om het huis ligt een paadje. Kan niet missen.

Twee blauwe vinkjes. Lizzy zag dat Kate niet meer online was. Ze stopte de telefoon in haar zak en liep naar de plek bij de wand waar alles klaarlag. Ze trok een paar plastic handschoenen aan, pakte het touw, waar ze een lasso van maakte, en verschool zich daarna vlak achter de deur.

Ze was er klaar voor.

75

Kate schudde even met haar Dopper en stopte hem daarna in haar tas. Ze wierp een korte blik in de spiegel, stiftte haar lippen roze en besloot om zonder zich verder op te maken naar beneden te gaan. Ze droeg sneakers – voorlopig even geen naaldhakken – en had een makkelijke, witte stretchbroek aangetrokken – het was tenslotte mooi voorjaarsweer – met daarop een roze trui van Scotch & Soda. Een prima outfit voor een autoritje door de country. Ze voelde zich gesterkt door het ontbijt, en hoewel nog wat wankel op haar benen, merkte ze dat haar oude veerkracht weer langzaam terugkwam. Ze las nog even dat laatste appje en besefte dat haar nieuwsgierigheid naar die auto, en vooral naar wat hij straks ging opbrengen als ze hem verkocht, groter was dan haar wantrouwen jegens Lizzy. Bovendien was Olga erbij. Het zou een mooie gelegenheid zijn om duidelijk te maken dat ze hen niet langer nodig had en dat ze morgen zonder haar naar huis konden vertrekken. Vanaf nu redde ze het alleen wel.

Ze opende de voordeur en slaakte een tevreden zucht. Waar ze dagen van verstoken was geweest streelde haar wangen: warme zonnestralen en een zwoel briesje. Alsof ze thuis was. Ze sloot haar ogen om de zoete geur van kamperfoelie op te snuiven. De plant slingerde zich over het afdakje boven de voordeur en gaf de entree een welkome uitstraling. Het voelde ineens zo goed dat het bijna het beeld verdrong dat Kate nog had van haar aankomst. Toen was het donker en regende het, toen belandde ze onder de vloer van de hal... Ze dwong zichzelf er niet meer aan te denken en nam het flagstonekronkelpaadje dat naar de schuur liep. Alweer deed de zonnige, weidse omgeving haar aan Spanje denken. Een lichte twijfel sloeg toe: moest ze het huis nu al in de verkoop gooien? Ze had de makelaar nog niet ingelicht. Kon ze niet beter wachten tot het najaar, en de zomermaanden hier doorbrengen? In gedachten daarover naderde ze de schuur. Hij lag voor een deel verscholen achter het groen en hij was groter dan Kate had verwacht. Het kronkelpaadje ging over in een grasveld met weidebloemen. Tientallen insecten zoemden en dwarrelden erboven.

Kate hield haar pas in. Vertwijfeld wierp ze een blik over haar schouder. Ze dacht dat ze Olga hoorde roepen. Vreemd genoeg leek Olga's stem niet uit de buurt van de schuur te komen, maar vanuit het huis. Kate weifelde; stel dat Olga niet langer in de schuur was en Lizzy...? Ze keek om zich heen. Buiten het geluid van de vogels en het gonzen van de insecten was het overal stil. Ze richtte haar blik op de ingang van de schuur. Uit haar tas klonk een ping. Automatisch haalde ze haar telefoon tevoorschijn. Het appje kwam wederom van Lizzy.

Waar blijf je nou? Wij zitten al in de auto.

Kate kwam weer in beweging. Wadend door het groen zag ze dat een van de schuurdeuren op een kier stond. Ze hield haar adem in. Nogmaals keek ze om en luisterde of ze toch Olga hoorde. Niets, stilte. Ze moest het zich verbeeld hebben. Ze trok de deur voorzichtig naar zich toe. Binnen was het koel en donker en behoedzaam stapte ze verder. Ze kneep haar ogen tot spleetjes, zoekend naar een auto, naar Olga, naar Lizzy, maar ze zag niets. Ze draaide zich om; was er nog een schuur?

'Olga? Lizzy?' riep ze.

Geen geluid.

'Ol...?'

Kate dook in elkaar. Vlak boven haar hoofd suisde iets door de lucht. Er viel iets om haar lichaam, het zette haar klem. Ze liet haar tas los. Haar telefoon viel, ze raakte uit balans en klapte voorover. Haar hoofd raakte iets hards. Een pijnscheut trok door haar gekwetste knie. Ze hoorde iemand kuchen. Ze draaide haar hoofd in de richting van het geluid en zag vanuit het donker Lizzy opdoemen.

76

'Zo, eindelijk samen,' zei Lizzy. Ze had een lamp aangedaan, gaf een trap tegen de deur en trok Kate aan het touw overeind. 'Ik heb geoefend,' vervolgde ze spottend toen Kate zich uit het werptouw probeerde los te rukken.

'Maak me los!' schreeuwde Kate.

'Hou je bek, lopen!'

Kate begon te schoppen. Bij iedere beweging die ze maakte trok het touw dat om haar lichaam en armen zat zich strakker en strakker. Lizzy probeerde zichzelf staande te houden, maar werd al snel meegesleurd door Kates wilde bewegingen. Lizzy trok, Kate schreeuwde, en het volgende moment lagen ze beiden rollend en vechtend op de grond. Lizzy wist als eerste overeind te komen. Ze greep opnieuw naar het touw en sleepte Kate over de stoffige vloer naar de werkbank. Hardhandig drukte ze Kate op de stoel die ervoor stond.

'Help! Olga… hel…'

Lizzy legde haar hand op Kates mond. 'Als je je bek niet houdt, plak ik hem dicht, hoor je me?'

Kate schudde wild haar hoofd. Een van de schaafwonden op haar neus was door de valpartij opnieuw opengegaan. Bloed druppelde op Lizzy's hand.

'Help! Olga… ik ben… au!'

'Verdomme, als je niet...' Lizzy greep Kate bij haar haren. Terwijl ze een rol ducttape van de werkbank graaide, trok ze Kate met stoel en al naar het midden van de schuur. Kate schopte en krijste nog harder. Lizzy handelde snel. Ze plakte Kates mond af, greep haar bij haar armen en bond haar polsen met kabelbinders aan de stoelleuningen vast.

'En nu stoppen!' riep ze toen Kate snuivend ademhaalde en rood aanliep. 'Als je niet precies doet wat ik zeg, kom je hier niet levend uit, hoor je me?'

Kate bewoog nog wilder in het touw en trok zichzelf met stoel en al omver. Spartelend lag ze op de grond. En terwijl Lizzy haar overeind probeerde te krijgen, moest ze dat bij iedere poging met een trap bekopen.

'Verdomme, jij klein takkewijf,' verzuchtte Lizzy buiten adem nadat ze Kate eindelijk rechtop had gezet. Ze pakte Kates enkels, bond ze bij elkaar en leunde daarna hijgend tegen de werkbank. Ze veegde langs haar verhitte gezicht, ze likte langs haar lippen en proefde bloed en stof. Kates lichaam schokte. Moeizaam haalde ze adem, haar kin lag op haar borst, ze huilde. Lizzy liep naar de deur, opende hem een stukje en keek of Olga op het geschreeuw was afgekomen. Maar rondom de schuur bleef het stil. Zachtjes sloot Lizzy de deur en ze draaide hem op slot. Meteen werd haar aandacht door de telefoon en de tas van Kate getrokken, die op de vloer lagen. Lizzy raapte ze op, veegde het stof van de telefoon en zag dat er een appje verscheen. Het kwam van Olga.

Kate, riep jij me net? Waar ben je? Ik zie je nergens in huis, ben je gaan wandelen?

Lizzy drukte op het appje om te antwoorden, maar de telefoon vroeg om een code. Lizzy keek naar Kate en stopte de telefoon in haar broekzak. Ze pakte haar eigen toestel en tikte snel een appje naar Olga.

Ik zag Kate net voorbijkomen, ze liep naar de weg. Weet jij waar ze naartoe is?

'Zo, dat is geregeld,' zei Lizzy. 'En nu wij.'

Kate hief haar kin. Over haar wangen liepen tranen. Haar neus bloedde en op haar gezicht zaten stofstrepen van de vuile vloer. Ze kreunde achter de tape en keek Lizzy met grote angstogen aan.

'Als je belooft niet te gaan krijsen, haal ik de tape van je mond, oké?'

Kate knikte. 'Wat... ga je met me doen?' murmelde ze toen Lizzy de tape had verwijderd.

'Niets, ik wil dat je luistert. Ik maak zo je hand los en dan ga jij een paar papieren ondertekenen. Papieren over dit huis en deze grond, waarin staat dat je alles schenkt aan je zoon, Felix.'

'Hè? Maar waarom...?'

'Omdat hij daar recht op heeft, vind je niet? Zo'n moeder als jij die haar zoon na zijn geboorte wegdoet en als een stuk vuil...'

Kate begon spastisch te lachen. 'Haha, nou nog mooier, wat heb jij daarmee te maken?'

'Alles! Ik zie Felix als mijn eigen zoon,' zei Lizzy. 'De zoon van Richard, het kind dat ik zelf niet gebaard heb, omdat mijn zwangerschappen...' Ze slikte en herpakte zich. Ze keerde Kate haar rug toe en wendde zich naar de werkbank. Ze haalde er een plastic mapje en een pen vanaf en hield die vervolgens omhoog voor Kate. 'Wil je dat ik het voorlees?' vroeg ze.

Kate schudde haar hoofd en zei dat ze nergens voor ging tekenen. Lizzy begon te trillen. Dreigend deed ze een stap naar voren en ze boog zo abrupt haar hoofd dat haar neus bijna die van Kate raakte. Kate schoot weer in de lach.

'Verdomme, hou op met dat stomme gegrinnik. Het is in je eigen belang, trut. Deze ruïne hier gaat je straks alleen maar geld kosten. Wat wil je? Wil je geld? Dan zul je eerst moeten tekenen.'

Kate wendde haar gezicht af. Ze sloot haar ogen en perste haar lippen stijf op elkaar.

Lizzy deed een stap opzij en voelde de telefoon van Kate in haar zak trillen. 'Verdomme, Olga...' zei ze terwijl ze het toestel tevoorschijn haalde. Toen ze op het display keek, zag ze dat het niet Olga was die belde, maar Romy. Fronsend verplaatste ze haar aandacht naar Kate.

'Wie?' vroeg Kate toen ze merkte dat het om haar telefoon ging.

Lizzy grijnsde en drukte de beller weg. 'O, niemand in het bijzonder, Kate. Wie zou jou nou zoeken?'

'Geef mijn telefoon hier, ik...'

'Eerst tekenen,' zei Lizzy. Ze liet een stilte vallen, hield de papieren nogmaals omhoog en haalde toen haar schouders op. 'Oké, Kate, zelf weten. Ik laat je alleen, dan heb je tijd om na te denken, goed?'

Kate opende haar mond, maar voordat ze iets kon zeggen had Lizzy de tape er weer op geplakt. Daarna draaide Lizzy zich om en legde de telefoon naast de tas van Kate op de werkbank. Haar oog viel op de rode Dopper, die uit de tas stak. Een lichte opwinding maakte zich van haar meester. Ineens wist ze hoe ze dit ging oplossen.

77

Olga drukte haar telefoon uit toen ze Lizzy vanuit de tuin zag komen aanlopen.

'Liz, ik begrijp er niets van, Kate reageert niet op mijn telefoontje, waar zou ze zijn?'

Lizzy stapte uit haar laarzen, die ze naast de voordeur liet staan. Op kousenvoeten liep ze de hal in en ze ging meteen door naar boven.

'Liz? Hoor je wat ik zeg?' riep Olga haar na. 'Ik begrijp er niets van, ik stond buiten en dacht dat ik haar hoorde roepen, maar toen ik net naar boven riep bleef alles doodstil.'

'Olga, hou op. Ik ben vies en moe en ga me nu eerst douchen. Kate is een volwassen vrouw. Ik zag haar in een taxi stappen. Heus, maak je geen zorgen, die komt vanzelf weer terug.'

'In een taxi stappen?' Olga schudde verbouwereerd haar hoofd, ze begreep er nu helemaal niets meer van. Nogmaals drukte ze op het laatst gebelde nummer en ze luisterde opnieuw naar de mechanische stem die haar vertelde dat het toestel dat zij belde niet bereikbaar was. Vertwijfeld liep ze achter Lizzy aan naar boven. Toen ze op de overloop aankwam, zag ze Lizzy uit de kamer van Kate komen.

'Wat doe jij in Kates kamer?' vroeg Olga.

'Ik keek of er een afscheidsbriefje lag,' zei Lizzy.

'O? En, is dat zo? Heeft ze een briefje voor ons achtergelaten?' vroeg Olga. Lizzy schudde haar hoofd. 'Onbegrijpelijk,' klaagde Olga. 'Je laat toch niet zomaar een taxi komen om er vervolgens als een dief in de nacht vandoor te gaan?'

Olga voelde zich klein worden onder de fronsende blik van Lizzy, ze voelde de onrust van haar vriendin afstralen.

'Kom Olga,' zei Lizzy en ze legde een hand op Olga's schouder. 'Kate kan gewoon doen en laten wat ze wil. Dat we hier toevallig met ons drieën zijn, wil niet zeggen dat we alles hoeven te delen met elkaar. Misschien heeft Kate een afspraak in het dorp, of wilde ze gewoon even alleen zijn. Ik kan me dat wel voorstellen na alles wat ze hier heeft meegemaakt. Een lelijke val, een voedselvergiftiging...'

'Zie je wel, jij zegt het nu zelf: een voedselvergiftiging!' Olga maakte zich los van Lizzy. 'Weet je, Liz, ik snap er echt niets van. Gisteren was Kate nog ziek, vanochtend hoorde ik haar kermen bij het ontbijt, hoe kan ze nu dan in een taxi...'

'Och Olga, Kate is niet een van je kinderen.'

Olga liet haar hoofd hangen. Ze voelde zich moe en haar rug deed pijn. Al die ramen ook; thuis lapte ze nooit ramen, daar kwam de glazenwasser langs.

'Kom, je hebt hard gewerkt, waarom ga je niet even liggen? Wil je een pijnstiller?' zei Lizzy. 'Dan neem ik in de tussentijd een douche, ik ben vies geworden van het tuinwerk.'

Olga zuchtte. Door die opmerking van Lizzy nam ze haar wat beter in zich op. Ze zag nu dat Lizzy's kleren inderdaad heel erg vuil waren. Het zwarte truitje dat ze op haar broek droeg, was grijs van het stof; alsof ze niet alleen in de tuin had gewerkt, maar een vloer had geveegd.

Lizzy leek haar gedachten te kunnen lezen. 'Ik heb het terras aangepakt,' zei ze. Ze trok het truitje over haar hoofd en schudde het stof eruit. Het horloge dat om haar hals hing zwiepte door de beweging heen en weer.

Olga staarde naar het uurwerk en schrok. 'Is het al zo laat?' zei ze. 'Ga dan maar gauw douchen, dan trek ik ook wat anders aan.' Ze ademde snel. 'De tijd vliegt. Arme Jan, ik had hem moeten bellen.'

Lizzy antwoordde met een glimlachje. Ze haalde het horloge van haar hals en liep weg. Toen Olga het douchewater in de badkamer hoorde spetteren en ze de deur naar haar eigen kamer opende, besloot ze ondanks het late tijdstip toch maar een pijnstiller en ook een slaaptabletje te nemen. Daarna zou ze Jan bellen. Ze kleedde zich uit tot op haar ondergoed en nam de pillen in. Toen ze onder de sprei gleed en haar hoofd op het kussen legde, zag ze op het wekkertje naast haar bed dat het halftwee was. Een lichte paniek overviel haar terwijl ze haar ogen sloot. Ze zou toch zweren dat het op Lizzy's horloge bijna zeven uur was geweest... Toen gaf ze zich over aan de slaap.

78

Lizzy douchte zich snel, droogde zich haastig af en trok schone kleren aan. Een blauwe katoenen broek met een flanellen ruitjesblouse. Haar nog natte haar depte ze een beetje droog en kamde ze daarna glad. Ze mocht geen tijd verspillen; voordat Felix terug was moest ze klaar zijn.

Op weg naar de kamer van Kate liep ze eerst nog even langs Olga's kamer. Ze legde haar oor tegen de deur en toen een zacht gesnurk haar bereikte, ademde ze ontspannen uit. Van Olga had ze even geen last. Opnieuw liep ze de kamer van Kate in. Dit keer keek ze rustig rond. Ze trof een berg kleren, schoenen, opladers, reisstekkers en make-upspullen aan, én het etuitje, dat gewoon voor het grijpen lag. Lizzy pakte het op. Het was leeg. Net als vanochtend toen ze het van de tafel griste. Terwijl ze het tussen haar vingers draaide, probeerde ze zich het moment weer voor de geest te halen dat Kate over de inhoud vertelde. Kate had gezegd dat iemand anders hun geheim ook kende en dat het bewijs daarvan in het etuitje zat. Over wat voor bewijs had Kate het gehad? De enigen die wisten dat Felix de zoon van Kate en Richard was, waren Felix en Lizzy zelf.

Olga was nooit ingelicht.

Dus bleef Romy over.

Weer gleden Lizzy's gedachten terug naar vanochtend, toen ze het etuitje in handen kreeg en het leeg bleek te zijn. Ze had Kate tegen Romy horen zeggen dat zij erachter zat. Maar waarachter? Wat wist Romy van Felix dat Lizzy nog niet wist? Lizzy keek de kamer rond. Het antwoord moest hier ergens liggen. Ze haastte zich naar de deur, sloot hem af en wierp vervolgens alle kleren van Kate die nog in de koffer zaten eruit. Ze wist niet precies waar ze naar op zoek was, maar er moest iets zijn wat met dat etuitje te maken had. Een stuk papier, een stick, iets waar Romy van afwist. Romy, Romy, verdomme! Waarom moest Felix zo nodig háár meenemen? Woedend schudde Lizzy de kleren uit en keerde ze alle zakken van de broeken en de jasjes binnenstebuiten. Ze hield de make-uptas ondersteboven, ze schoof lades open, veegde de kastplanken leeg, maar vond niets wat rechtstreeks verband hield met Felix als bloedverwant, zoals Kate hem omschreef. Hijgend en bezweet liet Lizzy zich op het bed vallen. *Denk, denk!* Welke schakel had ze gemist? Ze moest iets doen! Olga had argwaan gekregen, ook al wist ze niet beter dan dat Kate met een taxi weg was. Maar als Kate niet terugkwam zou Olga vragen gaan stellen, en anders Felix wel. Nog even en ze zouden de politie erbij halen om Kate vermist te verklaren...

Lizzy schoot overeind. Opnieuw stortte ze zich op de spullen van Kate. Alle kleding propte ze in de grootste koffer en wat niet paste smeet ze in de kastlades. Een van de opladers die bij Kates telefoon hoorden, stopte ze in haar zak, net als dat stomme etuitje. Toen ze er zeker van was dat het leek alsof iemand met grote haast was vertrokken, opende ze de deur en liep ze de overloop op. Om Olga niet wakker te maken, droeg ze de koffer naar de trap en zeulde hem zo stil mogelijk met zich mee. Halverwege de trap schrok ze van motorgeronk. Felix? Ze liet de koffer op de traptrede rusten en spitste haar oren. Haar hart bonkte zo hard in haar oren dat het ieder geluid overstemde. Langzaam kwam ze weer in beweging. Pas toen ze eindelijk met de koffer voor de voordeur stond en een blik naar buiten wierp, besefte ze dat het geen motorgeluid was geweest dat ze hoorde, maar haar eigen rasperige ademhaling. Felix was nog niet terug, buiten was het stil, net als boven in de kamer van Olga.

Lizzy opende de voordeur en rolde de koffer het slingerpaadje op dat naar de schuur leidde. De zon verwarmde haar gezicht en deed haar huid tintelen. En hoewel haar hartslag nog hoog in haar keel zat en de angst die bezit van haar had genomen haar langzaam leek te verlammen, was er één ding dat haar op de been hield: komend najaar zou alles voorbij zijn.

Najaar 2019

79

Noors vrije dagen zaten erop. Ze keek op de wekker: kwart voor zes, te vroeg voor het ontbijt. Na een doorwaakte nacht was ze om halfvijf opgestaan, ze had zich gedoucht, haar spullen gepakt en de bagage vast in de auto gezet. Alleen haar laptop en het dossier-Nemo lagen nog op haar kamer.

Ze liep naar het raam en opende de gordijnen. Buiten werd het langzaam licht. De lucht was helder en na een frisse, droge nacht beloofde het opnieuw een mooie nazomerdag te worden. Ze wreef langs haar neus en terwijl ze naar haar wandelschoenen reikte voor haar dagelijkse strandwandeling, ontdekte ze het regenjack van Olga, dat nog aan de deur hing. Ze had er niet meer aan gedacht. Ze fronste. Aan de ene kant hadden de warrige verhalen van Olga haar zoektocht naar de vermoorde vrouw alleen maar moeilijker gemaakt en meer vragen opgeroepen. Aan de andere kant waren er dingen duidelijker geworden. Het horloge dat in de hand van het slachtoffer had gezeten, was door Olga herkend als het horloge van Lizzy; dat was een duidelijk aanknopingspunt. Maar wat was eraan voorafgegaan, wie was het slachtoffer en waarvan kende ze Lizzy? Was het die Kate over wie niets bekend was en van wie Olga zei dat ze voortdurend op Instagram had gezeten? En verder was er die Felix Janse, die in dezelfde tijd als Kate was verdwenen. Er moest een verband zijn tussen Lizzy, Felix en de vermoorde vrouw. Maar welk?

Noor had gisteravond internet afgespeurd naar Felix. Ze kwam niet verder dan zijn school en studie. Hij zat niet op Facebook en niet op Instagram, iets wat Noor nauwelijks kon geloven. Eerder leek het haar dat iemand bewust alles had gewist wat naar hem en Kate kon leiden. Maar waarom? De vragen tuimelden over elkaar in Noors hoofd. Ze kwam er niet uit. Van Lizzy hoefde ze niets te verwachten, die ontkende staalhard dat het horloge van haar was. Buiten de verklaring van Olga had Noor geen enkel bewijs.

Eenmaal bij de uitgang van het hotel nam ze haar vertrouwde wandelroute die via de duinen rechtstreeks naar het brede strand liep, waar zelfs tijdens vloed nog ruimte genoeg overbleef om te wandelen. Er liep een jogger langs de vloedlijn en windsurfers maakten zich op voor een tocht op de golven. In de verte zag Noor de kerktoren van Domburg opdoemen in het ochtendgloren. Ze dacht weer aan Olga en aan de dingen die ze haar verteld had. Olga viel vaak in herhalingen over haar man, kinderen en kleinzoon, maar tussen al dat gezellige gekeuvel door noemde ze ook een paar keer de dood van die arme Richard. Richard, de echtgenoot van Lizzy, die een knappe man was geweest en een arts, zoals Olga zei. Ze had daarbij meisjesachtig gegiecheld. Iets later was ze weer over Richard begonnen en bekende ze ietwat dromerig dat hij vast weleens vaker dan één keer buiten het potje had gepiest, maar dat Lizzy dat niet hoefde te weten. 'Zo was Richard nou eenmaal,' had Olga met klem gezegd. 'Een gezonde kerel die van vrouwen hield maar Lizzy nooit voor een ander zou verlaten.' Dat maakte het extra triest dat hij al zo vroeg van Lizzy een weduwe had gemaakt, vond Olga. Niemand had zijn dood voorzien... Een gezonde man, ineens weggerukt uit het leven... Een hartstilstand... De woorden galmden na in Noors hoofd.

Ze had bijna de branding bereikt. Een deel van de paalhoofden was al bijna niet meer zichtbaar. Straks, als ze allemaal door de vloed aan het zicht waren onttrokken, loerde het grote gevaar onder water. Zelfs als er een rode vlag wapperde, gingen toeristen nog de zee in. Stomme, eigenwijze zwemmers die geen idee hadden van wat muien waren en wat er gebeurde als ze tussen de paalhoofden terechtkwamen. Menigeen overleefde dat niet. Het deed Noor aan het slachtoffer denken en aan haar verwondingen, alsof ze hier uit zee was gevist en daarna in die greppel op de grens was gedumpt. Peinzend staarde Noor naar de palen. Ze richtte haar blik vooruit op de zee, naar de horizon. Aan de overkant lag Engeland, waar begin dit jaar Felix Janse, voordat hij vermist raakte, vermoedelijk samen met Lizzy en Olga op een tuinreisje was. Waar was hij gebleven? En wie had het slachtoffer in die rietkraag gedumpt?

Voorjaar 2019

80

Kate knipperde met haar ogen toen Lizzy het licht aandeed. Ze hief haar hoofd en toen ze zag dat Lizzy met een van haar mooie, paarse Lipault-spinners de schuur binnenkwam, kromp ze geschokt ineen. De koffer bolde op door de inhoud. Wat was Lizzy in godsnaam van plan? Hoelang ging die gek haar hier nog vasthouden? Eenmaal binnen liet Lizzy de koffer naast de deur staan. Onder haar arm hield ze een fles bronwater. Ze maakte een nerveuze indruk op Kate. Toen ze de schuurdeur wilde afsluiten en de fles bronwater haar dat bemoeilijkte, viel de sleutel uit haar hand. Zenuwachtig vloekend bukte ze zich, ze sloot de deur en liep naar de werkbank. Nadat ze de fles had neergezet, haalde ze een stekker met een snoer uit haar zak. Kate probeerde de handelingen van Lizzy zo nauwkeurig mogelijk te volgen. Ze kon niet alles zien, maar wat ze waarnam was dat Lizzy een telefoon oppakte en aan de oplader legde. Toen ze hem omhooghield, besefte Kate dat het háár telefoon was.

'Zo, dan heb je straks een volle batterij,' riep Lizzy. Ze klonk geamuseerd. 'Dan kun je weer selfies maken.' Ze lachte. 'Dat doe je toch zo graag? Wat zouden die volgers van je vinden als ze je nu zo zagen, hè? Zouden zij zich zorgen maken om je, Kate? Zouden ze de politie bellen, of denk je dat de meesten je niet zullen herkennen zonder make-up?'

Kate kreunde. Haar borstkas ging snel op en neer. Ze snoof luid om aandacht te vragen voor de tape die veel te strak over haar mond zat geplakt.

'Wat is er, Kate? Gaat het niet? Meid, je loopt helemaal rood aan, dat komt toch niet door de tape, hoop ik?'

Kate knikte. Lizzy pakte traag een krukje onder de werkbank vandaan en liep ermee naar Kate. Kate voelde dat onder de ogenschijnlijke kalmte van Lizzy een vulkaan schuilging die ieder moment tot een uitbarsting kon komen. Terwijl ze tegenover Kate op het krukje ging zitten, tastte Lizzy naar haar zak en haalde er iets uit tevoorschijn. Met trillende vingers bewoog ze het voorwerp heen en weer voor Kates ogen. Kate knipperde geschokt toen ze het etuitje herkende waarin de foto had gezeten. Lizzy trok minachtend een wenkbrauw op en legde het etuitje op Kates schoot.

'Zo,' zei ze. Ze trok haar hand terug en wachtte even. Ze grijnsde.

Kate gloeide en slikte, ze bewoog haar hoofd in de richting van de werkbank, waarop de fles met bronwater stond. 'Dorst,' murmelde ze achter de tape.

Lizzy leek het niet te horen, ze wees op het etuitje en schraapte haar keel. 'Waar waren we ook alweer gebleven?' vervolgde ze en ze klopte wat stof van haar broekspijpen. Ze praatte op een toon alsof zij en Kate met een zomers drankje in de tuin zaten. Zoals die keer toen ze net terug waren van hun vorige tuinreisje en er nog niets aan de hand was. 'Help eens, Kate. Het was tijdens het diner, of nee, vlak erna, geloof ik, toch? Toen iedereen naar de keuken was en jij me iets wilde vertellen over Felix, weet je dat nog?'

Kate murmelde achter de tape dat ze het niet langer volhield. Dat haar brein ieder moment uit elkaar kon spatten als ze geen water kreeg. Lizzy boog zich naar voren. Ze draaide haar wang pesterig naar Kate toe en legde haar hand om haar oorschelp.

'Sorry, Kate, ik versta je niet, wat zeg je?'

Kate sloot haar ogen. Haar hart bonkte in haar droge keel. *Dorst, dorst...* Lizzy stond op. Kate opende haar ogen en draaide ze smekend in de richting van de werkbank. Lizzy haalde de fles met bronwater. Eindelijk! Kate zag hoe Lizzy nog iets oppakte, het was het mapje met de papieren. Ze liep ermee terug naar Kate.

'Maar dan moet je wel eerst tekenen,' zei ze liefjes toen ze achter Kate ging staan. 'Eén krabbeltje is genoeg.'

Kate voelde iets van metaal langs haar rechterpols glijden. Het volgende moment klonk het geluid van een nijptang en knipte Lizzy de kabelbinder door. Kate voelde weer bloed door haar onderarm en pols stromen. Ze bewoog haar tintelende vingers en strekte haar hand. Maar toen Lizzy er een pen in legde, verstijfde Kate en viel de pen op de grond. Lizzy raapte met een vermoeide zucht de pen op. Ze zette de fles met bronwater vlak voor Kates voeten onder handbereik. Nadat ze de papieren op het krukje had gelegd, trok ze Kates pols weer naar zich toe om hem vast te zetten met een nieuwe kabelbinder. Kate voelde Lizzy's warme adem over haar gezicht glijden. Ze zou naar haar willen spugen, haar willen uitschelden, haar willen... maar het enige verzet dat ze kon bieden was haar hoofd schudden.

'Goed, Kate,' zei Lizzy. 'Als je niet wilt tekenen, ga je dan in ieder geval vertellen wat er in dat etuitje zat?'

Kate kromde haar rug, haar hoofd gonsde, haar keel klopte. Al moest ze hier ter plekke sterven van de dorst, Lizzy kreeg haar zin niet.

81

Het eerste wat Felix opviel toen hij het busje aan het eind van de middag de oprijlaan opreed, was de dikke rookpluim die achter de schuur vandaan kwam. Hij fronste en gaf wat extra gas. Hij vroeg zich af wat hier in de tussentijd was gebeurd en of Olga zich wel aan hun afspraak had gehouden. Het ritje met Romy was uitgelopen. De treinen reden hier niet zoals in Nederland. In het dichtstbijzijnde dorp bleek het stationnetje al jaren niet meer in gebruik. Sneltreinen denderden er met veel geweld langs, en de eerstvolgende plaats waar wel een trein stopte was ruim twaalf mijl verderop. Vanuit het dorp gingen er bussen die kant op. Ze reden elke twee uur, maar daar kon je niet echt van op aan, vertelde een van de dorpsbewoners.

Hoewel Romy bleef volhouden dat ze het zonder zijn hulp wel zou redden, wilde Felix daar niets van weten. Toen ze halverwege de middag aankwamen en de trein naar Londen net voor hun neus wegreed, besloten ze hun hongerige magen te stillen in de plaatselijke pub.

Nu bekroop hem een gevoel van spijt dat hij toen niet even met Olga had gebeld om te checken of alles thuis goed ging. Met grote vaart en slippende banden reed hij het busje de parkeerplaats op. In het huis was alles donker. Haastig stapte hij uit. Een brandgeur waaide zijn kant op. Automatisch versnelde hij zijn pas toen hij het fel oplaaiende vuur zag. Als de bliksem rende hij het pad af, hij stak het grasveld over dat naar de schuur leidde, en zag Lizzy staan. Ze gooide takken en ander tuinafval in een grote zinken ton, waar de vlammen uitsloegen. Haar gezicht gloeide en om haar mond lag een verbeten trek. Ze leek ver weg met haar gedachten, ze zag Felix niet aankomen. Pas toen hij bijna voor haar stond keek ze verrast op.

'Aha, daar ben je dan,' zei ze.

Ze begroette hem op de toon die Felix de laatste tijd van haar gewend was. Vlak, zonder enige emotie en met een zekere vanzelfsprekendheid dat hij er altijd voor haar was, wat hem steeds meer was gaan ergeren. Ook de manier waarop ze naar hem keek – alsof ze niet hém maar iemand anders voor zich zag staan – bezorgde hem zo langzamerhand de zenuwen.

'Wat ben je aan het doen?' vroeg hij. *Stomme vraag. Waarom zeg ik niet wat ik wil zeggen? Ik moet over Kate beginnen, mijn argwaan over de val van Romy uitspreken, zeggen dat het genoeg is, dat ik stop met alles, dat ze maar zonder mij terug moet naar Zeeland.*

'Haha, lieve jongen, wat kijk je gespannen. Ik ben het snoeiafval aan het verbranden, dat zie je toch? Hoe is het met Romy? Hebben jullie innig afscheid van elkaar genomen? Ik denk dat jouw vriendinnetje thuis...'

'Hou je kop!'

Lizzy schrok van zijn uitval. Felix zag hoe ze terugdeinsde maar zich snel herstelde. Ze pakte nog een stapel takken van de kruiwagen en wierp die in de ton. Het vuur knetterde, vonkjes spatten zijn kant op. Hij deed een stap achteruit en draaide zich een halve slag, waardoor zijn aandacht werd getrokken door de schuur. Het was de enige plek waar hij nog niet binnen geweest was.

'De schuur is zo goed als leeg, er staan voornamelijk ontstoppingsmiddelen,' zei Lizzy alsof ze zijn gedachten had geraden. 'Wil je het zien?' vroeg ze.

Felix huiverde en richtte zijn blik op het huis. Hij wilde Olga spreken, hij wilde Kate zien en hun vertellen dat hij niet mee terugging naar Zeeland. Dat een van hen maar moest rijden. 'Ik... eh, nee... ik hoef die schuur niet te zien. Ik ga mijn spullen pakken. Ik wil morgen vertrekken...'

'Vertrekken?'

Lizzy klopte haar handen af en trok een van haar handschoenen uit. Ze veegde een paar keer langs haar neusvleugel alsof ze verkouden was. Haar ogen fonkelden in het licht van de vlammen. Het bezorgde Felix nog meer kippenvel. Hij draaide zich om en liep weg.

'Ik kom zo ook, wek jij Olga? Ze was een dutje gaan doen,' riep Lizzy hem na.

De toon in haar stem had die opgewekte toon van iemand die op een manipulatieve manier haar zin wist te krijgen. Felix rilde, ineens hield hij zijn pas in. Olga deed een dutje? Wiens idee was dat? Lizzy's? Hij balde zijn vuisten. Hij voelde een sterke drang om Lizzy bij haar lurven te grijpen en in de vlammen te gooien. Waarom ook niet? Een ongeluk kon zomaar gebeuren. Hij keerde zich om. Vastberaden beende hij op haar af. Hij stapte om de kruiwagen heen en terwijl hij Lizzy's gezicht zag verstrakken, rinkelde de telefoon in zijn zak.

'Fuck!' Het zeikerige telefoondeuntje bracht hem terug in de werkelijkheid. Woest greep hij naar het toestel in zijn zak. Toen hij zag dat het Romy was, nam hij direct op.

'Felix? Ik ben bijna in Londen, hou jij je aan onze afspraak? Je weet voor wie we het doen, hè?' zei ze.

Felix antwoordde bevestigend. Zijn stem klonk schor, zijn hand trilde toen hij de verbinding verbrak. Langzaam liet hij zijn arm zakken. In het schijnsel van het vuur zag hij Lizzy peilend naar hem kijken. Het cynische lachje op haar gezicht was weg en ze hield haar lippen strak op elkaar. Ze bewoog niet. Van haar hele houding straalde zo'n ingehouden woede af dat Felix verstijfde. Hij hoorde de stem van Romy nagalmen in zijn oor. Langzaam kwam hij weer in beweging, net als Lizzy, die het laatste afval uit de kruiwagen op het vuur gooide.

'Wek jij Olga?' zei ze.

Najaar 2019

82

Noor tikte een berichtje naar Olga.

Ik ben op weg naar Middelburg. Kan ik het regenjack langsbrengen?

Olga reageerde meteen. Ze schreef dat het heel goed uitkwam, sterker nog, dat ze op het punt had gestaan om Noor te bellen. Niet vanwege het regenjack, maar om iets anders wat Noor moest zien. Ze spraken een tijd af.

Noor reed de straat in en wierp een blik op het huis van Olga. Ze was benieuwd wat Olga haar wilde tonen. Ze hoopte maar dat het met het onderzoek te maken had en dat het niet om een nieuw kleinkind of iets anders in de familiaire sfeer ging. Ze pakte haar tas van de stoel en tastte daarna naar Olga's regenjack, dat op de achterbank lag. Voordat ze uitstapte, checkte ze nog even het voicemailberichtje dat net was binnengekomen. Toen ze het bericht beluisterde, herkende ze de immer opgewekte stem van haar buurvrouw. Met een dik Zeeuws accent vertelde ze dat alle planten gisteravond nog een keer water hadden gekregen en dat ze de post op tafel had gelegd. Ze was zo vrij geweest om te stofzuigen en ook de ramen te lappen, zei ze, waarna ze zich verontschuldigde en zei dat ze hoopte dat Noor het niet als een belediging ervoer. Ze sloot af met een groet en zei dat ze de komende dagen bij haar zusje in Leeuwarden verbleef. Noor lachte in zichzelf, haar huis hoefde ze voorlopig niet te reinigen. Vlug tikte ze een bedankje naar de buurvrouw en ze stopte daarna haar telefoon weer terug in haar tas. Toen ze opkeek zag ze Olga in de deuropening staan. Ze wenkte zo enthousiast dat Noor een licht gevoel van wantrouwen voelde opkomen. Zou Olga haar weer verwarren met een andere roodharige persoon? Maar Olga wist nog wie ze was en verwelkomde haar meteen met de juiste naam.

'Mevrouw den Braber, wat fijn dat u er bent. Mag ik Noor zeggen?' vroeg ze toen ze voor Noor uit liep naar de woonkamer.

'Uiteraard. Ik ben benieuwd wat u me te vertellen hebt.'

'Een heleboel,' zei Olga. Ze klonk opgewonden. 'Hang dat jack daar maar op,' zei ze en ze wees op de kapstok. 'Kom, wil je thee, koffie of liever iets sterkers? Een glaasje witte wijn of prosecco?' Haastig opende ze de deur naar de woonkamer.

'Ik... eh...' Noor aarzelde. Thuis zou ze een glas port ingeschonken hebben. Maar wie dronk er nog port tegenwoordig? 'Thee graag, ik...' zei ze.

'Het kwam allemaal door Felix,' onderbrak Olga haar. Ze keek Noor veelbetekenend aan en wees op de bank bij het raam, waarop Noor kon gaan zitten. Zelf bleef ze staan. 'Nee, eigenlijk begon het al met de selfies die we na het eten maakten. Ergens moet er een verband zijn, tenminste, dat voel ik, alleen kan ik het niet plaatsen. Maar eerlijk gezegd bent u, of jij, de eerste met wie ik dit bespreek. Jan heb ik erbuiten gehouden en zelfs Lizzy weet van niks. Beter van niet, geloof ik.' Olga schudde vertwijfeld haar hoofd, alsof ze niet meer wist waarom ze dat besloten had. Er viel een lange stilte waarin Noor Olga zag graven in haar geheugen. Net toen Noor haar mond opende, pakte Olga de draad weer op. 'Je weet dat ik dingen snel door elkaar haal. Zo dacht ik aanvankelijk dat jij Maura Mackenzie was...' Olga sloeg haar ogen neer. 'Dat spijt me.'

'Geen probleem, ik weet dat u...'

'Daarom is het zo fijn dat ik gisteren ineens een helder moment had,' ging Olga haastig verder. Ze draaide zich om, liep naar de eettafel en pakte haar telefoon ervanaf. 'Hier, het was een idee van Felix.' Olga typte iets in op haar telefoon en hield het toestel daarna omhoog. Noor veronderstelde dat het om foto's ging, de selfies, waar ze het over had. Maar Olga zei dat het om een opname ging. 'Ik had al het een en ander in een schrift genoteerd – dat doe ik tegenwoordig met alles, vandaar dat ik nog weet wie jij bent – maar Felix vond dat te vaag. Hij wilde dit...' Olga keek op haar telefoon en gniffelde. 'Ik wist niet eens dat er zo'n dictafoon op zat. Suf hè?'

Noor glimlachte, maar kon een zucht niet onderdrukken. *Waar ging dit gesprek naartoe?*

'Het was vlak nadat Kate en Romy ziek waren geworden en Maura Mackenzie veronderstelde dat het voedselvergiftiging was. Terwijl ik zeker wist dat het om gif ging, net als Felix dus. En dan te bedenken dat Lizzy hem niet vertrouwde, waardoor ik dat vanzelf ook ging denken. Het was goed van hem om mij te vragen vanaf dat moment alles vast te leggen. Als ik de dingen dan niet paraat had, hoefde ik alleen maar even terug te spoelen.' Olga drukte op de telefoon. Met een kinderlijk enthousiasme voerde ze het volume op en wachtte op Noors reactie. 'Wil je het horen?' vroeg ze.

Voorjaar 2019

83

Lizzy wachtte net zo lang tot ze zeker wist dat Felix uit de buurt was. De angst die zojuist nog bezit van haar had genomen, ebde langzaam weg. Felix werd gevaarlijk. Als dat telefoontje er niet tussendoor was gekomen, dan had hij haar vast iets aangedaan. Huiverend wierp ze een blik op de vlammenzee. Het was maar goed dat ze eerst de kleren en de koffer van Kate had verbrand. Inmiddels waren die tot as weggesmeuld en Felix wist niet beter dan dat er takken en tuinafval in de ton zaten. Langzaam maakte ze zich los van het vuur en ze voelde hoe haar bloed weer begon te stromen. Ze moest zich haasten. Dit vuur was nog maar het begin; ze moest sterk zijn, doorgaan en niet bang worden. Ze liep naar de schuur, keek om zich heen en toen ze er opnieuw zeker van was dat niemand haar zag, haalde ze de deur van het slot. Toen ze naar binnen stapte hoorde ze Kate zacht kreunen. Zonder het licht aan te doen liep ze naar de werkbank. Jachtig haalde ze de telefoon van Kate van de oplader en zette hem aan. Ook pakte ze de fles met bronwater. Dit keer geen uitleg of smeekbedes, maar dwang. Ze ging voor Kate staan, hield de telefoon voor haar neus en zei dat er berichten waren van Romy.

'Ik wil geen gelazer, Kate, en jij ook niet, denk ik. Dus laten we dit kind even een berichtje sturen dat alles goed gaat. Met welke code kan ik je telefoon ontgrendelen?' In het schijnsel van de telefoon zag Lizzy hoe hevig Kate transpireerde, ze hijgde nog steeds, maar met korte, benauwde tussenpozen. 'Kate, je bent er slecht aan toe. Als je niet gaat drinken, haal je de ochtend niet, wil je dat?'

Stilte.

'Kate!' Lizzy schrok van haar eigen stem die schril en hoog door de stille schuur galmde. *Hou je in, blijf kalm, je bent er bijna.* 'Kate, luister. Olga denkt dat je er met een taxi vandoor bent. Op dit moment is er niemand die je mist. Ruik je die brandlucht? Dat waren je koffer en een deel van je kleren, vergaan tot een klein hoopje as. Ik schroom er niet voor om jou hier achter te laten en naar Zeeland terug te gaan. Wil je water? Wil je het overleven? Geef me dan die rotcode! Vooruit, steek je vingers op. Als ik de code heb, krijg je water.'

Kate knikte. Lizzy ging voor Kate staan en keek naar haar handen. Ze wachtte een seconde, en toen Kate alleen maar haar handen balde en geen vingers opstak, gaf Lizzy haar een por. 'Vooruit, ik...'

Kate balde nog strakker haar handen en bewoog ze een aantal malen op en neer. Ze kreunde tegen de tape.

'Wacht,' zei Lizzy. Ze pakte de telefoon van Kate en tikte een nul in. 'Bedoel je dit te zeggen?'

Kate knikte en hield haar vingers nog steeds stijf bij elkaar. Weer bewoog ze haar gebalde handen.

'Shit,' zei Lizzy. 'Vier nullen?' Ze lachte. Nu Lizzy toegang had tot Kates telefoon liep ze met een triomfantelijk gezicht naar de werkbank en pakte het mapje met de papieren.

'Aangezien we toch lekker bezig zijn, heb je je hier ook al over bedacht?' zei ze. Lizzy ging dreigend voor Kate staan en knipte met de nijptang.

Kate ademde schokkerig. Lizzy tastte met een gestrekte arm naar de tape op Kates mond en pulkte die een stukje los. Kate maakte spastische bewegingen met haar gezicht. Pas nadat Lizzy de tape helemaal had verwijderd opende Kate haar mond. Ze stootte klankloze woorden uit. Ze hapte zo intens naar adem dat Lizzy bang was dat ze aan het hyperventileren was. Lizzy greep naar de fles met bronwater, draaide hem open en hield hem voor Kates mond.

'Oké dan, hier, drink,' zei ze.

Kate kneep haar ogen dicht, perste haar lippen strak op elkaar en schudde wild haar hoofd. 'Dopper...' murmelde ze. Haar stem klonk onvast.

Lizzy fronste. Een lichte tinteling van opwinding kon ze niet onderdrukken toen Kate de woorden die volgden zuchtend uitblies.

'Alleen water... uit... Dopper...'

84

Olga vroeg of Lizzy zich eerst nog wilde omkleden. Lizzy zweeg. Ze was rechtstreeks vanuit de schuur de keuken in gelopen en met een glas wijn aan de keukentafel gaan zitten. Om zich aan het gebabbel van Olga te onttrekken, staarde ze naar niets in het bijzonder op haar telefoon. Olga vervolgde dat Felix op zijn kamer was. Hij zou daar vanavond blijven. Dat had hij tegen haar gezegd toen hij met een opgewarmd restje eten van Romy naar boven was vertrokken.

'Zeg Liz, het spijt me dat ik de hele middag heb liggen slapen, ik was zo moe en jouw horloge verwarde me... Ik dacht...' ging Olga verder.

Ze sneed een paar plakken brood af voor bij de pastinaaksoep die ze had gemaakt en toen ze Lizzy haar horloge onder haar trui vandaan zag halen, herinnerde ze zich weer hoe ze in verwarring was geweest over de tijd.

'Mijn horloge?' zei Lizzy. Ze hief haar hoofd en keek Olga onderzoekend aan.

'Laat maar,' zei Olga. Ze lachte flauwtjes. Ze pakte haar telefoon uit de zak van haar vest en scrolde door het menu naar haar appberichten. 'Nog steeds geen bericht van Kate,' zei ze en ze zuchtte klaaglijk. 'Er zal toch niets met haar gebeurd zijn?'

Olga stopte de telefoon weer terug in haar zak en roerde nadenkend verder in de soep. Er viel een lange stilte. En alsof de vraag van

Olga pas na enkele minuten tot Lizzy doordrong, stond ze opeens op en ging ze naast Olga staan.

'Waarom zou er iets met Kate gebeurd moeten zijn?' zei ze op een toon die Olga schrik aanjoeg.

Olga draaide zich een halve slag. Ze voelde de nabijheid van Lizzy, ze rook de geur van houtskool die om Lizzy heen hing en ervoer dat als beklemmend. 'Ik... weet niet... of... ik... Felix zei... Sorry...'

Lizzy streek langs Olga's arm. Haar vingers gleden naar het mes dat op de broodplank lag. Ze legde haar hand erop en mompelde iets wat Olga niet kon verstaan. Olga wist niet waarom, maar door de spanning die om Lizzy heen hing, voelde ze zich nog onrustiger worden. Ze durfde zich bijna niet meer te verroeren. Haar ademhaling stokte, er ging iets onvoorspelbaars van Lizzy uit. Olga slikte. De woorden die ze zocht om dat tegen Lizzy te zeggen, dat Lizzy haar bang maakte, zaten vast in haar keel.

'Olga, ik krijg de indruk dat je te veel naar Felix luistert. We hebben het al vaker over hem gehad en jouw wantrouwen jegens hem was niet verkeerd. Dat is toch niet veranderd, neem ik aan?' zei Lizzy.

Olga schudde resoluut haar hoofd. Te resoluut, besefte ze. Want Lizzy's gezicht betrok en ze keek haar met omhooggetrokken wenkbrauwen aan. Olga wendde haar blik af en richtte zich op het fornuis. Liegen was niet haar ding. Ze had het vaak tegen de kinderen gezegd. Een leugentje om bestwil, oké, maar staalhard in iemands gezicht liegen, dat doen we niet. Op dit moment prentte ze zichzelf in dat het beter was om niet de waarheid te zeggen. Alweer omdat ze niet helemaal zeker was van Lizzy's intenties. Bovendien had ze voordat ze aan de soep begon alles wat in haar schrift stond nog eens doorgelezen. Als geheugensteuntje had ze de woorden van Lizzy, Felix en Kate en alle gebeurtenissen die ze niet mocht vergeten doorgelezen. En daarom moest ze nu sterk zijn en zich houden aan haar woord en de belofte die ze aan Felix gedaan had.

'Zo, de soep is warm. Pak jij de diepe borden, Liz? Ik heb ook wel zin in een glas wijn,' zei ze. Ze probeerde ontspannen te klinken, maar haar stem trilde. *Denk aan het schrift, denk aan wat Felix heeft gezegd.*

'Prima,' zei Lizzy. Tot Olga's opluchting liet Lizzy het mes los en richtte ze zich op de servieskast om soepborden te pakken.

Olga raapte al haar moed bij elkaar. Haar gedachten gleden weer terug naar Felix en naar wat hij haar gevraagd had voordat hij naar boven ging. 'Liz, ik heb er nog eens over nagedacht, over wat jij zei over dat gif en de gevolgen ervan. Nu ik weet dat Richard bij Kate een zoon verwekte en haar vervolgens liet zitten, ben ik gaan twijfelen over zijn dood. Je denkt toch niet dat Richard door Kate is vergiftigd?'

85

Buiten was het inmiddels donker. Een volle maan liet zijn zilveren spot op de heuvels achter het landgoed vallen. De bladeren van de bomen bewogen zachtjes op de luchtstroom van de wind en glinsterden in het maanlicht als duizenden glimwormen. Lizzy genoot van het uitzicht, dat haar ieder moment van de dag weer op een andere manier verraste. Ze had de haard in de woonkamer aangemaakt en wachtte op Olga, die nog in de keuken bezig was. Ze had bijna zwijgend haar soep gegeten. Iedere vraag van Olga had Lizzy vertwijfeld op zich laten inwerken en telkens als Olga haar dan om een antwoord vroeg, had ze haar schouders opgehaald of vroeg ze om nog wat soep om de vraag uit de weg te gaan. Olga was met Jan aan het bellen. Zonder precies te horen wat Olga zei, ving Lizzy gelach op en een zoete manier van praten. Liefdevol, vertrouwd... Lizzy's hart leek het te begeven toen ze een steek van afgunst door zich heen voelde gaan. Om de pijn de dempen pakte ze een fles whisky van het tafeltje met sterkedrank en schonk zichzelf een glas in.

Toen ze naar de stoel bij de haard liep viel haar iets in. Ze had er eerder aan moeten denken, maar was het glad vergeten. Ze luisterde naar Olga, die nog steeds aan de telefoon was, en pakte de telefoon van Kate uit haar zak. Ze ontgrendelde hem en ging naar de WhatsApp-berichten. Vlug tikten haar duimen een berichtje aan Olga en hetzelfde deed ze bij Felix. Terwijl ze een slok van haar whisky nam, wachtte ze op de blauwe vinkjes. Felix was online, hij had het bericht gelezen. Olga, die in gesprek was, moest het appje nog horen binnenkomen. Lizzy merkte dat ze was gestopt met praten, en niet veel later zag Lizzy dat ook Olga het bericht had gelezen. Lizzy trok de panden van haar tweedjasje wat dichter naar elkaar toe en terwijl ze het toestel van Kate weer in de zak van het jasje liet glijden, leunde ze tevreden achterover in de stoel. Vrijwel op hetzelfde moment kwam Olga de kamer binnen.

'O, Liz, moet je nou horen, ik krijg net een appje van Kate...' riep Olga. Traag draaide Lizzy zich om. Ze wierp een lodderige blik over haar schouder en keek quasiverstrooid naar Olga. 'Ze schrijft dat ze in het vliegtuig zit naar Spanje. Ze bedankt ons voor de hulp, maar gaat liever thuis aansterken. Ze vraagt of ik de sleutels van het huis door de brievenbus wil gooien als we weggaan. Ze heeft een reservesleutel, schrijft ze.'

'Nou ja, die Kate,' zei Lizzy. Ze lachte een beetje besmuikt. 'En jij maakte je nog zorgen.'

Olga ging hoofdschuddend naast Lizzy bij de haard zitten. 'Het verbaast me,' zei Olga. 'Ik heb me toch in haar vergist...' Olga keek Lizzy indringend aan. 'Of zou ze onraad bespeurd hebben?' vroeg ze.

'Onraad?'

'Over wat ik je eerder vroeg, Liz. Denk je dat zij Richard iets heeft aangedaan?'

'Hoe kom je daar nou bij?'

'De symptomen, Liz. Richard was een mooie, sterke en gezonde man. Hij was in de bloei van zijn leven en ineens...'

'Ineens, ineens, wát ineens?' zei Lizzy. Ze nam een flinke slok whisky. Ze voelde een lichte dronkenschap over zich komen. Ze moest oppassen. Olga viel stil en peuterde aan het hoesje van haar telefoon. 'Olga,' zei ze. Ze stond op, liep naar de deur van de woonkamer, wierp een korte blik in de gang om zich ervan te verzekeren dat Felix daar niet stond en sloot de deur. Daarna pakte ze de whiskyfles en nam een extra glas mee voor Olga. Zonder te vragen of Olga iets wilde drinken, schonk ze het glas voor de helft vol. 'Olga,' herhaalde ze om te kijken of ze de aandacht van Olga had en ze reikte haar het glas whisky aan.

Olga sputterde even tegen door te zeggen dat alcohol geen goeie uitwerking had op haar brein, maar liet zich snel ompraten toen Lizzy zei dat het hun laatste avond werd in dit huis en dat ze maar zelden zo intiem waren als vriendinnen.

'Want, Olga, ik ga je iets vertellen,' vervolgde Lizzy. 'Iets wat ik alleen kan delen met een goeie vriendin zoals jij. Beloof je me dat je het niet doorvertelt?'

86

Aanvankelijk voelde Olga zich best gevleid door Lizzy's opmerking. Ze was graag die goeie vriendin die kon luisteren zonder iets door te vertellen. Maar naarmate het gesprek vorderde voelde ze meer en meer een gewicht op zich drukken; wilde ze deze bekentenis van Lizzy wel horen? Lizzy was begonnen over haar huwelijk met Richard, over hun beider kinderwens en dat ze tot haar laatste zwangerschap altijd met veel plezier in de apotheek had gewerkt. Ze vertelde over die eerste huwelijksjaren waarin ze hun mooie huis in Middelburg kochten en Richard opklom tot specialist. Olga herinnerde zich dat ze hier vaker over gepraat hadden, niet in detail, maar wel dat Lizzy net als zij altijd graag een gezin had gehad. Op dat moment in het verhaal vulde Olga haar nog aan door te zeggen dat ze het Lizzy ook zo gegund had, en dat ze het altijd jammer voor haar had gevonden dat er geen kinderen kwamen. Lizzy vulde hun glazen bij en de sfeer was gemoedelijk. Maar die werd na Lizzy's bekentenis over Richards notoire vreemdgaan ineens een stuk grimmiger. Toen begon Lizzy over Kate. Olga had de laatste tien minuten niets meer gezegd. Ze had van haar whisky genipt en, naargelang dat uitkwam, geknikt of haar hoofd geschud.

'Ik weet zeker dat hij alleen van mij hield. Kate was hoogzwanger maar hij bleef bij mij. Olga, dat zegt toch genoeg?'

Olga knikte. Ze beet op haar lip, ze voelde medelijden, maar niet voor Lizzy maar voor Kate.

'Ik had toen moeten inzien dat het Richard niet uitmaakte of ik hem kinderen zou schenken, Richard wilde mij…' Lizzy wachtte even voordat ze verderging. Ze leek te twijfelen, ze zocht naar woorden. Olga keek naar haar schoot, waarop haar telefoon lag; ze wilde zeggen dat het beter was om vanaf nu te zwijgen. 'Maar ik kon het niet meer aan, niet na de dood van mijn laatste kindje. Ik was zo alleen en voelde me zo verloren. Ik werd depressief, Olga.'

Niet verdergaan, Lizzy, stoppen nu.

'Ken je de herfsttijloos? Tuurlijk ken je die. Lieve paarse bloemen die lijken op krokussen en vanaf september bloeien. Mijn tuin staat er vol mee. Ieder najaar is het weer een feest om te zien hoeveel nieuwe zaailingen hun kopjes kriskras door de tuin opsteken.'

'*Colchicum autumnale*,' zei Olga. Haar geheugen mocht dan op een vergiet lijken, Latijnse namen popten als vanzelf op. Ze nam een slok whisky. Ze zou eigenlijk het glas moeten neerzetten en de rest niet meer moeten opdrinken. Ze dronk door.

'Precies,' zei Lizzy. 'De colchicine uit de plant wordt gebruikt als ontstekingsremmer bij jicht en reuma, en zelfs bij kanker voorgeschreven. Dan gaat het uiteraard om een net niet toxische dosering, maar…'

'Lizzy, misschien is beter om nu te stoppen en niet verder te gaan,' onderbrak Olga haar.

'Kijk, het begon met een paar druppels. Heus, ik wilde hem alleen maar een beetje ziek maken, een beetje laten lijden en laten voelen hoe het voor mij was geweest. Die pijn. Die vreselijke pijn omdat ik nooit meer een kind zou kunnen baren. Tenslotte weten mannen niets van dat soort pijn, hè? Weet Jan wat jij hebt doorgemaakt tijdens jouw bevallingen?'

'Dat ligt anders, ik heb vier…' Kinderen, wilde Olga zeggen, maar ze slikte nog net op tijd het woord in. Opnieuw nam ze een slokje van de whisky. Haar geest mocht het vanaf nu voorgoed begeven, ze had er vrede mee zolang ze maar niet hoefde te horen wat ze vreesde: dat Lizzy Richard had vergiftigd.

'Het was niet meer tegen te houden, Olga. Na ons tuinreisje moest ik doorgaan, iets dreef me daartoe. Het was walgelijk, dat geef ik toe. Maar ik kon niet verder leven met Richard alsof er niets gebeurd was. Ik kon zijn aanrakingen niet meer verdragen omdat ik steeds aan Kate moest denken.'

'Nee, Lizzy, nee. Je had van hem kunnen scheiden!' riep Olga ontsteld.

'Scheiden? Ha, en dan? Dat mooie huis verliezen, mijn tuin, mijn alles...'

'Heb je hem vergiftigd, Lizzy?' Olga's stem stierf weg. Ze rilde over haar hele lichaam, ze voelde zich misselijk en beroerd.

'Ja, lieve Olga. Ik heb Richard vergiftigd en ik heb daar geen spijt van. Ik ben blij dat ik het nu met jou heb kunnen delen. Jij zult het morgen misschien nog weten, maar over een tijdje ben je het kwijt. En Richard is vier jaar geleden gecremeerd. Mijn geheim zal nooit uitkomen.'

Olga sloeg een hand voor haar mond; het maagzuur dat omhoogkwam slikte ze weg. Ze zette haar glas neer, pakte haar telefoon en stond op. Ze zei dat ze ging slapen.

Lizzy knikte, haar gezicht stond uitdrukkingloos. 'Dank Olga, welterusten, je bent een fantastische vriendin,' zei ze.

Olga liep zonder te antwoorden naar de deur. Toen ze op de gang stond, keek ze naar haar telefoon. Haar hand trilde. Ze durfde niet te kijken. Pas toen ze de trap op liep naar boven en Felix hoorde lopen, drukte ze op het rode vierkantje van de dictafoon om de opname te sluiten.

Herfsttijloos is een echte herfstbloeier. De bloemen komen uit een knol en komen in het najaar boven de grond. De stempels zijn paars, het bloemdek is lila. Herfsttijloos is tweeslachtig en kan zichzelf bestuiven. Alle delen van de herfsttijloos zijn zeer giftig! De hoogste concentratie van de giftige alkaloïde, colchicine, zit in de bollen en zaden. De levensbedreigende dosis varieert sterk: 7 tot 65 milligram in één dosis. Overlijden gebeurt door hypovolemische shock en cardiovasculaire collaps of secundair ten gevolge van multi-orgaanfalen.

Najaar 2019

87

Noor reed de oude Volvo naar de kant van de weg en zette de motor uit. Haar vingers trilden toen ze de achteruitkijkspiegel naar zich toe draaide. Haar wangen gloeiden, net als haar hals, waarvan de huid vlekkerig rood kleurde. Ze maakte een staart van haar onwillige haar en schoof het elastiekje dat ze uit het dashboardkastje had gehaald eromheen. Puffend ademde ze uit. Ze was zo opgewonden dat ze niet verder durfde te rijden, omdat ze bang was ongelukken te maken. Ze pakte haar telefoon en checkte opnieuw de mail waarin Olga de opname van de dictafoon als bijlage aan haar had verstuurd. Ze kon het bijna niet geloven, maar het was écht waar. Het bewijs dat Lizzy haar man moedwillig had omgebracht met gif lag hier in haar hand.

Terwijl ze de opname opnieuw beluisterde, sloot ze haar ogen en liet ze de stem van Lizzy nog beter tot zich doordringen. Het was de stem van iemand die kalm en vriendelijk sprak. Een stem die boeiend wist te vertellen over een onschuldige hobby als tuinieren. Maar het was ook de stem van iemand die zeker was van haar zaak en er niet voor zou terugdeinzen om na één gifmoord er meer te plegen. Nadat de opname was afgelopen, liet Noor de woorden nogmaals door haar hoofd gaan. Lizzy had tegen Olga gezegd dat niemand kon bewijzen dat zij Richard vermoord had. Dat was waar. Maar waar ze niet op gerekend had, was dat Olga behalve deze geluidsopname ook nog de selfies in haar bezit had. Selfies waar misschien nog een slachtoffer van Lizzy op stond.

Peinzend keek Noor naar de foto's die Olga had meegestuurd. Ze staarde naar het groepje mensen. Ze wist nu wie Felix was en hoe Kate eruitzag. Ze zoomde in op Kate en probeerde in haar gelaatstrekken iets te herkennen van de onbekende, vermoorde vrouw. Ze had ongeveer dezelfde lengte en was even tenger, dat wel, maar verder zag ze geen overeenkomsten. Het enige aanknopingspunt dat wel duidelijk was, was het horloge om de hals van Lizzy. Weer zoomde ze in. Ditmaal hoefde ze de politiefoto uit haar dossier er niet bij te pakken om zekerheid te hebben: het horloge dat in de hand van het slachtoffer had gezeten was onmiskenbaar dat van Lizzy.

Noor veegde verder naar de andere personen op de foto's en richtte haar blik op een meisje dat naast het groepje stond. Ze was tenger en klein, ze had donkere vlechten en een mooie mond. Haar ogen gingen voor een deel schuil achter haar pony. Volgens Olga was dat Romy, het meisje dat ze onderweg waren tegengekomen. Een liftster op wie Felix was gevallen. Een moeilijk kind dat niets lustte, zei Olga. Toen Noor doorvroeg en wilde weten hoe ze die Romy kon bereiken, had Olga haar hoofd geschud en verteld dat Romy een backpacker was en nooit lang op één plek bleef. Een klimaatactiviste zou ze zijn, iemand die van event naar event reisde.

Noor piekerde verder. Felix was verdwenen, Kate was niet te vinden, Romy was op reis. Iedereen die in Lizzy's omgeving had verkeerd, was weg. Lizzy had Richard vermoord omdat hij Kate zwanger had gemaakt. Daarna ging Lizzy met Olga, Kate en Felix naar Engeland. Waarom deed ze dat? Het horloge van Lizzy zat in de hand van het slachtoffer. Hoogstwaarschijnlijk Kate. Haar postuur klopte en ook de kleur van haar haar leek op dat van het slachtoffer. Maar hoe kwam het lichaam van Kate dan op de grens van België terecht? Lizzy moest een medeplichtige hebben gehad. In je eentje kon je niet met een lijk lopen sjouwen. Misschien was Felix getuige geweest van de moord op Kate en had Lizzy hem daarna ook vermoord? Waar was zijn lichaam dan gebleven? Volgens Olga was Felix gewoon mee teruggegaan op de boot naar Zeeland.

Noor startte de auto. Hoewel er nog veel vragen waren, had ze voldoende antwoorden om door te gaan met haar onderzoek. Sterker nog, zodra ze komende week weer aan het werk ging, zou ze de zaak opnieuw onder de aandacht brengen. Er waren nu foto's van Kate beschikbaar, het horloge was gevonden, er was een opname met een bekentenis... Een grote grijns verscheen om haar mond. Ze had genoeg informatie om haar collega's te overtuigen. De onbekende vrouw had een naam gekregen. Ze heette Kate.

Ze toetste het nummer van het bureau in en voelde hoe de opgewonden spanning opnieuw bezit van haar nam. Ze wilde juichen, gillen, roepen dat zij de Nemo-zaak had opgelost...

Ze kreeg een norse collega aan de lijn, Hans. Noor zag hem voor zich. Hij had een megabuik en armen vol tatoeages, hij was grof in de mond en nooit te beroerd om een seksistische grap te maken. Ze slikte en liet een stilte vallen. *Adem in, adem uit.*

'Hoi, met Noor. Kan ik iemand spreken die heeft meegewerkt aan Nemo?' zei ze met geforceerde luchtigheid in haar stem. De lijn kraakte, de stem van Hans viel even weg en toen hij weer terug was, hoorde Noor gemopper en geroezemoes op de achtergrond. Stemmen, telefoongerinkel...

'Nee, schatje, niemand te bereiken,' zei Hans. 'Moet ik vragen of ze je terugbellen?'

Noor beet op haar lip. *Schatje!* Klootzak. 'Eh, nee, nee, laat maar. Ik zie jullie maandag wel. Fijn weekend alvast.'

Voorjaar 2019

88

Uren later – voor haar gevoel was het midden in de nacht – hoorde Kate buiten het geschuifel van voetstappen. Iemand rammelde aan de schuurdeur. Kate hief haar vermoeide hoofd op. Ze ademde zwaar en kreunde. Ze moest plassen, ze hoopte dat Lizzy terug was. Bovendien had ze zo'n dorst gekregen dat het haar niet meer uitmaakte of het water uit de fles kwam of uit haar Dopper. Ze had Lizzy zien rotzooien met haar Dopper. Desnoods zat daar gif in, ook dat maakte haar niet meer uit. Ze ging toch dood. Van de kou, van ellende, van de dorst, van het ophouden van haar plas.

Buiten was het weer stil. De voetstappen leken opgelost. Waren ze er wel geweest, of hoorde ze dingen die er niet waren? Ze spitste haar oren. Nee, daar! Daar was het weer! Iemand wrikte aan het slot van de deur. Als het Lizzy was, zou ze de deur toch gewoon openen? Stilte. Misschien dat iemand haar hier zocht, Olga, Felix? Een korte, heftige klap tegen het hout. Kate trok aan het touw om haar polsen. De pijnscheut die volgde ving ze op in een stille kreet. Weer een klap tegen de deur. Minder hard. Stilte. Een zachte tik nu. De deur scharnierde. Maanlicht viel naar binnen en trok een witte streep over de vloer. Iemand stapte erlangs. Kate zag een silhouet, een schaduw die over de wand naast het raam viel. Het duurde maar kort, hooguit één seconde. Vrijwel meteen daarna viel de deur dicht en werd alles opnieuw donker. Kate slikte, iedere ademtocht vermijdend zat ze roerloos op de stoel. De voetstappen hielden stil, blijkbaar moest de persoon wennen aan het donker. Kate probeerde te zien wie daar stond. Ze hoorde zachte zuchten, was dat een vrouw? Was dat Lizzy? Wat ging ze doen? De voetstappen waren terug. Er was een geur, Kate kende die geur... Er was een schaduw die in haar richting bewoog, dichterbij kwam. Een fel lichtje dat ineens recht in haar gezicht scheen en haar verblindde. Ze kneep haar ogen samen en kreunde tegen de tape, ze schudde haar hoofd.

'Stil,' fluisterde een stem.

Nu wist ze het zeker... Dat was...! Ze draaide zich om en opende haar ogen. 'Jij?' murmelde ze onhoorbaar tegen de tape. 'Maar... wat...?'

Ze voelde hoe een hand haar beetpakte en iets van metaal langs haar armen glijden. Was het voorbij? Haar angst, dorst, pijn... Ze kon niet meer. Haar hoofd voelde licht, haar lichaam schudde en voor haar ogen trok een mist op. Vingers trokken aan de tape, ze hapte naar adem. *Lucht, lucht, lucht...* Haar mond stond op een kiertje, langzaam verslapte haar lichaam en voelde ze zich wegzinken in overgave. Ze was gered! Ze wilde opstaan, weggaan, maar haar benen konden haar niet dragen. Ze sloot haar ogen en huilde. Warme tranen voelde ze, en warm vocht dat tussen haar benen naar beneden liep. Droomde ze of was het echt voorbij?

89

Olga ontwaakte uit een nachtmerrie. Als in een dwangbuis zat haar lichaam in het laken en de deken gewikkeld. Ze gloeide en hapte naar adem. Ze had gedroomd dat ze op het strand was en op de vlucht was voor Lizzy. Het was bijna vloed. Het strand werd steeds smaller. Terwijl de golven dichterbij kwamen, schoven ook de duinen haar kant op. Achter haar liep Lizzy met een whiskyfles zo groot als het huis van Kate. Olga rende en rende. Maar hoe rap haar benen ook gingen, ze kwam niet snel genoeg vooruit. De zee en de duinen sloten haar langzaam in en vlak voordat ze verdronk, werd ze geplet door een whiskyfles.

Ze sloeg het laken en de deken open en met een verhit hoofd kwam ze langzaam overeind. Ze probeerde zich te focussen op het nachtkastje, maar kijken was moeilijk. Vlak boven haar ogen zat een stekende pijn. Op de tast zochten haar vingers naar haar telefoon. Toen ze die eenmaal beethad en naar zich toe trok, zag ze dat het bijna ochtend was. Denkend aan wat de dag zou brengen sloot ze haar ogen en ademde ze met een diepe zucht uit. Ze moest moeite doen om alles wat Lizzy gisteravond had gezegd helder te krijgen. Flarden van het verhaal van Lizzy waren zo heftig geweest dat ze Olga nog scherp voor de geest stonden. Lizzy had uit jaloezie Richard vermoord. Olga kon het bijna niet geloven. Haar gedachten gleden naar Felix. Hij had haar geïnstrueerd om vanaf nu en zodra ze met Lizzy samen was, altijd haar dictafoon aan te zetten. 'Tegen het vergeten,' had hij haar op haar hart gedrukt. Ze vroeg zich af of deze bekentenis van Lizzy daar ook bij hoorde. Dit had ze nooit verwacht.

Wat moest ze doen? Haar trouwe vriendin aangeven bij de politie? Volgens Lizzy had dat geen zin meer, Richard was gecremeerd, Olga moest het maar vergeten. Zoals ze alles vergat... Ze opende haar ogen weer, drukte de kussens in haar rug, knipte het bedlampje aan en keek opnieuw op haar telefoon. Ze las het laatste berichtje van Kate en schudde haar hoofd. Zomaar zonder afscheid terug naar Spanje, wat ondankbaar. Olga voelde zich afgewezen. Mooi stelletje vriendinnen. De opkomende kwaadheid gaf haar genoeg reden om een beslissing te nemen: vandaag wilde ze terug naar Zeeland. Hoe eerder, hoe beter. 'Weg uit dit spookhuis,' riep ze. Ze schrok van haar eigen stem, die donker en zwaar klonk, als de stem van iemand die de avond daarvoor te veel had gedronken.

Ze rekte zich uit, zwaaide haar benen over de rand van het bed en stond op. Haar hoofd bonkte, de kamer draaide. Ze zocht steun bij het nachtkastje en voelde aarzeling opkomen toen ze naar de telefoon keek die daarop lag. Wilde ze die opname van Lizzy wel bewaren? Waarom zou ze nog langer doen wat anderen van haar wilden, Felix, Kate, Lizzy... terwijl thuis haar lieve familie wachtte. Jan zou nooit begrijpen dat zij zich met dit soort zaken ophield.

'Verdomme!' Weer die zware stem. Was zij dat? Dat bonken en dat kloppen, hoorde ze het goed? Was dat haar hoofd of...?

90

'Olga? Olga, ben je wakker?'

Felix klopte nogmaals op Olga's deur. Hij wist bijna zeker dat hij haar zojuist had gehoord. Terwijl hij nog een keer haar naam riep, drukte hij de klink naar beneden en opende de deur. Olga stond naast het bed met de telefoon in haar hand. Haar haar zat rommelig om haar gezicht. Haar mond stond een stukje open. Ze zag bleek, bijna grauw. Verschrikt keek ze hem aan. 'Felix? Wat...?'

'Mag ik binnenkomen?' vroeg Felix. Olga knikte vaag. Felix sloot snel de deur en stapte recht op Olga af. 'Hoe is het gisteravond gegaan?' vroeg hij haastig. Indringend keek hij haar aan. Dat Olga achteruitdeinsde, deed hem niets. Integendeel, hij deed nog een stap naar voren en bleef op een armlengte van haar verwijderd staan. 'Heb je je aan onze afspraak gehouden?' Felix wees op de hand waarin Olga haar telefoon hield.

'Ik... eh... heb zojuist...' Olga keek vertwijfeld van Felix naar haar toestel. Zuchtend veegde ze een lok haar achter haar oor.

'Wat?' riep Felix.

'Ik wilde het wissen, maar ik heb me bedacht,' zei Olga snel.

'Heeft ze iets gezegd over Kate of over mij?'

Olga knipperde even met haar ogen. Felix zag dat ze vocht tegen de tranen, ze keek van hem weg. Ze rilde, ze schudde haar hoofd, ze ademde schokkerig.

'Olga?'

'Het is...' Olga's stem brak.

'Wat, Olga? Wat?' In een reflex pakte Felix Olga bij haar schouders en hij begon haar door elkaar te schudden. Felix schrok van zijn eigen felle reactie en zijn greep verslapte.

Olga liet zich op het bed vallen. Ze kromde haar rug, drukte haar handen voor haar gezicht en begon te huilen. Zachte snikken vulden de kamer. 'Ik wil hier weg, ik wil naar huis, naar Jan,' murmelde ze.

Felix verontschuldigde zich en pakte voorzichtig de telefoon uit Olga's hand. En terwijl hij naast haar op bed ging zitten en een aangebroken pakje zakdoekjes van het nachtkastje pakte en aan haar gaf, vroeg hij of hij de opname mocht beluisteren.

'Ik weet het niet,' zei Olga. Ze trok een zakdoek uit het pakje en snoot haar neus. Er viel een stilte. 'Het is heel erg, Felix... We kunnen er niks meer aan veranderen. Het is gebeurd, o god... Ik... vind het heel erg... maar...' Olga snoof en frummelde aan haar zakdoek.

Felix drukte op de afspeelknop van de dictafoon en luisterde ademloos naar de woorden van Lizzy. Een mengeling van ongeloof en bevestiging zette zich in hem vast toen hij de woorden goed en wel tot zich liet doordringen.

Nadat het verhaal van Lizzy was gestopt en hij de telefoon aan Olga had teruggegeven, liep hij een paar stappen door de kamer. Bij het raam hield hij in. Hij schoof een van de overgordijnen een stukje open en staarde naar buiten. De zon kwam op, de lucht kleurde rood. Zijn gedachten gingen naar Romy, als zij eens wist... Achter hem kwam Olga in beweging.

'Het spijt me zo voor je,' zei ze zacht. 'Richard was tenslotte jouw vader. Het moet heel erg zijn om dit dan te horen en... Wat ga je nu doen met Lizzy?'

'Voorlopig niets,' antwoordde Felix. Zijn stem klonk schor. Hij draaide zich om. 'Wij gaan vandaag naar huis, Olga, we gaan terug naar Zeeland. En daar zien we wel verder, oké? Dat is veiliger. Maar beloof je me dat je die opname goed bewaart? Je weet maar nooit hoe hij nog van pas komt.'

Olga knikte. Ze straalde vertwijfeling uit, alsof ze het nog steeds als verraad zag wat ze had gedaan en de goedkeuring van Felix nodig had om door te gaan.

'Doe het nou maar,' zei Felix resoluut. 'Ik zorg voor alles. Heus, Lizzy komt er niet mee weg. Laat alles maar aan mij over. Goed?'

'Goed dan,' zei Olga. Ze lachte een beetje naar hem en leek er nog iets aan te willen toevoegen, maar net op dat moment hoorden ze Lizzy de trap op lopen.

Felix legde een vinger tegen zijn mond. Zonder zich te verroeren luisterde hij naar het geluid van Lizzy's voetstappen. De voetstappen kwamen de overloop op, sloegen links af en stierven weg in de richting van de badkamer. Felix telde de seconden en opende voorzichtig de deur. Pas toen hij het douchewater in de badkamer hoorde spetteren, gaf hij Olga een bemoedigend knikte en vertrok hij naar zijn eigen kamer om zijn spullen in te pakken.

91

Het was halverwege de middag – Felix bracht alle bagage naar het busje en Lizzy ruimde buiten de tuinspullen op – toen Olga de deur van Kates kamer opende. Hoewel ze het nog steeds vreemd vond dat Kate zomaar van het ene op het andere moment en zonder afscheid te nemen was vertrokken, vond ze ook dat Kate in ieder geval in een schoon bed moest kunnen stappen als ze weer hier was. De deur viel open en Olga stond als versteend op de drempel. Geschokt keek ze de kamer rond. Alsof er een wervelwind door de kamer was gegaan, zo lag alles erbij. Kastdeuren hingen open, lades lagen omgekeerd op de grond en tot Olga's verbazing lagen alle kleren die Kate niet had meegenomen op een berg bij elkaar gepropt. Olga besloot om dat maar zo te laten, zoveel tijd om op te ruimen had ze niet meer. Lizzy had gezegd dat als ze de ferry wilden halen, ze over twee uur in Dover moesten zijn. Voor die tijd wilde Olga nog even met Jan skypen om te laten weten hoe laat ze in Zeeland verwachtte aan te komen.

Ze had Felix beloofd om niets over Lizzy's bekentenis te delen met Jan. Hoe minder mensen ervan afwisten, hoe beter. Als Lizzy al in staat was om haar eigen echtgenoot uit de weg te ruimen, zou ze er niet voor terugdeinzen hun ook iets aan te doen, had hij gezegd. Hij had haar gevraagd om Lizzy in de waan te laten dat ze alweer vergeten was wat Lizzy haar had toevertrouwd. Ze wendde zich nu naar het bed, vouwde de dekens op, trok de lakens van het matras en terwijl ze gedachteloos de kussensloop uitschudde, dwarrelde er iets op de grond tussen haar voeten. Het was een verfrommeld stukje papier. Ze raapte het op, draaide het om en keek ernaar. Ze moest even goed tot zich laten doordringen wat ze zag. Het was een foto die gemaakt was van twee samengevoegde foto's waarop een meisje en een jongen stonden. Olga fronste haar voorhoofd. Peinzend staarde ze naar de foto in haar hand. Wie waren die kinderen en waarom had Kate die foto zo verfrommeld en verstopt? Ze kon er niet te lang bij stilstaan. Van beneden klonk de stem van Lizzy.

'Olga, Olga? Waar ben je?'

Olga opende haastig de deur. Ze dacht aan Felix en wat hij gezegd had: Lizzy is gevaarlijk. 'Ja, ja, hier, Lizzy, ik ben op Kates kamer.'

'Kun je me even helpen?'

Olga stopte de foto in haar broekzak, liet het bergje vuile lakens op de grond liggen en liep de kamer uit. Onderaan de trap stond Lizzy. Ze droeg haar tuinkleren, had haar vuile kaplaarzen nog aan en keek verwilderd uit haar ogen.

'Gaat het, Liz?' vroeg Olga bezorgd.

'Ja, waarom zou het niet gaan?'

Opnieuw hoorde Olga de stem van Felix: *Geef Lizzy haar zin en doe alsof er niets gebeurd is.*

'Het is buiten,' wees Lizzy toen Olga beneden was en de woonkamer wilde in lopen.

'Oké, wat is het?' vroeg Olga toen ze Lizzy volgde naar het paadje dat naar de schuur leidde.

Lizzy liep snel, zo snel dat Olga haar bijna niet kon bijhouden. Vanuit haar ooghoek zag ze Felix op de parkeerplaats bij het busje staan. Hij zwaaide naar haar en riep dat hij het busje voor haar zou openlaten.

'Ik ben boven, mocht je me zoeken,' riep hij. 'Een laatste check of ik alles heb ingepakt.'

'Goed, hoor!' riep Olga en ze zwaaide terug. Lizzy was al uit het oog verdwenen. Olga versnelde haar pas en toen ze aan het einde van het paadje was en bij de bloemenweide aankwam, zag ze Lizzy voor de schuur staan. Op de grond voor Lizzy's voeten lag iets wat opgerold was in het blauwe zeildoek. Lizzy bukte zich en trok het bij de schuur vandaan.

'Kom, Ol, ik kan het niet alleen,' zei ze toen Olga dichterbij kwam.

'O, maar... wat... is dat?' vroeg Olga.

Lizzy richtte zich op en keek Olga breed lachend aan. 'Wat denk je, Olga? Sorry, ik kon het weer niet laten. Je moet me nog één keer helpen. Ik heb stiekem voor thuis een fruitboompje uit de boomgaard gerooid.'

92

Hoewel ze stijf stond van de spanning, probeerde Lizzy haar kalmte te bewaren. Olga mocht niet doorkrijgen dat er geen boom in het zeildoek lag. Het was haar gelukt om het lichaam met een van de vloerdelen die ze hiervoor apart had gehouden, te verstevigen. Daarna had ze het zo goed ingetapet dat elke beweging was uitgesloten.

'Ik weet dat je een zwakke rug hebt en ik weet dat ik geen bomen meer van je mocht meenemen, maar Olga, alsjeblieft, probeer het. We zijn bijna bij het busje. Zoals je ziet heb ik alles zorgvuldig ingepakt en steken er geen gevaarlijke takken uit. Net zoals onze kweker in Zeeland dat zou doen.'

De adrenaline die nog door Lizzy's bloed stroomde na de worsteling in de schuur, zorgde ervoor dat ze genoeg kracht had om door te gaan en het zwaarste deel voor haar rekening te nemen. Olga klaagde dan weliswaar, ze deed uiteindelijk toch wat Lizzy vroeg.

Hijgend kwamen ze aan bij het busje. Lizzy keek om zich heen of ze Felix zag en toen dat niet het geval was, zei ze tegen Olga dat ze de boom even op de grond moesten leggen.

'Pff, ik lijk wel gek,' zei Olga. Ze zette haar ene hand in haar onderrug en veegde met de andere hand langs haar verhitte voorhoofd.

Lizzy opende de deuren van het busje. Ze schoof snel een paar koffers opzij, zette de weekendtassen op de stoelen en stapte in. 'Ben ik blij dat die achterste stoelen eruit zijn gehaald,' mompelde ze toen ze zich weer naar Olga wendde.

'Wat zeg je, Liz?'

'Niets,' snauwde Lizzy. Ze had inmiddels het lichaam weer opgetild en trok het uit alle macht naar zich toe. 'Kun jij nu duwen, Olga? Ja, daar, goed zo, ik wist dat je het kon!' riep ze, terwijl ze aan het hoofdeind van het zeildoek sjorde.

Zwoegend en zwetend van inspanning duwde Olga het lichaam naar binnen. Lizzy deed de rest. Ze plaatste de koffers ernaast zodat het lichaam mooi op zijn plek bleef liggen en haalde de weekendtassen weer van de stoelen. Ze had ze net teruggezet toen Felix kwam aanlopen.

'Zo, wat zijn jullie aan het doen?'

Olga draaide zich om. 'Ach ja, jongen, het is Lizzy. Zonder planten of bomen kunnen we niet huiswaarts.'

Felix ging naast Olga staan en wierp een blik in het busje, waar Lizzy net uit stapte. 'Een boom?' vroeg hij. Onderzoekend keek hij naar het blauwe zeildoek. Hij opende zijn mond om iets te zeggen, maar Lizzy was hem voor.

'Ja, een boom. Ik heb tuinieren als hobby, weet je nog?' Ze lachte heimelijk naar hem. Schuldbewust wees ze op de boomgaard. 'Kate hoeft het niet te weten, maar dit bijzondere boompje stond...'

'Laat maar,' zei Felix. Hij keek op zijn horloge en keerde zich daarna om naar Olga. 'Ben je klaar boven?' vroeg hij. 'Het lijkt me dat we zo maar eens moeten vertrekken.'

'O, ja, ik... had het bed van Kate nog willen...'

'Niet nodig, lijkt me. Kate is terug naar Spanje en wij gaan terug naar Zeeland,' zei Felix.

'Haha, daar ben ik het helemaal mee eens,' zei Lizzy. De toon in haar stem klonk weer ontspannen en ook voelde ze haar hartslag langzaam weer normaal worden. Ze herpakte zich, herhaalde de woorden van Felix en voegde eraan toe dat Kate misschien voorlopig helemaal niet meer terugkwam. 'Na alles wat ze hier heeft meegemaakt.' Lizzy schudde medelijdend haar hoofd. Er viel een korte stilte, waarin Olga haar blouse rechttrok en haar handen aan haar broek afveegde. Lizzy sloot de deuren van het busje en zei dat ze nog even in de schuur haar laarzen moest verwisselen voor haar schoenen. 'Maar ik ben zo klaar, gaan jullie maar vast in het busje zitten. Ik sluit wel af.'

'O, wil je dat doen? Dan was ik mijn handen en haal ik mijn tas,' antwoordde Olga. 'Ik zal de sleutelbos in het slot laten hangen. Gooi jij hem dan door de brievenbus, Lizzy? Dat wilde Kate graag.'

Lizzy knikte en liep weg. Ze voelde hoe Felix haar nakeek. Ze hoopte dat hij haar niet naar de schuur zou volgen. Bij iedere stap die ze zette speelde haar rug op, deden haar ledematen pijn en voelde ze de brandwond op haar hand. Het zuur van de gootsteenontstopper was dwars door haar handschoenen heen gegaan en had een deel van de huid weggebrand. Eenmaal bij de schuur ging ze vlug te werk. Alles gebeurde als in trance. Ze kleedde zich tot op haar ondergoed uit en wierp haar kleren in dezelfde vuilniszak als waar de kabelbinders, handschoenen en lege flessen gootsteenontstopper in zaten. Daarna maakte ze de klauwhamer schoon en legde hem op de werkbank. Toen ze er zeker van was dat ze niets vergeten was, trok ze haar schone kleren en schoenen aan en wierp de laarzen in de vuilniszak. Ze sloot de deur af en liep met de vuilniszak in haar hand terug naar het busje.

Felix zat achter het stuur, zijn blik strak op zijn telefoon gericht. Olga zat naast hem en riep naar Lizzy dat de sleutels in de voordeur zaten. Lizzy zette de vuilniszak achter in het busje en zwalkte als een dronkaard op haar laatste benen naar de voordeur. Ze liep het huis in, haalde haar jas en tas van de kapstok en trok daarna de deur achter zich dicht. Ze voelde hoe Olga vanuit het busje haar handelingen volgde en moest haar best doen om niet te laten merken dat ze de sleutel amper omgedraaid kreeg. Haar lichaam trilde zo hevig dat ze ieder moment in elkaar kon zakken. *Hou vol, hou vol.* Toen ze de deur eindelijk had afgesloten, liet ze de sleutelbos in haar jaszak glijden en opende ze haar tas om haar kalmeringspillen te pakken. Ze forceerde een glimlach voor Olga en stapte in het busje. Bevend nam ze plaats achter Felix. Ongemerkt nam ze een pil in, en terwijl Felix de oprijlaan naar de weg afreed, vroeg ze bijna onhoorbaar of hij zo even bij het hek aan de weg wilde stoppen om de vuilniszak in de container te gooien.

'Zo Liz, lekker weer naar huis,' zei Olga toen Felix even later de vuilniszak naar de container bracht. De motor van het busje draaide nog, Olga boog zich over de stoel naar Lizzy. 'Hoe laat vertrekt die ferry ook alweer?'

Lizzy keek naar Felix en hoe hij de vuilniszak met één snelle worp in de container gooide. Daarna verplaatste haar blik zich naar het zeildoek naast haar voeten. Een opkomende misselijkheid ontnam haar de adem. Ze slikte de gal in haar keel weg en knoopte haar jas een stukje los. *Straks word je kalm, hou nog even vol.*

Felix stapte weer in. Zonder iets te zeggen deed hij zijn gordel om en reed hij het busje de weg op. Lizzy ademde opgelucht uit.

'Liz? Heb jij de tijd paraat?' vroeg Olga nogmaals.

Lizzy knikte afwezig naar Olga. Bijna gedachteloos liet ze haar hand in haar blouse glijden om haar horloge tevoorschijn te halen. Haar koude vingertoppen zochten beverig over de warme huid van haar boezem, waarop ze geen horloge vond. Nee! Hoe...? Haar mond viel open. In shock staarde ze naar Olga. Ineens herinnerde ze zich weer het moment waarop het klokje van haar hals werd gerukt.

93

De terugweg leek korter dan de heenweg. Ongemerkt hadden ze het heuvelachtige landschap met de kleine kerkjes en begraafplaatsen achter zich gelaten en reden ze de snelweg naar Dover op. Lizzy was in slaap gedommeld en Olga praatte tegen Felix over haar kleinzoon. Het viel Olga op dat Felix er met zijn gedachten niet bij was. Telkens keek hij gespannen op zijn telefoon.

'Verwacht je een berichtje van Romy?' vroeg ze.

Felix draaide verbaasd zijn hoofd, fronste even en keek daarna weer voor zich op de weg.

'Ik vond haar heel aardig, een beetje dun, dat wel, maar verder... Ach, weet je, het lijkt me niet makkelijk voor jullie generatie. Alles is zo onzeker, hè?'

Felix antwoordde niet.

Toen Olga merkte dat hij liever niet over Romy wilde praten, boog ze zich wat dichter naar hem toe en begon ze op fluistertoon over Lizzy te praten. 'Ze is niet zichzelf,' zei Olga zacht. Ze keek even over haar schouder naar de stoel achter haar, waarop Lizzy met open mond tegen de stoelleuning lag te slapen. 'Zou het met die bekentenis te maken hebben?' ging ze verder.

Felix zweeg.

'Misschien is ze bang dat ik het doorverteld heb aan jou en gaat ze mij, en anders jou, ook iets aandoen, zou dat niet kunnen...?' zei Olga zacht naast Felix' oor.

Stilte.

Olga schoof terug op haar stoel. Ze legde haar handen op haar schoot en staarde naar het voorbijrazende verkeer dat hen rechts inhaalde. Haar gedachten bleven onwillekeurig hangen bij Lizzy. Een lichte huivering liep langs haar rug. Dat zij al die jaren bevriend was geweest met een vrouw wier man was vermoord. Olga voelde haar middenrif samentrekken.

Lizzy had hem met opzet vergiftigd en zij had daar niets van geweten, niemand dus. De wrok moest wel heel erg diep gezeten hebben. Olga wierp nogmaals een onderzoekende blik op Felix. Zijn vlassige baardje had hij al een paar dagen niet getrimd en zijn haar, dat doorgaans fraai gestyled was met een messcherpe scheiding erin, zat rommelig en maakte een ongewassen indruk. Over zijn gezicht liepen sporen van weinig slaap. Wat moet er niet allemaal door hem heen gaan, dacht Olga. Nu hij hier in het busje zat met de moordenaar van zijn vader. Geen wonder dat hij zo stil was. Olga besloot dat het beter was om de rest van de reis alleen het hoogstnoodzakelijke te zeggen. Misschien was het zelfs verstandiger om net als Lizzy een dutje te doen; tenslotte voelde ze nog steeds de nawerking van de kater.

Ze pakte haar tas om haar sjaaltje eruit te halen en stuitte op de verfrommelde foto die ze bij Kate had gevonden. Toen had ze geen tijd gehad om er goed naar te kijken; dit keer deed ze dat wat beter. Het was vreemd, maar ergens kwamen die twee kinderen haar bekend voor. Niet zozeer vanwege hun uiterlijk, als wel vanwege hun uitstraling. Die oogopslag die meer dan ondeugend was. Priemend en pesterig, met name bij het meisje... Dat meisje... Nee... Zag ze het goed? Was dat...?

'Nee,' zei Olga zachtjes. Ze liet de foto uit haar hand vallen en keek geschokt naar Felix.

'Is er iets?' vroeg hij zonder haar aan te kijken.

'Ja... nee, ik bedoel. Ja, het is...' Olga fronste. Kon ze op dit moment wel tegen Felix zeggen dat ze in Kates kussensloop een foto had gevonden waarop Romy stond? Was het Romy wel? Vergiste ze zich niet? Voorzichtig pakte ze de foto van haar schoot. Nogmaals wierp ze er een blik op. Haar adem stokte toen ze die donkere blik onder die pony herkende: dit was onmiskenbaar Romy. Maar als dit Romy was, wie was dan dat jongetje... Felix? Met grote angstogen keek Olga opzij naar Felix en van Felix weer naar de foto. Kende hij deze foto en wat deed Kate met een foto van hem en Romy in haar kussensloop? Bizar! Olga voelde de kloppende pijn in haar hoofd terugkeren. Als een razende probeerde ze de dingen van de afgelopen dagen terug te halen in haar brein, maar hoe harder ze haar best deed, hoe meer haar geheugen leek te verschrompelen. Wat had ze gemist? Had Kate, of Felix of anders Lizzy wel, haar iets verteld over Romy? Wie Romy was? Dat het niet om een toevallige liftster ging die ze oppikten bij de ferry naar Engeland, maar iemand die Kate kende? Een vriendin, een familielid, een nichtje of een... nee... misschien wel zusje van Felix? Maar... zou Felix dat dan geweten hebben? Zo niet, dan... Olga slikte. Ze raakte de samenhang kwijt. Opnieuw liet ze haar blik langs de bestuurder van het busje glijden. Maar als Felix het niet wist, zoals zij het niet geweten had, dan... O god, nee, dan was Felix verliefd geworden op zijn bloedeigen zusje.

94

Het weer betrok, donkere wolken pakten zich samen en na een tijdje begon het zachtjes te regenen. De schemer zette in toen ze de haven van Dover binnenreden. Op de ferry was ditmaal ruimte genoeg op het parkeerdek. Felix reed het busje tot bijna recht voor de laadklep. Met een zucht van opluchting zette hij de motor uit. Nog even en ze waren weer op het vasteland. De laatste kilometers naar Dover had Olga gelukkig haar mond gehouden en Lizzy werd pas wakker toen hij de ferry opreed. Hij had zich voorgenomen om niks meer tegen Lizzy te zeggen.

'Felix, ik heb wel trek gekregen, zullen we samen iets eten?' vroeg Olga. Haar gezicht stond gespannen en ze seinde met haar ogen naar Lizzy. 'Alleen jij en ik, Felix. Ik moet je iets laten zien...' zei ze zacht, zodat Lizzy haar niet zou horen.

Felix trok zijn schouders op, keek op zijn telefoon en zuchtte. 'Nou, eerlijk gezegd zit ik op een appje van Romy te wachten. We hadden hier afgesproken.'

'Romy?' zei Lizzy. Ze was opgestaan van haar stoel om de deur naast zich open te schuiven. 'Ik dacht dat die in Londen zat?'

'Ja, zat. Ze moest iets regelen in Londen. Dat was gisteren en daarom...'

'Wat spannend allemaal,' zei Olga. Ze keek even of Lizzy haar niet hoorde en fluisterde toen: 'Hoort dat bij jullie plan?'

'Sorry, Olga, ik snap niet helemaal wat je bedoelt,' zei Felix. Hij fronste. 'Welk plan?'

'Was het toeval dat wij Romy op de heenweg tegenkwamen?'

Felix kreeg een ongemakkelijk gevoel en stelde voor om naar het bovendek te gaan. Lizzy was inmiddels al uitgestapt. Ze leunde tegen het busje en wachtte totdat Olga zich bij haar voegde.

'Zeg Olga, je gaat toch geen gekke dingen doen, hè?' zei Lizzy. 'O, en Felix, kun je mij de autosleutels geven, misschien ga ik al wat eerder naar beneden dan jullie.'

Olga reageerde met een flauw lachje. Ze keek als iemand die de weg kwijt was, en dat gaf Felix weer genoeg moed om Lizzy van repliek te dienen.

'Tuurlijk, je doet maar. Hier, vangen.' Hij wierp de sleutels naar haar. 'Wij redden ons wel,' zei hij. Hij trok Olga mee aan haar arm en sleurde haar nog net niet mee over het parkeerdek naar de lift. 'Kom Olga, even doorlopen, straks bedenkt Lizzy zich en wil ze ook mee,' riep hij.

'Ja, ja, ik... Kalm aan,' riep Olga hijgerig. 'Felix, ik moet je iets zeggen... Ik heb een foto gevonden. Ik denk dat het om Romy gaat en...'

Felix stapte de lift binnen. Meteen werden ze omringd door andere bootpassagiers. Een paar luidruchtige Britten met een buggy en een jengelend kind op de arm van zijn vader, drukten Felix tegen de wand. Toen de lift in beweging kwam begon het kind te krijsen. Felix rook een poepluier. Vertwijfeld keek hij naar Olga, die werd weggedrukt door een vlezige vrouw met een kwade kop. De opmerking van Olga drong nu pas goed tot hem door. Ze had een foto van Romy die ze aan hem wilde laten zien. Bedoelde ze die groepsselfie? Maar die had hij toch ook? Olga sprak weer eens in raadselen. Ze had het ook over de geluidsopname met Lizzy's bekentenis gehad, dat ze die aan hem zou doorsturen. Maar had ze dat gedaan? De afgelopen uren was hij te druk geweest met de terugreis en het tevergeefs wachten op een appje van Romy. Ze moest hier aan boord zijn, dat was de afspraak. Hij keek om zich heen. De bedompte ruimte en de weeïge geur grepen hem bij de keel. De lift schokte, de deuren gingen open, Felix drong zich als eerste naar buiten. Toen hij Olga eindelijk in beweging zag komen, wees ze naar de toiletten die aan de overkant van de lift lagen.

'Ik ben zo terug,' riep ze.

In het gedrang stak Felix zijn hand op en hij maakte een gebaar naar de bar. Olga knikte.

Terwijl Felix in de richting van de bar liep, verschoof hij zijn aandacht naar de deur van het promenadedek. Hij hield even zijn pas in en besloot toen door te lopen naar buiten. Olga zag hij straks wel in het busje, nu eerst Romy.

Buiten was het koud. Felix zocht een beschut plekje, waar hij meteen zijn telefoon tevoorschijn haalde en het nummer van Romy indrukte. De telefoon ging over. Felix legde de telefoon tegen zijn oor en wachtte. Op het dek beneden hem ronkten de motoren uit de machinekamer. Hierdoor kon hij Romy niet goed verstaan. Meteen nadat hij haar stem had gehoord, kreeg hij de ingesprektoon. Opnieuw toetste hij haar nummer in. Toen pas besefte hij dat het niet Romy was die hij zojuist had gehoord, maar een mechanische computerstem die herhaalde: 'Dit nummer is niet in gebruik, de verbinding wordt nu verbroken.'

95

Lizzy hield Felix al een tijdje in de gaten. Hij was aan het bellen, vermoedelijk met zijn liefje, Romy. Ze glimlachte toen ze zag dat hij de telefoon terug in zijn zak stopte en over de reling leunde. Hoewel ze maar iets van hem verwijderd was, zag hij haar niet. Lizzy volgde zijn blik over het inktzwarte water naar de horizon, waar de steeds kleiner wordende krijtrotsen van Dover langzaam leken te veranderen in de witte schuimkoppen op het water.

Het was ijskoud. Lizzy trok de muts die ze had opgezet tot ver over haar oren. De bodywarmer die onder haar jas zat, ving gelukkig de meeste wind op. Ze keek om zich heen. Het dek was zo goed als leeg. De passagiers die zich toch buiten durfden te wagen, maakten meteen weer rechtsomkeert als ze de straffe zeewind voelden. Felix had de kraag van zijn jas omhooggezet en de capuchon van zijn sweater over zijn hoofd getrokken. Blijkbaar was hij niet van plan naar binnen te gaan. Dat was goed. Ook het feit dat hij in een uithoek van het dek stond waar geen camera's hingen, beviel Lizzy.

De zee was ruw. De ferry bonkte als een stuurloos rubberen bootje op de golven, water klotste over het dek, een zoute douche sloeg in Lizzy's gezicht. Met beide handen greep ze zich vast aan de reling. Ze besefte dat ze niet zomaar en zonder gevaar op uitglijden het dek kon oversteken. Haar stevige wandelschoenen zogen zich vast aan de betonnen vloer toen ze zich opnieuw, en nu via de andere kant van de reling, probeerde te verplaatsen in de richting van Felix. Op de plek waar hij stond bulderden de motoren zo oorverdovend hard dat het logisch was dat hij haar niet hoorde aankomen. Het was niet de beste plek om een ruzie uit te lokken, maar ze moest hem hoe dan ook duidelijk maken dat ze hem niet langer nodig had. Olga en zij zouden vanaf nu zonder hem verdergaan.

Felix kreeg haar in het vizier. Hij maakte zich los van de reling. 'Wat moet je?' riep hij.

'Je hebt niet gedaan waar ik je voor betaal,' schreeuwde Lizzy terwijl ze langzaam naderde. Toen ze naast Felix stond, keek ze hem indringend aan. 'Jij zou me helpen met Kate, je deed niks... Papt een beetje aan met een liftster... Verdomme!'

Felix grijnsde. Hij pakte de telefoon uit zijn jaszak en hield hem omhoog. Zonder zich vast te houden leunde hij met zijn rug tegen de reling. 'Het staat hier allemaal op,' riep hij.

Lizzy hapte naar adem, de wind ontnam haar ieder woord. Niet-begrijpend keek ze naar de telefoon. 'Wat...' brulde ze. 'Wat?'

'Het bewijs,' schreeuwde Felix. 'Je bent een gore moordenaar... Richard...' Hij hapte nu ook naar adem. Hij wachtte even, leek te peinzen, iets tot zich te laten doordringen. 'Heb jij Kate...?' riep hij.

Lizzy vertrok haar mond. Voordat ze iets kon zeggen greep Felix haar bij haar kraag en schudde haar door elkaar. Haar muts waaide af. Haar dunne haar viel voor haar ogen. Een ijskoude windvlaag benam haar opnieuw de adem. In paniek greep ze naar Felix' handen. Ze voelde hoe hij zijn telefoon tegen haar keel drukte.

'Ik wist het!' brulde hij. 'Die boom in dat zeildoek... Geen takken, geen wortels... Kut! Is dat Kate?'

'Laat me los, laat me los,' krijste Lizzy. Verblind door tranen stompte ze Felix met haar vuisten recht in zijn gezicht.

'Au! Jij bitch! Ik wurg je...'

Nog een stomp en nog een. In een reflex wendde Felix zijn gezicht af. Zijn greep op Lizzy's kraag verslapte. Zijn telefoon gleed in haar hand, Lizzy's vingers omsloten het toestel. De deining van de boot haalde haar uit balans. Bijna viel ze om, maar Felix hield haar vast. Hij versterkte zijn greep en trok haar omhoog. Ze helde voorover en zag nu alleen nog de zee. *Help! Wat is hij van plan?* Lizzy verzette zich uit alle macht. Ze schopte en vloekte. Felix was sterker. Vechtend hing ze nu met haar hele gewicht over hem heen. Haar voeten zweefden boven de grond. Doodsbang keek ze naar de grote schuimkoppen op het zwarte water. *Help! Ging hij haar overboord gooien?* Weer was er de deining, omhoog, omlaag... Ze moest zien los te komen, de reling vastpakken... anders... Razendsnel haalde ze uit met haar vrije hand. Haar vingers boorden zich tussen Felix' ogen. Hij schreeuwde en wankelde en liet haar los. Lizzy gleed van hem af. Met een klap belandde ze op de vloer en ze rolde tegen de reling. Ze keek omhoog naar Felix, die door de onverwachte beweging zichzelf staande probeerde te houden. Opnieuw die deining: omhoog, omlaag... Lizzy rolde als een bal heen en weer. Gillend greep ze in het luchtledige naar Felix, die een achterwaartse buiteling maakte over de reling. Zijn benen in de lucht, zijn hoofd naar beneden, pijlsnel en loodrecht op de schuimkoppen af. Lizzy's lichaam schudde. Schurend knalde ze met haar hoofd tegen de onderkant van de reling. Ze greep zich vast, ze tuurde omlaag, langs de metershoge boot. Haar ogen zochten Felix. Ze huiverde. Het enige wat ze zag was water, een diep en donker gat van water.

96

Olga had nog maar net een plekje gevonden om haar bakje friet en een biertje te nuttigen, toen een heldere vrouwenstem via de intercom alle passagiers opriep om zich naar het parkeerdek te begeven. De haven van Calais kwam in zicht. Olga wierp een blik uit het zijraam en zag in de verte lichtjes over het water dwarrelen. Even hiervoor had ze de ferry afgestruind op zoek naar Felix. Na een tijdje gaf ze het op. Zelfs op haar appje had hij niet gereageerd. Bozig was ze naar de snackbar vertrokken. Om haar heen kwam iedereen in beweging. In een rap tempo begaf de stroom families zich naar de trappen of de lift. Olga bleef rustig zitten. Dat was iets wat ze de laatste tijd wel vaker deed. Als ze met Wolf op weg was naar huis bijvoorbeeld en haar geheugen haar in de steek liet. Dan zei ze tegen Wolf: 'Oma wacht nog even, we blijven gezellig hier zitten.' Op een bankje, in een strandtent of gewoon ergens halverwege de duinen. Wolf lachte dan zijn beminnelijkste lachje naar haar of viel gewoon in slaap. Na een tijdje popte de route vanzelf weer op in haar hoofd.

Olga schonk het laatste beetje bier uit in het plastic bekertje en stak nog een frietje in haar mond. Alle tafeltjes en banken om haar heen waren nu zo goed als leeg. Ze leunde ontspannen achterover op de stoel en draaide hem zo dat ze uitzicht had op de naderende lichtjes. Weer klonk de stem door de intercom. Olga vroeg zich af waar Felix was en hoe ze hem uit het oog kon hebben verloren.

Terwijl ze zoiets belangrijks met hem wilde delen. Een diep gevoel van spijt dat ze niet eerder met hem daarover had kunnen beginnen, drong zich aan haar op. Hoe ging ze hem over Romy vertellen? Ze schoof de frietjes die nog over waren van zich af. Haar telefoon trilde in haar tas. Dat zal Felix zijn, dacht ze. Nu wel. Zonder de telefoon uit haar tas te halen, bleef ze zitten. Misschien moest ze er maar niet over beginnen, over die foto. Als ze het bed van Kate niet verschoond had, dan had ze hem nooit gevonden. Waarom zou zij zich bemoeien met de zaken van Kate? Kate zat in Spanje en straks zat zij weer bij Jan in Middelburg. De vriendschap met Lizzy was over, met die gifmengster kon ze nog onmogelijk omgaan. Nee, ze liet het zo, ze had al genoeg aan haar hoofd. Weer trilde de telefoon. Ze opende haar tas en zag op het display de naam van Lizzy oplichten.

'Waar blijf je nou?' Lizzy klonk woedend.

Olga schrok. Ze hoorde nu ook een scheepstoeter en ze zag hoe de ferry de haven binnenvoer. Felle schijnwerpers beschenen de boot. Haastig kwam ze in beweging. Ze keek om zich heen. Niemand te zien. Een golf van paniek sloeg over haar heen: waar wás ze in godsnaam? Ze liep een brede gang in waar toiletten waren, ze zag een trappenhuis, een lift en bomvolle afvalbakken, maar verder was er niets en niemand.

'Ik...' begon ze.

'Mevrouw?' Een donkere jongen in een oberkostuum stond opeens naast Olga. Hij had gitzwarte ogen en spierwitte tanden.

'Ik ben verdwaald,' zei Olga. Ze dwong zichzelf om te lachen.

'Waar staat uw auto?' vroeg de jongen.

'Ja, kijk, haha, dat weet ik even niet meer, stom hè?'

Olga's telefoon trilde. Lizzy. 'Olga, het verkeer begint te rijden. Je moet nú naar beneden komen!'

'Ze wachten op me,' zei Olga. Haar stem beefde, tranen sprongen in haar ogen.

'Kom, zal ik even?' zei de jongen. Hij nam het toestel uit Olga's hand en begon tegen Lizzy te praten. Olga zag hem knikken en zijn hoofd schudden. Toen verbrak hij de verbinding. Zonder iets te zeggen gaf hij Olga haar telefoon terug en nam haar mee naar de lift. Lizzy moest het hem verteld hebben, dat ze ziek was in haar hoofd. Olga zag het aan de houding van de jongen. Ineens durfde hij niet meer met haar te praten en keek hij haar aan alsof ze een besmettelijke ziekte had. Zwijgend en op een afstandje stond hij naast haar in de lift. Pas op het parkeerdek, waar de laatste auto's de ferry verlieten, was zijn stem terug en zei hij dat ze moest oppassen met oversteken. Alsof ze gek was. Misschien was ze dat? Want toen ze aankwam bij het busje, zat niet Felix maar Lizzy achter het stuur. Waar was Felix?

97

'Het is niets,' zei Lizzy toen Olga naast haar kwam zitten en een opmerking maakte over de schaafwonden op haar handen en haar vuile jas en broek bekeek. 'Ik ben uitgegleden op het buitendek.' Dat was tenminste waar. Wat ze daarna over Felix vertelde klónk alleen maar als de waarheid. 'Hij had op de boot met Romy afgesproken,' zei Lizzy. 'Ze besloten samen verder te gaan. Tja, zo gaat dat met verliefden.' Lizzy lachte besmuikt. 'Vandaar dat ik ons nu samen thuisbreng. Heb je genoeg vertrouwen in mijn rijstijl, Olga?'

Ze startte het busje en terwijl ze over de laadklep reed, keek ze snel even opzij naar Olga, die met haar lippen strak op elkaar voor zich uit staarde. Lizzy was wel blij met haar zwijgzaamheid, maar toen ze na een paar uur rijden in de buurt van Gent waren en Olga nog steeds niets had gezegd, vroeg ze of Olga iets dwarszat.

'Nee, ik...' Olga leek te zoeken naar de juiste woorden. Ze opende haar tas en pakte haar telefoon.

'Ga je Jan bellen om te zeggen dat we eraan komen?' vroeg Lizzy.

Olga maakte een paar duimbewegingen op het display en draaide zich toen naar Lizzy.

'Hij had mij toch wel even kunnen inlichten?'

'Wie?'

'Felix. Ik vind het raar dat hij me ineens vergeten is, terwijl we...'

'Wat?' vroeg Lizzy bits.

Olga schrok. 'Niets,' zei ze.

Lizzy's gedachten gleden terug naar haar gevecht met Felix. Nadat hij overboord was geslagen, was zij overeind gekrabbeld en via de reling naar binnen gestrompeld. Ze was de toiletruimte in geglipt. De meewarige blikken om haar heen negerend, had ze het vuil en bloed van haar geschaafde handen gespoeld. Daarna was ze naar het parkeerdek gegaan en in het busje gaan zitten. Ze had de telefoon van Felix gepakt en op goed geluk zijn geboortedag en geboortemaand ingetikt om het toestel te ontgrendelen. Felix, Richards zoon, geboren op 14-10. Het machteloze gevoel dat de cijfers bij haar opriepen verdrong ze toen ze meteen toegang kreeg tot de telefoon. Nerveus had ze de appjes, sms-berichten, e-mailverkeer en foto's bekeken. Nergens ontdekte ze iets wat met een bewijs van de moord op Richard te maken had. Felix had gebluft. Maar hij was dood. Hij kon haar niets meer maken.

Ze omklemde met kracht het stuur en toen ze op de verkeersborden las dat ze bijna in Zeeuws-Vlaanderen waren, voelde ze een koortsachtige gloed naar haar wangen stijgen. Het was zover, hier wilde ze het doen. Nogmaals wierp ze een vluchtige blik op Olga, die uit het zijraampje tuurde. Terwijl ze vaart minderde wees Lizzy op een afslag die hen van de snelweg leidde. 'Ik neem de binnenweg naar huis, Olga. Ik moet nog even iets regelen waar ik jouw hulp bij nodig heb. Goed?'

Najaar 2019

98

Noor haalde de huissleutels uit haar tas en opende het lage hekje voor het pad dat naar de voordeur liep. Ze slaakte een zucht. Het was maar goed dat ze niemand op het bureau aan de telefoon had gekregen. Achteraf gezien zou dat tot nog meer vragen hebben geleid. Zonder bewijs, zonder overeenkomst tussen Kate en het gevonden lichaam, was ze nog steeds niet veel verder met het onderzoek. Ze had dan wel die opname met die bekentenis van Lizzy waarmee ze Lizzy konden aanhouden voor de moord op Richard, maar dat was niet genoeg. Ze moest kunnen bewijzen dat Lizzy de onbekende vrouw, Kate dus, had vermoord.

Noor vermoedde dat Lizzy zowel Kate als Felix iets had aangedaan. Maar alweer stuitte ze op tegenstrijdigheden bij die gedachte. Olga beweerde dat Kate een paar dagen nadat ze terug waren gekomen uit Engeland nog met haar had geappt. De vader van Felix vertelde iets soortgelijks: dat hun zoon hen met berichtjes op de hoogte had gehouden van zijn verblijf in Engeland. Hoe kon dat als Kate en Felix toen niet meer leefden? Noor had hiervoor maar één verklaring: Lizzy was in het bezit van de telefoontoestellen en had de appjes verstuurd. Maar alweer vroeg Noor zich af hoe ze dat moest bewijzen. Peinzend stak ze de sleutel in het slot van haar voordeur. Meteen deinsde ze achteruit. De deur ging als vanzelf open. Was de buurvrouw er nog? Noor inspecteerde het slot, het leek geforceerd. Voorzichtig drukte ze met haar voet tegen de deur.

'Hallo? Is daar iemand?'

Noor stapte over de drempel en rook de vertrouwde geur van haar eigen huis. Ze zag haar jassen aan de kapstok hangen, haar schoenen staan, boodschappentassen liggen... Ze aarzelde, de deur naar de woonkamer stond open. Ze ving een geluid op uit de kamer, ze hoorde iemand praten, het was een vrouw. Haar buurvrouw? De vrouw klonk niet Zeeuws.

Noor drukte zich tegen de muur. Ruggelings verplaatste ze zich naar de deur van de woonkamer. Ze hoorde nu ook een man praten. De stemmen klonken gedempt. Godallemachtig, wie waren daar? Inbrekers, iemand met een wapen? Verdomme, háár wapen lag in een kluis op het bureau. Ze keek om zich heen, greep naar een paraplu die aan de kapstok hing en hield hem als een knuppel omhoog. De angst die ze voelde opkomen, drukte ze weg door zichzelf in de professionele stand te zetten.

Voorzichtig draaide ze haar lichaam om de deurpost, even behoedzaam stapte ze langs de open deur naar binnen. 'Nee!' Noors mond viel open, ze kromp ineen. Verbijsterd liet ze haar hand met de paraplu erin zakken toen ze geconfronteerd werd met de ravage in haar woonkamer.

Niets stond meer overeind. Alles was kapotgeslagen en omvergehaald. Het enige wat nog intact was, was de tv. Hij stond op een zender met een talkshow. De stemmen die ze had gehoord. Voetje voor voetje stapte Noor over haar kapotte spullen naar de afstandsbediening van de tv. Terwijl ze die oppakte en op het beeld richtte, voelde ze dat er achter haar iets in beweging kwam. Vanuit haar ooghoek zag ze een schim opdoemen. Ze draaide zich om, hief haar arm, maar was te laat. Iets raakte haar tegen haar slaap. De klap was zo hard dat haar hele lichaam nadreunde. Vrijwel meteen daarop werd alles zwart voor haar ogen en doofde ieder geluid. Niets meer. Stilte.

Voorjaar 2019

99

Lizzy keek op haar navigatiesysteem. De smalle binnenwegen die langs weilanden en akkers voerden, waren in dit deel van België nauwelijks verlicht. Ze passeerden gehuchten met enkele huizen, een kerk, wat winkels en boerderijen die verscholen lagen achter hoge bomen. Ze wist precies hoe het er hier overdag uitzag. Bosrijk en lieflijk, met vennetjes en rietkragen. Fijn om in de zomer doorheen te waden of te kanoën. Ze had een bijzondere plek in gedachten, vlak bij het gehucht Holleken en dicht bij de grens van België en Nederland. Het was een plek waar ze vroeger graag met Richard kwam, toen ze nog verliefd waren en uitstapjes maakten met een picknick aan het water. Waar ze hele dagen in de buitenlucht doorbrachten en waar ze naakt konden zwemmen zonder dat iemand hen ooit zou betrappen. Dat was háár plek geworden.

'Ik heb er spijt van,' zei ze.

'Spijt?' Olga keek haar verrast aan. 'Waarvan?'

'Haha, wat denk je dat ik ga zeggen, Olga?'

'Ik weet het niet.'

'Dat ik spijt heb dat ik Richard heb vergiftigd? Denk je dat ik dat ga zeggen?'

Olga zette grote ogen op, verschrikt keek ze Lizzy aan. 'Wat zeg je nu, Liz? Heb jij Richard vergiftigd?'

Lizzy glimlachte. Was Olga echt vergeten wat zij had opgebiecht of speelde ze het domme gansje? Ze minderde vaart voor een flauwe bocht en besefte dat het allemaal niet zoveel uitmaakte of Olga wel of niet de waarheid wist. Niemand zou de wartaal van iemand met alzheimer geloven.

'Nee, ik maak een grapje, Olga. Richard heb ik vergiftigd met liefde, veel te veel liefde. Hij was het niet waard.'

'O ja? Vind je dat? Wat jammer, Lizzy, het klinkt zo bitter,' zei Olga. Ze keek nog steeds oprecht verrast naar Lizzy.

'Kijk, daar gaan we het doen.' Lizzy wees naar een weiland dat oplichtte in de koplampen van het busje. Naast het weiland was een kleine verbreding in de weg, waar Lizzy het busje tot stilstand bracht. Het weiland liep af naar een rietkraag, waarachter water fonkelde.

Olga wierp een blik uit het zijraam. 'Ik denk dat ik nog steeds niet begrijp wat je...'

Lizzy zette de motor uit. Ze deed het lampje naast de achteruitkijkspiegel aan, boog zich naar Olga en deed het dashboardkastje open.

'Wat...?' Olga perste haar rug in haar stoel.

Lizzy begon weer te lachen. 'Olga, wat kijk je benauwd, je bent toch niet bang voor me?' zei ze op pesterige toon en ze haalde een zaklamp uit het kastje.

Olga blies puffend uit.

'Kijk, die boom, hè,' zei Lizzy, ze draaide een halve slag op haar stoel en scheen met de zaklamp op het zeildoek achter hen. 'Daar heb ik spijt van. Zo'n fruitboom is leuk in Engeland, maar thuis in Middelburg...' Ze zuchtte. Ze ging weer recht zitten en keek Olga indringend aan. 'De bloesem is mooi, maar als er eenmaal fruit aan hangt, dan weet je het wel. Zo'n kreng trekt wespen aan, honderden wespen.'

Olga knikte. 'En wat wil je dan gaan doen?' vroeg ze.

'We leggen hem daar, bij het water. In Nederland mag je zonder uitleg niks dumpen, maar hier in België... Misschien dat een boer hem in zijn tuin wil. En anders rot die boom hier vanzelf weg.' Lizzy opende het portier en stapte uit. 'Help je me even?' zei ze. Ze liep om het busje heen en opende de achterdeuren. En terwijl ze Olga hoorde verzuchten dat haar arme rug het nooit zou houden, trok Lizzy alvast aan het lichaam.

Het weiland liep af en het gras was vochtig. Lizzy had de klus bijna alleen kunnen klaren, zo gemakkelijk gleed het zeildoek naar de oever. Lizzy verzekerde Olga dat het beter was om het zeildoek niet los te maken. Ze hadden al genoeg inspanning geleverd, vond ze. Het was mooi zo. Olga hoefde niet overtuigd te worden, het was laat en ze wilde naar huis. Daarop klauterden ze zwijgend terug naar de weg. Eenmaal in het donkere busje beklaagde Olga zich opnieuw over het gesjouw.

'Ik doe dit nooit meer, Lizzy. Nooit, hoor je me?'

Lizzy knikte begripvol. 'Waarom ga je niet een beetje dutten, Olga,' zei ze. 'Dan zet ik een fijn cd'tje aan. Voor je het weet ben je weer thuis bij Jan.' Zonder Olga's reactie af te wachten, stak Lizzy de cd die ze voor dit moment had bewaard in de cd-speler. Meteen vulde de ruimte van het busje zich met de zoetgevooisde stem van Dean Martin. Lizzy knipperde het traanvocht weg uit haar ogen en startte de auto. Ze hield van deze kerst-cd. De muziek bracht zoete herinneringen naar boven. Uit nostalgie neuriede ze mee: *'I'll be home for Christmas...'*

Najaar 2019

100

Noor voelde een koude luchtstroom langs haar wang trekken. Ze opende haar ogen en toen ze voorzichtig haar hoofd heen en weer bewoog, besefte ze dat ze op de grond van haar woonkamer lag en dat de tuindeuren openstonden. Langzaam drong het tot haar door dat er iemand in haar huis was geweest die haar had neergeslagen. Ze richtte zich wat verder op en kwam overeind. Haar vingers betastten de plek op haar hoofd waar ze een fikse bult voelde. Ze keek om zich heen. Welke gek had hier huisgehouden en waarom? Ze had geen geld in huis, geen sieraden en geen waardevolle spullen waar een dief iets aan had. Haar rechercheursoog zei dat de persoon naar iets anders op zoek was geweest, maar naar wat?

Nog enigszins wankel slofte ze naar de tuindeuren en ze sloot ze af. Ze had zich nog maar net herpakt en omgedraaid of de bel ging. In een reflex greep ze naar het eerste het beste zware voorwerp dat ze zag liggen – een oude gietijzeren kandelaar – en liep ermee naar de voordeur. Nogmaals ging de bel. Iemand had haast. Noor wierp een blik langs de kier van de openstaande voordeur en keek toen verrast in de schichtige blik van Olga.

'Mevrouw Den Braber, kan ik u nog even spreken?' zei Olga. 'Ik was nog iets vergeten en...'

'Uiteraard,' zei Noor.

Olga wierp een blik over haar schouder alsof iemand hen in de gaten hield en stapte toen naar binnen. Zwijgend stonden ze tegenover elkaar. Noor voelde hoe de blik van Olga langs haar lichaam gleed. 'Was u aan het opruimen?' vroeg Olga. Ze wees naar de kandelaar in Noors hand.

'Eh... nee, ik...' Noor liet haar arm met de kandelaar zakken. 'Maar kom verder, en laten we elkaar tutoyeren, deden we dat al niet? O, en er is bij me ingebroken. Let niet op de rommel.'

'Ingebroken?' Olga's mond viel open toen ze achter Noor aan de woonkamer in liep. 'Maar dat is vreselijk. Wie...?'

Noor zette de kandelaar op de kast, trok een paar omgevallen stoelen van de grond, schoof ze naast de tafel en vroeg of Olga wilde gaan zitten. 'Ik pak even mijn notitieboekje,' zei Noor en ze liep terug naar de gang om haar tas te pakken. Toen ze terugkwam in de kamer, had Olga ook iets uit haar tas gehaald.

'Kijk,' zei ze. 'Nadat we over die opname van Lizzy hadden gepraat, schoot me later dit te binnen.' Olga legde een foto op tafel. Met de zijkant van haar hand streek ze de vouwen glad en ze vertelde dat ze de foto bij het verschonen van Kates bed had gevonden. Noor pakte de foto en fronste. 'Zoals je weet was Felix de zoon van Kate en het buitenechtelijke kind van Richard, de man van Lizzy,' zei Olga ernstig.

'Ja, en?'

'Kijk eens goed naar dat meisje.' Olga tikte met haar vinger tegen de achterkant van de foto.

'Ik begrijp nog niet helemaal wat het verband is...' zei Noor.

'Dat moet Romy zijn!' zei Olga met overtuiging in haar stem. 'Ik denk zelfs dat Felix en Romy elkaar al kenden voordat ze elkaar zogenaamd op die ferry tegenkwamen. Ik dacht aanvankelijk nog dat ze verliefd waren, maar weet je waarom ik ging twijfelen? Ik heb ze nooit zien zoenen. En dat doen verliefden voortdurend, weet ik uit ervaring. Je kunt dan niet van elkaar afblijven.' De ernst op Olga's gezicht verdween spoorslags toen ze aan iets werd herinnerd waarvan ze ging stralen.

'Ga door!' zei Noor. 'Dit is dus Romy, volgens jou, maar wie is dan die jongen?'

'Felix natuurlijk, wie anders?' antwoordde Olga bijna beschuldigend.

Noor knikte en probeerde te begrijpen wat Olga wilde zeggen. Ze vroeg zich af of bij Olga's ziektebeeld ook complottheorieën hoorden.

'Weet je wat ik denk,' zei Olga. Ze wachtte even, haar gezicht stond weer ernstig.

'Nou?'

'Dat Felix en Romy broer en zus zijn en dat ze wraak wilden nemen op Lizzy. Tenslotte heeft Lizzy hun biologische vader vermoord en...'

Noor staarde opnieuw peinzend naar de foto. Ze schudde vertwijfeld haar hoofd. 'Maar... heeft Kate dan twee kinderen van Richard of...?'

Olga knikte. 'Als je goed kijkt zie je het aan hun oogopslag. Verder lijken ze geen spat op elkaar. Dat is bij een eeneiige wel anders,' zei ze stralend.

'Eeneiige...?' vroeg Noor.

'Tweeling,' zei Olga.

101

Lizzy schoof de dozen die als eerste in de verhuiswagen moesten naar voren. De meeste spullen stonden klaar voor de grote stap. Tot nu toe verliep het precies zoals ze het zich had voorgesteld. Nou ja, bijna alles dan. Aanvankelijk was het een goed idee geweest om zich een paar maanden gedeisd te houden en niet meteen terug te gaan naar Engeland. Ze had haar gewone leven weer opgepakt alsof er niets was gebeurd. Als iemand ernaar zou vragen, dan was ze samen met vriendinnen en haar tuinhulp Felix op een reisje naar Engeland geweest. Hij was nog wat langer gebleven om te backpacken met een vriendinnetje. Dat zou haar verhaal worden. Wie had kunnen vermoeden dat er na maanden ineens nog iemand van de politie op de stoep zou staan met moeilijke vragen? Het stomme wijf was over haar horloge begonnen. Ze had het haar zien dragen op die opentuinendagen, vertelde ze. Ze was eerst nog even bij Olga langs geweest om dat te verifiëren. Klote politietrut! Olga mocht dan vergeetachtig zijn, dit soort details bleven jammer genoeg hangen in dat zeefachtige breintje van haar.

Lizzy ging niet in op het gespeculeer van dat politiewijf. Zolang zij maar bleef ontkennen, kon niemand bewijzen dat het om haar horloge ging. Er waren meer van dat soort horloges. Toch bleef het bezoekje aan haar knagen. Ze had uitgezocht waar die Noor woonde en bij haar ingebroken om te zien of er nog meer bewijs lag dat haar kon schaden. Ze vond niets. En net op het moment dat ze dacht iets te hebben gevonden, kwam die trut thuis.

Daarom zette ze meer vaart achter haar vertrek. Het kwam nu te dichtbij. Hoe zorgvuldig ze ook te werk was gegaan, straks liet ze steken vallen. Bovendien was Olga gaan babbelen. Wie weet wat ze nog meer ging vertellen.

Lizzy's gedachten gleden automatisch naar die nachtelijke tocht door Zeeuws-Vlaanderen. Olga was vermoeid in slaap gesukkeld. Maar toen ze thuis in Domburg aankwamen en Jan hen hielp met het uitladen van de koffers, was Olga opnieuw over die boom begonnen. Lizzy had tegen Jan gezegd dat Olga in de war moest zijn met hun vorige reisje, en dat ze toen met een boom hadden gesjouwd. Jan geloofde haar. Tuurlijk geloofde hij haar.

Alles ging goed totdat het moment kwam dat in de media bekend werd dat het lichaam van een onbekende vrouw was gevonden. De politie had een reconstructietekening van het slachtoffer verspreid. Hoewel de tekening nogal vaag was, had Lizzy zich voorbereid op een telefoontje van Olga. Maar toen dat uitbleef, besloot ze voor alle zekerheid met het toestel van Kate Olga een berichtje te sturen. Uit naam van Kate schreef ze dat alles goed ging in Spanje en dat ze blij was dat Olga haar zo goed had geholpen. Olga reageerde met een vriendelijk appje waarin ze haar ongenoegen over Lizzy uitte. Ze schreef dat ze Lizzy nooit meer hoefde te zien. Toen Lizzy als Kate vroeg wat de reden daarvan was, antwoordde Olga dat ze weer met een boom had moeten sjouwen. Geen woord over de dood van Richard. Misschien bewust niet, omdat ze geen bewijs had, of omdat ze het had verdrongen.

Olga zou ze gaan missen. Verder miste ze niemand. Richard niet, Kate niet, Felix... arme Felix. Zijn dood was onvermijdelijk, na die toestand met Romy... Hup, niet aan denken nu. Straks was ze hier weg. Voorgoed verdwenen. Niemand zou weten waarnaartoe. Overmorgen was de verhuizing. Het huis van Kate was nu van haar, Kate had er zelf voor getekend. Bij die gedachte voelde Lizzy even een kilte over zich komen. De vertwijfeling die met dat gevoel gepaard ging probeerde ze te verdringen door zichzelf moed in te praten. Ze had de sloten van het huis in Engeland laten vervangen en bij het toegangshek waren camera's geplaatst. Net als hier in Middelburg had ze zichzelf en haar bezit goed beveiligd tegen vergelding voor haar moord. Niemand kwam zomaar bij haar binnen. Bovendien was ze sterk, ze had de afgelopen maanden dan misschien bij vlagen in een angstige onzekerheid geleefd, de tijd poetste uiteindelijk vanzelf alles glad. Alles zou goed komen; alles was al goed.

Buiten sloeg de jacuzzi aan. Onwillekeurig draaide ze haar hoofd in de richting van het geluid. Ze fronste. Hoorde ze nog iets? Naast het vertrouwde gebrom van borrelend water klonk een ander geluid. Het leek op glasgerinkel. Maar? Het geluid kwam bij haar vandaan, uit de achterkamer. Shit, als... Het alarmsysteem stond uit... Zonder na te denken wurmde Lizzy zich langs de dozen op de gang naar de achterkamer. De gordijnen zaten dicht, ze was al een paar dagen niet meer hier geweest. Het was fris. Ze zag nu een van de gordijnen iets opbollen en bewegen. Een van de serredeuren moest zijn opengewaaid. Misschien was er een tak door het glas gegaan? In de schemer stapte ze behoedzaam om de meubels. Bijna was ze bij de serredeur toen ze plotseling verblind werd door een lichtflits die recht in haar ogen scheen.

'Wat...?' Lizzy verstarde. Ze hoorde een ademhaling, een klik, en toen een oorverdovende knal, en ze rook een kruitlucht. Lizzy gilde, ze voelde dat iets haar in haar onderbeen had geraakt. De pijn die daarmee samenviel was zo intens dat het leek alsof haar been werd opengescheurd. Ze greep naar de plek waar de kogel doorheen was gegaan en zakte in elkaar. Vocht gutste over haar hand. Het voelde warm en stroperig. Bloed. Haar bloed. Buiten gromde de jacuzzi onverminderd door. Voetstappen kwamen dichterbij. Lizzy kermde. 'Help me,' riep ze naar het lichtschijnsel van de zaklamp dat op haar gericht bleef. De voetstappen stonden stil. Iets boog zich in haar richting. Lizzy sloot haar ogen voor het licht dat haar opnieuw verblindde. Pas toen de lichtbundel van haar gezicht gleed en zij haar ogen voorzichtig opende, zag ze wie haar zojuist had neergeschoten.

'Nee...' verzuchtte ze.

102

Na het bezoekje van Olga had Noor meteen haar toegewijde collega Stefan gebeld. Ze had zowel de groepsselfies als de foto met de twee kinderen naar hem doorgestuurd. Nu ze wisten hoe Kate eruitzag, moest het makkelijker worden haar in Spanje te traceren. Dat gold ook voor Felix en Romy. Als de twee echt aan het backpacken waren in Engeland, dan hoefden ze alleen maar een oproep te plaatsen op social media. Noor had het gesprek luchtig gehouden. Ze had tegen Stefan gezegd er niet met anderen over te praten. Voordat de zaak-Nemo opnieuw geopend werd, moest ze goed beslagen ten ijs komen. Over de opname had ze niets prijsgegeven. Ook de inbraak in haar huis liet ze buiten beschouwing. Hoe minder collega's wisten waarmee ze bezig was, hoe beter. Hoewel er nog veel vragen waren, voelde ze dat de oplossing van de moord dichterbij kwam. Ze had de reconstructietekening – die bij nader inzien slechts bij benadering in de buurt kwam – vergeleken met de groepsfoto en wist toen vrijwel zeker dat het om Kate ging en dat Lizzy haar had omgebracht. Het motief was wraak. Noor moest het alleen nog bewijzen.

In afwachting van een tegenbericht van Stefan ruimde ze de woonkamer op. Toen ze na een tijdje alles weer enigszins op orde had, nam ze een douche en verzorgde ze de bult op haar hoofd. Daarna kroop ze met een glas oude port op haar chaise longue. Ze keek naar haar onttakelde woonkamer. Het was kaal zonder kamerplanten. Degene die hier geweest was moest zo vol woede hebben gezeten dat hij alles bewust kapot had gemaakt. Noor durfde met zekerheid te beweren dat het niet om een gewone inbraak ging, maar dat Lizzy hierachter zat.

Noor vroeg zich af of Lizzy wel ergens naar op zoek was geweest of dat dit haar manier was van rancune tonen.

Haar gedachten gleden terug naar Olga en het verhaal over Felix en Romy. Ze nipte van de port, opende haar laptop en pakte de foto van de twee kinderen erbij. Ze moest goed kijken om overeenkomsten te zien. Behalve de kleur van de ogen viel er niet uit op te maken dat het om een tweeling ging. Ze vroeg zich af hoe Olga op dat idee kwam. En als het een tweeling was, waarom waren ze dan niet in hetzelfde adoptiegezin terechtgekomen? De vader van Felix had het niet over een zusje gehad. Zou Lizzy het geweten hebben? Waarschijnlijk niet. Uit het verhaal van Olga bleek dat zij bij toeval die foto bij Kate had gevonden, en ze had er daarna niet met Lizzy over gepraat. Er bekroop Noor een vreemd gevoel. Ergens klopte er iets niet.

Piekerend bekeek ze de groepsfoto en ze zoomde nogmaals in op Kate. Wat wist ze inmiddels van deze vrouw? Dat Kate een zoon had gebaard die Felix heette, dat hij – als ze deze foto moest geloven – blijkbaar ook nog een tweelingzusje had gehad, Romy, en dat Kate de kinderen vlak na hun geboorte had afgestaan. Felix was nu drieentwintig. In het politierapport werd de vermoorde vrouw tussen de vijfentwintig en vijfendertig geschat. Kate zag er zonder meer veel jonger uit dan ze was en ze had op haar achttiende zwanger kunnen zijn, maar dan was ze nu nog steeds een vrouw van rond de veertig. Weer herinnerde Noor zich de woorden van Olga. Ook bij haar laatste bezoekje had ze herhaald dat er diep vanbinnen iets zat wat ze wilde vertellen. Ze kon er alleen niet bij, zoals ze dat noemde.

Noor stond op uit haar stoel, ze keek op haar horloge en besloot Olga te bellen. Olga's man nam de telefoon op, hij zei dat Olga lag te rusten. 'Onze kleinzoon is een energievreter. Mijn vrouw mag dan vier kinderen hebben gebaard, de flexibiliteit van het lichaam wordt minder. Zelfs bij Olga,' zei hij. Hij lachte. 'Zal ik vragen of ze u straks terugbelt?' vroeg hij.

Noor opende haar mond. Zonder iets te zeggen verbrak ze de verbinding. Haar blik zette zich vast op de foto van het slachtoffer. Trillend las ze daarna het rapport van de schouwarts nogmaals door. Opnieuw liet ze de inhoud, maar nu nog beter, tot zich doordringen. Weer pakte ze de compositietekening erbij en vergeleek ze hem met de groepsfoto. Een schok ging door haar heen: hoe had ze zich zo kunnen vergissen? Terwijl ze zich al die tijd had blindgestaard op Kate als slachtoffer, had ze het belangrijkste uit het oog verloren. De vermoorde vrouw had nooit kinderen gebaard.

103

Lizzy kronkelde over de vloer. 'Doe iets, help me!' kermde ze.

Een stoel werd verschoven, een van de overgordijnen ging open. Namiddaglicht viel naar binnen. Er klonk een zacht kuchje. 'Zo, en nu mag jij lijden. Dat avontuur in die schuur met jou, het kostte me maanden om weer de oude te worden. Je wilt niet weten hoe dankbaar ik was dat je mijn tas niet verbrand had. Je had mijn telefoon, je had natuurlijk ook mijn portemonnee met bankpasjes willen hebben, is het niet? Mijn paspoort? Die papieren die je me liet tekenen om afstand te doen van het huis. Had je mijn handtekening niet gewoon kunnen vervalsen? Moest je me per se al die tijd martelen en me net zo lang laten uitdrogen tot ik vanzelf wel het water zou drinken dat jij had vergif...'

'Pijn... ik heb zo'n pijn... Ambulance, alsjeblieft, bel een ambulance,' gilde Lizzy.

'Je was zo overtuigd van jezelf en van je plan, ben je nooit bang geweest dat ik terug zou komen naar Zeeland? Of was de aandacht voor mij door de ophanden zijnde verhuizing inmiddels verslapt? Dat was dan dom van je. Heel dom.'

'Ja, nee, o, pijn...'

'O, pijn? Ja, jank maar. Nu zul je eerst naar mij moeten luisteren. Nu is het moment voor mijn verhaal, hoor je?'

Zacht gekreun. Een stoelzitting die kraakte. Een kuchje.

'Mijn verhaal begon rond mijn achttiende, nadat mijn ouders bij een auto-ongeluk waren omgekomen. In het begin waren er een paar aardige familieleden die me opvingen, maar na een tijdje vonden de ooms en tantes het beter als ik op mezelf ging wonen. Ik vond een kamer en verhuisde naar Middelburg. Uit eenzaamheid belandde ik daar avond na avond in de kroeg. Aan aandacht had ik geen gebrek, de meeste mannen wilden wel een nachtje met me doorbrengen op mijn kamertje. Ik liet het gebeuren. Ik zweefde, zat in een soort roes, ik miste mijn ouders en alle vertrouwdheid die daarmee samenhing. Ik was ineens van een kind een volwassene geworden.'

'O, mijn been... Ik...' Lizzy's luide snikken werden zachter, gingen over in een schril gepiep.

'En toen gebeurde het. Ik kwam hem op een avond daar tegen. De man van mijn dromen, de man die mijn grote liefde bleek te zijn. Het was zomer en iedereen was uitgelaten vanwege het mooie weer. We zaten buiten op een bankje voor het café. De lucht was zwoel en de zon kabbelde als een rode bal in de gracht. Ik was luchtig gekleed, uitdagend ook, met een bruine huid en zomersproetjes. We dronken bier en later gin-tonic en nog later leerde hij me whisky drinken. Mijn dronkenschap wond hem op, vertelde hij. Die opwinding, die knetterende spanning die tussen ons in hing, die zo misselijkmakend, ondraaglijk geil was... We móésten neuken. Er was geen ontkomen aan, snap je wel?'

Stilte.

'Hij bleef de hele nacht en de nacht erop ook, en de dagen en weken daarna was hij zo vaak bij mij dat ik het niet kon geloven toen hij me na maanden pas opbiechtte dat hij getrouwd was. Zijn vrouw was zwanger, vertelde hij. Ik dacht dat ik op dat moment doodging. Mijn grote liefde had een vrouw en werd vader! Dat ik op dat moment ook zwanger was, vond hij prachtig. Hij deed er zelfs plagerig over, maakte grapjes over zijn bastaardbaby...'

'Stop, stop... help me... stop...' hijgde Lizzy uitgeput.

'Ik vroeg hem of hij van me hield en of hij bij mij bleef. Hij kuste mijn onzekerheid weg en ik vertrouwde hem. De hele zwangerschap droeg ik zijn liefde met me mee. Hij koos voor mij, dacht ik. Waarom was hij anders tot het einde van mijn zwangerschap zo vaak bij mij en niet bij haar?'

Van de grond steeg een droge snik op.

'Ineens kwam dat moment waarop ik voelde dat er iets met hem gebeurd was. Hij wilde niet zeggen wat het was, maar noemde het een emotionele spagaat. Weken liet hij niets van zich horen, was hij zogenaamd te druk met zijn werk... Ik beviel van een tweeling en hij maakte geld over op mijn rekening met de mededeling dat hij er financieel altijd voor mij en het kind zou zijn. Haha, ik had er twee, als verrassing.'

'... twee...' fluisterde Lizzy.

'Twee ja, twee te veel, snap je wel? Ik was zo verschrikkelijk kwaad en nog veel banger, doodsbang voor een toekomst met twee kinderen zonder vader, zonder naaste familie. Ik was zo bang dat ik besloot om de kinderen na hun geboorte meteen weg te geven. Toen ik hoorde dat er voornamelijk vraag was naar eeneiige tweelingen, raakte ik nog meer in paniek en liet ik de kinderen tegen het advies in apart adopteren. Felix kwam goed terecht, met Romy ging het minder. Zij bleek een lastig kind en trok van pleeggezin naar pleegezin. Rond hun negentiende jaar kwam Richard weer in beeld. Of misschien kan ik beter zeggen: kwam ik in beeld. Vier jaar geleden in jouw tuin, toen ik Richard trof en wij na al die jaren aan de praat raakten, weet je nog? Misschien uit wroeging of uit spijt omdat hij zijn kinderen nooit had gezien, gebruikte hij zijn contacten om erachter te komen waar Felix en Romy waren. Terwijl er tussen Romy en Felix een mooie, geheime band ontstond, zat ik in Spanje en probeerde jij je van Richard te ontdoen, niet? Felix vertelde me dat hij jou verdacht van moord op Richard, hij kon het alleen niet bewijzen. Toen werden er zomaar een reisje en een huis in Engeland in je schoot geworpen. En kwam jij op het idee om mij iets aan te doen. Je vroeg Felix jou daarbij te helpen. Hij ging mee in je plan zodat hij je op heterdaad kon betrappen. Romy en hij wilden jou in Engeland ontmaskeren. Dat hadden ze beter niet kunnen doen, hè?'

Er viel een lange stilte, waarin Lizzy's zuchten bijna te voelen waren. Buiten was het ook stil geworden.

'Ik weet dit allemaal sinds kort, sinds dat reisje. Toen ik er te laat achter kwam wie jouw chauffeur was, toen ik te laat voelde dat jij via hem wraak op mij wilde nemen. Toen ik door die stomme valpartij werd uitgeschakeld, toen Olga zo goed voor me zorgde. Toen ik Romy leerde kennen...'

Weer viel er een stilte.

'Weet je nog dat ze in ons busje stapte? Ik zag mezelf in haar, mijn jeugdige zelf, het meisje van wie Richard hield. En toen ik die foto zag van die twee kinderen, wist ik het zeker. In Engeland vertelde Romy mij haar verhaal. Over haar eenzaamheid en hoe ze zich als kind had gevoeld. Dat ze altijd het gevoel had gehad dat er iets aan haar ontbrak, een broertje of een zusje. Zij vond haar broertje, zij vond mij. Ik bood haar meteen aan om na het avontuur in Engeland met mij mee te gaan naar Spanje. Ik zag haar aarzeling. En toen ze zei dat ze eerst nog iets moest regelen in Londen, voelde ik dat ze een smoes verzon en niets hoefde te regelen. Waarschijnlijk kon ze het niet aan om alsnog met haar moeder herenigd te worden. Ik kan je niet zeggen hoeveel spijt ik achteraf kreeg van mijn keus destijds. Twee mooie mensen had ik afgestaan, ik...'

Stilte. Een korte snik.

'En daarom ben ik nu hier bij jou, Lizzy. Terug in Zeeland. Dacht je nou echt dat je me voorgoed verdreven had? Dat ik bang zou zijn voor jou? Ik heb niets te verliezen. Jij nam mij mijn grote liefde af, jij nam mij mijn kinderen af...'

Stilte.

'Bij Felix voel ik dat hij niet meer leeft, van Romy weet ik het zeker. Ze was teruggekomen uit Londen en ze vond mij daar in die schuur. Ze had me nog maar net losgemaakt, toen jij verscheen. Jij, met je valse tronie, jij achterlijk kutwijf... Ik hoor Romy nog tegen me schreeuwen. "Rennen, rennen, Kate!"'

Hoewel ik aarzelde – moest ik mijn kind niet beschermen? – kon ik nauwelijks op mijn benen staan en dacht ik niet alleen dat Romy jou met gemak zou aankunnen, maar het kwam bovendien niet in mij op dat je haar zou vermoorden. Jij, kreng! Waarom Romy? Wat heeft ze je gedaan? Dat je mij wilde pakken, oké, dat begreep ik, maar Romy? Ik luisterde naar het geroep van Romy en begon te lopen. Ik pakte mijn tas en rende zo hard als ik kon die schuur uit, naar de weg. Ik liep en liep en ik kreeg uiteindelijk een lift. Ik bespaar je het verhaal over mijn terugreis naar Spanje. Maar toen ik eenmaal daar was en contact zocht met Romy, kwam er niets terug. De pijn van de doodse stilte die toen ontstond, was net zo voelbaar als de pijn van het weerzien. Aanvankelijk twijfelde ik nog, was ik bang dat zij en Felix besloten hadden mij alsnog te negeren, maar toen ik eenmaal fysiek hersteld was, begon het te knagen... En o god, wat voelde ik me schuldig dat ik haar, mijn dochter, daar in die schuur met jou had achtergelaten.'

'Pijn... pijn...' Lizzy huilde.

'Ik twijfelde toen even of ik je zou aangeven. Jij hebt haar vermoord, hè? Jij hebt met haar gedaan wat je van plan was met mij te doen.'

'Nee, nee... alsjeblieft...' smeekte Lizzy.

'Oké, je hoeft niet te antwoorden. Ik ga naar de politie met mijn verhaal en laat het aan hen over om uit zoeken wat jij gedaan hebt en je daarvoor te straffen. Hier, drink wat water, je bent er slecht aan toe, dan bel ik een ambulance.'

Kate haalde de rode Dopper uit haar tas en gaf hem aan Lizzy. Ze keek daarna op haar telefoon en toetste een nummer in. Ze vroeg om een ambulance en noemde het adres van Lizzy. Met een van pijn vertrokken gezicht zette Lizzy de Dopper aan haar mond en klokte het water naar binnen. Kate liep intussen terug naar de serredeur. Ze sloot het overgordijn en ontstak haar zaklamp. Toen ze weer voor Lizzy ging staan en de lamp op Lizzy richtte, haalde ze kalm de Dopper uit Lizzy's hand en stopte hem weer in haar tas. Ze grijnsde. 'Je dacht toch niet echt dat ik een ambulance voor jou zou bellen of de politie ging inschakelen? De enige straf die jij verdient is de doodstraf.'

'Nee!' schreeuwde Lizzy toen ze besefte wat ze zojuist had gedronken. Ze greep naar haar maag en keel en probeerde over te geven.

Traag draaide Kate zich om en ze liep langs de verhuisdozen de gang in. Toen ze de bij de voordeur aankwam werd haar aandacht naar een sleutelrekje getrokken dat vlak naast de kapstok hing. Aan een van de sleutelbossen hing een plastic label waarop in blokletters ENGELAND stond geschreven. Kate haalde de sleutels van het rekje. Glimlachend stak ze de bos in haar zak en ze opende de deur. Terwijl ze naar buiten stapte, keek ze even om zich heen of ze niemand zag. De straat was verlaten en stil. Puffend ademde ze uit; ze voelde zich leeg, maar bevrijd. Zonder Lizzy vond ze eindelijk rust.

104

Noor was weer terug op het bureau. De stapel dossiers was niet kleiner geworden. Integendeel, er was zoveel werk bij gekomen dat het dossier-Nemo bijna naar de achtergrond zou verdwijnen als Noor het niet had klaargelegd om vanmiddag tijdens de briefing te bespreken. Ze had alle punten die konden leiden tot een aanhouding van Lizzy in kaart gebracht. Ook wilde ze voorstellen dat er een grondig onderzoek kwam naar Romy's vermissing. Tot nu toe waren er geen reacties gekomen op de oproep op social media; net als Felix was zij spoorloos. Maar anders dan Felix was Romy opgegroeid in diverse pleegezinnen. Noor had inmiddels contact gehad met het laatste gezin waar Romy had gewoond. Die familie had haar in geen jaren meer gesproken. Ze was op reis, volgens hen. Wel wisten ze te vertellen dat Romy vier jaar geleden haar biologische vader en tweelingbroer had teruggevonden. Noor vroeg zich af of de vergiftiging van Richard daaruit was voortgevloeid, of dat er iets anders had gespeeld. Iets waar Kate direct bij betrokken was. Toch verwachtte Noor pas een echte doorbraak in het onderzoek als ze het graf van de onbekende vrouw zouden openen. Middels DNA-onderzoek zouden ze pas echt kunnen bewijzen dat het om Romy ging.

Noor keek op de klok. Ze haalde het bovenste dossier van de stapel en zuchtte. Het was bijna ondoenlijk voor haar om aan een nieuwe zaak te beginnen. De zaak-Nemo bleef door haar hoofd spoken, en dat niet alleen: wanneer ging ze zeggen dat ze wilde stoppen met haar politiewerk? In gedachten sloeg ze de map open en vrijwel meteen verkrampte ze.

Met grote ogen staarde ze naar een foto van Lizzy, die volgens de politiegegevens het afgelopen weekend dood in haar huis was gevonden. Ze las dat Lizzy in haar been was geschoten. Het was onduidelijk of dat de doodsoorzaak was geweest. Zolang het forensisch onderzoek liep werd er over de toedracht niets naar buiten gebracht in de pers. Noor vloog van haar stoel en rende naar een collega aan de andere kant van de gang.

'Wat is er bij die Ferwerda gebeurd?' vroeg ze. 'Wie... Is er al sporenonderzoek gedaan... en hebben we al een verdachte?'

'Nee, en ja, het was gemeld door een stel verhuizers. De vrouw stond op het punt te gaan verhuizen. Toen ze niet reageerde op de deurbel, noch de telefoon, waren die lui achterom gelopen en ontdekten ze dat er een raampje was ingeslagen. Daarna kwamen wij. Ze moet daar een dag of drie gelegen hebben. Hoezo? Ken jij haar?'

Noor knikte. Ze voelde hoe een stoot adrenaline haar in beweging zette. 'Ik ben even de deur uit,' zei ze. Ze haalde haar jas van de kapstok, griste de map van Lizzy van haar bureau en verliet het pand. Niet veel later reed ze Middelburg uit en terwijl ze de weg nam richting Domburg, toetste ze het telefoonnummer van Olga in.

'Noor, hoe is het?' zei Olga. 'Heb je al iets vernomen van Kate, of de anderen?'

Noor hoorde aan Olga's stem dat ze niet op de hoogte was van de dood van Lizzy of het niet meer wist. 'Olga, ik ben op weg naar Domburg; ben je thuis? Ik wil even iets met je bespreken, kan dat?'

Twintig minuten later stond Noor bij Olga op de stoep. Ze voelde zich bibberig toen ze Olga volgde naar de woonkamer, waar een klein jongetje met gekleurde blokken aan het spelen was.

'Dit is Wolf,' zei Olga. 'Leuk hè,' vervolgde ze toen ze zich bukte naar het jongetje en een kus op zijn kruin gaf. 'Jullie hebben dezelfde haarkleur.'

Noor glimlachte ongemakkelijk en vroeg of ze konden gaan zitten.

'Je kijkt zo ernstig,' zei Olga. 'Net als de eerste keer dat je hier kwam. Moet ik me zorgen maken?'

'Ik vrees van wel,' antwoordde Noor. Ze legde de map op tafel. 'Heb je de laatste tijd nog contact gehad met Lizzy?' vroeg ze.

Olga schudde haar hoofd. 'Nee, gelukkig niet. Het is beter voor mijn gemoedsrust om dat niet te doen... Ze heeft me tenslotte...'

Noor vermoedde dat Olga weer wilde beginnen over Lizzy's bekentenis van de moord op Richard en omdat ze Olga's manier van converseren inmiddels wel kende, probeerde ze haar aandacht vast te houden door te wijzen op de map. 'Ik heb iets bij me wat je misschien zal schokken...' zei ze. 'Het houdt verband met Lizzy... maar...'

Olga fronste even haar wenkbrauwen. Peilend richtte ze haar blik op de map, en alsof er in haar brein ineens iets op de juiste plek viel, keek ze Noor angstig aan. Ze legde haar hand om die van Noor en zei dat ze de map maar moest dicht laten.

'Ik weet het weer,' zei ze. 'Ik weet wat je me gaat laten zien. Ik had nog zo tegen Lizzy gezegd dat ze het niet moest doen. Maar zij wilde per se die boom in dat blauwe zeildoek dáár dumpen. In Nederland zou je een boete krijgen, dat wist Lizzy. Daarom legden we hem daar, vlak bij de grens. Het zat erin dat het een keer zou uitkomen. Dat wilde ik jou natuurlijk steeds vertellen. Het spijt me, ik denk dat ik het onbewust heb verdrongen. En toch heb ik eraan meegeholpen, terwijl ik niet eens met bomen wilde sjouwen...'

Noors mond viel open.

'Is het vanwege dat zeildoek? Plastic, hè? Dat hoor je nergens zomaar achter te laten,' zei Olga spijtig. Ze wees op de map onder Noors hand. 'Moet ik eraan meebetalen, is dat het?'

'Nee, laat maar, Olga. Het is goed. Je hoeft niet mee te betalen aan het dumpen van die boom. Waar ik eigenlijk voor kwam...' Noor liet de map dicht, peinzend stond ze op. 'Voordat je het leest in de krant... wilde ik zeggen dat Lizzy dit weekend is overleden. Vermoedelijk is ze door een inbreker om het leven gebracht.'

Olga sloeg een hand voor haar mond en schudde haar hoofd. Haar ogen glansden van het traanvocht. 'Arme Liz,' zei ze. Haar blik verplaatste zich naar haar kleinzoon. Ze slikte en pinkte een traan weg. Ze schudde vertwijfeld haar hoofd. 'Had het met dat antieke horloge te maken? Liet je me dat daarom laatst zien?' vroeg ze. 'Volgens Lizzy was het een erfstukje, misschien niets eens veel waard. Het is toch wat. Tegenwoordig maken ze je dood om niets.'

105

Een maand later, nadat de eerste najaarsstorm de kust van Zeeland zwaar had geteisterd, reed Noor haar witte Volvo de ferry af bij Dover. Ook hier was de stormschade goed te zien. De wind mocht dan iets in kracht zijn afgenomen, de beukende golven sloegen nog steeds metershoog over de kade. Noor zocht op het navigatiesysteem naar het adres dat ze van het verhuisbedrijf had gekregen en keek hoe ze daarnaartoe moest rijden. Het adres lag in de buurt van een gehucht in het graafschap Kent, een aantal mijlen onder Maidstone. Noor besloot om niet via de snelweg te gaan, maar de binnenwegen te kiezen. Tenslotte had ze alle tijd.

Vorige week had ze haar ontslag genomen. De zaak-Nemo had zijn tol geëist. Doorwaakte nachten waarin ze immer puzzelend bezig was met moordzaken. De oplossing lag niet in een fles oude port, vond ze, en daarom hield ze het voor gezien. Volgens de politiearts was ze overwerkt en kon ze zich met gemak ziek melden, maar Noor voelde zich niet ziek; ze wilde gewoon niet langer onder die constante druk leven. Hoewel de onbekende vrouw een naam had gekregen, Romy, tastte de politie nog steeds in het duister wat betreft haar moordenaar. Door de verklaring van Olga, de opname van Lizzy en de overeenkomst met haar horloge, ging men ervan uit dat het Lizzy was geweest die haar had omgebracht. Maar Lizzy was dood, die konden ze niet meer ondervragen. Ook bleef het een raadsel wie Lizzy had vermoord. Sporenonderzoek had niets opgeleverd. Er waren geen camerabeelden en de naaste buren hadden alleen het geluid van een jacuzzi gehoord, geen schoten. Felix bleef onvindbaar, dossiers met nieuwe zaken stapelden zich zo hoog op dat Nemo voorgoed werd gesloten. Noor kon het niet accepteren. Het enige puzzelstukje dat nog vragen bij haar opriep was Kate. De politie in Spanje had haar een maand geleden kort ondervraagd en niets gevonden wat haar ten laste kon worden gelegd. Ze had aanvankelijk niet geweten dat Felix en Romy haar kinderen waren, had ze gezegd. Ze was ziek geworden tijdens haar verblijf in Engeland en daarom eerder teruggegaan naar Spanje.

Noor had haar notitieboekje er nog eens op nageslagen en was weer van voren af aan begonnen bij het tuinreisje dit voorjaar naar Engeland. Daaruit bleek dat Kate een huis had geërfd en daarbij de hulp had ingeschakeld van Lizzy en Olga. Lizzy had Felix, de zoon van Kate, meegenomen als chauffeur. Later gaven ze Romy een lift, die het zusje bleek van Felix. Felix verdween, Romy werd later vermoord teruggevonden. Wat was er in Engeland gebeurd? De enige die dat vermoedelijk wist was Olga. Daarom had Noor haar gisteren via een onschuldig babbeltje aan de telefoon naar het adres van Kates huis in Engeland gevraagd. Zoals Noor al vermoedde, bleek dat hetzelfde adres als waar Lizzy naartoe zou verhuizen. En Olga ging nog verder. Ze zei dat Kate op dit moment in het huis in Engeland verbleef en vroeg of ze Kate moest vragen om Noor te bellen. Noor had vlug uitgelegd dat ze niet meer bij de politie werkte en dat de zaak was gesloten. Daarna was het gesprek met Olga meteen weer over koetjes en kalfjes gegaan. Wat Noor betrof was deze zaak nog lang niet opgelost. En de enige manier om achter de waarheid te komen, was naar Engeland vertrekken en een bezoekje brengen aan Kate.

De binnenwegen mochten dan fraaier zijn dan de snelweg, de regen en de harde wind bemoeilijkten de rit naar het gehucht. Halverwege de middag brak de zon door en bereikte Noor vanaf een hobbelige asfaltweg met diepe plassen de plek waar ze moest zijn. Stapvoets reed ze langs een roestig hekwerk, waar een bord van een makelaar naast stond met FOR SALE erop. De achterliggende oprijlaan was door onkruid overwoekerd en leidde naar een bouwvallig huis op een heuvel. Noor hield even haar adem in toen ze achter een van de ramen licht zag branden. Kate? Automatisch trapte ze het gaspedaal wat verder in en ze reed de auto een kleine parkeerplaats op in de buurt van de voordeur. Ze legde haar hand om de contactsleutel en zette de motor uit. Die bekende, drukkende spanning op haar borst die ze de laatste tijd te vaak had gevoeld bij het uitoefenen van haar werk, speelde op. Het was maar goed dat ze vlak voor haar vertrek Stefan had ingelicht over haar plan. Met hem had ze een code afgesproken voor als haar verdenking juist bleek te zijn. Die afspraak gaf haar de moed om uit te stappen, op de voordeur af te lopen en aan te kloppen.

106

'Aha, dat bent ú dus,' zei Kate. Ze opende de deur wat verder voor Noor en vroeg haar snel binnen te komen vanwege de harde wind die het huis in blies. 'Ik ben verkouden geworden door dit beroerde weer,' zei ze. Ze hoestte.

Noor had haar uitgestoken hand om zich voor te stellen alweer terug in haar jaszak gestoken. Zonder erop in te gaan sloot Kate de voordeur, ze draaide zich om en liep langs Noor de hal door naar een kamer waar de haard brandde. Terwijl Noor achter Kate aan liep, nam ze snel de omgeving in zich op. Het was kil en schemerig in het huis. Het rook naar een haardvuur en de zoete parfum die om Kate heen hing.

Kate was klein. Niet alleen oogde ze langer op de foto's die Noor van haar had gezien, ook was ze in werkelijkheid minder jong. Haar donkere haar, dat ze bij elkaar had gebonden in een slordig staartje en dat heen en weer danste op haar hoofd, was het enige wat iets jeugdigs uitstraalde. De verwarring dat niet Kate maar Romy het slachtoffer was, drong extra sterk tot Noor door. Maar daarvoor was ze hier niet. Ze was hier met een ander doel, daar moest ze zich aan vasthouden. Ze was hier omdat ze vermoedde dat Kate achter de moord op Lizzy zat.

'Ga zitten,' zei Kate. Ze rilde, pakte een omslagdoek van de stoel die naast de haard stond en legde hem om haar schouders. 'Dit beestachtige weer is niets voor mij,' vervolgde ze. 'U treft het dat ik er nog ben, ik was hier om de boel af te ronden. Het huis gaat in de verkoop.'

'Ik ben Noor den Braber, rechercheur in Zeeland en...' begon Noor.

'Ja, ja, dat had ik al begrepen. Het is uw haarkleur. Olga noemde u bij vergissing Noor Mackenzie. U hebt dezelfde haarkleur als de arts hier in het dorp.'

'O ja?' zei Noor. Ze begreep nu hoe Kate haar kon kennen, van Olga dus.

'Olga en ik hebben nog steeds veel contact met elkaar. Ze had verteld dat u het onderzoek leidde naar de moord op mijn arme dochter Romy. Ik ben heel blij dat u hebt doorgezet en die vreselijke Lizzy...' Ze wachtte even, hoestte kort en vroeg toen of er inmiddels al iets bekend was over Felix. Ze veegde langs haar neus en snoof.

Noor kon niet inschatten of het met de gemoedstoestand rondom de vraag te maken had of met de verkoudheid. 'Nee, van Felix weten we helaas nog steeds niets,' antwoordde ze. 'Maar wat Lizzy betreft...'

'Arme Olga,' onderbrak Kate haar. 'Toen ik hier ziek was, heeft ze me verzorgd. Haha, ik begrijp nu haar verwarring over u...' Kate schudde lacherig haar hoofd. Noor opende haar mond om door te gaan over Lizzy, maar Kate was haar alweer voor. 'Lizzy probeerde ons te vergiftigen, wist u dat? Mij, mijn dochter Romy... Ik...' Weer een korte hoest.

'Kunt u me zeggen wat zich hier heeft afgespeeld?' vroeg Noor. 'De verhalen van Olga zijn bekend, maar ook warrig. We weten wat er met Romy is gebeurd, maar wat was de aanleiding voor Lizzy om haar te vermoorden en zo gruwelijk toe te takelen? Was Lizzy zo kwaad over de buitenechtelijke relatie van Richard dat ze niet alleen hem maar ook zijn kinderen wilde ombrengen? En waarom ging u eigenlijk met de vrouw en de moordenaar van uw minnaar om? Wist u niet dat ze de vader van uw kinderen had omgebracht?

Of was u zelf van plan haar om te brengen, met de steun van uw kinderen? Was dat het plan? En ging dat mis, omdat Lizzy net iets sluwer was dan u en u daarom...'

'Hou op!' schreeuwde Kate.

Ze wankelde en greep zich vast aan de stoel om niet te vallen. Een lange hoestbui volgde, waarbij ze haar rug kromde en naar haar borst greep. Noor liep naar een tafel bij het raam, waarop een kan water stond, en vulde een glas. Ze liep ermee terug naar Kate en vroeg of ze iets wilde drinken. Kate pakte het glas aan, dronk wat en rechtte haar rug. Ze ademde moeizaam. Haar gezicht verstrakte toen ze Noor weer aankeek.

'U weet helemaal niets. U komt mij hier beschuldigen van dingen die niet kloppen.' Haar stem klonk hees van het hoesten.

'Vertel me dan wat ik niet weet,' zei Noor. Ze voelde zich sterk. Deze vrouw was ziek en zwak, van haar hoefde ze niets te vrezen. Inwendig moest ze zelfs een beetje lachen om haar afspraak met Stefan en hun code voor als ze in gevaar was.

'U bent bij Olga geweest, hè?' zei Kate.

Noor knikte. 'Meerdere keren zelfs.'

'Olga en Lizzy waren gebrouilleerd met elkaar, wist u dat ook?'

Noor schokschouderde. 'Ja, nou en?'

'Dit is wat ik weet van Olga,' zei Kate. Ze trok de omslagdoek nog wat strakker om zich heen, ze slikte. 'Volgens Olga had Lizzy haar op de dag dat ze vermoord werd nog gebeld. Olga vertelde dat er bij Lizzy was ingebroken. Blijkbaar werd er toen in Middelburg nogal eens ingebroken...' Kate wachtte even en peilde de reactie van Noor.

Noor fronste. Onwillekeurig moest ze aan de inbraak in haar eigen huis denken, waarvan Olga het resultaat had gezien. Ze zuchtte. Had Olga dingen door elkaar gehaald?

Kates ogen begonnen te twinkelen. 'Olga, de goedheid zelve, ging naar Lizzy om haar bij te staan,' vervolgde Kate. 'Maar toen ze eenmaal bij Lizzy aankwam, merkte ze dat Lizzy haar had voorgelogen. Er was niet ingebroken. Lizzy had Olga in de val gelokt om haar uit te schakelen, te vergiftigen. Ik weet niet wat de reden van Lizzy was om Olga iets aan te doen, maar...'

Noors kaak verstrakte, ze moest zich inhouden.

'... hoe dan ook, om een lang verhaal kort te maken: Lizzy had theegezet en Olga was zo slim om de kopjes te verwisselen. Zal ik nog verdergaan?' vroeg Kate schaapachtig.

Noors brein werkte snel. Alles wat Kate vertelde klopte. Uit onderzoek bleek dat Lizzy niet aan haar verwondingen was overleden, maar door gif. Maar dat kon Kate onmogelijk weten. De uitkomst van het onderzoek was tot nu toe alleen bekend bij de politie.

'Arme Olga, ze zal er niets meer van weten, ze wordt de laatste tijd steeds vergeetachtiger,' zei Kate toen Noor bleef zwijgen. 'Was dat de reden dat u hiernaartoe bent gekomen, om de dood van Lizzy te bespreken?' vroeg ze. 'Of was u toevallig in de buurt? Olga vertelde dat u gestopt bent met uw werk bij de politie. Klopt dat?'

Noor schrok en knikte. 'Ja, dat klopt, ik ben gestopt, en ja, ik was toevallig in de buurt. Ik ben hier om enkele tuinen te bezoeken. De tuin in het najaar: Japanse anemoon, herfstasters, chrysanten, dahlia's en... Ach, ik weet weinig van tuinieren... maar...' Noor wachtte even en legde peinzend een paar vingers tegen haar voorhoofd. 'Hm, die Olga, vreemd. Dus volgens haar was er niet ingebroken bij Lizzy? Tja, zo zie je maar, ook de politie kan het mis hebben. Vergiftiging dus. Dan kan het niet anders dan dat Lizzy al dood was toen ze werd neergeschoten.'

'Hoe bedoelt u?' vroeg Kate. Ze knipperde ongemakkelijk met haar ogen.

Noor deed opnieuw alsof ze peinsde. 'Tja, dat is namelijk zo vreemd, mevrouw Dieleman. Toen ik afscheid nam als rechercheur was het onderzoek naar Lizzy's dood nog gaande. Niemand wist precies waaraan ze was overleden. Ik begrijp dus niet helemaal hoe u kunt weten dat...'

'Ik weet het van Olga, hè,' zei Kate vlug. 'U hoort toch wel wat ik zeg? Olga heeft...'

Noor glimlachte en liet een stilte vallen, waarin Kate zich op de haard richtte en een blok hout pakte om op het vuur te leggen.

'Mooi,' zei Kate. Ze klopte haar handen af en liep naar de deur. 'Als u het niet erg vindt dan ga ik nu nog wat rusten, morgen vlieg ik terug naar Spanje.'

'Uiteraard,' zei Noor. Ze draaide zich om, liep langs het raam en wierp een verbaasde blik naar buiten. 'Wauw, dat er nu al krokussen bloeien,' zei ze, wijzend op de paarse bloemen onder het raam.

Kate begon te lachen. 'Haha, ik kan merken dat u écht niks van planten weet. Ik was al net zo dom als u toen ik hier voor het eerst een tuinreisje maakte. Dat moet ik Olga en Lizzy nageven, ik heb veel van ze geleerd. Dat zijn geen krokussen, maar dat is herfsttijloos, een schattig bloemetje, hè? Maar pas op, heel giftig.'

'O ja?' zei Noor verschrikt. 'Dat wist ik niet.'

'Tja, arme Olga, ook dat zal ze wel weer vergeten zijn,' verzuchtte Kate. 'Ze vertelde mij dat Lizzy's tuin er vol mee stond. Denkt u dat Lizzy dat door de thee heeft gedaan?'

Noor schudde vertwijfeld haar hoofd. 'Ik weet het niet, het zou kunnen, maar dat is niet meer aan mij om uit te zoeken. Ik geef het door aan mijn ex-collega's.'

Kate knikte dankbaar naar Noor. Ze liepen de hal in en Noor nam afscheid van Kate.

Toen de deur achter haar dichtviel en ze in haar auto stapte, voelde Noor de spanning van zich af glijden. Ze startte de auto, reed de oprijlaan af, langs het smeedijzeren hek en het bord van de makelaar, de hobbelige asfaltweg op. Een stukje verderop, met zicht op het toegangshek, parkeerde ze de Volvo en haalde ze haar telefoon tevoorschijn. Nadat ze de opname op de dictafoon gecheckt had, toetste ze het nummer van Stefan in. Toen ze hem aan de lijn kreeg hoefde ze de code niet te noemen, er was geen direct gevaar, toch drong ze erop aan om haast te maken. 'Ik heb alles opgenomen,' zei ze. 'Kate is door de mand gevallen, ze wilde de schuld in de schoenen van Olga schuiven. Olga had zogenaamd een theekopje met gif erin verwisseld. Dom ja, Stefan, net wat je zegt. En nog dommer om te vertellen wat voor bloemen er tijdens de moord in Lizzy's tuin bloeiden...' Noor hoorde Stefan lachen. 'Herfsttijloos,' zei Noor. 'Ze staan hier ook. Vermoedelijk is Lizzy met het gif uit die plant omgebracht.'

Nadat ze de verbinding met Stefan had verbroken, focuste ze zich op het bord van de makelaar naast het toegangshek. Ze nam het telefoonnummer over op haar telefoon en wachtte. Een paar minuten later reden er twee politiewagens langs het toegangshek de oprijlaan van Kates huis op. 'Goed zo, Stefan,' zei Noor tegen zichzelf. Weer wachtte ze.

Ze keek om zich heen, een waterig zonnetje kwam achter de wolken vandaan en verlichtte de naar rood verkleurende blaadjes aan de loofbomen. Ze deed het zijraampje open en liet een fris maar lekker geurend windje naar binnen waaien. De omgeving was mooi, de wilde tuin die om het huis lag had haar bekoord. Haar aandacht bleef gericht op het bord van de makelaar. Ze was benieuwd naar de prijs die hij zou vragen. Nog maar kortgeleden had ze haar eigen huis in Middelburg verkocht. Ze had er een mooi bedrag voor gekregen.

Ze keek op haar horloge. De spanning werd bijna ondraaglijk, ze legde haar duim alvast boven haar telefoon en wachtte. Wachtend op dat ene moment dat kwam toen ze de politiewagens de oprijlaan zag afrijden en ze in een van de auto's op de achterbank het paardenstaartje van Kate heen en weer zag dansen. Opgelucht ademde ze uit en ze drukte op het telefoonnummer van de makelaar.

Tijd voor een nieuw begin.